절반의 태양 1

절반의 태양   1

치마만다 응고지 아디치에 장편소설

김옥수 옮김

Half of a Yellow Sun

Chimamanda
Ngozi Adichie

민음사

내가 한 번도 본 적이 없는 두 할아버지,
은워웨 아디치에와 아로은웨케 펠릭스 오디그웨는
전쟁 중에 돌아가셨다.
두 할머니, 은와부오두 레지나 오디그웨와
은왐그바포르 아그네스 아디치에는
정말 훌륭한 여인들이었다.
그분들께 이 책을 바친다.
카 파 노두 나 은도크와.
그리고 어딘가에서 보고 있을
멜리투스에게 바친다.

1부

1960년대 초기

일러두기

나이지리아 공용어 중 하나인 이보어는
원음주의를 원칙으로 하여 고딕체로 표기했다.

1

주인어른은 약간 미쳤다. 해외에서 너무 오랫동안 공부한 그는 사무실에서 혼잣말을 하고, 인사해도 대답하지 않을 때가 있으며, 머리카락이 덥수룩하다. 숙모가 그렇게 말해 주었다. 그녀는 으그우를 데리고 길을 걸으며 나지막하게 덧붙였다.

"하지만 그분은 좋은 분이야. 네가 일만 잘한다면 배불리 먹을 수 있어. 고기도 매일 먹을 수 있을 거야."

숙모가 멈춰서 침을 뱉었다. 퉤 소리와 함께 입에서 날아간 침이 풀밭에 떨어졌다.

으그우는 고기를 매일 먹는 사람이 있다는 말을 믿지 않았다. 앞으로 함께 살 주인어른이 그런 사람이라는 말도 마찬가지였다. 하지만 그 말을 입 밖에 꺼내지 않았다. 너무 긴장해서 숨이 막히기도 했지만 고향 마을 밖에서 펼쳐질 새로운 삶에 대한 생각으로 정신이 없었기 때문이다. 두 사람은 화물차를 타고 오다가 정류장에서 내린 이후 지금까지 계속 걷는 중이었다. 오후에 내리쬐는 태양이 으그우의 뒷목을 뜨겁게 달구었다. 하지만 으그우는 신경 쓰지 않았다. 태양이 지금보다 더 뜨겁다 해도 필요하다면 몇 시간은 더 걸을 마음의 준비가 되어 있었다. 대학 정문을 지나서 펼쳐지는 이 도로처럼 뺨을 대고 문지르고 싶을 정도로 아스팔트가 깨끗하게 깔린 도로를 으그우는 본 적이 없었다. 하늘색 페인트를 칠한 방갈로 여러 채가 깨끗하게 차려입은 점잖은 신사처럼 나란히 앉아 있으며, 방갈로를 가르는 울타리 윗부분이 평평하게 잘 다듬어져 마치 잎사귀로 덮어 놓은 식탁처럼 보인다는 것을 누이동생 아누리카에게 도무지 설명할 방법이 없어 보였다.

숙모가 빠르게 걷기 시작하자 슬리퍼에서 철퍼덕철퍼덕 소리가 나며 조용한 거리에 울려 퍼졌다. 으그우는 숙모도 얇은 신발창 사이로 점점 뜨거워지는 아스팔트의 열기를 느끼는지 궁금했다. 두 사람은 '오딤 스트리트'라는 표지판을 지났고 으그우는 길지 않은 영어 단어가 나타날 때마다 하는 습관대로 소리 없이 입술만 달싹이며 '스트리트'라고 읽었다.

마당에 들어서는 순간 가슴을 설레게 하는 달콤한 향기가 느껴졌다. 집 입구에 있는 덤불에서 무리 지어 피어난 하얀 꽃이 풍기는 향기였다. 덤불은 조그만 언덕처럼 보였고 잔디는 반짝거렸다. 나비들이 날아다녔다.

"주인어른한테는 네가 무엇이든 빨리 배운다고 말했어. 오시소 오시소."

숙모가 말했다. 으그우는 고개를 열심히 끄덕거렸다. 벌써 귀에 못이 박이도록 들은 말이었다. 숙모는 정말 운이 좋았다는 말도 수없이 했다. 일주일 전에 수학과 건물 복도를 쓸다가 주인어른이 집 안을 청소할 꼬마 일꾼이 필요하다고 말하는 것을 우연히 듣고, 주인어른의 타자수나 심부름꾼이 미처 입을 떼기도 전에 자신이 좋은 아이를 안다고 재빨리 말했다는 것이다.

"네, 빨리 배울게요, 숙모."

으그우가 대답했다. 그리고 차고에 있는 자동차를 바라보았다. 파란색 차체에 번쩍이는 금속 줄을 목걸이처럼 두른 자동차였다.

"명심해라. 주인어른이 부를 때는 '네, 주인어른!' 하고 대답해야 한다."

"네, 주인어른!"

으그우가 따라 했다.

두 사람은 유리문 앞에 멈췄다. 으그우는 시멘트 벽을 만지고 싶었다. 진흙을 이겨 만들어 손가락 자국이 희미하게 남아 있는 어머니의 오두막 진흙 벽과 느낌이 어떻게 다른지 알아보고 싶었다. 하지만 꾹 참았다. 초가지붕이 시원한 어머니의 오두막으로 돌아가고 싶은 충동이 순간적으로 일었다. 아니, 마을에 하나밖에 없는 숙모네 함석지붕 오두막도 괜찮았다.

숙모가 유리를 톡톡 쳤다. 으그우는 문 뒤에 쳐 놓은 하얀 커튼을 바라보았다. 목소리가 들렸다. 영어였다.

"네? 들어오세요."

두 사람은 안으로 들어가기 전에 슬리퍼를 벗었다. 으그우는 그렇게 널따란 방을 본 적이 없었다. 갈색 소파를 반원으로 배치하고, 사이사이에 간이 탁자를 놓고, 선반을 책으로 빼곡하게 채우고, 빨간색과 하얀색 플라스틱 화병을 올려놓은 중앙 탁자를 두고도 실내가 너무 널찍해 보였다. 주인어른은 셔츠와 반바지 차림으로 안락의자에 앉아 있었다. 상체를 똑바로 펴지 않고 비스듬히 기울인 자세로 책에 얼굴을 파묻고 있었다. 지금 막 들어오라고 말한 것 자체를 잊어버린 것 같았다.

"안녕하세요, 주인어른! 이 애가 그 아이입니다."

으그우 숙모가 말했다.

주인어른이 고개를 들었다. 그는 피부가 아주 검었다. 오래된 나무껍질 같았다. 머리카락이 가슴까지 내려왔고 두 다리는 유독 더 새까맣게 반짝거렸다. 주인어른이 안경을 벗으며 물었다.

"그 아이?"

"집 안을 청소할 아이요, 주인어른."

"아, 그래요, 집 안을 청소할 아이를 데려왔군요. 이 크포타고 야."

주인어른의 이보 말이 으그우 귀를 간질였다. 영어의 매끈한 말투가 묻어나는 이보 말, 영어를 주로 쓰는 사람의 이보 말이었다.

"이 애는 열심히 일할 겁니다. 아주 착한 아이입니다. 이 애가 할 일이 뭔지 말씀만 하세요. 고맙습니다, 주인어른!"

숙모의 말이 끝나자 주인어른은 혀를 끌끌 차면서 약간 심란한 표정으로 으그우와 숙모를 바라보았다. 두 사람이 나타나는 바람에 뭔가 아주 중요한 걸 잊어버리기라도 한 것 같았다. 숙모가 으그우 어깨를 톡톡 치면서 잘해야 한다고 속삭인 다음에 몸을 돌려 문으로 나갔다. 숙모가 떠나자 주인어른은 안경을 다시 쓰고 책을 보며 두 다리를 길게 내뻗어서 몸을 훨씬 편안하게 기울였다. 책장이 넘어가는 사이에도 책에서 눈을 떼지 않았다.

으그우는 문 옆에 서서 기다렸다. 햇살이 창문 사이로 흘러들고 산들바람이 가끔씩 커튼을 들추었다. 실내는 고요했다. 주인어른이 책을 넘기는 소리만 부스럭부스럭 들렸다. 으그우는 한동안 가만히 기다리다가 그 안에 숨기라도 하려는 듯 책꽂이를 향해 조금씩 다가가기 시작했다. 그리고 시간이 꽤 지난 다음에는 바닥에 주저앉아 자신이 가져온 라피아 가방[01]을 무릎 사이에 끼웠다. 고개를 들고 천장을 바라보았다. 굉장히 높고 눈부시게 하얀 천장이었다. 그는 두 눈을 감고 이국적인 가구들이 들어선 널따란 실내를 머릿속으로 떠올려 보았다. 하지만 제대로 떠오르지 않았다. 그래서 눈을 떴다. 경이로웠다. 주변을 둘러보았다. 자신이 여기에 진짜 와 있는 건지 확인하고 싶었다. 소파에 앉은 자신을, 미끄러질 정도로 매끄러운 바닥을 문질러 닦는 자신을, 잠자리 날개처럼 얇은 커튼을 물에 빠는 자신을 떠올리고 싶었다.

"케두 아파 지? 이름이 뭐지?"

주인어른의 갑작스러운 질문에 으그우는 깜짝 놀라며 벌떡 일어났다.

"이름이 뭐지?"

주인어른이 다시 물으며 똑바로 앉자 안락의자가 꽉 찼다. 무성한 머리카락은 머리 위로 높이 묶었고 근육질 팔뚝에 어깨가 벌어졌다. 주인어른이 나이 많고 연약한 노인일 거라고 생각했던 으그우는 그가 이렇게 튼튼하고 젊은 사람이라면, 모든 게 완벽해 보이는 사람이라면, 자신이 그를 기쁘게 할 방법이 없을지도 모른다는 생각에 갑자기 두려워졌다.

"으그우입니다, 주인어른."

---

01 라피아 나무 잎사귀에서 뽑은 단단하고 질긴 섬유로 엮은 가방.

"으그우. 오브크파 출신인가?"

"오피 출신입니다, 주인어른."

"열두 살에서 서른 살 사이는 분명한데……."

주인어른이 눈을 가늘게 뜨며 말했다.

"열세 살 정도?"

주인어른은 영어로 열세 살이라고 말했다.

"네, 주인어른."

주인어른이 책으로 눈길을 돌렸다. 으그우는 가만히 기다렸다. 주인어른이 책 몇 장을 훌훌 넘긴 다음에 고개를 들었다.

"은그와, 부엌으로 가 봐. 냉장고에 먹을 만한 음식이 있을 거야."

"네, 주인어른."

으그우는 한 발 한 발 천천히 옮기며 부엌으로 조심스럽게 들어갔다. 키만큼 높다란 하얀 물건을 보고 그게 냉장고라는 것을 알아차렸다. 숙모에게 들은 적이 있었다. 숙모가 말하길 냉장고는 음식이 상하는 걸 막아 주는 찬기가 올라오는 광이라고 했다. 그는 냉장고를 열다가 얼굴로 몰려드는 차가운 공기에 깜짝 놀랐다. 오렌지와 빵, 맥주, 음료수 등 다양한 먹을거리가 여러 칸에 놓여 있고 제일 위 칸에는 구운 닭고기가 통째로 들어 있었다. 다리 하나만 없었다. 그는 손을 내밀어 닭고기를 만졌다. 냉장고가 무겁게 숨을 뱉어 내는 소리가 들렸다. 닭고기를 또 한 번 만지고 손가락을 빨았다. 그리고 하나 남은 다리를 확 잡아 뜯어 금 간 뼈만 남을 때까지 쭉쭉 빨며 열심히 먹었다. 다음엔 빵을 잘라 냈다. 친척이 찾아올 때 선물로 가지고 오면 형제들과 기꺼이 나눠 먹을 만큼 커다란 덩어리였다. 으그우는 재빨리 그걸 먹었다. 주인어른이 갑자기

들어와서 말을 바꿀지도 모르기 때문이다. 빵을 다 먹고 개수대 앞으로 갔다. 그리고 숙모가 알려 준 대로 물이 샘물처럼 콸콸 나오게 꼭지를 트는 방법을 떠올리고 있을 때 주인어른이 들어왔다. 무늬 있는 셔츠에 바지 차림이었다. 가죽 슬리퍼 사이로 삐져나온 발가락은 너무 깨끗해서 여자 발가락 같았다. 항상 신발을 신고 다니는 사람의 발가락이었다.

"뭐 하는 거지?"

주인어른이 물었다.

"네?"

으그우는 깜짝 놀라며 개수대를 가리켰다. 주인어른이 다가와서 금속으로 된 수도꼭지를 틀었다.

"집을 둘러보고 복도 첫 번째 방에 가방을 갖다 둬. 난 산책을 갈 거야. 머리 좀 식히려고. 이 누고?"

"네, 주인어른."

으그우는 주인어른이 뒷문으로 나가는 모습을 지켜보았다. 주인어른은 키가 크지 않았다. 경쾌하고 힘찬 걸음걸이가 마치 으그우네 마을의 레슬링 챔피언 에지아구 같았다.

으그우는 수도꼭지를 잠갔다가 다시 틀었다. 그리고 다시 잠갔다. 틀었다가 잠그고 또 틀었다가 잠갔다. 마술을 부리는 듯한 수돗물을 바라보며 웃음을 터뜨렸다. 배 속에는 맛있는 닭고기와 빵이 가득했다. 거실을 지나서 복도로 걸어갔다. 세 침실에 있는 선반과 탁자는 물론이고 화장실에 있는 세면대와 캐비닛에까지 책이 가득했고 서재에는 바닥부터 천장까지 책이 쌓였으며 창고에는 콜라나무 열매[02] 상자와 프리미어 맥주병 상자 옆에 낡은 잡지들이 수북했다. 개중에는 벌려서 뒤집어 놓은 책도 있었는데, 주인어른이 미처 다 읽지 못한 채로 급히 다른 책을 읽기 시작한 것처럼 보였다. 책 제목을 읽어 보려고 했지만 대부분 길고 너무 어려웠다. 『비(非)수학적 방법』, 『아프리카 연구』, 『거대한 사슬』, 『영국에 끼친 노르만의 영향』 등이었다. 으그우는 발바닥이 더러운 것 같아서 발끝으로 이 방 저 방 돌아다녔다. 그러는 동안 고기도 있고 바닥도 시원한 이 집에 살려면 주인어른을 기쁘게 해 드려야겠다는 생각이 점차 강해졌다. 화장실을 둘러보고 검은 플라스틱 변기 의자를 손으로 만지작거릴 때 주인어른 목소리가 들렸다.

"어디 있나, 우리 일꾼?"

'우리 일꾼'은 영어였다. 으그우는 거실로 뛰쳐나갔다.

"네, 주인어른!"

"이름이 뭐라고 했지?"

"으그우입니다, 주인어른."

"그래, 으그우. 이걸 봐. 니 안야. 이게 뭔지 아나?"

으그우는 주인어른이 손가락으로 가리킨 금속 상자를 쳐다보았다. 상자에는 위험해 보이는 단추가 사방에 박혀 있었다.

"모르겠습니다, 주인어른."

"이건 라디오 겸용 전축이야. 새로 나온 아주 좋은 물건이지. 태엽을 감고 또 감아야 하는 축음기랑 달라. 이 근처에서는 아주 조심해야 해. 아주 조심. 물기가 절대 닿지 않도록."

---

02 서아프리카 일대에서 많이 재배하며, 쓴맛이 나고 카페인 함량이 높음. 콜라 음료의 원료로 쓰이기도 함.

"네, 주인어른."

"난 테니스 치러 나갔다가 교원 클럽에 들렀다 올 거야."

주인어른이 탁자에서 책 몇 권을 집어 들며 말했다.

"늦을 거니까 자네는 짐을 정리하고 쉬고 있어."

"네, 주인어른."

주인어른이 자동차를 몰고 떠나는 모습을 지켜보고 나서 으그우는 전축 옆으로 걸어가 손은 대지 않고 조심스럽게 쳐다보기만 했다. 그런 다음에는 집 안을 이리저리 돌아다니며 책, 커튼, 가구, 접시 등을 만져 보았다. 그러다 날씨가 어두워져서 전등을 켰는데, 천장에 대롱대롱 매달려 너무나 밝게 빛나는 전구 때문에 또 한 번 놀랐다. 어머니의 오두막에 있는 야자수 기름 등잔불처럼 벽에 기다란 그림자를 드리우지 않아서였다. 지금쯤이면 어머니가 저녁 식사 준비를 하느라 두 손으로 절굿공이를 움켜쥐고 절구에다 아쿠푸를 빻을 터였다. 아버지의 둘째 부인인 치오케 작은어머니는 돌 세 개 위에 국 냄비를 조심스레 올려놓고 모닥불을 피울 것이다. 개울에서 돌아온 아이들은 빵나무[03] 밑에서 술래잡기를 하며 시끌벅적하게 놀 게 분명했다. 아마 아누리카가 동생들을 돌볼 터였다. 불가에 둥글게 모여 앉아서 식사를 할 때 동생들이 국에 든 건어물 조각을 둘러싸고 다투면 그녀가 싸움을 말릴 것이다. 으그우가 떠났기 때문에 아누리카는 이제 제일 나이 많은 아이가 되었으니, 지금까지 으그우가 그랬던 것처럼 동생들이 아쿠푸를 모두 먹을 때까지 기다렸다가 그들에게 생선 조각을 골고루 나누어 주

---

03 열대 지방에서 많이 재배하는, 빵과 비슷한 맛을 내는 열매가 열리는 나무.

고 제일 큰 조각은 자신이 차지할 게 분명했다.

으그우는 냉장고를 열어서 빵과 닭고기를 더 먹었다. 뜀박질이라도 한 것처럼 심장이 쿵쾅거릴 때까지 입에다 쉴 새 없이 집어넣었다. 남은 닭고기를 베어 물고 닭의 양쪽 날개를 뜯어냈다. 그러고는 반바지 주머니에 닭고기를 집어넣고 화장실로 갔다. 숙모가 올 때까지 보관했다가 아누리카에게 갖다주라고 부탁할 생각이었다. 일부는 은네시나치에게 주라고 부탁하는 것도 좋을 것 같았다. 그러면 은네시나치는 으그우가 그녀에게 관심이 있음을 알아차릴 것이다. 으그우는 자신이 그녀와 어떻게 친척 관계가 되는지 도무지 이해할 수가 없었다. 하지만 두 사람이 똑같은 우문나 출신이라서 절대 결혼할 수 없다는 사실은 알았다. 그런데도 으그우는 어머니가 "은네시나치네 엄마한테 이 야자수 기름 좀 갖다주렴. 집에 없으면 네 누이동생한테 맡기고." 하는 식으로 툭하면 은네시나치가 누이동생이라고 말하는 것이 싫었다.

은네시나치는 으그우가 있든 없든 상관없다는 듯이 항상 으그우를 초점 없는 시선으로 바라보며 애매한 말투로 말했다. 어떨 때는 그를 치엔지나라고 부르기도 했다. 치엔지나는 으그우와 얼굴이 생판 다른 사촌이었다. 그래서 으그우가 "나야, 나." 하고 말하면 은네시나치는 대화를 더 길게 끌고 싶은 생각이 전혀 없다는 투로 "미안해, 으그우 오빠." 하고 대답했다.

하지만 으그우는 은네시나치네 집에 심부름 가는 걸 좋아했다. 그러면 그녀는 허리를 숙인 채 나무에 불을 붙이려고 부채질을 하거나 자기 어머니가 끓이는 국 냄비에 넣을 우구를 썰거나 그냥 바깥에 앉아서 동생들이 노는 걸 지켜보았다. 그럴 때는 그녀의 가슴을 감싼 천이 살짝 흘러내려서 가슴이 보였다. 그녀의 가슴이 봉긋하게 올라오기 시작한 이후부터 으그우는 그걸 만지는 느낌이 부드러울지, 아니면 우베 나무의 덜 익은 과일처럼 딱딱할지 항상 궁금했다. 아누리카의 가슴이 그렇게 평평하지만 않으면 한번 만져서 알아볼 수 있을 텐데 그러지 못해 아쉬울 뿐이었다. 아누리카는 은네시나치와 같은 나이면서도 왜 그렇게 발육이 느린지 정말 짜증스러웠다. 물론 아누리카가 으그우의 손을 찰싹 때리며 물리칠 것이고 어쩌면 따귀까지 때릴 수도 있지만 잽싸게 만진 다음에 도망치면 최소한 은네시나치의 가슴을 만지는 느낌이 어떨지 알 수 있을 터였다.

하지만 으그우는 은네시나치의 가슴을 만질 기회가 완전히 사라질 것 같아 두려웠다. 그녀의 삼촌이 그녀에게 카노에 와서 장사하는 법을 배우라고 말했기 때문이다. 그래서 은네시나치는 그녀가 업어서 기르는 막내 동생이 걷기 시작하면 이번 연말에 북부로 떠날 예정이었다. 그 말을 들었을 때 으그우도 다른 가족과 마찬가지로 기뻐하고 싶었다. 북부에 가면 돈을 벌 수 있었다. 북부에서 장사하다 돌아와 오두막을 완전히 뜯어내고 함석지붕이 있는 집을 새로 지은 사람들을 여러 명 보았다. 하지만 배가 나온 북부의 장사꾼 한 명이 은네시나치를 보고 나서 그녀의 아버지에게 야자수 술을 갖다주기라도 하면 으그우가 그녀의 가슴을 만질 기회는 완전히 사라질 터였다. 은네시나치의 봉긋한 가슴은 으그우가 숨죽인 신음 소리가 새어 나올 때까지 처음에는 천천히, 그러다가 정신없이 자위하던 수많은 밤마다 마지막으로 떠올리던 것이었다. 그는 언제나 그녀의 풍만한 두 뺨과 상앗빛 이를 떠올리며 자위를 시작했다. 그러다가 자신을 껴안고 온몸을 비벼 대는 두 팔을 떠올렸다. 그리고 마지막으로 그 봉긋한 가슴을 떠올렸다. 그녀의 가슴은 이로 깨물고 싶을 정도로 딱딱하게 느껴질 때도 있고, 꽉 움켜쥐면 아프지 않을까 걱정스러울 정도로 부드러운 느낌이 들 때도 있었다.

오늘 밤도 은네시나치를 떠올리고 싶은 충동이 일었다. 하지만 그러지 않기로 했다. 주인어른 집에서 보내는 첫날 밤, 야자수 잎사귀를 손으로 엮어 만든 매트와 완전히 다른 침대에서 그럴 수는 없었다. 으그우는 탄력 있고 부드러운 매트리스를 두 손으로 꾹 눌러 보았다. 그리고 그 위에 깔아 놓은 천을 만져 보았다. 그 위에서 그냥 자야 할지 아니면 걷어 내고 자야 할지 애매했다. 결국 그는 천 위에 그냥 올라가서 몸을 구부리고 누웠다.

으그우는 꿈에서 주인어른이 "으그우, 우리 일꾼!" 하고 부르는 소리에 깼다. 주인어른이 문가에 서서 바라보고 있었다. 꿈이 아닌 것 같았다. 그는 침대에서 급히 내려오며 커튼이 쳐진 창문을 쳐다보았다. 혼란스러웠다. 늦었나? 부드러운 침대에 깜빡 속아서 늦잠을 자고 만 건가? 평소에는 언제나 새벽에 깨어나지 않았는가!

"안녕하세요, 주인어른!"

"방에서 구운 닭고기 냄새가 진동하는군."

"죄송합니다, 주인어른."

"닭고기는 어디 있지?"

으그우는 반바지 주머니에 손을 넣어서 닭고기 조각을 꺼냈다.

"너희 부족은 자면서 음식을 먹나?"

주인어른이 물었다. 주인어른은 여자 겉옷처럼 보이는 옷을 허리춤에 아무렇게나 빙빙 감은 차림이었다.

"네, 주인어른?"

"자면서 닭고기를 먹으려고 한 거야?"

"아닙니다, 주인어른."

"음식은 식당과 부엌에 두는 거야."

"네, 주인어른."

"오늘, 부엌과 화장실을 깨끗이 청소하도록."

"네, 주인어른."

주인어른이 몸을 돌려 나갔다. 으그우는 침실 한가운데에 서서 몸을 부르르 떨었다. 앞으로 내민 손은 닭고기 조각을 그대로 움켜쥔 채였다. 부엌으로 가려면 식당을 지나야 하는 게 안타까웠다. 결국 그는 닭고기 조각을 주머니에 다시 넣고 숨을 깊이 들이켠 다음에 침실을 나왔다. 주인어른은 식탁에 앉아 있고 그 앞에 쌓인 책 위에는 찻잔이 놓여 있었다.

주인어른이 잡지를 보다 시선을 들어 으그우를 쳐다보며 물었다.

"자네는 루뭄바⁰⁴를 실제로 누가 죽였는지 아나? 미국 사람과 벨기에 사람이야. 카탕가랑 아무런 상관이 없어."

"네, 주인어른."

---

04 파트리스 루뭄바(1925~1961). 콩고의 초대 총리. 벨기에의 지배를 받던 콩고의 독립을 추진하다 1960년 독립과 함께 총리로 선출됨. 대통령과 정책 대립으로 반목, 1961년 1월 카탕가주에서 처형됨.

으그우가 대답했다. 그는 주인어른이 계속 말하기를 바랐다. 이보 말에 영어가 감미롭게 섞인 낭랑한 목소리가 듣기 좋았다. 주인어른이 다시 말했다.

"자네는 우리 집 일꾼이야. 내가 밖에 나가서 길 가는 여인을 막대기로 때리라는 명령을 내렸다고 해 보자. 자네가 그 여인의 다리에 심한 상처를 입혔다면 그녀에게 상처를 입힌 책임은 누구한테 있겠나. 자네인가 나인가?"

으그우는 주인어른을 물끄러미 쳐다보며 머리를 흔들었다. 닭고기 문제를 애매하게 돌려서 말하는 것 같았다.

"루뭄바는 콩고의 수상이었어. 자네는 콩고가 어디 있는지 아나?" 주인어른이 물었다.

"모릅니다, 주인어른."

주인어른이 급히 일어나서 서재로 갔다. 으그우는 두렵고 혼란스러워서 눈꺼풀이 떨렸다. 자신이 영어를 제대로 못해서, 주머니에 닭고기를 밤새도록 넣고 있어서, 주인어른이 말한 이상한 지명을 몰라서 주인어른이 자신을 집으로 돌려보내려는 건 아닐까? 이윽고 주인어른이 커다란 종이 한 장을 가지고 돌아와서 책과 잡지를 옆으로 밀치며 식탁에 넓게 펼쳤다. 그리고 만년필로 지도를 가리켰다.

"이게 우리 세상이야. 이 지도를 그린 사람이 자기네 대륙을 한가운데에 놓았다는 한계는 있지만. 중심 대륙과 변두리 대륙은 실제로는 없거든."

주인어른이 종이를 집어서 양쪽 끝을 둥글게 연결하며 계속 말을 이었다.

"우리가 사는 지구는 동그랗게 생겼어. 끝이 없지. 니 안야. 이건 모두 물이야. 바다와 대양이지. 그리고 여기는 유럽이고 여기는 우리 대륙 아프리카야. 콩고는 아프리카의 한가운데에 있어. 그 위로 쭉 올라간 여기가 나이지리아, 그리고 은수카는 여기 남동쪽. 바로 여기가 우리가 있는 곳이야."

주인어른이 만년필로 툭툭 쳤다.

"네, 주인어른."

"학교에 다녔나?"

"초등학교 2학년까지요, 주인어른. 하지만 전 무엇이든지 빨리 배웁니다."

"초등학교 2학년? 언제?"

"아주 오래전입니다, 주인어른. 하지만 전 무엇이든지 빨리 배웁니다!"

"학교를 왜 그만뒀지?"

"아버지 농사가 망했습니다, 주인어른."

주인어른이 고개를 천천히 끄덕거렸다.

"자네 아버지가 다른 사람한테 돈을 빌려서 수업료를 낼 수도 있지 않았나?"

"네, 주인어른?"

"자네 아버지가 돈을 빌려서라도 그렇게 했어야지!"

주인어른이 소리치더니 영어로 말했다.

"교육이 가장 중요해! 자신이 착취당한다는 사실도 모르는 사람이 착취당하지 않는 방법을 어떻게 깨달을 수 있겠나?"

"네, 주인어른."

으그우는 고개를 열심히 끄덕거렸다. 정신을 최대한 바짝 차려야 했다. 주인어른 눈동자가 무섭게 반짝거렸기 때문이다.

"자네를 교원용 초등학교에 등록시켜 주겠네."

주인어른이 만년필로 종이를 여전히 톡톡 치면서 말했다.

숙모는 으그우에게 몇 년 동안 열심히 일하면 주인어른이 그를 상업 학교에 보내서 타자 치는 기술과 속기술을 배우게 해 줄 거라고 말한 적이 있었다. 숙모는 교원용 초등학교에 대해서도 말해 주었지만, 그곳 교수 자녀들은 파란 교복에 하얀 양말을 신고 다니는데 그들이 공을 들여 양말에 복잡한 레이스를 다는 이유를 도무지 이해할 수 없다는 설명이 고작이었다.

"네, 주인어른. 감사합니다, 주인어른."

으그우가 대답하자 주인어른이 말했다.

"3학년에 들어가면 아마 자네가 반에서 나이가 제일 많을 거야. 자네가 나이에 맞는 대우를 받으려면 공부를 제일 잘하는 방법밖에 없어. 무슨 말인지 알겠나?"

"네, 주인어른!"

"자리에 앉게, 우리 일꾼."

으그우는 주인어른과 제일 멀리 떨어진 의자를 골라서 두 발을 어색하게 모으며 앉았다. 하지만 서는 편이 좋았다.

"학교 시험에서 우리 대륙에 대한 문제가 나올 때 우리는 두 가지 답을 할 수 있어. 진짜 답과 시험에 통과하기 위한 답. 자네는 책을 많이 읽어서 두 가지 답을 모두 배워야 해. 책을 하나 주지. 이건 아주 훌륭한 책이야."

주인어른이 차를 마시고 다시 말했다.

"학교에서는 문고 파크라는 백인이 니제르강을 발견했다고 가르칠 거야. 말도 안 되는 헛소리지. 문고 파크 할아버지의 할아버지가 태어나기 전에 우리 조상은 니제르강에서 고기를 잡았어. 하지만 학교 시험지에는 문고 파크라고 적어야 해."

"네, 주인어른."

으그우는 문고 파크라는 사람 때문에 주인어른의 기분이 아주 나빠지지 않기만 바랐다.

"다른 식으로 대답할 순 없나?"

"네, 주인어른?"

"노래나 한 곡 불러 보게."

"네?"

"노래나 한 곡 부르라고. 자네는 어떤 노래를 아나? 노래해!"

주인어른이 안경을 벗었다. 주인어른의 미간이 깊게 파였다. 심각한 분위기였다. 으그우는 아버지 밭에서 배운 옛날 노래를 부르기 시작했다. 심장이 쿵쾅거렸다.

"은조그보 은조그부 엔임바, 엔이……."

처음에는 나지막하게 불렀다. 하지만 주인어른이 만년필로 식탁을 톡톡 치며 "더 크게!" 하고 말해서 목소리를 키웠다. 그래도 주인어른은 계속 "더 크게!" 하고 말했고 으그우는 악을 쓰며 노래를 불렀다. 그렇게 노래를 몇 차례 부르자, 주인어른이 이제 됐다고 말했다.

"좋아, 좋아. 차를 끓일 수 있나?"

"모릅니다, 주인어른. 하지만 빨리 배웁니다."

으그우가 대답했다. 노래를 하고 나니까 왠지 편안한 마음이

들었다. 숨 쉬기도 편하고 심장도 쿵쾅거리지 않았다. 그는 주인어른이 미친 게 분명하다고 생각했다.

"난 대체로 교원 클럽에서 식사를 해. 이제 자네가 왔으니 집에 음식을 더 많이 갖다 놓아야겠어."

"주인어른, 제가 요리할 수 있습니다."

"자네가 요리를?"

으그우는 고개를 끄덕거렸다. 오랫동안 저녁에 어머니가 요리하는 모습을 지켜보았다. 어머니는 장작에 불을 붙이기도 하고 불길이 사그라지려고 하면 부채질을 해서 살려 내기도 했다. 감자와 카사바[05] 껍질을 까서 으깼으며 쌀알 껍질을 불리고 콩에서 벌레를 빼내기도 했다. 양파도 까고 후추도 갈았다. 어머니가 아파서 기침이라도 하면 아누리카 대신 자신이 직접 요리를 하고 싶은 마음도 들었다. 물론 이런 속마음을 누구에게 말한 적은 한 번도 없었다. 아누리카에게도 말하지 않았다. 그러잖아도 그녀는 으그우가 여자들이 요리하는 곳 주변에서 시간을 너무 많이 보낸다고, 그러면 수염이 안 날 수도 있다고 투덜댔다.

"음, 그럼 자네가 먹을 음식은 직접 요리해서 먹도록. 필요한 재료의 품목을 적어 주게."

"네, 주인어른."

"자네는 아직 시장에 가는 길을 모를 거야, 그렇지? 조모한테 길을 가르쳐 주라고 하겠네."

---

05 열대 지방에서 자라는 농작물로, 덩이뿌리를 감자처럼 쪄 먹음. 덩이뿌리에서 나오는 타피오카 녹말도 요리에 사용함.

"조모요, 주인어른?"

"정원을 관리하는 일꾼이야. 일주일에 세 번씩 오지. 재미있는 사람이야. 파두 식물한테 말도 거니까."

주인어른이 잠시 입을 다물었다가 다시 말했다.

"그래, 내일이면 일하러 오겠군."

나중에 으그우는 음식 품목을 적어서 주인어른에게 건넸다. 주인어른은 목록을 잠시 훑어보다가 영어로 말했다.

"재미있는 조합이군. 학교에 다니면 모음을 제대로 배울 수 있겠어."

으그우는 주인어른의 얼굴에 떠오르는 미소가 싫었다. 그래서 말했다.

"나무가 필요합니다, 주인어른."

"나무?"

"책들이 많아서요, 주인어른. 나무가 있으면 제가 가지런히 정리할 수 있습니다."

"아, 그래, 선반. 선반을 설치할 곳이 어딘가에 있을 거야. 복도도 좋고. 공작실 사람한테 말해 두지."

"네, 주인어른."

"오데니그보. 오데니그보라고 불러."

으그우는 미심쩍은 표정으로 주인어른을 물끄러미 쳐다보았다.

"네, 주인어른?"

"내 이름은 주인어른이 아냐. 오데니그보라고 불러."

"네, 주인어른."

"내 이름은 언제나 오데니그보야. 주인어른이란 말은 너무 전

제적이야. 너도 나중에 주인어른이 될 수 있어."

"네, 주인어른…… 오데니그보."

으그우는 주인어른이라고 부르는 게 훨씬 좋았다. 그 말에서 느껴지는 강한 힘이 좋았다. 며칠 후 공작실에서 일꾼 두 명이 복도에 선반을 설치하러 왔을 때, 주인어른이 집으로 올 때까지 기다려야 한다고 했다. 타이핑한 하얀 종이에 서명하는 방법을 몰랐기 때문이다. 주인어른이라고 말하는 게 자랑스러웠다.

"저 애는 일하는 아이야."

일꾼 한 명이 경멸 섞인 투로 말하자, 으그우는 그 남자를 쳐다보며 대대손손 심한 설사병에 시달리라고 속으로 저주를 퍼부었다. 그러고는 주인어른 책을 정리하다 말고 서류에 서명하는 법을 꼭 배우고 말겠다고 크게 소리쳤다.

몇 주가 지나는 동안 으그우는 방갈로 곳곳을 살펴보면서 캐슈 나무에는 벌집이 붙어 있고, 태양이 높이 떠오르면 나비들이 앞마당으로 몰려든다는 사실을 발견했다. 이 기간 동안 주인어른의 생활 방식도 조심스럽게 파악했다. 매일 아침 배달꾼이 문 앞에 떨어뜨리는《데일리 타임스》와《르네상스》를 집어서 주인어른이 마실 차와 빵이 준비된 식탁 옆에 포개 놓았다. 주인어른이 아침 식사를 마치기 전까지 오펠 자동차를 깨끗이 닦았고, 주인어른이 낮잠을 즐기러 일터에서 돌아오면 테니스를 치러 나가기 전에 차에 묻은 먼지를 다시 털어 냈다. 주인어른이 몇 시간씩 서재에 머무는 날에는 아주 조용히 걸어 다녔다. 주인어른이 큰 소리로 말하며 복도를 거닐면 물을 데워 차 끓일 준비를 했다. 마루도 매일 문질러 닦았다. 오후의 햇살에 반짝거릴 때까지 채광창을 닦았으며 화장실 욕조에 작은 얼룩도 없도록 관심을 기울였다. 주인어른 친구들에게 콜라나무 열매를 담아서 내놓는 접시도 윤기 흐르게 닦았다.

손님은 매일 최소한 두 명 이상 찾아왔다. 손님들이 거실에 머물며 전축을 켜면 플루트 소리 같은 이상한 음악이 나지막하게 흘러나왔다. 음악 소리가 작았기 때문에 으그우는 부엌에 있거나 복도에서 주인어른 옷을 다릴 때도 거실에서 대화를 나누며 웃는 소리와 쨍그랑거리며 유리잔이 부딪치는 소리를 선명하게 들을 수 있었다.

으그우는 더 많은 일을 하고 싶었다. 주인어른이 자신을 계속 데리고 있을 이유를 충분히 만들고 싶었다. 그래서 하루는 아침에 주인어른의 검은 양말을 다림질했다. 구김살은 보이지 않았지만 다림질을 하면 훨씬 멋있을 것 같았다. 그런데 쉿쉿 소리가 나서 뜨거운 다리미를 들어 올려 보니 양말 절반이 다리미에 달라붙어 있었다. 으그우는 얼어붙었다. 주인어른은 식탁에서 아침 식사를 끝내 가는 중이었다. 언제 양말과 구두를 신고 선반에 있는 서류철을 집어 들어 일터로 나갈지 모를 터였다. 으그우는 양말을 의자 밑에 숨기고 서랍으로 재빨리 뛰어가서 새 양말을 가져오고 싶었지만 다리가 움직이지 않았다. 주인어른이 금방 알아차릴 거라 생각하고 두려워하며 눌어붙은 양말을 들고 가만히 서 있었다.

"양말을 다림질한 거야? 이 멍청한 놈."

멍청한 놈이란 말이 음악처럼 흘러나왔다.

"죄송합니다, 주인어른! 죄송합니다, 주인어른!"

주인어른이 선반에서 서류철을 집어 들었다.

"주인어른이라고 부르지 말라고 했잖아. 이런, 늦겠군."

"주인어른? 제가 다른 양말을 가져올까요?"

으그우가 물었다. 하지만 주인어른은 양말 없이 구두만 신은 채 벌써 급히 나가고 있었다. 이윽고 자동차 문을 쾅 닫는 소리와 바퀴 구르는 소리가 들렸다. 으그우는 마음이 무거웠다. 사파리 정장만 다림질하는 걸로 끝내지 않고 왜 양말까지 손을 댔는지 이해할 수가 없었다. 악령이 들어온 게 분명했다. 악령이 그렇게 하도록 시킨 게 분명했다. 악령은 사방에 숨어 있었다. 몸에서 심한 열이 나는 것도 악령 때문이다. 한번은 으그우가 나무에서 떨어졌을 때 어머니는 그의 몸에다 오쿠우마를 문지르면서 계속 이렇게 중얼거렸다.

"악령아 물러가라, 악령아 물러가라."

으그우는 앞마당에 나갔다. 가지런히 깎은 잔디를 둥글게 에워싼 돌들을 지나갔다. 악령을 물리쳐야 했다. 악령에게 질 순 없었다. 잔디밭 한가운데에는 잔디 없는 동그란 땅이 녹색 바다에 뜬 섬처럼 자리 잡고 있는데 그곳에 가느다란 야자수 한 그루가 서 있었다. 그는 그렇게 조그맣고도 잎사귀가 완벽하게 벌어진 야자수를 본 적이 없었다. 이곳에 있는 다른 모든 나무와 마찬가지로 과일이 열릴 정도로 튼튼해 보이지는 않았다. 쓸모없어 보였다. 돌멩이 하나를 집어서 멀리 던졌다. 넓은 땅을 쓸데없이 낭비한다는 생각이 들었다. 마을에서는 집 주변에 작은 공간만 있으면 누구나 채소나 약초를 심었다. 하지만 으그우의 할머니는 당신이 제일 좋아하는 아리그베 약초가 사방에서 야생으로 자라기 때문에 굳이 약초를 심을 필요가 없었다. 할머니는 아리그베 약초가 남자의 심장을 부드럽게 진정시킨다고 말하곤 했다. 할머니는 세 부인 가운데

둘째라서 첫째나 마지막 부인의 특권을 누릴 수 없었다. 그래서 남편에게 부탁할 일이 있으면 아리그베 약초를 넣고 매콤한 감잣국을 끓여 먹였는데, 그 효과가 그만이라고 말한 적이 있었다. 으그우도 그렇게 하면 주인어른에게 효과가 있을 것 같았다.

으그우는 아리그베 약초를 찾으러 돌아다녔다. 분홍색 꽃 사이를 뒤지고, 구멍이 뽕뽕 뚫린 벌집이 붙은 나뭇가지에 캐슈 나무, 검은 병정개미들이 나뭇등걸을 오르내리는 레몬 나무, 그리고 과일이 알맞게 익었지만 새가 여기저기 파먹어 구멍이 난 포포 나무 아래를 살폈다. 하지만 깨끗했다. 약초 같은 건 하나도 없었다. 조모 아저씨가 철저하고 완벽하게 잡초를 뽑아서 필요 없는 풀이 자라게 놔두질 않았다.

두 사람이 처음 만났을 때 으그우가 인사했지만, 조모 아저씨는 아무 말 없이 고개만 끄덕이고는 계속 일만 했다. 그는 몸이 쪼그라든 조그만 남자인데 으그우가 보기에 물을 줘야 할 대상은 식물이 아니라 바로 조모 자신인 것 같았다. 조모 아저씨는 고개를 들고 쳐다보며 마치 으그우가 자기 이름을 모르기라도 한 것처럼 말했다.

"아파 음 부 조모. 하지만 사람들은 날 케냐타라고 불러. 케냐의 위대한 인물을 본뜬 이름이지. 난 사냥꾼이야."

으그우는 뭐라고 대답해야 좋을지 몰랐다. 그가 아주 근사한 대답이 나오기만을 기대하는 표정으로 으그우의 두 눈을 똑바로 바라보았기 때문이다.

"어떤 동물을 잡으시는데요?"

으그우가 물었다. 바로 이 질문을 기다렸다는 듯이 조모 아저씨는 환한 얼굴로 사냥에 대한 이야기를 늘어놓기 시작했다. 으그우는 뒷마당으로 이어지는 계단에 앉아서 가만히 그의 이야기를 들었다. 첫날부터 으그우는 그가 하는 말을 믿지 않았다. 표범과 맨손으로 싸우고 총알 한 방으로 비비 두 마리를 죽였다는 식의 이야기였다. 하지만 이야기가 재미있어서 으그우는 조모 아저씨가 일하는 동안 바깥에 나와 있을 핑계를 만들기 위해 주인어른의 빨래를 그가 일하러 오는 날로 미루어 놓았다.

조모 아저씨는 신중하고 느릿하게 움직였다. 나뭇잎을 갈퀴로 긁고 물을 주고 식물을 심는 모습이 지혜로워 보였다. 어느 날은 그가 울타리로 쓸 나무를 깎다가 갑자기 고개를 들고 말했다.

"아주 맛있는 고기가 나타났군."

그러더니 자전거 뒤에 묶어 놓은 염소 가죽 가방을 샅샅이 뒤진 다음에 새총을 꺼냈다. 그리고 캐슈 나무에 앉은 산비둘기를 조그만 돌멩이로 한 번에 떨어뜨려서 잎사귀로 싼 다음에 가방에 집어넣었다.

"내가 없을 때에는 가방 근처로 오지 마. 사람 머리가 나올 수도 있으니까."

조모 아저씨가 말했다. 으그우는 웃음을 터뜨렸지만 그 말을 완전히 무시할 수는 없었다.

으그우는 오늘 조모 아저씨가 일하러 나오면 정말 좋을 것 같았다. 그러면 아리그베 약초가 어디에 있는지, 어떻게 해야 주인어른의 기분을 풀어 줄 수 있는지 물을 수 있기 때문이다.

으그우는 구내 바깥에 있는 거리까지 나가서 길가에 자라는 식물을 살폈다. 그러다가 바람 소리가 나는 소나무 뿌리 근처에서 주름살투성이 잎사귀를 발견했다. 그는 주인어른이 교원 클럽에서 가져온 맛있는 음식에서는 아리그베 약초의 매콤하고 톡 쏘는 향을 느낀 적이 없었다. 이걸로 스튜 요리를 해서 쌀밥과 함께 주인어른에게 내놓고 이렇게 간청하면 좋을 것 같았다. "제발 저를 집으로 돌려보내지 마세요, 주인어른. 다른 일도 하겠습니다. 돈을 벌어서 갚겠습니다." 어떤 일을 해서 양말 살 돈을 벌지 구체적으로 생각하지는 않았지만, 어쨌든 주인어른에게 말해야 할 것 같았다.

아리그베 약초가 주인어른 마음을 진정시킨다면 뒷마당에다 그것을 비롯해 여러 약초를 기르는 것도 괜찮을 것 같았다. 교원용 학교의 여자 교장 선생님이 주인어른에게 학기 중간에 입학할 수 없다고 했다 하니, 학교에 나가기 전까지 밭일을 하겠다고 말하면 될 것 같았다. 하지만 자신이 너무 앞서간다는 생각도 들었다. 주인어른이 양말 태운 걸 용서할 수 없으니 냉큼 나가라고 소리치며 내쫓는다면 약초를 키우려는 계획도 아무 소용 없을 터였다. 으그우는 부엌으로 재빨리 돌아가서 조리대에 아리그베 약초를 내려놓고 적당한 양의 쌀을 꺼냈다.

몇 시간 후에 주인어른 자동차 소리가 들리자 으그우는 배 속이 딱딱하게 굳는 듯했다. 자갈 위를 구르는 바퀴 소리와 엔진이 웅웅거리는 소리가 차고 앞에서 멈췄다. 그는 냄비 옆에서 스튜를 휘저으며 배 속이 딱딱해지는 느낌이 강해질수록 국자를 꽉 움켜잡았다. 혹시 자신이 음식을 내놓기도 전에 주인어른한테 쫓겨나는 건 아닐까? 그러면 마을에 돌아가서 사람들에게 뭐라고 말하지?

"어서 오세요, 주인어른…… 오데니그보."

으그우가 말했다. 주인어른이 부엌으로 들어오기도 전이었다.

"그래, 그래."

주인어른이 대답했다. 가슴께로 올린 한 손에는 많은 책이 들려 있었고 다른 손에는 서류 가방을 들고 있었다. 으그우는 재빨리 달려가서 책들을 받아 들며 영어로 물었다.

"주인어른? 뭘 좀 드시겠습니까?"

"뭘?"

으그우의 배 속이 더 딱딱하게 굳었다. 책을 식탁에 내려놓으려고 허리를 숙였을 때는 이러다가 허리가 뚝 부러지는 건 아닐까 두려웠다.

"스튜 요리를 했습니다, 주인어른."

"스튜?"

"네, 주인어른. 아주 맛있는 스튜입니다, 주인어른."

"그렇다면 조금 먹어 보지."

"네, 주인어른."

"오데니그보라고 불러!"

주인어른이 소리를 지른 다음에 목욕하려고 욕실에 들어갔다.

으그우는 음식을 차려 놓고 부엌 문 뒤에 숨어서 가만히 지켜보았다. 주인어른은 쌀밥과 스튜를 포크로 가득 떠서 한 번 먹고 이어 또 한 번 먹고는 감탄했다.

"정말 훌륭해, 우리 일꾼."

으그우는 문 뒤에서 말했다.

"주인어른? 제가 조그만 약초밭을 가꾸어서 이런 스튜를 계속 끓여 드리겠습니다."

주인어른이 물을 마시다 말고 잡지를 넘기며 말했다.

"약초밭? 아니야, 아니야, 아니야. 바깥은 조모 담당이고 실내는 네 담당이야. 확실한 분업이 필요해, 우리 일꾼. 약초가 필요하면 조모한테 약초밭을 만들라고 부탁하는 거야."

으그우는 영어로 "확실한 분업이 필요해, 우리 일꾼."이라고 말하는 주인어른의 목소리가 너무나 좋았다.

"네, 주인어른."

으그우가 대답했다. 하지만 머릿속은 벌써 약초밭으로 가장 적당한 곳을 생각하고 있었다. 주인어른이 한 번도 가지 않은 남학생 기숙사 근처였다. 약초밭을 조모에게 맡길 수는 없었다. 주인어른이 외출하면 직접 가꾸고 싶었다. 그러면 용서의 약초인 아리그베 약초가 떨어지는 일이 없을 터였다. 주인어른이 이미 집으로 돌아오기 전에 양말 사건을 완전히 잊었다는 사실을 으그우가 깨달은 건 그날 저녁이었다.

으그우는 또 다른 것도 깨달았다. 다른 집에서 일하는 어린 일꾼은 자신과 다르다는 사실이었다. 옆집 오케케 선생님네 어린 일꾼은 침대가 있는 침실에서 자지 않고 부엌 바닥에서 잤다. 으그우와 함께 시장에 가는 거리 끝에 있는 어린 일꾼은 무슨 요리를 할지 스스로 결정할 수 없었다. 주인이 명령하는 것만 요리했다. 그리고 그들에게 "이건 아주 훌륭한 책이야." 하고 말하면서 책을 건네는 주인님이나 마님도 없었다.

으그우는 책에 적힌 문장을 대부분 이해할 수 없었지만 그래도 열심히 읽는 척하려고 애썼다. 물론 주인어른이 친구들과 나누는 대화도 거의 알아들을 수 없었지만 그래도 열심히 귀를 기울였다. 그래서 샤프빌에서 흑인들을 학살한 사건에 대해 국제 사회에서 무슨 조치를 내려야 한다거나, 러시아에서 격추당한 첩보 비행기 사건의 배후에 미국이 있다거나, 드골이 알제리에서 이상한 짓을 벌이고 있다거나, 유엔이 카탕가[06]에서 촘베[07]를 절대로 쫓아내지 않을 거란 말을 들었다. 주인어른은 가끔씩 벌떡 일어나서 유리잔을 치켜들고 이렇게 외치기도 했다.

"미시시피 대학에 들어간 용감한 흑인을 위하여!"

"스리랑카와 세계 최초의 여성 수상을 위하여!"

"미국인을 쫓아낸 쿠바를 위하여!"

으그우는 그 말에 이어서 맥주병과 유리잔이, 유리잔과 유리잔이, 맥주병과 맥주병이 쨍그랑 부딪치는 소리가 너무나 좋았다.

주말에는 주인어른의 친구들이 더 많이 몰려들었다. 으그우는 거실에 나가서 손님들의 시중을 들었고 주인어른은 으그우를 이렇게 소개했다. 물론 영어였다.

"으그우는 집안일을 도와준답니다. 아주 영리한 아이지요."

주인어른이 그렇게 말하면, 맥주병과 콜라 병 마개를 조용히 따는 동안 으그우는 발가락 끝에서 피어오른 자부심이 온몸으로 따듯하게 퍼져 나가는 느낌이었다. 그는 주인어른이 자신을 외국인에게 소개하는 게 특히 좋았다. 그중에는 카리브해 출신으로 더듬거리며 말하는 존슨 선생님도 있었고 미국에서 온 백인으로 눈동자가 파릇파릇 돋아나는 잎사귀처럼 짙푸른 레먼 교수님도 있

---

06 콩고 민주 공화국 동남부의 주.

07 모이스 촘베(1919~1969). 콩고 민주 공화국의 정치 지도자로 1964년에서 1965년까지 콩고의 수상을 지냄.

었다. 으그우는 레먼 교수님을 처음 보았을 때 막연한 두려움에 떨었다. 평소에 눈동자가 풀처럼 짙푸른 건 악령밖에 없다고 생각했기 때문이다.

으그우는 자주 찾아오는 손님을 금방 파악하고 주인어른이 지시하기도 전에 그들이 마실 걸 내왔다. 파텔 의사 선생님은 인도 출신으로 골드 기니 맥주에 콜라를 섞어서 마셨는데, 주인어른은 그를 그냥 선생이라고 불렀다. 으그우가 콜라나무 열매를 내올 때마다 주인어른은 그에게 "콜라나무 열매는 영어를 모른답니다, 선생." 하고 말하고 콜라나무 열매에게 이보 말로 은총을 내렸다. 그러면 그는 매번 처음 듣는 농담이라는 듯 아주 재미있어하며 소파에 등을 기댄 채 짧은 다리를 들어 올리면서 폭소를 터뜨렸다. 그리고 주인어른이 콜라나무 열매를 깨뜨리고 접시를 돌릴 때면 그는 언제나 그걸 하나 집어서 셔츠 주머니에 넣었다. 파텔 선생님이 그걸 먹은 적은 한 번도 없었다.

키가 크고 깡마른 에제카 교수님은 목소리가 심하게 쉬어서 목소리가 언제나 속삭이는 것처럼 들렸다. 그는 언제나 자기 유리잔을 잡고 불빛에 비추면서 으그우가 제대로 닦았는지 검사했다. 심지어 자신이 마실 독한 술을 직접 가져올 때도 많았다. 그렇지 않을 때는 차를 달라고 한 다음에 설탕 그릇과 우유 그릇을 검사하며 이렇게 중얼거렸다.

"박테리아는 번식력이 너무 뛰어나."

오케오마 선생님도 있었다. 제일 자주 찾아오고 가장 오랫동안 머무는 손님이었다. 그는 다른 손님보다 젊어 보였는데 언제나 반바지 차림이었고 덥수룩한 머리는 옆으로 가르마를 타서 주인어른 머리카락보다 높이 세웠다. 하지만 빗으로 머리를 빗는 걸 싫어하는지 머리카락이 주인어른과 달리 거칠게 엉킨 것처럼 보였다. 오케오마 선생님은 환타를 주로 마셨다. 그리고 가끔씩 저녁에 종이를 한 묶음 들고 자신이 지은 시를 크게 읊었다. 그러면 손님들은 모두 그를 바라보았고 으그우는 부엌문 사이로 손님들 얼굴을 하나씩 쳐다보았다. 모두가 절반은 얼어붙은 표정이었다. 감히 숨소리도 낼 수 없었다. 낭송이 끝나면 주인어른은 박수를 치면서 "우리 시대의 목소리!"라고 크게 소리쳤다. 오케오마 선생님이 "이제 그만!" 하고 날카롭게 말할 때까지 박수는 계속됐다.

아데바요 교수님도 있었다. 그녀는 주인어른처럼 브랜디를 마셨는데 으그우가 생각하던 대학교 여교수 모습이 전혀 아니었다. 대학교 여교수에 대해서 숙모에게 조금 들은 적이 있었다. 숙모는 낮 시간에 수학과 건물 교수실 청소부로 근무하고 저녁에는 교원 클럽에서 심부름을 하기 때문에 잘 알았다. 교수들이 숙모에게 돈을 주고 자기네 집을 청소시킬 때도 있었다. 숙모는 대학교 여교수들이 이바단이나 영국이나 미국의 학창 시절에 찍은 사진을 액자에 넣어서 선반에 올려놓는다고 말했다. 아침 식사는 노른 자가 이리저리 춤출 정도로 대충 익힌 계란을 먹으며 머리카락이 쭉 뻗고 탄력 좋은 가발을 쓰고 발목을 스치는 긴 치마를 입는다고 했다. 한번은 교원 클럽의 칵테일파티 때 멋진 푸조 404 자동차에서 내린 우아한 크림색 정장 차림의 남자와 녹색 드레스 차림의 여자에 대한 이야기를 한 적도 있었다. 모두가 고개를 돌리고 쳐다보는 앞에서 그 커플은 손을 맞잡고 걸었는데 때마침 바람이 불어 여자의 가발이 벗겨지면서 대머리가 그대로 드러나고 말았다.

숙모 말에 의하면, 그들은 백인처럼 보이고 싶어서 뜨거운 빗으로 곱슬머리를 똑바로 펴곤 했는데 그만 머리카락이 다 타 버리고 말았다는 것이다.

으그우는 그 대머리 여자를 자주 상상했다. 평평하게 푹 꺼진 자신의 코와 달리 코가 오뚝 일어선 아름다운 여자였다. 웃음소리와 말소리는 물론 재채기할 때조차도 닭살에 붙은 솜털처럼 부드러운, 아주 조용하고 우아하고 다정한 여자일 것 같았다. 하지만 주인어른을 찾아오는 여자들이나 슈퍼마켓이나 거리에서 눈에 띄는 여자들은 그렇지 않았다. 대부분 가발을 쓰긴 했지만(머리카락을 땋거나 실로 묶은 사람도 몇 명 있었다.) 풀잎 줄기처럼 우아하지 않았다. 목소리도 컸다. 그중에서도 목소리가 가장 큰 사람이 아데바요 교수님이었다. 그녀는 이보족 사람이 아니었다. 으그우는 시장에서 그녀가 자기네 집 여자아이 일꾼과 알아듣지 못할 요루바 말로 빠르게 말하는 목소리만 듣고도 그녀를 알아볼 수 있었다. 그때 그녀는 조금만 기다리면 자신이 캠퍼스까지 태워다 주겠다고 했지만, 으그우는 쇼핑을 끝냈으면서도 아직 살 물건이 많아서 고맙지만 나중에 택시를 타고 가겠다고 대답했다. 아데바요 교수님 차를 타고 싶지 않았기 때문이다. 거실에서 주인어른보다 목소리를 키워서 도전적으로 반박하는 그녀가 싫었다. 부엌문 뒤에 숨어서 대화를 듣다가 그녀에게 닥치라고 소리치고 싶은 충동이 이는 걸 억눌러야 할 때도 많았다. 주인어른에게 궤변론자라고 소리칠 때는 특히 더했다. 물론 으그우는 궤변론자가 무슨 뜻인지 몰랐다. 하지만 주인어른에게 그런 식으로 말하는 게 마음에 들지 않았다. 게다가 아데바요 교수님이 주인어른을 쳐다보는 눈길도 싫었다. 다른 사람이 말하고 있어서 그 사람을 쳐다보아야 하는데도 그녀의 눈길은 주인어른을 향했다. 어느 토요일 저녁, 오케오마 선생님이 유리잔을 떨어뜨려서 으그우가 거실 바닥에 흩어진 유리 조각을 치우러 들어간 적이 있었다. 그는 일부러 시간을 끌며 천천히 치웠다. 그곳에서는 대화가 훨씬 선명하게 들릴 뿐 아니라 에제카 교수님의 말소리도 쉽게 알아들을 수 있었다. 부엌에서는 거의 들리지 않는 목소리였다.

"미국 남부에서 벌어지는 사건에 대해 범아프리카 차원의 대대적인 대응이 필요……."

에제카 교수님이 말할 때 주인어른이 말을 자르며 끼어들었다.

"당신도 알다시피, 범아프리카 차원이란 표현은 근본적으로 유럽인의 관점에서 나온 말이에요."

"주제를 흐리고 있군요."

에제카 교수님이 말하면서 평소처럼 거만하게 머리를 흔들자, 이번에는 아데바요 교수님이 끼어들었다.

"그게 유럽인의 관점이란 말이 맞을 수도 있어요. 하지만 큰 그림으로 보면 우리 모두가 한 인종이에요."

주인어른이 물었다.

"어떤 큰 그림요? 백인이 그린 큰 그림요? 파란 눈으로 보면 우리 모두가 똑같게 보일지 몰라도, 사실은 우리 모두가 다르다는 것을 당신은 모르나요?"

으그우는 주인어른의 목소리가 높아지는 걸 느꼈다. 주인어른은 브랜디를 세 잔째 마실 즈음에는 술잔을 이리저리 움직이며 안락의자 모서리 끝에 엉덩이를 걸치고 앞으로 몸을 기울이기도 했다. 으그우는 나중에 주인어른이 잠자리에 들면 그 의자에 앉아서 주인어른 같은 목소리로 '식민지 독립'과 '범아프리카'라는 단어를 사용하며 열심히 듣는 손님들에게 유창한 영어로 말하는 흉내를 내 봐야겠다고, 그리고 몸을 계속 움직여서 의자 모서리 끝에 엉덩이를 걸쳐 봐야겠다고 생각했다.

"그렇지 않아요. 우리는 똑같아요. 우리 모두가 백인에게 억압당하고 있어요. 우리 모두는 범아프리카주의의 깃발 아래 뭉쳐야 해요."

아데바요 교수님이 냉정하게 말하자 주인어른이 대답했다.

"물론 당연히 그래야지요. 하지만 내가 말하고 싶은 건 아프리카의 정체성은 부족에 있다는 거예요. 내가 나이지리아 사람인 이유는 백인이 나이지리아를 만들어서 나한테 강요했기 때문이에요. 또 내가 흑인인 이유는 백인이 자신의 하얀 피부색과 구분해서 차별하려고 흑인이란 말을 만들어 냈기 때문이죠. 하지만 백인이 나타나기 이전의 난 이보족 사람이었어요."

에제카 교수님이 가느다란 다리를 꼰 채 콧방귀를 뀌고 머리를 흔들며 입을 열었다.

"하지만 당신이 이보족 사람이란 사실을 깨달은 건 백인 때문이지요. 범이보주의 자체가 백인에게 지배당하면서 나왔어요. 부족이라는 개념 자체도 국가와 인종과 마찬가지로 식민지 지배의 부산물이란 사실을 알아야 해요."

에제카 교수님이 다시 다리를 꼬자 주인어른이 소리쳤다.

"범이보주의는 백인이 나타나기 오래전부터 존재했어요! 당신네 마을로 돌아가서 노인분들께 지난 역사에 관해 물어보세요."

"문제는 오데니그보가 무기력한 부족주의자라는 건데, 우리가 입을 다물게 만들어야 해요."

아데바요 교수님이 말하더니, 이상한 행동으로 으그우를 깜짝 놀라게 했다. 웃으며 일어나서 주인어른한테 가더니 갑자기 손가락으로 주인어른 입술을 합쳐서 꼭 붙잡아 버린 것이다. 상당히 오랫동안 그렇게 한 것 같았다. 으그우는 브랜디 기운이 밴 주인어른 침이 그녀의 손가락에 묻는 장면을 떠올렸다. 깨진 유리를 줍던 몸이 뻣뻣하게 굳었다. 주인어른이 지금처럼 아주 우습다는 표정으로 가만히 앉아서 머리만 흔들지 않기를 바랐다.

그다음부터 으그우는 아데바요 교수님이 너무 싫었다. 깡마른 얼굴, 얼룩진 피부 그리고 날개처럼 부풀어 오른 드레스가 보면 볼수록 커다란 박쥐처럼 여겨졌다. 그래서 그녀가 찾아오면 물에 젖은 손을 최대한 천천히 닦으며 문을 열고 술이나 음료수도 제일 늦게 갖다주었다. 으그우는 혹시 아데바요 교수님이 주인어른과 결혼해서 요루바 말을 하는 이상한 여자애를 데려오는 건 아닌지, 자신의 약초밭을 망가뜨리고 그가 할 수 있는 요리는 물론 할 수 없는 요리까지도 하라고 지시하는 건 아닌지 걱정스러웠다. 바로 그때 주인어른과 오케오마 선생님의 목소리가 들렸다.

"아데바요 교수님이 오늘 집에 돌아가지 않으시려는 것 같은데, 은워케 음, 함께 좋은 시간을 보낼 생각은 없으세요?"

오케오마 선생님이 말하자 주인어른이 대답했다.

"쓸데없는 소리 마세요."

"그런다 해도 런던에서는 아무도 모를 거예요."

"말도 안 돼……."

"교수님이 아데바요 교수님한테 관심이 없다는 건 알겠는데, 도대체 어떤 매력이 있어서 여자들이 교수님한테 꼬여 드는 건지 정말 모르겠어요."

오케오마 선생님이 웃으며 말하자 으그우는 안심했다. 그는 아데바요 교수님은 물론이고 그 어떤 여자도 두 사람 사이에 끼어 들어 그들의 생활을 방해하는 걸 바라지 않았다. 가끔 손님이 일찍 떠난 저녁 시간에 으그우는 거실 바닥에 앉아서 주인어른의 말소리를 들었다. 대부분 알아듣기 힘든 내용이었다. 브랜디 때문에 주인어른이 으그우가 손님이 아니란 사실을 잊은 것 같았다. 하지만 상관없었다. 그윽한 목소리에 이보 말투가 들어간 감미로운 영어, 그리고 광채가 번뜩이는 두꺼운 안경 자체로 충분했다.

이 집에 온 지 4개월이 되었을 즈음에 주인어른은 으그우에게 이렇게 말했다.

"주말에 아주 특별한 여성이 찾아올 거야. 집 안 전체를 깨끗하게 청소하도록. 음식은 교원 클럽에서 주문할 테니까."

"하지만 주인어른, 제가 요리할 수 있어요."

으그우가 대답했다. 슬픈 상황이 올 것 같았다.

"런던에서 막 돌아오는 여성이라서 독특하게 요리한 쌀밥을 좋아할 거야. 볶음밥. 우리 일꾼, 넌 그런 밥을 만들 수 없어."

주인어른이 말하고 돌아서자, 으그우는 볶음밥이 무언지도 모르면서 재빨리 말했다.

"제가 그런 밥을 만들겠습니다. 주인어른은 교원 클럽에서 닭고기만 주문하세요."

주인어른이 영어로 대답했다.

"교묘한 협상이군. 정 그렇다면 그렇게 하도록."

"네, 주인어른."

으그우가 대답했다. 그러고는 방을 모두 청소하고 화장실 구석구석을 세심하게 문질러 닦았다. 지금까지 항상 청소해 왔던 식이었다. 하지만 주인어른은 으그우가 해 놓은 것을 이리저리 살피고 나서 아직 청소가 충분치 않다고 말했다. 그러고는 밖으로 나가서 청소용 세제를 사다가 타일 사이사이까지 깨끗하게 닦으라고 날카롭게 말했다. 으그우는 다시 청소했다. 얼굴 양옆으로 땀이 송골송골 맺히고 팔이 아프도록 문질러 댔다. 토요일에 요리할 때는 온몸에 난 털이 곤두설 지경이었다. 주인어른은 지금까지 으그우가 한 일에 관해서 뭐라고 불평한 적이 한 번도 없었다. 모든 게 이 여자 때문이었다. 자신이 요리하는 것 자체를 걱정할 정도로 주인어른이 특별하게 여기는 여자 때문이었다. 런던에서 이제 막 돌아온다는 여자…….

현관에서 종이 울리자 으그우는 똥이나 잔뜩 먹으라는 저주를 여자에게 퍼부었다. 주인어른이 어린아이처럼 좋아하는 목소리가 들리더니 잠시 기나긴 침묵이 흘렀다. 두 사람이 껴안고 있는 것을, 여자가 못생긴 몸뚱이를 주인어른에게 밀어붙이고 있는 것을 상상할 수 있었다. 그러더니 이번에는 여자 목소리가 들렸다. 으그우는 갑자기 얼어붙었다. 지금까지 그는 주인어른의 영어가 가장 훌륭하다고 생각했다. 에제카 교수님의 영어는 알아듣기도 힘들었으며 오케오마 선생님이 말하는 영어는 이보 말을 하는 것 같고 파텔 선생님이 말하는 영어는 사그라지는 노래 같았다.

심지어 백인인 레만 교수님이 말하는 영어조차도 콧소리가 강해서 주인어른처럼 고상하게 들리지 않았다. 주인어른이 말하는 영어는 음악이었다. 하지만 지금 들려오는 그 여자가 말하는 영어는 마법이었다. 혀를 굴리며 정확하게 구사하는 훨씬 뛰어난 발음과 고상한 목소리가 주인어른의 라디오에서 흘러나오는 영어와 비슷했다. 새로 날을 세운 칼로 감자를 말끔하게 자르는 느낌이었다.

"으그우. 콜라를 가져와."

주인어른이 소리쳤다.

으그우는 거실로 나갔다. 여자에게서 코코넛 냄새가 났다. 으그우는 눈을 바닥에 깐 채 "안녕하세요?" 하고 중얼거리며 여자에게 인사했다.

"케두?"

여자가 묻자 으그우가 대답했다.

"잘 지냅니다."

으그우는 아직도 여자를 쳐다보지 않았다. 콜라 병을 따는데 주인어른이 무슨 말을 하고 그녀가 웃었다. 으그우가 차가운 콜라를 유리잔에 따르려 할 때, 여자가 손을 잡으며 말했다.

"라푸바, 그런 거 안 해도 돼."

약간 촉촉한 손이었다.

"네."

"너희 주인어른한테서 네가 일을 아주 잘한다고 들었어, 으그우."

그녀가 말했다. 영어보다 부드러운 이보 말이었다. 으그우는 너무나 편하게 나오는 그녀의 이보 말에 좌절감을 느꼈다. 너무나 완벽했기 때문이다. 그렇게 완벽한 영어를 사용하는 사람이 이보 말까지 이렇게 완벽하게 할 거란 생각은 조금도 하지 못했다.

"네."

으그우가 중얼거렸다. 두 눈은 여전히 바닥을 향하고 있었다.

"그래, 무슨 요리를 준비했나, 우리 일꾼?"

주인어른이 물었다. 아무것도 모른다는 명랑한 말투였다.

"지금 내옵니다, 주인어른."

으그우가 영어로 대답했다. 하지만 '지금 내오겠습니다.'라고 말하는 게 좋았으리란 후회가 들었다. 그게 훨씬 멋있고 인상적일 것 같았다. 식탁을 차리는 동안 여자의 웃음소리와 주인어른의 흥분한 듯한 목소리가 계속 들렸지만 으그우는 거실 쪽을 쳐다보지 않았다.

으그우는 여자가 주인어른과 함께 식탁 의자에 앉을 때 비로소 그녀를 쳐다보았다. 달걀처럼 매끈한 유선형 얼굴과 빗물을 흠뻑 머금은 대지처럼 화사한 피부, 그리고 눈초리가 치켜 올라간 커다란 눈동자는 걷고 말하는 평범한 사람 같지가 않았다. 주인어른의 서재에 있는 인형처럼 세속의 때를 묻히지 않은 채 유리 상자에 들어가서 볼륨 있는 몸매를 보여 주며 사람들의 찬사를 받아야 할 것 같았다. 일일이 땋은 길고 곱슬곱슬한 머리카락은 목덜미까지 흘러내렸다. 웃는 모습이 편안했다. 밝은 눈동자처럼 이도 반짝거렸다. 으그우는 주인어른이 입을 열기 전까지 그 여자를 얼마나 오랫동안 쳐다보고 있었는지 알지 못했다.

"평소에는 으그우 요리가 훨씬 맛있어. 스튜 요리가 환상적이지."

"이건 정말 맛이 없네요, 물론 아주 나쁜 건 아니지만."

여자가 주인어른에게 웃으며 말하다가 으그우 쪽으로 시선을 돌렸다.

"으그우, 쌀밥을 제대로 볶는 법을 가르쳐 줄게. 이렇게 많은 기름을 쓰지 않고서 하는 법 말이야."

"네."

으그우가 대답했다. 지금 내온 볶음밥은 땅콩기름으로 쌀을 볶으면 볶음밥이 될 거라는 생각으로 만든 요리였다. 물론 두 사람이 화장실이나 들락날락하게 만들고 싶은 생각이 들기도 했다. 하지만 지금은 향기로운 졸로프 쌀밥이나 자신만의 아리그베 약초 스튜와 같은 완벽한 요리를 만들어서 자신의 실력을 맘껏 뽐내고 싶었다. 으그우는 수돗물 소리에 여자 목소리가 묻히지 않게 설거지도 나중으로 미루었다. 조금이라도 옆에 머물며 목소리를 듣고 싶어서 차와 간식을 내올 때는 비스킷을 접시에 일부러 천천히 놓으며 시간을 끌었다. 주인어른이 이렇게 말할 정도였다.

"이제 됐어, 우리 일꾼."

그녀의 이름은 올란나였다. 하지만 주인어른이 그 이름을 부른 건 딱 한 번이었다. 거의 대부분 내 여자란 뜻의 은켐이라고 불렀다. 두 사람은 사르다우나[08]가 서부 지역 주지사와 벌인 논쟁에 대해서 이야기를 나눴다. 그러고 나서 주인어른은 그녀가 은수카로 이사하기까지 남은 몇 주일만 기다리고 있다고 말했다. 순간 으그우는 숨을 멈추고 두 귀를 쫑긋 세웠다. 자세히 듣고 싶었다. 주인어른은 웃으며 말했다.

08 아마두 벨로(1901~1966). 나이지리아 북부 지역 주지사를 지냄. 나이지리아 남동부에 있는 주(州) 이름인 '사르다우나'라는 별칭으로 불림.

"여기서 함께 사는 거야. 엘리아스 거리에 있는 주택을 써도 좋고."

그녀가 은수카로 이사를 온다는 것이다. 이 집에서 함께 산다는 것이다. 으그우는 문가에서 벗어나 난로에 올려놓은 냄비를 바라보았다. 앞으로 생활 방식이 바뀌게 된다. 볶음밥 요리하는 법도 배워야 하고 기름을 적게 쓰는 법도 배워야 하며 그 여자의 명령도 들어야 한다. 슬픈 느낌이 들었다. 하지만 그게 전부는 아니었다. 왠지 모를 쾌감과 기대감도 생겼다.

그날 저녁에 으그우는 뒷마당 레몬 나무 근처에서 비누 거품이 가득한 양동이에서 면으로 만든 주인어른 옷을 빨다가 뒷문가에서 자신을 바라보는 그녀를 보았다. 처음에는 환영일 거라고 생각했다. 머릿속으로 골똘히 생각하면 그 사람의 환영이 나타나기도 하기 때문이다. 으그우는 아누리카와 상상 속 대화를 나누었으며, 밤에 자위를 한 다음에는 얼굴에 신비로운 미소를 머금은 은네시나치를 보기도 했다. 하지만 문가에 나타난 사람은 진짜 올란나였다. 그녀가 마당을 지나 자신을 향해 걸어왔다. 가슴에 실내복만 두른 상태로 걸어오는 모습이 노랗게 잘 익어서 먹음직한 캐슈 열매 같았다.

"시키실 일이라도 있나요?"

으그우가 물었다. 손을 내밀어 얼굴을 만지면 버터 느낌이 날 것 같았다. 주인어른이 종이 껍질을 벗겨서 빵에 바르는 버터 말이다.

"내가 도와줄까?"

그녀가 한참 헹구고 있던 침대 시트를 가리키자 으그우는 물이 뚝뚝 떨어지는 시트를 천천히 꺼냈다. 그녀가 시트의 한쪽 끝을 움켜잡고 뒤로 물러서며 말했다.

"넌 그쪽으로 돌려."

으그우는 자신이 잡은 끝자락을 자기 오른편으로 돌리고 그녀는 자기 오른편으로 돌렸다. 그리고 두 사람은 시트에서 떨어지는 물을 바라보았다. 시트가 미끄러웠다.

"고맙습니다."

으그우의 말에 그녀가 웃었다. 사람을 기분 좋게 만드는 미소였다.

"저길 봐, 저 포포 나무 열매가 거의 익었어. 열매를 잊지 말고 따놓도록 해."

그녀에게는 목소리 자체에도 세련된 뭔가가 있었다. 콸콸 넘치는 샘물 바로 밑에서 오랜 세월에 걸쳐 반지르르 닦인 돌 같았다. 그녀를 바라보면 아주 반지르르한 귀한 돌을 찾은 느낌이 들었다. 으그우는 뒷문으로 돌아가는 올란나를 물끄러미 바라보았다.

으그우는 주인어른을 보살피는 일을 다른 누구와도 나누고 싶지 않았다. 주인어른과 함께 사는 평화로운 삶을 조금도 깨뜨리고 싶지 않았던 것이다. 그런데 올란나를 못 보는 삶 또한 도저히 견딜 수 없을 것 같은 느낌도 강하게 밀려들었다. 저녁 식사 후, 으그우는 주인어른 침실로 살금살금 다가가서 문에다 귀를 갖다 댔다. 그녀가 커다란 신음을 내고 있었다. 전혀 그녀답지 않은 소리였다. 자제력을 완전히 잃은 채 몸을 비틀며 목구멍으로 간신히 뱉어 내는 소리였다. 으그우는 그곳에 오랫동안 가만히 있었다. 그러다가 신음이 멈춘 다음에야 비로소 자기 방으로 돌아왔다.

2

올란나는 자동차 라디오에서 흘러나오는 재즈 음악에 맞춰 고개를 끄덕거렸다. 한 손은 오데니그보의 허벅지에 올려놓은 상태였다. 오데니그보가 기어를 바꿀 때마다 그 손을 들었다가 다시 올려놓았다. 그가 그녀에게 마음을 산란하게 만드는 아프로디테 여신이라며 놀릴 때면 그녀는 깔깔거리며 웃었다. 올란나는 차창을 내려 렉스 로손[09]의 꿈결 같은 음악을 틀고 가득 밀려드는 상쾌한 공기를 맞으며 오데니그보와 나란히 앉아 드라이브를 하는 기분이 너무 좋았다. 그에게는 두 시간짜리 강의가 있었지만 그는 에누구 공항까지 그녀를 직접 데려다주겠다고 고집을 부렸다. 올란나는 그럴 필요까지는 없다며 사양하는 척했지만 속으로는 기분이 좋았다. 한쪽엔 깊은 골짜기가 있고 다른 쪽엔 가파른 절벽

---

09 렉스 로손(1930~1976). 1960년대 나이지리아 최고의 재즈 트럼펫 연주자이자 가수.

이 솟아오른 좁은 도로를 달리며 밀리켄산을 지날 때 그가 약간 급하게 운전한다고 말하지 않았다. 손글씨로 거칠게 쓴 "죽는 것보단 느린 게 낫다."라는 도로 표지판도 보지 않았다.

공항이 가까워지고 미끄러지듯 하늘로 올라가는 하얀색의 매끈한 비행기가 보이자 둘은 안타까운 마음이 들었다. 오데니그보는 가로수가 늘어선 입구 밑에 차를 세웠다. 짐꾼들이 자동차를 에워싸며 "선생님? 마님? 짐이 있나요?" 하고 소리쳤지만 올란나는 그 소리를 거의 들을 수 없었다. 그가 꼭 껴안고 있었기 때문이다.

"기다릴 수가 없어, 은켐."

오데니그보가 말하며 그녀의 입에다 입술을 포겠다. 오렌지 맛이 났다. 그녀 역시 은수카로 빨리 이사하고 싶다는 말을 하고 싶었다. 하지만 어차피 그도 아는 사실이었다. 그의 혀가 입안으로 들어오자 두 다리 사이가 다시 따뜻해지는 느낌을 받았다.

자동차 경적이 울리고 짐꾼 하나가 소리쳤다.

"하, 이곳은 짐을 내리는 곳이라고. 짐을 내리는 곳!"

마침내 오데니그보는 올란나를 껴안은 팔을 풀고 운전석에서 뛰어내려 트렁크에 있던 가방을 꺼냈다. 그리고 가방을 표 파는 곳까지 들어다 주며 말했다.

"잘 다녀와, 이제오마."

"조심해서 운전해."

올란나가 말했다. 그리고 오데니그보가 걸어가는 모습을 지켜보았다. 이제 막 다려서 빳빳한 카키색 바지에 짧은 셔츠를 입은 건장한 체격의 남자였다. 발을 내딛는 모습에 자신감이 가득했다. 목적지를 몰라도 어떤 식으로든 그곳에 갈 수 있다는 확신 가득한 사람의 걸음걸이였다. 그가 차를 몰고 떠난 다음에 그녀는 머리를 숙여 자기 몸에서 나는 향기를 맡았다. 그날 아침에 그녀는 그의 로션을 충동적으로 바르고서 그가 웃을 것 같아 말하지 않은 터였다. 연인의 체취를 몸에 지니면 그 향기가 남아 있는 동안이나마 덜 고민하고, 조금이라도 더 그를 좋아하고, 조금이라도 더 확신하고, 조금이라도 덜 질문을 던지게 될 것 같았다. 하지만 그가 알면 미신이라며 놀릴 것이다.

올란나는 티켓 판매원에게 시선을 돌려 종이에 자기 이름을 적으며 말했다.

"안녕하세요. 라고스 편도 부탁해요."

얼굴에 곰보 자국이 있는 티켓 판매원이 환하게 웃으며 물었다.

"오조비아? 오조비아 추장님 따님?"

"네."

"아! 잘 오셨어요, 아가씨. 짐꾼에게 귀빈 대합실로 안내하라고 할게요."

티켓 판매원이 사방을 둘러보며 소리쳤다.

"이케나! 이 멍청한 놈이 어디에 있는 거야? 이케나!"

그녀가 머리를 흔들었다.

"아니에요, 그럴 필요 없어요."

그녀가 상대를 안심시키는 편안한 웃음을 지었다.

일반 대합실은 붐볐다. 올란나는 실밥이 드러난 옷에 슬리퍼 차림으로 가끔씩 낄낄거리며 웃는 세 아이와, 근엄하게 눈짓하며 아이들을 꾸짖는 아이들의 아빠로 보이는 남자가 앉은 자리 반대편에 앉았다. 주름지고 깐깐해 보이는 얼굴의 할머니는 그녀와 제일 가까운 곳에 앉아 손가방을 꼭 움켜쥔 채 혼자 뭔가를 중얼거리고 있었다. 옷에서 퀴퀴한 곰팡내가 났다. 오래된 트렁크에서 꺼내 입은 옷이 분명했다. 스피커를 통해 흘러나오는 맑은 목소리가 나이지리아 항공 비행기가 도착했음을 알리자 남자가 벌떡 일어났다가 다시 앉았다.

"누가 오나 보죠?"

올란나가 남자에게 이보 말로 물었다.

"네, 은완네 음, 동생이 해외에서 4년 동안 공부하고 돌아오는 중이에요."

오웨리 사투리가 심했다.

"아, 그렇군요!"

그녀가 대답했다. 어디에서 무엇을 공부하고 오는지 궁금했지만 모를 것 같아 묻지 않았다.

할머니가 그녀에게 몸을 돌려 말했다.

"우리 마을에서 해외에 나간 건 우리 아이가 처음이라서 마을 사람들이 축제를 준비하고 있답니다. 사람들이 이케두루에서 기다리는 중이에요."

할머니가 갈색 이를 드러내며 자랑스러운 듯 웃었다. 남자의 말보다 사투리가 훨씬 심해서 알아듣기 힘들었다.

"친구들이 질투해요. 하지만 자기네 아들은 머리가 텅 비고 우리 아이는 백인이 주는 장학금을 받은 게 내 잘못인가요?"

또 다른 비행기가 도착했다는 방송이 나오자 남자가 말했다.

"왔어요. 이 비행기예요, 이 비행기!"

아이들이 일어나자 남자는 아이들더러는 자리에 앉으라고 하면서 자신은 일어났다. 할머니는 손가방을 가슴에 꼭 껴안았다. 올란나는 착륙하는 비행기를 바라보았다. 비행기 바퀴가 바닥에 내려 활주로를 굴러가는 순간, 할머니가 손가방을 떨어뜨리며 비명을 질렀다.

올란나가 깜짝 놀라며 물었다.

"왜 그래요? 왜 그래요?"

"어머니!"

남자가 부르자 할머니가 좌절감에 휩싸인 채 두 손으로 머리를 감싸며 물었다.

"왜 멈추지 않는 거냐? 치 음! 맙소사! 큰일 났어! 우리 아들을 도대체 어디로 데려가는 거야? 너희가 나를 속인 거니?"

"어머니, 멈출 거예요. 비행기는 저렇게 착륙하는 거예요."

그녀가 달래면서 손가방을 집어 들고 쭈글쭈글한 손을 잡아 주며 다시 말했다.

"이제 멈출 거예요."

올란나가 손을 꼭 잡고 있는 사이에 비행기가 멈추자 할머니는 손을 빼내며 사람들이 비행기를 정말 멍청하게 만들었다고 중얼거렸다. 그녀는 입국 심사 후 나가는 출구 쪽으로 급히 걸어가는 그 가족을 바라보았다. 그녀는 몇 분 후에 비행기를 타러 가면서도 뒤를 자주 돌아보았다. 해외에서 돌아온다는 아들을 한번 보고 싶었다. 하지만 보이지 않았다.

비행기가 덜컹거렸다. 옆자리에 앉은 남자는 쓴 콜라나무 열매를 우지끈 깨물어 먹고 있었다. 남자가 말을 걸려고 고개를 돌릴 즈음에 조금씩 몸을 옆으로 빼던 올란나는 비행기 벽으로 바싹 밀쳐지고 말았다.

"정말 아름답다는 말을 꼭 하고 싶군요."

남자가 말했다.

올란나는 웃으며 고맙다고 말하고 신문에 두 눈을 고정했다. 이런 일이 있었다고 말하면 오데니그보가 재미있어할 것 같았다. 그럴 때마다 언제나 확신에 찬 표정으로 자신만만하게 웃었기 때문이다. 2년 전 6월에 이바단에서 처음 보았을 때도 그녀는 바로 그의 그런 모습에 반했더랬다. 정오밖에 안 됐는데 황혼 녘처럼 우중충한 날씨였다. 그녀가 방학을 맞아 영국에서 잠시 귀국했을 때인데 모하메드와 진지하게 사귈 즈음이었다. 표를 사려고 대학 극장 바깥에서 기다리는 중이었는데, 처음에는 자기 앞에 선 오데니그보에게 별다른 관심이 없었다. 티켓 판매원이 뒤에 선 백발의 백인에게 앞으로 오라고 손짓하며, 교육을 못 받은 사람 특유의 우스꽝스러운 '백인' 억양으로 "먼저 나오세요, 선생님." 하고 말하지 않았다면 그에게 관심을 보이는 일은 결코 없었을 것이다.

그녀는 티켓 판매원의 말에 약간 짜증이 났지만 줄이 빠르게 줄던 터라 견딜 만했다. 그래서 갈색 사파리 정장에 책을 낀 남자의 고함에 깜짝 놀랐다. 오데니그보, 그가 앞으로 나가서 백인을 줄로 다시 데려온 다음에 티켓 판매원에게 소리쳤다.

"이 무식쟁이야! 백인을 보니까 당신 부족 사람보다 더 훌륭해 보여? 지금 줄 서서 기다리는 모든 사람한테 사과해! 지금 당장!"

그녀는 그의 안경 뒤 동그란 눈썹과 건장한 육신을 가만히 바라보았다. 머릿속에서는 이미 모하메드에게 상처를 최대한 안 주면서 헤어질 방법을 궁리하는 중이었다. 그는 뭔가 다른 사람 같왔다. 말을 나눈 적은 없지만 머리카락을 높게 묶은 스타일 하나로 알 수 있었다. 하지만 옷차림은 아주 단정했다. 불결한 차림새를 진보주의의 상징으로 여기는 사람이 아니었다. 올란나는 그가 옆으로 걸어올 때 웃으며 "잘하셨어요!" 하고 말했다. 남자의 관심을 끌기 위해 그녀가 이렇게 대담하게 말한 건 처음이었다. 그러자 그가 멈춰서 자신을 소개했다.

"전 오데니그보라고 합니다."

"전 올란나예요."

그녀가 대답했다. 나중에 그녀는 그때 하늘에서 마법이 펼쳐지는 것 같았다고 말했으며 그는 순간적으로 성기가 당길 정도로 강렬한 욕구가 일어났다고 말했다.

마침내 그의 욕구를 확인했을 때 그녀는 너무나 놀랐다. 그것이 들어오는 순간에 아무것도 기억나지 않고 생각 자체가 멈출 수 있다는 것을 깨닫기도 전에 온몸을 맡길 뿐이었다. 그 강렬한 느낌, 그리고 그의 엉뚱하면서도 자신만만한 행동과 철저한 도덕성에 대한 존경의 마음은 2년이 지나는 동안 조금도 줄어들지 않았다. 하지만 두 사람 관계가 뜬구름처럼 사라질 수 있다는 생각 때문에 두려웠다. 방학을 하면 귀국해서 만나고 평소에는 서로 편지를 주고받았으며 전화 통화도 자주 했다. 그리고 지금은 앞으로 함께 살아갈 나이지리아로 돌아왔다. 그런데도 그녀는 그의 자신만만한 태도를 이해할 수 없었다. 그는 너무 강한 확신을 가지고 있었다.

그녀는 창문 밖에서 여러 모양으로 흘러가는 구름을 내다보며 온갖 도전에 시달릴 두 사람의 미래를 떠올렸다.

올란나는 부모님과 함께 저녁 식사를 하고 싶지 않았다. 오콘지 추장을 초대해서 특히 더했다. 하지만 어머니가 방까지 찾아와서 제발 함께 식사를 하자고 부탁했다. 재무 장관이 초대된 특별한 날이며, 아버지가 추진하는 건설 계약 때문에 중요한 자리라는 것이다. 그러고는 이렇게 덧붙였다. "비코, 제일 좋은 옷을 입어. 카이네네도 그렇게 할 거야." 쌍둥이 자매만 나오면 모든 게 해결된다는 투였다.

지금 올란나는 무릎에 냅킨을 폈다. 그리고 반으로 자른 아보카도 접시를 식탁에 갖다 놓는 집사에게 웃어 주었다. 집사가 입은 하얀 유니폼은 너무 빳빳하게 풀을 먹여서 바지가 마치 마분지로 만든 것처럼 보였다.

"고마워요, 맥스웰."

그녀가 말했다.

"네, 아가씨."

맥스웰이 중얼거리며 접시를 계속 날랐다.

올란나는 식탁을 둘러보았다. 부모님은 오콘지 추장에게 시선을 고정하고 그가 최근에 발레와[10] 수상과 만난 이야기를 들으며 고개를 연신 끄덕거렸다. 카이네네는 특유의 짓궂은 표정으로 접시를 살피며 아보카도를 톡톡 건드렸다. 그들 누구도 맥스웰에

---

10 아부바카드 타파와 발레와(1912~1966). 나이지리아의 정치인. 영국으로부터 독립한 후 나이지리아의 첫 수상을 지냄.

게 고맙다고 말하지 않았다. 그녀는 그들이 고맙다고 말하기를 바랐다. 아주 간단한 말로 자신에게 봉사하는 일꾼의 인격을 존중할 수 있기 때문이다. 예전에 그렇게 말한 적이 있었다. 그때 아버지는 일꾼들에게 이미 충분한 임금을 준다고 했고, 어머니는 그러면 일꾼들이 기어오를 거라고 했으며, 카이네네는 평소처럼 따분한 표정으로 물끄러미 쳐다보기만 했다.

"이렇게 맛있는 아보카도는 정말 오랜만이군요."

오콘지 추장이 말하자 부모님이 맞장구를 쳤다.

"아사바 근처에 있는 우리 농장 한 곳에서 수확한 거랍니다."

"하인을 시켜 가방에 담아 드리도록 하겠습니다."

오콘지 추장이 말했다.

"고맙습니다. 그런데 올란나, 당신도 좀 먹어 보지 그래요? 먹으면 안 될 것처럼 계속 노려보지만 말고."

그가 지나치다 싶게 떠들썩한 웃음을 터뜨리자 동시에 부모님도 웃었다.

"아주 맛있네요."

올란나가 고개를 들었다. 오콘지 추장의 미소가 괜히 징그러워 보였다. 지난주에도 그는 이코이 클럽에서 명함을 내밀며 그렇게 웃었는데, 그렇게 웃다가 입안에 잔뜩 고인 침이 턱으로 흘러내리지는 않을까 걱정스러웠다.

"난 당신이 우리 정부에 합류했으면 좋겠어요, 올란나. 우리한테는 당신 같은 고급 인재가 필요해요."

오콘지 추장이 말했다.

"재무 장관님한테 직접 그런 제안을 받는 사람이 얼마나 될까?"

친구들이 조각품이라고 부를 정도로 거의 완벽한 균형을 이룬 유선형의 어머니 얼굴이 환하게 빛났다.

올란나는 숟가락을 내려놓으며 대답했다.

"전 은수카에 가기로 결정했답니다. 2주 후에 떠날 예정이에요."

순간 아버지의 입술이 딱딱하게 굳는 것이 보였다. 어머니는 소금을 뿌리던 손을 멈추고, 너무나도 비극적인 소식 때문에 소금을 더 이상 뿌릴 수 없다는 표정을 지었다.

"아직 마음을 정하지 않은 줄 알았는데?"

어머니가 물었다.

"시간을 마냥 보낼 순 없어요. 그 자리가 다른 사람한테 넘어갈 수도 있으니까요."

오콘지 추장이 물었다.

"은수카? 정말입니까? 은수카에 가기로 결정한 겁니까?"

"네. 사회학과에다 강사 자리를 신청했는데 최근에 자리가 생겼어요."

올란나가 대답했다. 평소에는 아보카도에 소금을 치지 않는 게 좋았지만 지금은 그 맛이 너무 텁텁해서 구역질이 날 정도였다.

"아, 그렇다면 우리만 라고스에 두고 떠나겠군."

오콘지 추장이 말했다. 실망해서 얼굴이 쪼그라드는 것 같았다. 그러더니 갑자기 고개를 돌리며 밝게 물었다.

"그럼 당신은 어떤가요, 카이네네?"

카이네네는 기분이 나쁠 정도로 공허하고 무표정한 얼굴로 오콘지 추장의 두 눈을 정면으로 바라보았다. 그리고 눈썹을 치켜뜨며 대답했다.

"저요? 저도 이제 막 받은 학위를 제대로 활용할 생각이지요. 하코트 항구에 있는 아빠 사업체를 경영할 계획이거든요."

올란나는 예전처럼 카이네네의 생각을 단번에 알아채고 싶었다. 초등학교에 다닐 때 둘은 서로를 쳐다보며 웃을 때가 많았다. 둘 다 똑같은 생각을 하며 똑같은 장난을 떠올렸던 것이다. 그런데 지금은 그런 적이 있는지조차 의심스러웠다. 서로 이야기를 거의 하지 않기 때문이다.

"그렇다면 카이네네가 시멘트 공장을 경영하는 건가요?"

오콘지 추장이 아버지에게 시선을 돌리며 물었다.

"동부에 있는 모든 공장과 이제 막 시작한 유전 사업을 감독할 겁니다. 사업에 대한 안목이 탁월하거든요."

"사장님이 쌍둥이 딸만 있어서 아쉬워할 거라고 말하는 사람은 거짓말쟁이에요."

"카이네네는 아들 이상이랍니다, 두 아들 몫은 하니까요."

아버지가 대답했다. 그리고 카이네네를 쳐다보았으나 그녀는 그 시선을 피했다. 아버지 얼굴에 가득한 자부심은 관심 없다는 표정이었다. 올란나는 재빨리 접시에 시선을 고정했다. 자신이 목격한 표정을 누구에게도 알리고 싶지 않았다. 우아한 접시는 아보카도와 똑같은 엷은 녹색이었다.

"이번 주말에 우리 집에 오시면 어떨까요? 우리 요리사가 만든 생선 후추 수프를 드시러 말입니다. 넴베에서 왔는데, 신선한 생선을 제대로 요리하는 방법을 안답니다."

재무 장관 나름대로 웃자고 한 농담이었다. 부모님이 크게 웃었다. 하지만 올란나는 뭐가 우스운지 이해할 수 없었다.

"정말 좋은 제안입니다."

아버지가 대답하고 어머니도 맞장구를 쳤다.

"올란나가 은수카로 떠나기 전에 그런 자리를 가지면 좋겠네요."

올란나는 짜증이 났다. 피부에 소름이 돋는 것 같았다.

"저도 가고 싶지만 이번 주말에는 여기에 없을 거예요."

"여기에 없을 거라고?"

아버지가 물었다. 그 눈빛이 간청하는 것 같았다. 혹시 부모님이 오콘지 추장에게 계약 조건으로 자신과 잠자리를 갖게 해 주겠다고 약속한 건 아닌지 궁금할 정도였다. 구두로 또렷하게 약속했는지 아니면 대충 암시를 했는지도 궁금했다.

"카노에 가서 음바에지 외삼촌과 가족들을 만날 계획이에요. 모하메드도 만나고."

올란나가 대답하자 아버지가 아보카도를 포크로 찌르면서 대답했다.

"그렇구나."

그녀는 아무 말도 하지 않고 물만 마셨다.

식사를 마친 후에 일행은 술을 마시기 위해 발코니로 자리를 옮겼다. 올란나는 저녁 식사 후에 발코니에서 시간을 보내는 것을 좋아했다. 그녀는 부모님과 손님 곁을 떠나서 난간에 기댄 채 밑에서 길을 밝히는 높다란 가로등을 바라보곤 했다. 그러면 수영장의 물은 환한 불빛을 반사하며 은색으로 반짝이고 히비스커스와 부겐빌레아는 특유의 빨간색과 분홍색을 자랑하듯 하얗게 빛났다. 오데니그보가 이 집에 딱 한 번 찾아와서 그녀와 함께 이곳에 서서 수영장을 내려다보았을 때는 코르크 마개를 던져 물속으로 가라앉는 장면을 지켜보기도 했다. 그는 브랜디를 많이 마셨다. 아버지가 은수카 대학은 말도 안 된다고, 나이지리아는 아직 대학을 가질 준비가 안 됐다고, 영국 대학이 아니라 미국 대학의 지원을 받는 건 어리석은 짓이라고 말하자 그는 목소리를 높이기 시작했다. 그녀는 아버지의 진정한 목적은 오데니그보가 은수카에서 온 중견 교수라 해도 실제로는 보잘것없는 존재라며 성질을 돋우는 것임을 그가 금방 깨닫고 아버지의 말을 가볍게 넘길 거라고 생각했다. 하지만 그는 은수카가 식민지의 영향에서 벗어나야 한다며 목소리를 계속 높였으며, 그녀는 베란다가 어두워서 못 볼 거라 생각하면서도 눈을 깜빡이며 그만하라는 신호를 계속 보냈다. 마침내 전화가 울리면서 대화는 끝나고 말았다. 부모님은 마지못해 오데니그보의 말을 인정하는 기색을 보였다. 그러나 올란나는 부모님이 그가 미쳤으며 그녀에게 어울리지 않는다고, 아무도 알아듣지 못하는 말을 모두 골치 아파할 때까지 떠들어 대는 성질 급한 대학교수 중 하나일 뿐이라고 비난하는 것까지 막을 순 없었다.

"아주 시원한 밤이군요."

뒤에서 오콘지 추장의 목소리가 들렸다. 올란나는 몸을 돌렸다. 부모님과 카이네네는 안으로 몰래 사라지고 없었다.

"네."

올란나가 대답했다.

오콘지 추장이 그녀 앞에 섰다. 금실로 수놓은 장식이 아그바¹¹ 목깃을 휘감았다. 그녀는 비계가 겹겹이 겹친 목덜미를 바라

---

11 특별한 행사에서 나이지리아 남자들이 자주 입는 길고 넓으며 소매가 있는 겉옷.

보고 그가 목욕할 때 비계를 펴려고 애쓰는 장면을 상상했다.

그가 말했다.

"내일은 어떻습니까? 이코이 호텔에서 칵테일파티가 있답니다. 가족분들 모두에게 외국인 몇 사람을 소개해 드리지요. 땅을 찾는 외국인들인데, 당신 부친이 현 시세의 대여섯 배 가격에 땅을 팔 수 있도록 내가 도와드릴 수 있습니다."

"내일은 빈첸시오 드 폴 성인 축일 자선 모임에 나가야 해요."

"당신 생각을 머리에서 지울 수가 없어요."

오콘지 추장이 가까이 다가오며 말했다. 술기운이 번진 얼굴이었다.

"전 관심 없어요, 추장님."

그가 다시 말했다.

"당신 생각을 머리에서 지울 수가 없어요. 정부에 들어오지 않아도 돼요. 위원회에 넣어 줄게요. 당신이 원하는 위원회라면 어느 곳이든 말이지요. 그리고 어디든 원하는 지역에다 주택도 구해 줄 거고."

오콘지 추장은 올란나를 꼭 껴안고 그녀는 잠시 가만히 있었다. 이런 식으로 향수 냄새를 폴폴 날리며 돌아다니는 남자들이 아름다운 여자는 자신 같은 권력가와 어울려야 한다고 생각하며 갑자기 끌어안는 일은 한두 번이 아니었다. 마침내 올란나는 그를 밀쳤다. 자신의 두 손이 비곗덩어리 가슴에 잠시나마 파묻혔다는 생각에 살짝 구역질이 났다.

"이러지 마세요, 추장님."

그는 눈을 감고 있었다.

"사랑해요, 믿어 줘요. 정말로 당신을 사랑해요."

올란나는 그의 품에서 빠져나와 안으로 들어갔다. 거실에서 부모님 목소리가 희미하게 들렸다. 계단 옆 탁자에 놓인 화병에서 꽃이 시들고 있었다. 그녀는 향기가 사라지고 없을 거라 생각하면서도 걸음을 멈추고 향기를 맡아 보았다. 그리고 2층으로 올라갔다. 자기 방이 낯설었다. 따뜻한 원목의 느낌, 황갈색 가구, 바닥을 꽉 채워서 발바닥을 편하게 감싸는 부르고뉴 양탄자, 카이네네가 아파트라고 부를 만큼 널찍한 침실.《라고스 라이프》한 권이 아직도 침대에 있었다. 그녀는 그걸 집어서 5쪽에 있는, 영국 고등판무관이 주최한 칵테일파티에서 자신과 어머니가 함께 찍힌 사진을 보았다. 편안하고 만족스러운 얼굴이었다. 사진사가 다가오자 어머니는 그녀를 끌어당겼다. 그녀는 나중에 사진사를 불러서 그 사진을 잡지에 싣지 말라고 부탁했다. 사진사는 의아한 표정으로 쳐다보았다. 지금 생각해 보니 그때 그런 부탁을 한 건 아주 멍청한 짓이었다. 부모님이 즐기는 허영에 동참하면 불편한 일이 따른다는 사실을 그는 당연히 이해할 수 없었을 터였다.

침대에서 책을 읽을 때 어머니가 노크하고 방으로 들어왔다. 손에는 옷감을 잔뜩 들고 있었다.

"아, 책을 읽고 있구나. 추장님께서 지금 막 떠나셨다. 안부를 전해 달라고 하시더구나."

올란나는 혹시 그에게 자신과의 잠자리를 약속했는지 묻고 싶었지만 그러지 않았다. 그럴 수 없었다.

"그건 뭔가요?"

"추장님이 떠나기 전에 운전사 편으로 보내신 거야. 유럽에서 최근에 나온 레이스 천이야. 볼래? 이 푸크와? 정말 아름다워."

올란나는 레이스 천을 손가락으로 만졌다.

"네, 아주 좋네요."

"오늘 추장님이 입은 옷을 봤니? 오리지널이야! 에지그보!"

어머니가 그녀 옆에 앉았다.

"너도 아니? 사람들 말이 그분은 어떤 옷이든 한 번 이상 입지 않는다는구나. 한 번 입은 옷은 집안 일꾼들한테 준대."

올란나는 그 집에 사는 불쌍한 일꾼의 나무 상자에 어울리지 않는 레이스 달린 옷이 가득 든 장면을 떠올렸다. 일꾼은 매달 돈을 조금밖에 못 받으면서 자신이 절대 입을 수 없는 띠 달린 긴 옷과 아그바다만 잔뜩 가지고 있을 게 분명했다. 그녀는 피곤했다. 어머니와 대화하는 게 힘들었다.

"넌 어떤 천이 마음에 드니, 은네? 내가 너랑 카이네네한테 긴 치마와 블라우스를 만들어 줄게."

"아니에요. 그러실 필요 없어요, 엄마. 엄마 옷이나 만드세요. 은수카에서 비싼 레이스가 달린 옷을 입을 순 없으니까요."

어머니가 침대 옆 진열장을 손가락으로 훑었다.

"멍청한 여자아이 일꾼이 가구도 제대로 닦지 않았어. 빈둥빈둥 놀러 다니라고 돈을 주는 줄 아나?"

그녀는 책을 내려놓았다. 어머니는 무슨 말인가를 하고 싶은 눈치였다. 어색한 미소와 딱딱한 동작을 보면 알 수 있었다.

"그래, 오데니그보는 어떻게 지내니?"

"잘 지내요."

어머니가 한숨을 크게 내쉬었다. 그녀가 이제 철이 들었으면 좋겠다는 표정이었다.

"은수카로 가는 문제에 대해서 충분히 생각했니? 정말 충분히?"

"네, 그 어느 때보다 충분히 생각했어요."

"하지만 그곳에서 편하게 지낼 수 있겠니?"

어머니가 '편하게'라는 말을 하면서 살짝 몸서리치는 걸 보고 그녀는 웃을 뻔했다. 오데니그보의 초라한 대학교 사택과 좁은 방 그리고 평범한 가구와 양탄자 없는 바닥을 떠올렸다는 생각이 들었기 때문이다.

"괜찮을 거예요."

그녀가 대답했다.

"이곳 라고스에서 직장을 구하고 주말에 내려가서 그 사람을 만나는 방법도 있잖아."

"전 라고스에서 일하고 싶지 않아요. 대학에서 일하고 싶어요. 그리고 그 사람과 살고 싶어요."

어머니가 그녀를 오랫동안 물끄러미 쳐다보다가 벌떡 일어났다. 그리고 상처받은 듯한 목소리로 작게 말했다.

"잘 자라, 우리 딸."

그녀는 문을 쳐다보았다. 어머니가 실망하는 건 낯설지 않았다. 그녀가 중요한 결정을 내릴 때마다 항상 그런 식이었다. 영국식 히스그로브 사립 학교를 다닐 때, 팍스 브리태니커[12]에 대한 수업 내용이 옳지 않다고 반발하고 선생님께 사과하지 않는 대신 2주 정학을 선택할 때도, 이바단에서 학생 독립 운동에 참여할 때도, 처음

12 pax britannica. 영국 중심의 세계 평화를 주장하는 제국주의 이론.

에는 으그웨 오카그부에의 아들, 나중에는 오카로 추장의 아들과 결혼하는 걸 거부할 때도 그랬다. 어머니가 실망하는 모습을 볼 때마다 그녀는 매번 미안했다. 그래서 어떤 식으로든 어머니를 위로하고 싶었다.

올란나가 잠들 즈음에 카이네네가 문을 두드리며 들어왔다.

"그래, 아빠가 계약을 따는 대가로 그 뚱보한테 네 다리를 벌려 줄 생각이니?"

올란나는 깜짝 놀라 일어나 앉았다. 카이네네가 방까지 찾아온 게 언제인지 기억조차 없었다.

"아빠가 베란다에서 나를 노골적으로 끌어당기더라? 재무 장관이란 작자가 너랑 단둘이 있게 하려고 말이지. 그래, 그 사람이 아빠와 계약하겠대?"

"그런 말은 없었어. 하지만 그 사람도 수입이 없는 건 아닐 거야. 어차피 아빠가 이익금 10퍼센트를 건넬 테니까."

"10퍼센트는 표준이야. 그래서 보너스가 필요한 거야. 다른 입찰자한테는 아름다운 딸이 없을 테니까."

카이네네가 징그러운 느낌이 들 정도로 '아아르음다아운'이라는 말을 길게 끌었다. 그리고 《라고스 라이프》를 훌훌 넘겼다. 비단으로 만든 옷이 날씬한 허리춤을 팽팽하게 감쌌다.

"못생긴 딸은 어느 누구도 섹스 미끼로 사용하지 않는다는 장점이 있지."

"부모님은 날 섹스 미끼로 사용하지 않아."

카이네네가 한동안 가만히 있었다. 잡지 기사에 집중하는 것 같았다. 그러다가 고개를 들었다.

"리처드도 은수카로 갈 거야. 거기서 연구비를 받고 책을 쓸 거야."

"잘됐네. 그럼 너도 은수카에 자주 내려오니?"

카이네네는 질문에 대답하지 않았다.

"리처드는 은수카에 아는 사람이 없어. 그러니까 네가 혁명가 애인을 소개하는 것도 좋을 거야."

올란나는 웃었다. 혁명가 애인. 카이네네가 솔직한 얼굴로 할 수 있는 말!

"그래. 내가 두 사람, 소개할게."

올란나가 대답했다. 지금까지 카이네네의 남자 친구 가운데 그녀의 마음에 드는 사람은 하나도 없었다. 카이네네가 영국에서 수많은 백인 남자와 데이트하는 것도 마음에 들지 않았다. 그들의 형식적인 정중한 태도와 이중적인 사고가 너무나 짜증스러웠다. 하지만 카이네네가 저녁 식사에 데려온 리처드 처칠에게는 그렇게 반응하지 않았다. 그에게서는 아프리카 문제를 아프리카인들보다 더 많이 안다고 생각하는 영국인 특유의 우월감 대신 뭔가 잘 모르겠다는 귀엽고 수줍어하는 모습이 보였기 때문인 것 같았다. 아니면 중요한 인물과 교유가 전혀 없다는 이유로 부모님이 그를 무시했기 때문일 수도 있었다.

올란나가 다시 입을 열었다.

"아마 리처드도 오데니그보 집이 마음에 들 거야. 저녁에는 정치인 클럽처럼 변하거든. 대학이 외국인 천지라서 처음에는 아프리카 사람만 초대했어. 아프리카 사람들이 서로 사귈 기회가 필요하다고 생각했거든. 처음에는 각자 마실 걸 가져왔는데 지금은 돈을 조금씩 모아서 일주일 단위로 마실 걸 사 놓고 그 집에서 만나……."

그녀가 말을 멈췄다. 카이네네가 무뚝뚝한 표정으로 바라보고 있었다. 쓸데없는 잡담까지 하는 건 두 사람 사이의 불문율을 깨는 거란 표정이었다.

카이네네가 문으로 걸어가다가 물었다.

"카노엔 언제 갈 거니?"

"내일."

그녀는 카이네네가 떠나지 않기를 바랐다. 함께 침대에 앉아서 무릎에 베개를 올려놓고 밤새 수다를 떨면서 재미있는 시간을 보내고 싶었다.

"잘 가, 제이 오프마. 외숙모와 외삼촌과 아리제한테 안부 전해 줘."

"알았어."

그녀가 대답했다. 하지만 카이네네는 이미 밖으로 나가서 문을 닫은 후였다. 그녀는 양탄자가 깔린 복도를 걷는 카이네네의 발소리를 가만히 들었다. 영국에서 돌아와 한 지붕 밑에 있는 지금 이 순간에도 둘 사이가 굉장히 멀다는 사실을 새삼스레 깨달을 수 있었다. 카이네네는 어릴 때부터 집에 틀어박혀 있던 수줍음 많은 아이였으며, 십 대 때는 무뚝뚝하며 불만이 많았다. 부모님에게 애교도 부리지 않아서 언제나 그 역할은 올란나 몫이었다. 하지만 그래도 둘은 아주 가까웠다. 친한 친구였다. 그런데 언제부터 변했는지 이해할 수가 없었다. 영국으로 가기 전부터 그랬다. 런던에서는 카이네네와 같은 친구를 사귄 적이 없었다. 히스그로브 기숙 학교 2학년 때부터 그런 것 같았다. 하지만 그 전이었을 수도 있다. 특별한 일이 있었던 건 아니다. 다툰 적도 없고 별다른 사건도 없이 그냥 멀어졌다. 하지만 지금 카이네네는 다시 돌아오지 않으려고 멀리 떨어진 곳에다 튼튼한 닻을 내린 것 같았다.

올란나는 카노행 비행기를 타지 않기로 결정했다. 비행기를 타는 것보다는 기차를 타고 창가에 앉아서 빠르게 스쳐 지나가는 울창한 숲과 끝없이 펼쳐지는 푸르른 초원, 웃통을 벗은 유목민과 꼬리를 흔들며 거니는 소 떼를 구경하는 게 좋았다. 카노에 도착해서는 라고스나 은수카, 고향 마을 으문나치와 같은 남부와는 너무나 다른 북부 풍경에 또다시 놀랐다. 이곳은 땅이 햇볕에 그을린 고운 회색 모래로 되어 있었다. 고향의 기름진 황토와 완전히 달랐다. 이곳 나무는 고향에서처럼 으문나치로 이어진 길가에서 무성하게 자라나는 나무 같은 활기가 없었다. 끝없이 펼쳐진 들판은 시선을 계속 끌다가 마침내 흰색과 은색이 감도는 하늘과 만났다.

올란나는 기차역에서 택시를 타고 운전기사에게 시장으로 가자고 말했다. 음바에지 외삼촌부터 만나고 싶었다. 그녀는 좁은 시장 길에서 커다란 짐을 머리에 이고 걸어가는 작은 남자아이들과 물건값을 흥정하는 아낙네들, 목청을 높여 소리치는 장사꾼 사이를 교묘하게 피해 지나갔다. 음반 상점에서 재즈 댄스 음악을 크게 틀어 놓아서 걸음을 약간 늦춰 보비 벤슨의 「택시 운전사」를 따라 작게 흥얼거리다가 외삼촌 가게를 발견하고 걸음을 재촉했다. 선반에는 들통을 비롯한 가정용 그릇이 죽 진열되어 있었다.

"오마리차!"

외삼촌이 올란나를 발견하고 소리쳤다. 외삼촌은 그녀의 어머니도 그렇게 불렀다. 아름답다는 뜻이었다.

"그러잖아도 계속 네 생각이 나서 이렇게 찾아올 줄 알았어."

"외삼촌, 안녕하셨어요!"

두 사람은 포옹했다. 올란나는 외삼촌의 어깨에 머리를 기댔다. 땀 냄새, 재래시장 냄새, 먼지 낀 나무 선반에 진열된 그릇들 냄새가 났다.

음바에지 외삼촌이 어머니와 함께 자랐다는 사실이 믿기지 않았다. 외삼촌의 엷은 피부색이 어머니의 아름다운 얼굴과 다르기도 했지만 외삼촌에게는 토속적인 분위기가 짙게 배어 있었기 때문이다. 외삼촌이 어머니와 다른 점이 없다면 과연 그를 이렇게 좋아할 수 있었을까 가끔 궁금했다.

음바에지 외삼촌은 올란나가 찾아올 때마다 저녁 식사를 마치고 마당에 앉아서 친척들의 최근 소식을 들려주곤 했다. 한 사촌의 결혼도 안 한 딸이 임신을 했는데 마을에서 창피를 당하느니 이곳으로 오는 편이 좋을 거라는 이야기나, 이곳 카노에서 조카가 죽었는데 시신을 가장 저렴한 비용으로 고향 마을까지 보내는 방법을 알아보는 중이라는 이야기들이었다. 그리고 이보족 동맹이 무슨 일을 하고 무엇을 토론하고 무엇에 맞서 싸워야 하는지에 대한 정치 이야기도 있었다. 이보족 동맹은 외삼촌네 마당에서 모임을 가졌으며 올란나도 그 자리에 몇 번 참석한 적이 있었다. 한번은 이보족 아이들을 받아들이지 않는 북부 학교에 대해서 아줌마 아저씨들이 화를 내며 토론하던 중, 음바에지 외삼촌이 갑자기 벌떡 일어나 발을 구르며 소리쳤다.

"은디 베 안이! 부족민 여러분! 우리 손으로 우리 학교를 만듭시다! 돈을 모아서 우리 학교를 세웁시다!"

올란나는 다른 사람과 함께 열심히 박수 치면서 "그래요! 그래야 해요!" 하고 소리쳤다. 하지만 학교를 세우기가 현실적으로는 어려울 거라고 생각했다. 북부 사람들에게 이보족 아이들을 받아 달라고 사정하는 편이 더 현실적일 것 같았다.

그런데 그로부터 몇 년이 지난 지금, 공항 도로를 달리는 택시가 이보 동맹 초등학교를 지나고 있었다. 쉬는 시간이라서 학교 운동장에 아이들이 가득했다. 남학생 여러 팀이 한 운동장에서 축구를 하느라 축구공 여러 개가 공중에 날아다녔다. 올란나는 아이들이 자기네 공을 어떻게 알아보는지 궁금했다. 여학생들은 도로 가까운 쪽에 옹기종기 모여서 리듬에 맞춰 오른발 왼발로 번갈아 뛰고 손뼉을 치면서 줄넘기 놀이를 하는 중이었다. 택시가 사본가리 공동 주택 지역 앞에 멈추기 직전에 그녀는 도로변에다 좌판을 펼치고 앉은 이페카 외숙모를 발견했다. 올란나를 본 이페카 외숙모가 색 바랜 겉옷에다 두 손을 닦고 그녀를 껴안더니, 앞으로 밀쳐서 얼굴을 쳐다보고 다시 껴안았다.

"우리 올란나!"

"우리 외숙모! 케두?"

"너를 보니 기분이 무척 좋구나."

"아리제는 재봉 학원에서 아직 안 돌아왔나요?"

"이제 금방 돌아올 거야."

"아리제는 어때요? 오 나 아가크와? 재봉 기술을 잘 배우고 있나요?"

"그 아이가 잘라 놓은 헝겊 조각이 온 집에 가득하단다."

"오딘체조와 에케네는 어떻게 지낸대요?"

"둘 다 여기에 와 있어. 지난주에 와서 네 안부를 묻더구나."

"마이두구리에서는 잘 지내고 있대요? 장사, 잘된대요?"

"굶어 죽을 것 같다는 말은 안 하더라고."

이페카 외숙모가 어깨를 약간 으쓱하며 대답했다. 올란나는 외숙모의 수수한 얼굴을 쳐다보았다. 외숙모가 어머니라면 좋겠다는 생각이 순간적으로 죄책감과 함께 떠올랐다. 하기야 외숙모는 자신에게 어머니나 마찬가지였다. 올란나와 카이네네가 태어난 직후에 어머니 젖이 말라서 둘 다 외숙모 젖을 빨며 자랐기 때문이다. 카이네네는 어머니는 젖이 마르지 않았는데도 가슴이 늘어지지 않게 하려고 외숙모에게 맡긴 거라고 툭하면 말했다.

"이리 와, 아다 안이. 어서 안으로 들어가자."

이페카 외숙모는 좌판에 달린 나무 셔터를 내려서 성냥과 껌, 사탕, 담배, 합성 세제 등을 말끔하게 덮은 후 올란나 가방을 집어 들고 앞장서서 마당으로 들어갔다. 좁은 방갈로는 페인트칠을 안 한 상태였다. 빨아서 널어놓은 옷들은 오후의 뜨거운 태양에 완전히 건조된 듯 뻣뻣하게 말라 있었다. 아이들이 가지고 노는 낡은 자동차 타이어 몇 개가 쿠카 나무 밑에 쌓여 있었다. 올란나는 정적이 감도는 마당도 아이들이 학교에서 돌아오자마자 순식간에 시끄러워질 거라는 사실을 알고 있었다. 모든 가정이 방문을 열어놓아 베란다와 주방에는 시끄러운 소리가 가득할 터였다. 음바에지 외삼촌 가족은 방 두 칸에서 살았다. 그날 밤 올란나가 낡은 소파를 벽으로 밀어 잘 공간을 마련한 후 가져온 빵과 신발과 크림이 담긴 짐을 풀기 시작하자, 이페카 외숙모는 뒷짐을 진 채 그녀를 가만히 지켜보다가 말했다.

"다른 사람도 너한테 이렇게 하길 바란다. 다른 사람도 너한테 이렇게 했으면 해."

잠시 후 아리제가 집에 오자마자 올란나는 두 발로 땅에 단단히 버티고 섰다. 아리제가 흥분하며 달려드는 순간 넘어질 수 있기 때문이다.

"언니! 이렇게 올 거면 우리한테 미리 알려 줬어야지! 그러면 마당이라도 훨씬 깨끗하게 쓸어 놓았을 텐데! 아! 언니! 아루 아마카 기! 얼굴이 좋아 보여! 할 얘기가 아주 많아!"

아리제가 웃자 그녀의 통통한 몸과 올란나를 꼭 껴안은 두 팔이 흔들렸다. 올란나도 아리제를 꼭 껴안았다. 모두가 생각한 대로 행복하게 살고 있다는 느낌이 들었다. 가끔씩 힘든 일이 생겨도 결국에는 다시 제자리에 돌아올 것 같은 그런 느낌이었다. 올란나가 카노에 오고 싶어 한 이유도 바로 이런 느낌 때문이었다. 누가 보더라도 평화로운 분위기를 느낄 수 있어서였다.

마당을 둘러보는 이페카 외숙모의 눈의 움직임으로 올란나는 그녀가 적당한 닭을 고르고 있다는 사실을 깨달았다. 그녀가 찾아오면 외숙모는 언제나 닭을 한 마리 잡았다. 마지막 남은 한 마리라도 상관하지 않았다. 마당을 어슬렁거리는 닭 가운데서 깃털에 빨간 물감을 칠한 외숙모네 닭이 보였다. 다른 색깔을 칠하거나 날개에 천을 묶어 놓은 닭도 있는데, 이웃집끼리 서로 닭을 구별하기 위한 표시였다. 올란나는 닭 잡는 일에 대해서 더 이상 반대하지 않았다. 그리고 음바에지 외삼촌과 이페카 외숙모가 올란나에게 자기네 침대를 내주고 항상 그곳에 머무는 것처럼 보이는 다른 많은 가족들과 함께 돗자리에서 자는 것에 대해서도 더는 따지지 않았다.

이페카 외숙모는 갈색 암탉을 향해 아무렇지도 않게 다가서다가 재빨리 움켜잡고는 아리제에게 뒷마당으로 가서 잡으라며 건네주었다. 그 후 주방 바깥에 앉아서 아리제는 털을 뽑고 외숙모는 쌀겨를 불렸다. 이웃집에서는 옥수수를 끓이다가 가끔씩 거품이 넘쳐 화롯불이 씩씩거렸다. 아이들이 마당에서 하얀 먼지를 일으키며 시끄럽게 뛰어놀기 시작했다. 쿠카 나무 밑에서 싸움이 붙어 한 아이가 다른 아이에게 이보 말로 내지르는 소리가 들렸다.

"너희 엄마는 고양이야!"

태양이 빨갛게 변하다가 점점 저물어 갈 즈음에 음바에지 외삼촌이 집으로 돌아왔다. 그는 올란나를 불러서 친구 압둘마리크에게 인사시켰다. 그녀는 그 하우사 남자를 예전에 한 번 만난 적이 있었다. 시장에 있는 음바에지 외삼촌네 가게 근처에서 가죽 슬리퍼를 파는 사람이었다. 그에게서 신발 한 켤레를 사 들고 영국으로 가져갔지만 한겨울이라 한 번도 신지 못했다.

"우리 올란나가 이제 막 박사 학위를 마쳤어. 런던 대학에서 박사 학위를! 쉬운 일이 아니야!"

음바에지 외삼촌이 자랑스럽게 말했다.

"정말 잘했어."

압둘마리크가 말했다. 그리고 가방을 열어 슬리퍼 한 켤레를 꺼내 올란나에게 내밀더니, 폭이 좁고 긴 얼굴에 주름을 만들며 웃었다. 콜라나무 열매와 담배, 그리고 뭔지 모를 것을 씹어서 노란색에서 갈색까지 다양한 색으로 얼룩진 이가 드러났다. 마치 자신이 선물을 받은 것 같은 얼굴이었다. 교육받은 사람 앞에서 자신은 절대 못 할 일을 해냈다고 감탄하는 그런 얼굴이었다.

그녀는 두 손으로 슬리퍼를 받으며 대답했다.

"고맙습니다, 압둘마리크. 고마워요."

압둘마리크가 쿠카 나무에 열린 조롱박 같은 열매를 가리키며 말했다.

"우리 집에 와요. 아내가 요리한 쿠카 수프가 아주 맛있으니까."

"네, 그럴게요. 다음에."

그는 축하한다는 말을 몇 번 더 하고 음바에지 외삼촌과 베란다에 앉았다. 앞에는 사탕수수 줄기가 든 양동이가 놓여 있었다. 두 사람은 하우사 말로 얘기하고 웃으면서 딱딱한 녹색 껍질을 이로 벗겨 사탕수수의 하얀 속살을 씹고 즙을 삼켰다. 그녀는 함께 앉았지만 하우사 말이 너무 빠르고 어려워서 알아들을 수 없었다. 외삼촌과 외숙모와 사촌들처럼 자신도 하우사 말과 요루바 말을 잘하고 싶었다. 가능하다면 자신이 배운 프랑스어나 라틴어와 기꺼이 바꾸고 싶었다.

주방에서 아리제는 닭의 배를 가르고 이페카 외숙모는 쌀을 씻었다. 올란나는 압둘마리크에게 받은 슬리퍼를 두 사람에게 자랑하고 신어 보았다. 주름진 빨간 가죽신을 신은 발이 훨씬 날씬하고 여성스러워 보였다.

"예쁘네. 나중에 고맙다고 말해야겠어."

외숙모가 말했다.

올란나는 의자에 앉아 식탁 모서리마다 떨어져 있는 바퀴벌레 알과 검은색의 매끈한 바퀴벌레 껍질을 안 보려고 애썼다. 지붕이 살짝 열려서 이웃 사람이 한쪽 구석에서 피운 모닥불 연기가 주방에 가득 들어찼다.

아리제가 이웃 여자를 입으로 가리키며 말했다.

"이 마크와, 저 여자네 식구는 매일 말린 생선만 먹어. 불쌍한 저 집 아이들이 고기 맛을 알기나 하는지 모르겠어."

아리제가 머리를 뒤로 젖히며 웃어 댔다. 올란나는 이웃 여자를 보았다. 이조우 여자라서 아리제의 이보 말을 알아들을 수 없었다.

"저 집 식구들은 말린 생선을 좋아하나 보지."

"오 디 에그우! 말도 안 돼! 언니는 말린 생선이 얼마나 싸구려인지 알아?"

아리제가 말하고 계속 웃어 대며 이웃 여자에게 말했다.

"이비바 아줌마, 우리 언니한테 아줌마네 수프는 언제나 냄새가 구수하다고 말하는 중이에요."

이웃 여자가 모닥불을 피우던 손을 멈추고 빙그레 웃었다. 다 안다는 듯한 미소였다. 올란나는 혹시 그 여자가 이보 말을 알면서도 아리제가 재미삼아 빈정거린 말을 단순한 농담으로 받아넘긴 건 아닌지 걱정스러웠다. 사실, 아리제의 순수한 표정과 악의 없는 장난에는 사람들이 용서하게 하는 뭔가가 있었다.

"그래서 언니는 은수카로 가서 오데니그보와 결혼하는 거야?"

아리제가 물었다.

"아직 결혼까지는 모르겠어. 그냥 그 사람이랑 가까이 있고 싶을 뿐이야. 강단에도 서고 싶고."

아리제의 동그란 눈동자에 감탄하면서도 난처해하는 기색이 어렸다.

"그건 언니처럼 공부를 아주 많이 한 여자만 할 수 있는 말이야. 나처럼 공부를 안 한 사람은 오래 기다릴 수가 없어. 너무 오래 기다리면 결혼할 때를 놓치게 되니까."

아리제가 닭의 배 속에서 투명한 계란을 빼내며 말했다.

"난 오늘도 내일도 남편이 있었으면 좋겠어. 아! 친구들 모두 내 곁을 떠나 남편 집으로 가 버렸어."

"넌 아직 어려. 지금은 재봉 기술을 배우는 데 집중해야 돼."

올란나가 말하자 아리제가 반박했다.

"재봉 기술을 배우면 아이가 생긴대? 간신히 합격해서 학교에 들어간다 해도 아이를 가지고 싶을 거야."

"너무 서두르지 마, 아리제."

올란나가 말했다. 공기가 신선한 입구 쪽으로 의자를 옮기고 싶은 생각이 간절했다. 하지만 이페카 외숙모나 아리제, 이웃 여자에게 연기 때문에 눈과 목이 따갑고 바퀴벌레 알이 보여서 구역질이 난다는 사실은 알리고 싶지 않았다. 이런 삶에 익숙한 것처럼 보이고 싶었다.

"언니는 오데니그보와 분명히 결혼할 텐데, 솔직히 말해서 난 언니가 아바 출신 남자랑 결혼하는 게 잘하는 건지 모르겠어. 아바 출신 남자는 너무 못생겼어, 카이! 만일 모하메드가 이보족 남자였다면 그 사람이랑 결혼하라고 부추겼을 거야. 지금까지 그렇게 잘생긴 남자는 못 봤어."

"오데니그보는 못생기지 않았어. 겉모습은 보는 각도에 따라서 다른 거야."

"겉모습은 보는 각도에 따라서 다르단 말은, 엔웨, 못생긴 원숭이 가족한테 기분이라도 좋으라고 하는 말이야."

"아바 출신 남자들은 못생기지 않았어. 너희 외가도 따지고 올라가면 아바 출신이야."

이페카 외숙모가 끼어들었다.

"그럼 외가 쪽 사람들도 원숭이처럼 생겼겠네?"

아리제가 놀리자 외숙모가 중얼거렸다.

"넌 정식 이름이 아리젠디크운넴이야. 맞지? 외가 쪽에서 따온 이름. 그러니 아마 너도 원숭이처럼 생겼을 거야."

올란나가 웃으며 물었다.

"결혼 이야기를 계속하는 이유가 뭐니, 아리제? 혹시 마음에 드는 사람이라도 있니? 아니면 내가 모하메드 동생 가운데서 한 명 찾아볼까?"

아리제가 깜짝 놀란 척하며 두 손을 내저었다.

"아니야, 아니야! 내가 하우사 남자를 좋아한다고 하면 아빠가 나를 죽이려고 할 거야."

"너희 아빠가 시체를 죽일 수 있다면 말이다. 내가 먼저 너를 죽이고 말 테니까."

이페카 외숙모가 깨끗이 씻은 쌀이 담긴 그릇을 들고 일어나며 말했다. 아리제가 올란나 옆으로 바싹 다가오며 속삭였다.

"한 사람 있어, 언니. 하지만 그 사람이 나한테 눈길을 주었는지조차 모르겠어. 아!"

"왜 그렇게 속삭이니?"

이페카 외숙모가 묻자 아리제가 발끈했다.

"지금 내가 엄마한테 말한 거야? 언니한테 말하는 거 아닌가?"

하지만 아리제는 목소리를 키우며 계속 말했다.

"그 사람 이름은 은나크완제인데 가까운 오지디 마을 출신이야. 철도 부설하는 일을 해. 하지만 지금까지 나한테 아무 말도 안했어. 난 그 사람이 날 진지하게 바라보는지 아닌지 모르겠어."

"그 사람이 너한테 진지한 눈길을 보내지 않았다면 그 사람 눈이 이상한 거야."

이페카 외숙모가 또 끼어들었다.

"너무 심한 거 아냐, 엄마? 난 언니랑 편안하게 얘기도 못 해?"

아리제가 눈을 부릅떴다. 하지만 아리제도 좋아하는 게 분명했다. 은나크완제에 대한 말을 자기 어머니에게 털어놓을 기회로 삼는 것 같았다.

그날 저녁 올란나는 외삼촌과 외숙모 침대에 누워서 벽에다 못을 박고 밧줄로 연결해 늘어뜨린 얇은 커튼 사이로 아리제를 바라보았다. 밧줄은 팽팽하지 않아 커튼은 중간에 축 늘어졌다. 그녀는 아리제가 숨을 쉴 때마다 들먹거리는 가슴을 바라보며 아리제와 그 동생인 오딘체조와 에케네가 커서 어떤 사람이 될까 상상했다. 그리고 커튼 사이로 외삼촌 부부를 바라보며 어린아이가 들으면 앓는 것처럼 들릴 소리에 가만히 귀를 기울였다. 외삼촌은 엉덩이를 움직이고 외숙모는 그를 두 팔로 꼭 껴안고 있었다. 올란나는 자기 부모님이 사랑을 나누는 소리를 들은 적이 한 번도 없었다. 두 분이 그러고 있다는 느낌을 받은 적도 없었다. 올란나와 부모님 사이에는 언제나 복도가 있었으며 집을 한 번씩 옮길 때마다 복도는 더 넓어지고 양탄자는 더 두꺼워졌다. 방이 열 개나 되는 지금의 집으로 이사한 다음부터 부모님은 다른 방을 쓰기 시작했다.

"옷이 충분히 들어갈 침실이 필요해. 그리고 너희 아빠가 찾아오게 하는 것도 기분 좋고."

어머니는 이렇게 말했다. 하지만 어린 소녀 같은 웃음소리가 올란나의 귀에는 공허하게 들렸다. 그래서 이곳 카노에 올 때마다 부모님의 부자연스러운 관계가 그녀는 아주 이상하고 창피했다.

위쪽 창문이 열려 있어서 주택 뒤 하수구에서 악취가 올라왔다. 사람들이 똥오줌을 양동이에 받아서 그곳에 버렸기 때문이다. 곧 밤중에 똥오줌을 치우는 사람들이 작게 뭐라고 중얼거리며 삽질하는 소리가 들렸다. 올란나는 그들이 새까만 어둠에 몸을 가린 채 긁어 대는 삽질 소리를 듣다가 깊은 잠에 빠져들었다.

모하메드네 집 정문 바깥에 모인 거지들은 올란나를 보고 꿈쩍도 하지 않았다. 모두가 바닥에 앉거나 진흙 담장에 기대어 있었다. 너덜너덜한 하얀색 긴 옷에 잔뜩 달라붙은 파리 떼가 마치 검은 물감이라도 뿌린 것 같은 착각을 일으켰다.

올란나는 그들의 동냥 그릇에 돈이라도 넣어 주고 싶었으나 그러지 않기로 했다. 자신이 남자라면 모두가 동냥 그릇을 내밀며 구걸하고 파리 떼는 구름처럼 몰려들 터였다.

정문 수위 가운데 한 명이 올란나를 알아보고 문을 활짝 열어 주었다.

"어서 오세요, 마님."

"고마워요, 술레. 잘 지내셨어요?"

술레가 환한 얼굴로 대답했다.

"제 이름을 기억하시네요, 마님! 고맙습니다, 마님. 잘 지냅니다, 마님."

"가족들도 잘 있고요?"

"네, 마님. 알라의 뜻대로."

"당신네 주인어른은 미국에서 돌아오셨나요?"

"네, 마님. 안으로 들어오세요. 제가 주인어른께 사람을 보내드리겠습니다."

불규칙하게 뻗고 모래가 뿌려진 마당 앞에 모하메드의 빨간 스포츠카가 주차되어 있었지만 올란나의 관심을 끄는 건 저택이었다. 편편한 지붕이 우아하면서도 소박해 보였다. 그녀는 베란다에 앉았다.

"깜짝 놀랐어!"

올란나가 고개를 들자, 터키 사람들이 입을 법한 긴 소매의 하얀색 카프탄을 입은 모하메드가 웃으며 그녀를 내려다보고 있었다. 그의 입술이 관능적인 곡선을 그렸다. 그녀가 자주 키스하던 그 입술이었다. 주말만 되면 카노에 달려와 이 집에서 손으로 쌀밥을 집어 먹거나, 모하메드가 비행사 클럽에서 폴로 경기를 하는 걸 구경하거나, 그가 써 준 음탕한 시를 읽으며 지내던 시절에는 그랬다. 올란나는 모하메드와 포옹했다.

"아주 좋아 보이네. 미국에서 아직 돌아오지 않았을지도 모른다고 생각했어."

"당신을 만나러 라고스에 갈 생각이었어."

모하메드가 몸을 뒤로 빼서 올란나를 바라보았다. 머리를 살짝 기울이고 두 눈을 가늘게 뜨는 건 그가 아직 희망을 품고 있다는 의미였다.

"이제 은수카로 이사할 거야."

그녀가 말했다.

"이제 당신도 지식인이 되어서 그 교수와 결혼하는 건가?"

"결혼에 대한 얘기는 아무도 하지 않아. 그래, 재닛은 어때? 아니, 제인이었나? 당신 미국인 애인 이름이 자꾸 헷갈려."

모하메드가 한쪽 눈썹을 추켜올렸다. 캐러멜색 피부가 언제 보아도 눈길을 끌었다. 예전에 올란나는 그가 여자인 자신보다 더 예쁘다며 놀리곤 했다.

"머리를 어떻게 한 거야? 그런 스타일은 당신한테 안 어울려. 당신네 교수가 그런 원주민 여자 스타일을 좋아해?"

올란나는 검은 실로 매듭을 새로 묶은 머리카락을 손으로 매만졌다.

"외숙모님이 해 주신 거야. 난 이게 맘에 들어."

"난 아냐. 당신은 가발을 쓴 모습이 더 좋아."

모하메드가 가까이 다가와서 다시 껴안았다. 두 팔로 몸을 세게 당기는 느낌이 들었을 때 올란나는 그를 밀어냈다.

"이제 키스도 못 하게 하는군."

"당연하지. 그런데 재닛인지 제인인지에 대한 대답을 안 하네?"

"제인이야. 당신이 은수카로 내려가면 우리는 더 이상 만날 수 없는 건가?"

"내가 놀러 올게."

"당신의 교수 애인은 머리가 돌았으니, 내가 은수카로 가는 일은 없을 거야."

그가 웃으며 말했다. 큰 키와 호리호리한 몸매 그리고 가느다란 손가락이 연약하고 부드러워 보였다.

"그래, 음료수라도 마실까? 아니면 포도주?"

"이 집에 술이 있어? 당신 삼촌한테 일러야겠군."

그녀가 놀렸다.

모하메드는 종을 울려서 하인에게 음료수를 내오라고 지시했다. 그리고 엄지와 검지를 비비며 진지한 표정으로 말했다.

"가끔은 내가 너무 무의미하게 산다는 생각이 들어. 여행을 다니고 외제 차를 몰고 여자들이 내 뒤를 졸졸 쫓아다니지. 하지만 뭔가 부족해. 뭔가 문제가 있어. 당신도 알지?"

올란나는 그를 가만히 바라보았다. 어떤 얘기가 나올지 알았다. 그런데도 그가 "예전으로 돌아갈 수 있다면 좋겠어." 하고 말할 때는 뿌듯하면서도 감동을 받았다.

"좋은 여자가 나타날 거야."

그녀가 작게 말하자 그가 말했다.

"말도 안 돼."

나란히 앉아서 콜라를 마시면서 올란나는, 자신이 이제 관계를 끝내야 한다고, 거짓말하고 싶은 마음은 없다고 말했을 때 본 그의 너무나 고통스러운 표정을 떠올렸다. 당시에 그녀는 그가 당연히 반발할 거라고 생각했더랬다. 그가 자신을 얼마나 사랑하는지 알았기 때문이다. 하지만 그가 오데니그보와 잠자리를 계속하면서라도 자신을 떠나지만 말라고 말해서 올란나는 충격을 받았다. 평소에 자신은 진정한 남자의 화신인 신성한 전사의 후예라고 툭하면 농담조로 말하던 그였기 때문이다. 아마 그것 때문에 모하메드를 생각할 때마다 고마운 마음과 이기적인 마음이 동시에 생기는 것 같았다. 그는 이별을 훨씬 힘들게 만들 수 있었다. 그리고 올란나에게 훨씬 큰 죄책감을 남길 수도 있었다.

올란나는 음료수 잔을 내려놓았다.

"우리 드라이브나 하러 가자. 카노까지 와서 못생긴 시멘트만 보고 간다는 건 말도 안 돼. 고대 진흙 조각품이랑 도시 외곽의 사랑스러운 담장을 다시 둘러보고 싶어."

"가끔 당신이 백인같이 느껴질 때가 있어. 그런 시시한 걸 좋아하는 걸 보면."

"내가?"

"농담이야. 그런 미친 교수랑 살려면 무엇도 진지하게 받아들이지 않는 법을 배워야 하는 거 아냐?"

모하메드가 벌떡 일어섰다.

"이리 와. 우선 어머니에게 인사부터 드려야지."

뒤편에 있는 조그만 쪽문을 지나 어머니가 쓰는 공간으로 이어지는 마당에 들어서는 순간, 올란나는 예전에 이곳에 들어설 때마다 느끼던 불안감을 떠올렸다. 응접실은 금박을 입힌 벽과 두꺼운 페르시아 양탄자 그리고 맨살을 드러낸 천장에 홈을 파서 만든 문양 등 변한 게 하나도 없었다. 모하메드의 어머니도 예전 그대로 코에다 고리를 끼우고 머리에다 비단 스카프를 둘러쓴 모습이었다. 그 모습이 너무나 완벽해서 올란나는 매일 풍성한 의상을 차려입고 집에 가만히 앉아 있는 게 불편하지는 않을까 궁금할 때가 많았다. 하지만 나이 많은 할머니는 예전의 쌀쌀맞은 표정이 아니었다. 올란나의 얼굴과 손으로 깎아 만든 장식 사이의 허공을 바라보며 딱딱하게 말하지도 않았다. 그 대신 이번에는 일어나서 따듯하게 껴안으며 환영했다.

"얘야, 사랑스러워 보이는구나. 피부가 햇볕에 타지 않게 조심하려무나."

"나 고데. 고맙습니다, 어머니."

올란나가 대답했다. 사람이 애정을 전기 스위치처럼 껐다가 켜고, 감정을 묶었다가 풀 수 있다는 사실이 신기할 뿐이었다.

그녀는 모하메드의 빨간 포르셰에 올라타면서 말했다.

"이제 난 당신과 결혼해서 이교도의 피로 순수한 혈통을 오염시킬 이보족 여자가 아니야. 이제 난 친구야."

"그래도 난 당신과 결혼했을 거야. 그건 우리 어머니도 알고 계셔. 어머니 생각은 문제 될 게 없었어."

"처음에는 그럴 수도 있겠지만 나중에는 어떨까? 결혼하고 10년이 지난 다음에도 그럴 수 있을까?"

모하메드가 고개를 돌려서 그녀를 바라보았다.

"당신 부모님도 우리 어머니와 똑같이 생각하셨어. 그런데 우리가 지금 이런 얘기를 하는 이유가 뭐지?"

이렇게 말하는 두 눈에 말로 형용할 수 없는 슬픔이 비쳤다. 하지만 그녀의 착각인지도 몰랐다. 둘이 절대 결혼할 수 없다는 데 그가 슬퍼하길 바랐기 때문일 것이다. 물론 그녀는 모하메드와 결혼할 생각이 없었다. 그녀는 두 사람이 지금은 물론이고 앞으로도 절대 하지 못할 일에 집착하는 게 재미있었다.

"미안해."

올란나가 대답하자 모하메드가 팔을 내밀어 그녀의 손을 잡으며 말했다.

"사과할 필요까진 없어."

자동차가 큰 소리를 내며 정문을 빠져나갔다.

"배기관에서 먼지가 너무 많이 나와. 이 자동차는 이곳 환경에 맞지 않아."

"튼튼한 푸조를 사야 했어."

"맞아. 그래야 했어."

올란나는 대저택 담장에 모인 거지들을 바라보았다. 그들 몸뚱이와 동냥 그릇에 파리 떼가 가득 뒤덮여 있었다. 님 나무 잎사귀에서 향긋하고 시큼한 향기가 흘러나왔다.

"난 백인과 달라."

올란나가 작게 말하자, 모하메드가 흘낏 바라보며 대답했다.

"그야 당연하지. 당신은 민족주의자고 애국자잖아. 그리고 얼마 후에는 자유의 투사인 교수님이랑 결혼까지 할 거고."

올란나는 모하메드가 가볍게 하는 말에 비웃는 투가 숨은 건 아닌지 궁금했다. 그녀의 손 하나는 아직도 그의 손안에 있었다. 자동차를 한 손으로 운전하는 게 쉽지 않을 것 같았다.

*

올란나는 바람이 심하게 부는 토요일에 은수카로 이사했고, 오데니그보는 그다음 날 이바단 대학에서 열리는 수학과 학회에 참석하러 떠났다. 그의 정신적 스승인 미국의 흑인 수학자 데이비드 블랙웰의 연구 결과에 초점을 맞춘 학회가 아니었다면 아마 가지 않았을 것이다.

그가 말했다.

"그분은 살아 있는 수학자 가운데서 가장 위대한 분이야. 당신도 나랑 함께 가지 않겠어, 은켐? 일주일밖에 안 걸려."

올란나는 싫다고 대답했다. 이번 기회에 그가 없을 때의 불안한 마음도 겪어 보고 짐도 정리하고 싶었다. 그가 떠난 뒤에 그녀는 거실 탁자에 있는 빨갛고 하얀 플라스틱 조화를 제일 먼저 내버렸다.

으그우는 기겁하며 말했다.

"하지만 마님, 아직도 괜찮은 거잖아요."

올란나는 으그우를 데리고 밖으로 나갔다. 그러고는 조모가 금방 물을 준 아프리카 백합과 분홍색 장미 앞으로 가서 몇 송이를 꺾어 달라고 부탁했다. 그런 다음에 그에게 화병에 넣어야 할 물의 양을 알려 주었다. 으그우는 꽃을 보고는 머리를 절레절레 흔들었다. 올란나가 멍청하게 구는 이유를 모르겠다는 표정이었다.

"하지만 이건 죽어요, 마님. 아까 그 꽃은 죽지 않아요."

"그래, 하지만 이 꽃이 훨씬 좋아. 파 마카리."

"얼마나 좋은데요, 마님?"

올란나가 이보 말로 하면 으그우는 언제나 영어로 대답했다. 그녀가 이보 말로 하는 걸 모욕으로 받아들이고 영어로 끈질기게 대답하며 방어하려는 듯했다.

"그냥 좋아."

올란나가 대답했다. 왜 신선한 꽃이 플라스틱 조화보다 좋은

지를 딱 부러지게 설명할 방법이 없었다. 나중에 그녀는 부엌 찬장에서 플라스틱 조화를 발견했으나 놀라지 않았다. 으그우가 주워 온 것이다. 그는 낡은 설탕 통과 병마개, 심지어 감자 껍질까지 모아 두었다. 그녀는 풍요롭게 살아 본 경험이 없는 사람은 쓸모없는 물건조차 버릴 줄 모른다는 사실을 알게 되었다. 그래서 그녀는 그와 함께 부엌에 있을 때 쓸모 있는 물건만 보관할 필요성을 강조했다. 신선한 꽃이 무슨 쓸모가 있느냐는 질문이 나오지 않기만 바랐다. 그러고는 창고를 깨끗이 치우고 낡은 신문을 선반에 빼곡히 정리해 넣으라고 부탁했다. 그녀는 으그우가 일하는 동안 옆에 서서 그의 가족에 대해 물었다. 하지만 그는 어휘를 많이 몰라서 가족을 제대로 묘사할 수 없어 가족 구성원의 특징을 "아주 좋아요."라고만 설명했다.

올란나는 으그우와 함께 시장도 갔다. 생활용품을 사고 나서 그에게 빗과 셔츠를 사 주었다. 올란나는 그에게 녹색 후추와 네모나게 자른 당근으로 볶음밥 만드는 법을 가르쳐 주면서 콩이 푸딩처럼 물러지지 않도록 할 것, 식용유를 많이 붓지 말 것, 소금을 너무 아끼지 말 것을 당부했다. 으그우를 처음 만났을 때 체취가 심하다는 사실을 알았지만 그녀는 처음 며칠은 그냥 넘긴 다음에 겨드랑이에 바르는 향기 나는 파우더를 주면서 목욕할 때 목욕물에다 향수를 두 방울씩 떨어뜨리라고 했다. 그는 코를 킁킁거리며 파우더 향을 맡더니 기뻐하는 표정이 역력했다. 그녀는 그게 여성용이라는 걸 그가 알아차리지 않을까 걱정스러웠다. 올란나는 으그우가 자신을 어떻게 생각하는지도 궁금했다. 좋아하는 기색이 분명히 보이면서도 눈빛은 차분하고 진지했다. 자신을 여신으로 떠받드는 표정이었다. 그래서 편하게 행동할 수가 없었다.

하루는 올란나가 벽에 걸린 사진을 떼어 다른 곳에 걸려고 할 때 마침내 으그우가 이보 말을 했다. 오데니그보가 졸업식 가운을 입고 찍은 사진 액자 뒤에서 도마뱀 한 마리가 황급히 도망치는 걸 보고 이렇게 소리친 것이다.

"에그부크왈라! 죽이지 마세요."

"뭐라고?"

올란나가 올라선 의자에서 고개를 돌려 내려다보며 묻자 으그우가 대답했다.

"도마뱀을 죽이면 나중에 배가 아파요."

그녀는 그의 입에서 나오는 오피 사투리가 재미있었다. 단어를 툭툭 뱉어 내는 것 같았다.

"당연히 도마뱀은 죽이지 않을 거야. 이 사진을 저쪽 벽에다 같이 걸자."

"네, 마님."

그가 대답했다. 그리고 누이동생 아누리카가 도마뱀을 죽인 다음에 배가 아파서 끔찍하게 고생한 적이 있다고 이보 말로 떠들어 대기 시작했다.

올란나가 그 집에 놀러온 손님 같은 기분을 덜 느끼게 됐을 무렵에 오데니그보가 돌아왔다. 그가 그녀를 끌어당겨 키스하고 꼭 껴안으려고 했다. 그녀가 말했다.

"먼저 음식부터 먹어야지."

"그래, 지금 먹잖아."

그녀가 웃었다. 너무나 행복했다.

"그런데 무슨 일이야? 책을 선반에 모두 올려놓은 거야?"

오데니그보가 실내를 둘러보며 물었다.

"옛날 책은 두 번째 침실에 넣었어. 내 책을 넣을 공간이 필요해서 말이지."

"에지 오쿠우? 그러면 이제 정말 이사 온 거야?"

그가 웃었다.

"가서 목욕부터 해."

"우리 일꾼한테 나는 꽃향기는 뭐야?"

"향기 나는 파우더를 주었어. 체취가 심한 걸 지금까지 몰랐어?"

"그건 마을 사람들 냄새야. 나도 아바를 떠나서 중학교에 입학할 때까진 그런 냄새가 났어. 물론 당신은 그런 걸 모르겠지만 말이야."

부드럽게 놀리는 말투였다. 하지만 두 손은 부드럽지 않았다. 벌써 블라우스 단추를 풀고 브래지어를 벗겨 내는 중이었다. 얼마나 많은 시간이 지났는지 몰랐다. 벌거벗은 채 침대 위에서 그의 따뜻한 육체와 엉켜 있을 때 으그우가 문을 두드렸다. 손님이 왔다고 했다.

"그냥 보내면 안 돼?"

올란나가 중얼거렸지만 오데니그보는 재촉했다.

"어서 나가야 해, 은켐. 당신을 친구들한테 소개하고 싶어."

"그럼 조금만 더 있다가 나가."

그녀가 그의 가슴에 난 곱슬곱슬한 털을 손으로 쓰다듬었다. 하지만 그는 키스를 하고 일어나서 속옷을 찾았다.

올란나가 마지못해 옷을 입고 거실로 나가자 그는 일부러 과장되게 선언했다.

"친구들, 이제 드디어 올란나를 소개합니다!"

라디오 겸용 전축에서 소리 크기를 조정하던 여자가 돌아서서 올란나와 악수했다. 머리에는 밝은 오렌지색 터번을 두르고 있었다.

"안녕하세요?"

"안녕하세요. 라라 아데바요 교수님이시군요."

"네. 오데니그보는 당신이 상상을 초월할 정도로 아름답다는 말을 안 했어요."

그녀의 말에 올란나는 순간 당황해서 뒤로 한 발 물러났다.

"칭찬으로 받아들이겠습니다."

"게다가 영어 발음까지 완벽하시군요."

그녀가 동정 어린 미소를 지으며 중얼거린 다음에 라디오 전축으로 몸을 돌렸다. 자그마한 몸매에 걸친 뻣뻣한 오렌지색 드레스 때문에 그렇잖아도 쭉 뻗은 등이 한층 더 딱딱해 보였다. 감히 반박할 수 없는 논쟁의 명수 같은 몸매였다.

"전 오케오마라고 합니다. 전 지금까지 오데니그보의 애인도 사람일 거라고 생각했습니다. 그런데 지금 보니 인어가 따로 없군요."

빗질을 안 해서 머리카락이 헝클어진 더벅머리 남자가 말했다.

올란나는 웃었다. 오케오마의 표현과 그의 말에 담긴 온기가 고마웠고, 약간 오랫동안 손을 잡아 주어서 좋았다. 파텔 의사 선생은 수줍어하며 "드디어 만나서 정말 반갑습니다." 하고 말했으며 에제카 교수는 그녀와 악수하고는 정통 과학이 아니라 사회학에서 학위를 받았다는 말을 듣고 무시하는 표정으로 고개를 끄덕거렸다.

으그우가 마실 걸 가져오자 오데니그보는 잔을 들어서 입술에 댔다. 그걸 바라보는 올란나의 머릿속에는 저 입술이 몇 분 전만 하더라도 자기 젖꼭지를 열심히 빨던 입술이라는 생각만 떠올랐다. 그녀는 몸을 은밀하게 움직이며 팔 안쪽으로 가슴을 문질렀다. 젖꼭지에 상쾌한 통증이 느껴졌다. 그가 가끔 너무 세게 깨물었기 때문이다. 그녀는 두 눈을 꼭 감았다. 손님들이 어서 떠나기만 바랐다.

"위대한 사상가 헤겔이 아프리카를 아이들의 땅이라고 부르지 않았나요?"

에제카 교수가 잘난 척하며 묻자 파텔 선생이 껄껄 웃으면서 대답했다.

"그렇다면 몸바사에 있는 극장에다 '아이와 아프리카인은 출입 금지'라는 간판을 붙인 사람들이 헤겔을 읽었나 보군요."

오데니그보가 끼어들었다.

"헤겔은 내용이 없어요. 그 저서를 숙독해 봤어요? 정말 웃기는 사람이에요. 하지만 흄과 볼테르와 로크도 아프리카를 그런 식으로 생각했어요. 어디 출신이냐에 따라서 위대한 정신을 받아들이는 정도가 달라요. 예전에 이스라엘 사람들 중 하나가 아돌프 아이히만[13]의 재판을 어떻게 생각하느냐는 질문을 받았을 때, 시대와 인종을 떠나서 어떻게 나치를 위대하다고 생각할 수 있는지 도

---

13 아돌프 아이히만(1906~1962). 2차 세계 대전 당시 독일 나치스의 친위대 장교로 유대인의 체포와 강제 이주를 선두 지휘함.

무지 이해할 수 없다고 말한 것과 같아요. 하지만 당시에 나치는 위대한 존재로 추앙됐어요. 그렇지 않나요? 지금도 여전히 그런 식이에요!"

오데니그보가 손바닥을 위로 하는 동작을 취하면서 열변을 토할 때 올란나는 저 손이 자신의 허리를 휘감았던 것을 떠올렸다.

"사람들이 제대로 모르는 건, 유럽이 아프리카에 더 많은 관심을 기울였다면 유대인 학살도 일어나지 않았을 거란 사실이에요. 한마디로, 세계 대전 자체가 일어나지 않았을 거예요!"

아데바요 교수가 술잔을 입술에 댄 채 물었다.

"그건 무슨 뜻이죠?"

"무슨 뜻인지 몰라서 물어요? 헤레로¹⁴ 사람들을 보면 명확히 알 수 있잖아요."

오데니그보가 의자에서 몸을 움직이며 목소리를 키울 때, 올란나는 침실에서 두 사람이 너무 크게 소리쳐서 일을 끝낸 다음에 "우리 오늘 밤처럼 이렇게 크게 소리치다가 깊이 잠든 으그우까지 깨우는 거 아냐?" 하고 말하며 웃던 것을 그가 기억하는지 궁금했다.

아데바요 교수가 반박했다.

"또 시작이군요, 오데니그보. 백인이 헤레로 학살을 저지르지 않았다면 유대인 학살도 일어나지 않았을 거라는 말인가요? 두 사건 사이에 도대체 어떤 관련이 있는 거죠?"

오데니그보가 대답했다.

---

14 아프리카의 나미비아를 차지하면서 독일인이 자행한 헤레로족 집단 살해를 가리킴.

"모르겠어요? 유럽인들은 인종 연구를 헤레로에서 시작해 유대인으로 결론 내린 거예요. 그러니까 당연히 관련이 있죠!"

"당신 주장은 말이 안 돼요. 당신은 궤변론자예요."

아데바요 교수가 말하고 경멸하는 듯한 태도로 잔에 있는 술을 단숨에 들이켜자, 오케오마가 끼어들었다.

"하지만 세계 대전은 나쁜 점도 있지만 좋은 점도 있어요. 우리 작은아버지는 버마에서 싸우다가 궁금증 하나를 품고 돌아오셨어요. 어떻게 백인도 죽는다는 걸 알려 주는 사람이 하나도 없었느냐는 궁금증 말이에요."

모두가 웃었다. 가만히 듣다 보면 그 모임에는 어떤 독특한 습관이 있었다. 수없이 다양한 토론을 하다 보니 모두가 언제 웃어야 하는지를 아는 것 같았다. 물론 올란나도 웃었다. 하지만 그 소리가 그들과 다르게 왠지 어설프다는 생각이 문득 들었다.

*

이후 몇 주 동안 올란나는 사회학 입문 강의를 시작했다. 교원 클럽에 합류하고 다른 교수들과 테니스를 치기도 했다. 으그우를 차에 태우고 시장에 갔다. 오데니그보와 산책하고, 성 베드로 성당에서 성 빈첸시오 아 바오로 모임에 가입하고, 오데니그보 친구들과도 조금씩 익숙해졌다. 오데니그보는 올란나가 있어서 사람들이 더 많이 찾아온다며, 오케오마가 올란나를 암시하는 듯한 여신을 소재로 시를 써서 정열적으로 낭송하는 거라든가 파텔 선생이 마케레레에서 보낸 시절에 대해서 늘어놓으며 자신을 지적이고 완벽한 기사처럼 묘사하는 걸 보면 두 사람이 그녀를 사랑하는 게 분명하다고 놀렸다.

올란나는 파텔 선생도 좋았지만 오케오마가 집에 오는 걸 가장 좋아했다. 그의 더벅머리와 구겨진 옷 그리고 예술성이 뛰어난 시가 마음을 편하게 해 주었다. 오데니그보가 진심이 담긴 목소리로 "우리 시대의 목소리!"라고 하면서 가장 존중하는 사람이 오케오마란 사실도 이미 알았다. 하지만 쉰 목소리를 내는 에제카 교수는, 자신은 그 누구보다 훌륭하지만 입을 꾹 다물고 있을 뿐이라는 거만한 태도여서 아직도 도무지 어떻게 받아들여야 할지 몰랐다. 아데바요 교수도 마찬가지였다. 그녀가 질투심을 드러낸다면 차라리 편할 것 같았다. 하지만 그녀는 올란나를 아는 건 없고 얼굴만 너무 예쁜 데다가 침략자 영국인 악센트를 그대로 모방하는, 경쟁할 가치가 전혀 없는 사람으로 여기는 것 같았다. 올란나는 자신이 아데바요 교수가 참석한 자리에서 깊은 인상을 심어 주기 위해 필사적으로 유난히 많은 의견을 발언한다고 느꼈다. 올란나는 은크루마[15]가 아프리카 전역을 지배할 야욕이 강하다든가, 미국이 자기네는 터키에 미사일을 배치하면서 소비에트는 쿠바에서 미사일을 빼내야 한다고 주장하는 건 너무 이기적이라든가, 샤르페빌 지역은 남아프리카 정부가 흑인을 매일 학살한다는 사실을 드러내는 하나의 사례일 뿐이라는 등등의 주장을 펼쳤다. 하지만 이 모든 건 남의 주장을 그대로 옮긴 것에 불과하다는 생각이 들었다. 아

---

15 콰메 은크루마(1909~1972). 1960~1966년에 가나의 대통령을 지냄. 가나의 독립운동을 지휘하여 아프리카 독립의 아버지로 불림.

데바요 교수도 그걸 아는 것 같았다. 올란나가 말할 때마다 그녀는 항상 잡지를 집어 들거나 술을 따르거나 일어나서 화장실에 갔기 때문이다. 결국 올란나는 포기했다. 자신은 아데바요 교수를 절대 좋아할 수 없으며 그녀도 올란나를 좋아하려는 시도조차 하지 않을 게 분명했다. 올란나가 모든 걸 두려워하고 있으며 확신이 없음을, 아데바요 교수처럼 궁금증을 풀고 싶어 열정적으로 몰두하는 부류가 아님을, 그리고 상대의 눈을 똑바로 바라보며 너무나 아름답다는 말을 차분하게 할 수 있는 부류도 아님을, 그녀는 자신의 얼굴을 보는 순간 깨달았을 수도 있다는 생각이 들었다.

그런데도 오데니그보와 침대에 누워서 다리를 비비 꼴 때마다 올란나는 은수카 생활이 포근하고 부드러운 깃털로 만든 그물에 푹 빠져 지내는 기분이었다. 이런 느낌은 그가 서재에 몇 시간씩 머무르는 날에도 똑같았다. 그가 이제 결혼하자고 할 때마다 올란나는 안 된다고 대답했다. 이 생활이 너무나 행복했다. 불안할 정도로 행복했다. 이 행복을 지키고 싶었다. 결혼으로 행복한 생활이 따분한 동반자 관계로 전락할까 봐 두려웠다.

3

리처드는 수전이 데려간 파티에서 거의 말을 하지 않았다. 그녀는 리처드를 소개할 때마다 그가 작가라는 말을 항상 덧붙였는데, 그는 다른 손님들이 작가라서 말이 없는가 보다 하고 알아서 생각하기를 바랄 뿐이었다. 자신이 남들과 잘 어울리지 못하는 성격이라는 걸 사람들이 단숨에 꿰뚫어 볼까 봐 두려웠다. 하지만 모두가 반갑게 맞아 주었다. 수전이 데려온 사람이라면 누구나 그럴 것 같았다. 그녀는 재치 있고 유쾌했다. 포도주를 마셔서 빨갛게 달아오른 얼굴에서는 초록색 눈동자가 반짝거렸다.

리처드는 수전이 떠날 준비를 할 때까지 곁에서 가만히 기다리는 것도, 그녀의 친구들이 전혀 접근하지 않는 것도 괜찮았다. 심지어 술 취한 여자가 화장을 진하게 한 얼굴을 들이밀며 자신에게 수전의 귀여운 장난감이라고 말하는 것도 괜찮았다. 하지만 외국인들만 가득한 파티에서, 수전이 여자들 모임에서 나이지리아에 사는 사람들의 다양한 분위기를 비교 체험하고 올 테니까 그동안 남자들과 어울리라며 팔꿈치로 쿡쿡 찌르는 건 신경이 쓰였다. 그는 남자들과 어울리는 게 어색했다. 남자 대부분이 영국인으로 과거 식민지 시절의 정부 관료 출신이거나 존 홀트, 킹스웨이, GB 올리번트, 셸 BP, 아프리카 연합 회사의 직원들이었다. 그들은 햇볕과 알코올에 얼굴이 빨갛게 달아올라 있었다. 그리고 나이지리아 부족 정치를 화제로 삼아 이 친구들은 스스로 통치할 준비가 전혀 안 된 것 같다며 깔깔거리고 웃었다. 그들은 크리켓, 지금 가지고 있거나 새로 구입하려는 대농장, 조스의 완벽한 날씨, 사업 전망이 좋은 카두나 지역 등에 대해 토론했다. 리처드가 이보 으크우 예술에 대해 관심이 있다고 말하자, 그들은 아직 그 분야는 시장이 형성되지 않았다고 말했다. 그는 자신의 관심사는 돈이 아니라 예술이라는 사실을 설명하려고 애쓰지 않았다. 그가 라고스에 이제 막 도착했으며 나이지리아에 대한 책을 쓰려고 한다고 말하자, 그들은 살짝 웃으며 이렇게 충고했다. 이곳 사람들은 지독하게 가난한 데다가 외국인이 지나가면 우두커니 서서 물끄러미 바라보는데 몸에서 악취가 진동하니 피해야 하고, 그들의 신세타령은 절대 믿으면 안 된다는 것이었다. 또 국내 관료들에게는 약한 모습을 절대 보이지 말아야 한다고 말했다. 아프리카인의 특징을 묘사하는 농담도 들었다. 개를 끌고 가는 아프리카인에게 영국인이 "원숭이를 데리고 어딜 가는 거요?" 하고 묻자 아프리카인은 "이건 개지 원숭이가 아니오." 하고 답했다고 한다. 하지만 영국인은 그 말을 아프리카인이 아니라 개에게 했다는 것이다!

리처드는 그 말을 듣고 도도한 아프리카인을 떠올렸다. 하지만 억지로 웃었다. 대화에서 겉돌지 않으려고, 당혹감을 드러내지 않으려고 애썼다. 그는 여자들과 얘기하는 편이 오히려 마음이 편했다. 하지만 한 여자와 너무 많은 시간을 보내면 안 된다는 걸 알았다. 수전이 집에 돌아와서 벽에다 유리잔을 내던지기 때문이었다.

처음 그런 일이 일어났을 때 리처드는 당황했다. 몇 년 전 클로비스 밴크로프트라는 여자와, 에누구에서 행정관으로 근무하면서 겪은 그녀 오빠의 경험에 대해 길지 않은 시간 동안 대화를 나눈 적이 있었다. 그런데 운전사가 운전하는 자동차를 타고 집으로 돌아오는 내내 수전이 한마디도 하지 않았다. 리처드는 피곤해서 그렇다고 생각했다. 그래서 그녀가 다른 사람의 끔찍한 드레스나 형편없는 음식에 대해 말을 꺼내지 않는다고 생각했다. 하지만 집에 도착한 후 그녀는 캐비닛에 있는 유리잔을 꺼내 벽에다 던지며 소리쳤다.

"리처드, 그렇게 흉측한 여자랑, 그것도 내가 보는 앞에서 함께 있다니. 너무 끔찍해!"

그녀는 소파에 앉아서 두 손으로 얼굴을 감쌌다. 결국 그는 정말 미안하다고 사과했다. 하지만 자신이 왜 사과하고 있는지조차 이해할 수 없었다.

그리고 몇 주 후에 유리잔이 또 깨졌다. 리처드가 줄리아 마치와 얘기를 나누었기 때문이다. 줄리아 마치가 가나에서 아샨티 국왕에 대해 조사했던 이야기를 주로 말하고 그는 넋을 잃은 채 들었다. 그런데 갑자기 수전이 나타나서 팔을 잡아끌었다. 날카로운 유리 조각이 바닥에 흩어진 다음에 비로소 그녀는 말했다. 시시덕거리려고 그런 게 아니라는 건 물론 알지만 이곳 사람들은 꾸며서 말하길 좋아하기 때문에 결국엔 끔찍한 추문이 돌아다닌다는 걸 알아야 한다는 것이다. 그는 또 사과했다. 하인이 깨진 유리 조각을 치우면서 뭐라고 생각할지 궁금했다.

그러다가 만찬 파티에서 어떤 대학교수와 노크 예술에 대해 대화를 나누게 되었다. 리처드와 마찬가지로 소외감을 느끼는 것처럼 보이는 겁 많은 요루바 여자였다. 그는 수전의 반응을 예상했고 거실로 들어가기 전에 사과해서 유리잔을 깨는 걸 막고 싶었다. 하지만 그녀는 집으로 돌아가는 동안 기분 좋게 수다를 떨면서 그 여자와 나눈 대화가 재미있었느냐고 묻고, 그 대화가 책을 쓰는 데 도움이 되기를 바란다는 말까지 했다. 리처드는 어둠침침한 자동차 안에서 수전을 물끄러미 쳐다보았다. 자신이 영국인 여자와 대화를 나누었다면, 그녀가 만약 나이지리아 문화에 대한 글을 쓰는 데 아주 많은 도움이 되는 사람일지라도 수전은 그렇게 말하지 않을 게 분명했다. 리처드는 수전이 흑인 여자를 위협적인 존재나 동등한 경쟁자로 여기지 않는다는 사실을 깨달았다.

엘리자베스 숙모는 수전이 활달한 성격에 매력적인 사람이니 나이가 약간 많은 건 신경 쓰지 말라고, 나이지리아에 오래 있었으니 제대로 안내를 해 줄 거라고 말했다. 그러나 리처드는 안내받고 싶지 않았다. 예전에도 해외여행을 혼자 무난히 다녀왔다. 하지만 숙모가 고집을 부렸다. 아프리카는 아르헨티나나 인도와 다르다는 것이다. 숙모는 부르르 떨리는 몸을 억누르듯이 '아프리카'라는 말을 꺼냈다. 어쩌면 그가 떠나지 않고 런던에 머물며 《뉴스 크로니클》에서 글을 계속 쓰기를 바랐기 때문일 수도 있다. 하지만 그는 자신의 작은 칼럼을 보는 사람이 없다고 생각했다. 숙모만 자기 친구 모두가 그 칼럼을 본다고 말할 뿐이었다. 그 일은 명예직이나 마찬가지였다. 게다가 편집장이 숙모의 오랜 친구가 아니었다면 그런 자리조차 구하지 못했을 것이다.

리처드는 직접 나이지리아를 체험하고 싶다는 생각을 숙모에게 설명하지 않았다. 그리고 안내해 주겠다는 수전의 제안을 받아들였다. 라고스에 처음 도착해서 만난 수전에게서 느낀 건 그녀가 성격이 활달하고 외모가 아름다우며, 그에게 전적으로 주의를 기울이고, 웃으며 그의 팔을 툭툭 치면서 친근하게 다가온다는 것이었다. 수전은 나이지리아와 나이지리아 사람에 대해서 자신만만하게 말하곤 했다. 상점에서는 시끄럽게 음악을 틀어 놓고 거리에는 장사꾼이 아무렇게나 좌판을 펼쳐 놓으며 하수구에서는 오물 냄새가 진동하는, 시끌벅적한 시장을 자동차를 타고 지날 때 그녀는 말했다.

"저 사람들이 뿜어내는 에너지는 정말 놀라워. 세상에! 하지만 안타깝게도 위생 관념은 전혀 없는 것 같아."

북부에 사는 하우사 부족은 위엄 있고, 이보 부족은 무뚝뚝하고 돈을 좋아하며, 요루바 부족은 아주 명랑해서 아첨하는 솜씨가 대단하다는 말도 했다. 토요일 저녁이면 거리에 불을 밝힌 차양 앞에서 화려한 의상을 입고 춤추는 사람들을 가리키며 말했다..

"또 저러는군. 요루바 사람들은 많은 빚을 지면서까지 저런 파티를 열지."

그녀는 그가 작은 공동 주택을 구하고 조그만 자동차를 사고 운전 면허증을 받도록 도와주었고 라고스와 이바단 박물관에 가는 것도 도와주었다.

"내 친구들을 만나 봐."

수전이 리처드를 작가라고 소개했을 때 처음에 그는 작가가 아니라 기자라고 정정하려고 했다. 하지만 이전에는 작가였다. 아니, 작가, 예술가, 창조자가 되려는 의지가 강했다. 잡지사 기자는 임시직이었다. 멋진 소설을 쓸 때까지만 할 생각이었다.

그는 수전이 작가라고 소개하도록 놔두었다. 어쨌든 그것 때문에 그녀의 친구들이 그를 너그럽게 대하는 것 같았다. 니컬러스 그린 교수는 은수카 대학에 외국인 연구원 지원비를 신청하면 대학에서 글을 쓸 수 있을 거라고 말해 주었다. 리처드는 그렇게 했다. 연구 지원을 받는 것도 좋지만, 어차피 이보 으크우 예술이 꽃피웠던 곳이자 멋진 밧줄 무늬 그릇이 나온 남동부 지역으로 갈 예정이었기 때문이다. 나이지리아에 온 이유도 바로 그 때문이었다.

나이지리아에 온 지 3~4개월이 되었을 때 수전은 그에게 자기네 집으로 들어와서 살지 않겠느냐고 물었다. 이코이에 있는 자기 집이 더 크고 정원도 아름다우니, 집주인이 전등을 너무 오래 켠다고 투덜거리고 시멘트 바닥이 울퉁불퉁한 그의 월세 집보다는 작업하기가 훨씬 수월할 것 같다고 했다.

그는 거절하고 싶었다. 라고스에 너무 오랫동안 있고 싶지 않았다. 은수카 대학 측의 답신을 기다리는 동안 나이지리아 전역을 여행하고 싶었다. 하지만 수전이 벌써 그를 위해 널찍한 서재를 만들어 놓은 터라 그는 그곳에 들어가고 말았다.

그는 매일 가죽 의자에 앉아서 연구 서적과 논문을 읽고 정원사가 잔디에 물을 주는 광경을 창가에서 바라보며 타자기를 정신없이 두드렸다. 그러다 보면 자신은 타자를 치는 것일 뿐 글을 쓰는 게 아니라는 생각이 들기도 했다.

수전은 리처드에게 조용한 환경을 만들어 주려고 주의를 기울였다. 가끔씩 들여다보며 "차 마실래?" 혹은 "물 좀 줄까?" 혹은 "점심을 일찍 먹을래?" 하고 속삭일 뿐이었다. 그러면 리처드도 조그맣게 대답했다. 글 쓰는 작업은 아주 신성한 그 무엇이며 서재는 신성불가침의 성역이라도 된 것 같았다. 자신이 지금까지 제대로 된 글을 전혀 쓰지 못하고 있으며 아직 등장인물과 배경과 주제조차 정하지 못했다는 사실은 수전에게 말하지 않았다. 그런 말을 하면 그녀가 상처받을 것 같았다.

리처드의 집필 작업 자체가 이미 수전에게는 최고의 취미 생활이었다. 그녀는 영국 문화원 도서관에 매일 들러서 수많은 책과 잡지를 갖다주었다. 그녀는 리처드가 이미 구상을 다 끝내서 책을 금방 완성할 수 있다고 생각했다. 정작 그는 아직도 주제를 무엇으로 잡을지조차 정하지 못한 상태였다. 하지만 수전의 믿음이 고마웠다. 그녀의 믿음이 자신의 작업을 현실화할 것 같았다. 그래서 그는 마음에 들지 않아도 파티에 모두 참석하는 것으로 고마운 마음을 표현했다. 파티를 몇 번 다녀온 다음에는 참석하는 것만으로는 부족하며 어떤 식으로든 상대를 웃겨야 한다는 결론을 내렸다. 자신을 소개할 때 재치 있는 말을 한마디라도 하면 이후의 오랜 침묵을 벌충할 수 있을 뿐 아니라 수전을 기쁘게 할 수 있었다. 그래서 그는 한동안 화장실 거울 앞에서 자신을 우스꽝스럽게 만들고 더듬더듬 말하며 익살 떠는 연습을 했다.

"이분은 리처드 처칠입니다."

수전이 소개하면 그는 상대와 악수를 하면서 이렇게 말했다.

"안타깝게도 윈스턴 처칠 경과 특별한 관계가 있는 건 아니에요. 하지만 알고 보면 제가 약간 더 똑똑할 수도 있답니다."

그러면 그녀의 친구들이 웃었다. 재미있어서라기보다는 그의 더듬거리는 농담이 안타까워서 웃는 것일 수도 있었다. 하지만 비꼬는 말투로 "참 재미있네요." 하고 말하는 사람은 없었다. 그런 말을 한 사람은 연합 궁전 호텔의 칵테일 바에서 만난 카이네네가 처음이었다.

카이네네는 담배를 피우고 있었다. 그녀는 담배 연기로 완벽한 동그라미를 그렸다. 그녀는 리처드와 수전과 한 무리를 이루었는데, 리처드는 그녀가 정치인이 데려온 정부 중 하나일 거라고 생각했다. 그는 누군가 만날 때마다 그 사람이 그곳에 온 이유가 무엇인지, 누가 데려왔는지 맞춰 보려 했다. 자신 역시 수전이 아니라면 이런 파티에 참석할 일이 없었기 때문이다. 그는 카이네네가 꽤 부유한 나이지리아 집안 출신이리라고는 생각하지 않았다. 세련된 매너가 전혀 보이지 않았다. 새빨간 립스틱을 바르고 몸에 딱 맞는 드레스를 입은 채 담배까지 피우는 걸 보고 어느 권세가의 정부일 거라고 생각했다. 그런데 그녀는 다른 정부들처럼 억지로 웃는 기색이 없었다. 게다가 나이지리아 정치인들이 정부를 서로 교환한다는 소문을 믿게 할 만한 아름다운 얼굴도 아니었다. 아니, 조금도 예쁘지 않았다. 수전 친구의 소개로 그녀를 다시 쳐다볼 때 비로소 깨달았다.

"이분은 카이네네 오조비아, 오조비아 추장의 따님이에요. 카이네네는 런던에서 이제 막 박사 학위를 받았답니다. 카이네네, 이쪽은 영국 문화원에 다니는 수전 그렌빌 피트, 그리고 이쪽은 리처드 처칠이에요."

"안녕하세요."

수전은 인사를 하자마자 재빨리 고개를 돌려서 다른 손님과 대화를 나눴다.

"안녕하세요."

리처드도 인사했다. 카이네네가 담배를 입술 사이에 물고 그를 가만히 바라보며 오랫동안 침묵했다. 그래서 그는 손으로 머리를 쓸어 넘기며 중얼거렸다.

"안타깝게도 윈스턴 처칠 경과 특별한 관계가 있는 건 아니에요. 하지만 알고 보면 제가 약간 더 똑똑할 수도 있답니다."

그녀는 담배 연기를 내뿜고 말했다.

"참 재미있네요."

그리고 냉랭하고 무관심한 표정으로 그의 두 눈을 똑바로 쳐다보았다. 아주 마른 체격에 키는 그와 거의 비슷할 정도로 컸다. 피부는 벨기에 초콜릿 색깔이었다. 그는 다리를 살짝 넓게 벌리고 두 발에 단단히 힘을 주었다. 그렇게 하지 않으면 비틀거리다가 그녀와 부딪힐 것 같았다. 수전이 돌아와서 그를 잡아끌었지만 그는 그냥 이대로 있고 싶어서 입을 열고 생각나는 대로 말했다.

"알고 보니 카이네네가 런던에 있는 내 친구랑 친해.《스펙테이터》에서 일하는 윌프레드에 대해서 내가 말한 적이 있던가?"

수전이 웃으며 대답했다.

"아, 잘됐네. 그럼 두 사람이 지난 얘기를 나눌 기회를 드리죠. 조금 후에 올게요."

수전은 나이 많은 부부와 키스를 주고받고 나서 칵테일 바 다른 쪽 끝에 있는 사람들에게 걸어갔다.

"아내한테 거짓말을 잘하는군요."

"아내가 아니에요."

리처드가 대답했다. 카이네네와 단둘이 남았다는 사실에 현기증까지 나는 걸 알고 그는 깜짝 놀랐다. 카이네네가 술잔을 입술에 대고 한 모금 들이켰다. 그리고 담배를 빨다가 연기를 내뿜었다. 은색 담뱃재가 바닥으로 빙글빙글 돌며 떨어졌다. 모든 게 천천히 움직이는 것처럼 보였다. 호텔 파티 장소가 커졌다가 줄어들고 공기가 들어왔다 나가더니 순간적으로 자신과 그녀만 남은 느낌마저 들었다.

"좀 비켜 주시겠어요?"

카이네네가 묻자 리처드는 깜짝 놀랐다.

"네?"

"당신 뒤에서 사진사가 제 사진을 찍으려고 애쓰고 있어요. 물론 목적은 이 목걸이겠지만."

리처드는 옆으로 비켜서서 카메라를 보는 그녀를 지켜보았다. 특별한 포즈를 취하진 않았지만 편안해 보였다. 파티에서 사진 찍히는 데 익숙한 것 같았다.

"이 목걸이가 내일 《라고스 라이프》에 실릴 거예요. 이제 막 독립한 나라에 이런 식으로나마 도움이 되면 좋겠어요. 나이지리아 국민에게 가지고 싶은 무언가를 보여 주고 열심히 일할 동기를 부여하는 거죠."

그녀가 돌아와서 그의 곁에 서며 말했다.

"목걸이가 참 아름답네요."

하지만 그의 눈에는 싸구려처럼 보였다. 그런데도 손을 내밀어 목걸이를 풀어 낸 다음에 그녀의 목에 다시 걸어 주고 싶었다.

"이건 아름답지 않아요. 아빠는 보석에 대한 취향이 천박해요. 하지만 어차피 아빠 돈이니까요. 그런데 저기, 아빠와 자매가 저를 쳐다보네요. 이제 가야겠어요."

그녀가 몸을 돌려 떠나기 전에 그가 재빨리 물었다.

"자매도 왔어요?"

"네, 쌍둥이 자매요."

그녀는 중요한 사실이라도 되는 양 잠시 멈추었다 다시 말했다.

"카이네네와 올란나. 올란나는 신의 황금이라는 서정적인 의미이고 제 이름은 이제 신께서 무엇을 주실지 기다려 보자는 훨씬 실용적인 의미지요."

리처드는 그녀가 입 한쪽 끝을 끌어올리며 짓는, 뭔가를(어쩌면 불만을) 숨기는 냉소를 가만히 바라보았다. 무슨 말을 해야 좋을지 몰랐다. 시간이 그에게서 빠져나가는 듯한 느낌이었다.

"누가 언니인가요?

리처드가 묻자 카이네네는 눈썹을 치켜뜨며 말했다.

"누가 언니냐고요? 대단한 질문이군요. 제가 먼저 나왔다고 들었어요."

그는 포도주 잔을 꽉 잡았다. 조금만 더 힘을 주면 깨질 것 같았다.

"저기 오는군요. 제가 소개해 드릴까요? 모두가 저 애를 만나고 싶어 해요."

"전 당신과 말하는 게 좋아요. 당신만 괜찮다면."

리처드는 고개조차 돌리지 않으며 말했다. 그리고 손으로 머리를 쓸어 넘겼다. 그녀가 물끄러미 바라보았다. 그 시선 앞에서 그는 아무것도 모르는 풋내기가 된 느낌이었다.

"부끄러움을 타네요."

"더 심한 말도 들었어요."

카이네네가 웃었다. 재미있어하는 듯했다. 리처드는 그녀를 웃게 해서 뿌듯했다.

그녀가 물었다.

"발로군에 있는 시장에 가 본 적 있나요? 장사꾼이 탁자에 고깃덩이를 진열하면 손님이 이것저것 만지다가 마음에 드는 걸 고르지요. 우리 자매는 그런 고기와 같아요. 우리가 여기에 온 이유도 적당한 총각이 나타나서 잡아먹으라는 거예요."

"아."

리처드가 입을 벌렸다. 솔직한 그녀의 말에 왠지 친밀감이 느껴졌지만 그녀의 말투는 성격 탓인지 여전히 차가웠다. 그는 자기 이야기도 해서 친밀감을 조금이라도 공유하고 싶었다.

"당신이 아내가 아니라고 한 여자가 오는군요."

그녀가 중얼거렸다. 수전이 나타나서 리처드의 손에 술잔을 쥐어 주며 "이거 받아, 자기." 하고 말하고 카이네네에게로 고개를 돌렸다.

"만나서 정말 반가웠어요."

"네, 반가웠어요."

카이네네가 대답하며 수전에게 술잔을 약간 들어 올렸다.

수전이 그를 다른 곳으로 데려가며 물었다.

"저 여자는 오조비아 추장의 딸이지? 그런데 왜 저럴까? 정말 이상해. 저 여자 엄마는 굉장히 예쁘거든. 완벽하지. 그리고 오조비아 추장은 라고스 절반을 소유하고 있지만 졸부 같은 분위기를 풍겨. 공식적인 교육을 별로 받지 못했어. 그 사람 부인도 마찬가지야. 그래서 오조비아 추장은 천박한 느낌이 들어."

그는 평소에 수전이 그렇게 말하면 재미있게 들었다. 하지만 지금은 그녀가 속삭이는 소리에 짜증이 났다. 샴페인도 싫었다. 수전의 손톱이 팔을 파고들었다. 수전은 약간 취해서 그를 외국인 무리로 데려가다가 이야기를 멈추고 크게 웃었다. 리처드는 카이네네를 찾아보았다. 처음에는 그녀의 빨간 드레스가 보이지 않았다. 그러다가 자신의 아버지 옆에 선 그녀를 발견했다.

오조비아 추장은 말할 때 양손을 모아 아치 모양을 만드는 모습이 느긋해 보이는 사람이었다. 그는 정교하게 수를 놓고 파란 천을 겹쳐 만든 아그바다를 입어 실제보다 뚱뚱해 보였다. 오조비아 부인은 오조비아 추장의 절반밖에 안 되는 몸집에 똑같은 파란 천으로 만든 짧은 실내복을 입고 두건을 둘러쓴 차림새였다. 리처드는 검은 얼굴에 들어찬 너무나 완벽한 아몬드 모양의 큰 눈을 보고 순간 깜짝 놀랐다. 그냥 보면 그녀가 카이네네의 어머니이고 카이네네와 올란나가 쌍둥이란 사실을 절대 알아보지 못할 것 같았다. 올란나는 그녀의 어머니를 그대로 닮았지만 부드러운 얼굴선과 우아한 미소가 어머니보다 더 아름다웠으며 볼륨 있는 몸은 검은 드레스에 꼭 들어찼다. 수전이 말하는 아프리카인 특유의 몸매였다. 반면에 그 옆의 카이네네는 훨씬 마른 데다가 몸에 딱 맞는 긴 드레스가 남성적인 엉덩이 선을 그대로 드러내 중성미가 느껴졌다.

리처드는 카이네네가 자신에게 시선을 돌리기만을 바라며 오랫동안 그녀를 쳐다보았다. 그녀는 함께 있는 사람들을 무관심한 표정으로 바라보다가 곧 경멸하는 듯한 표정으로 보았다. 그러다가 마침내 고개를 들어서 리처드와 시선을 마주치고는 머리를 한쪽으로 기울이며 눈썹을 추켜올렸다. 그가 보고 있었다는 걸 아주 잘 안다는 표정이었다. 그는 눈길을 돌렸다. 하지만 이번에는 웃어 주거나 뭔가 의미 있는 몸짓을 보여 주겠다 결심하고 재빨리 다시 쳐다보았다. 하지만 그녀는 이미 등을 돌린 후였다. 리처드는 카이네네가 그녀의 부모님과 올란나와 함께 떠날 때까지 계속 지켜보았다.

리처드는 《라고스 라이프》 최신 호를 뒤져 카이네네의 사진을 찾아서 그녀의 표정을 살피며 그녀에 대해 자신이 모르는 뭔가를 찾으려고 했다. 창작력이 왕성하게 솟구쳐서 큰 키에 피부는 새까맣고 가슴이 납작한 여인을 묘사하며 몇 쪽을 단숨에 써 내려갔다. 영국 문화원 도서관에 가 경영 관련 잡지에서 카이네네의 아버지에 대해 실린 부분을 찾았다. 전화번호부에서 '오조비아'라는 이름 아래에 적힌 전화번호 네 개를 찾아 모두 적었다. 그리고 수화기를 수없이 들었지만 교환수 목소리만 듣고는 내려놓았다. 거울 앞에서 무슨 말을 할지 연습했다. 전화로는 그녀가 자신을 볼 수 없다는 사실을 알면서도 몸동작까지 연습했다. 카드나 과일 바구니를 보낼 생각도 했다. 그러다가 마침내 전화했다. 카이네네는 그의 목소리를 듣고서도 전혀 놀라지 않는 것 같았다. 리처드는 가슴에서 심장이 쿵쾅거리는데 그녀의 목소리는 너무 차분해서 그렇게 느낀 것 같기도 했다.

"만나서 차나 한잔하면 어떨까요?"

"그래요. 정오에 조비스 호텔에서 만날까요? 우리 아빠 거라서 스위트룸을 쓸 수 있거든요."

"네, 그러면 좋겠네요."

리처드는 수화기를 내려놓았다. 스위트룸이라는 장소를 어떻게 생각해야 좋을지 몰랐다. 호텔 라운지에서 만났을 때 카이네네는 그가 자신의 볼에 키스할 수 있도록 몸을 가까이 기울였고 위층으로 안내했다. 둘은 테라스에 앉아 수영장 옆에 있는 야자수를 내려다보았다. 태양이 쨍쨍하게 내리쬐는 맑은 날이었다. 가끔씩 미풍이 야자수를 흔들며 불어올 때마다 리처드는 머리카락이 너무 많이 헝클어지지 않았으면 했고, 햇볕을 쬘 때마다 뺨에 나타나는 잘 익은 토마토 같은 반점을 머리 위 양산이 가려 주기를 바랐다.

카이네네가 손으로 무언가를 가리켰다.

"여기에서 히스그로브가 보여요. 우리 자매가 다닌 엄청나게 비싸고 폐쇄적인 영국식 중학교조. 우리 아빠는 우리가 너무 어려서 해외에 보낼 수는 없어도 유럽인처럼 커야 한다고 생각했어요."

"저기, 탑이 있는 건물요?"

"네. 학교라고 해 봐야 사실 건물 두 개가 전부예요. 우리 같은 애들은 거의 없지요. 너무 비싸서 나이지리아 사람들은 저런 게 있는지조차 모르니까요."

그녀가 유리잔을 잠시 쳐다보다가 물었다.

"형제가 있나요?"

"아뇨. 혼자 자랐어요. 부모님은 내가 열 살 때 돌아가셨지요."

"열 살. 어린 나이군요."

이런 말을 들으면 다른 사람들은 마치 부모님을 잘 알기라도 하는 것처럼 억지로 동정 어린 표정을 짓는데, 그녀는 그러지 않았다. 다행이었다.

"부모님은 나랑 떨어져서 살 때가 많았어요. 실제로 날 기른 사람은 유모 몰리였어요. 부모님이 돌아가신 다음에는 런던에 있는 숙모랑 살았고요."

그가 잠시 말을 멈췄다. 자신의 비밀을 털어놓으면서 묘하게 찾아드는 친밀한 느낌이 좋았다. 이런 적은 거의 없었다.

"사촌 마틴과 버지니아는 나이가 나랑 비슷하지만 나한테 아주 못되게 굴었어요. 엘리자베스 숙모는 아주 바쁜 사람이었고 난 슈롭셔에 있는 조그만 마을 출신의 조카일 뿐이었죠. 난 숙모 댁에 도착한 첫날부터 도망칠 생각을 했어요."

"그래서 실제로 도망쳤나요?"

"여러 번. 그리고 금방 잡혔죠. 멀리 도망치지 못하고."

"어디로 도망쳤나요?"

"네?"

"어디로 가려고 했어요?"

리처드는 가만히 생각했다. 당시에 그는 벽에 걸린, 오래전에 죽은 사람의 초상화가 자신을 내려다보는 집에서 도망치고 싶다는 생각이 간절했다. 하지만 구체적으로 어디로 가겠다고 생각한 적은 없었다. 아이들이 어떻게 그런 것까지 생각할 수 있겠는가?

"유모한테 가고 싶었나 보죠. 모르겠어요."

"난 내가 도망치고 싶은 곳을 알고 있었어요. 하지만 그곳은 이 세상에 없는 곳이어서 도망치지 않았죠."

카이네네가 말하며 의자에 등을 기댔다.

"어떻게 그럴 수 있죠?"

그녀는 담배에 불을 붙였다. 그리고 입을 다물었다. 그녀는 질문을 못들은 척했다. 리처드는 그녀의 관심을 다시 이끌어 내고 싶은 마음이 간절했다. 밧줄 무늬 그릇에 대해서 말하고 싶었지만 이보 으크우 예술이나, 우물을 파다가 우연히 9세기로 거슬러 올라가는 아프리카 최초의 청동 주물을 발견한 원주민에 대해 어느 책에서 처음 접했는지 기억이 나지 않았다. 그 사진을 본 건《콜로니스 매거진》에서였다. 밧줄 무늬 그릇이 단번에 눈길을 잡아끌었다. 손가락으로 사진을 쓰다듬었다. 정교한 주물 작품을 직접 만지고 싶었다. 그는 그 그릇을 보고 얼마나 깊은 감동을 받았는지 설명하고 싶었지만 나중으로 미뤄도 괜찮을 것 같았다.

그렇게 생각하니 이상하게 편안해졌다. 자신이 카이네네에게 제일 간절하게 원하는 것이 시간이라는 사실을 깨달았던 것이다.

"무엇에서 도망치고 싶어서 나이지리아까지 온 건가요?"

마침내 그녀가 물었다.

"도망치고 싶었던 건 아니에요. 난 항상 외톨이였고 항상 아프리카를 보고 싶었어요. 보잘것없는 신문사 일에 지쳐 휴가를 내고 숙모한테 여행 경비를 빌려서 여기에 온 거예요."

"당신이 외톨이일 거라는 생각은 못 했어요."

"왜요?"

"당신은 잘생겼으니까요. 예쁜 사람은 대개 외톨이가 아니거든요."

냉랭해서 칭찬 같지가 않았다. 리처드는 붉게 물든 얼굴이 들키지 않기만을 바랐다.

"음, 지금도 외톨이예요. 지금까지 항상 그랬어요."

"검은 대륙을 탐험하는 외톨이."

카이네네가 냉랭하게 말하자 리처드는 웃었다. 마구 쏟아지는 웃음을 억누를 수가 없었다. 그는 맑고 파란 수영장을 내려다보았다. 파란색은 희망을 나타내는 색일 거라는 막연한 생각이 들었다.

두 사람은 다음 날에 점심 식사를 함께하고 그다음 날에도 함께했다. 그럴 때마다 카이네네는 스위트룸으로 안내했고 두 사람은 테라스에 앉아서 쌀밥을 먹고 시원한 맥주를 마셨다.

카이네네는 분홍색 혀끝으로 유리잔 끝을 살짝 핥고 나서 맥주를 들이켰다. 순간적으로 보이는 분홍색 혀가 너무나 자극적이었다. 그녀가 별생각 없이 그런 행동을 해서 더 그랬다. 그녀의 침묵은 냉랭하고 초연한 태도 때문에 무겁고 쉽게 범접할 수 없었지만 그래도 리처드는 그녀와 깊은 유대감을 느꼈다. 그는 자신이 평소와 다른 식으로 말한다는 것을 깨달았다. 시간이 다 돼서 카이네네가 아버지와 함께 회의에 참석하려고 일어서기라도 하면 그는 깜짝 놀랐다. 다리가 무거웠고 떠나고 싶지 않았다. 수전네 서재로 돌아가서 타자를 치며 수전이 문을 작게 노크하기만을 기다려야 한다는 사실을 견딜 수가 없었다.

리처드는 수전이 아무런 의심도 하지 않고, 자신이 많이 변했으며 면도 후에 평소보다 로션을 많이 바른다는 사실조차 모르는 것을 이해할 수 없었다. 물론 그는 그녀를 일부러 속인 적이 없었다. 하지만 다른 여자와 자지 않았다는 이유 하나로 현재의 동거녀를 전혀 속이지 않았다고 할 수는 없었다. 카이네네와 웃고 엘리자베스 숙모에 대해 이야기하고 그녀가 담배 피우는 모습을 지켜보는 것도 동거녀를 속이는 행위였다. 솔직하게 알려 주어야 할 것 같았다. 카이네네가 작별 키스를 할 때마다 심장이 쿵쾅거리는 것도, 식탁에 올려놓은 자신의 손을 그녀가 꼭 잡도록 놓아두는 것도 동거녀에 대한 배신이었다.

카이네네가 평소처럼 가볍게 작별 키스를 하는 대신 입술을 벌리며 진하게 키스한 날, 리처드는 깜짝 놀랐다. 그동안 너무 많은 기대를 품지 않으려고 애써 노력해 온 터였다. 그런데 놀라움과 욕망이 너무나 커서 발기가 안 되는 것 같았다. 두 사람은 재빨리 옷을 벗었다. 리처드의 알몸을 카이네네의 알몸이 눌렀지만 그래도 발기가 안 되고 여전히 그것은 흐느적거렸다. 그는 그녀의 각진 쇄골과 엉덩이를 탐색하며 불안감을 털어 내서 몸과 마음이 제대로 움직이게 하려고 애썼다. 하지만 그것은 딱딱하게 일어서지 않았다. 다리 사이로 축 늘어진 그것이 느껴질 뿐이었다.

카이네네가 일어나서 담배에 불을 붙였다.

"미안해요."

리처드가 말했다. 그녀가 아무 말 없이 어깨만 으쓱하자 그는 사과를 안 하는 편이 좋았을 거라는 생각이 들었다. 그가 바지를 입고 그녀가 브래지어를 걸치는 순간에는 화려한 가구가 넘치는 스위트룸에 왠지 쓸쓸한 기운마저 감돌았다. 그는 그녀가 무슨 말이든 하기만을 바랐다.

"내일 만날까요?"

그가 물었다.

그녀는 코로 담배 연기를 내뿜어서 공기 속으로 사라지는 걸 지켜보며 물었다.

"우린 참 미숙하죠?"

"내일 만날까요?"

그가 다시 물었다.

"내일은 아빠랑 유전 관련 사업가들을 만나러 하코트 항구에 가야 해요. 하지만 수요일 정오에 돌아올 거예요. 그때 만나서 늦은 점심이나 먹어요."

"네, 그래요."

며칠 후에 호텔 로비에서 만날 때까지 리처드는 카이네네가 나오지 않을까 봐 걱정했다. 하지만 그 날 두 사람은 함께 점심을 먹고 밑에서 수영하는 사람들을 구경했다.

그녀는 평소보다 활기가 넘쳤다. 담배도 더 피우고 말도 많았다. 아버지와 함께 일하게 되면서 여러 사람들을 만났는데 하나같이 똑같은 부류라고 했다.

"새로 형성된 나이지리아 상류 계급은 글이라곤 하나도 모르는 문맹자들이에요. 가격만 비싼 레바논 식당에 가서 싫어하는 음식을 억지로 먹는 데다가 나누는 대화도 한 가지 주제로 몰리지요. '새로 구입한 자동차가 잘 굴러갑니까?'"

한번은 카이네네가 웃었다. 한번은 리처드의 손을 잡았다. 하지만 그녀는 스위트룸으로 들어가자고 말하지 않았다. 그는 그녀가 여유를 가지려고 그러는지 아니면 그와는 그런 관계가 바람직하지 않다는 결론을 내려서 그러는지 궁금했다.

리처드는 그저 기다릴 수밖에 없었다. 며칠이 지나고 마침내 카이네네가 안으로 들어가고 싶으냐고 물었다. 그는 정식 배우가 나타나지 않기만을 바라던 대역 배우가 마침내 그날이 왔을 때는 아직 자신이 무대 조명을 받을 준비가 안 됐다는 사실을 깨닫고 당혹스러워하는 것 같은 느낌을 받았다.

그녀는 스위트룸으로 앞서서 들어갔다. 그리고 치마를 허벅지 위로 끌어올리는 그를 차분하게 밀어냈다. 열정의 가면 속에 두려움이 숨어 있다는 사실을 알아차린 것 같았다. 그녀가 옷을 의자에 걸쳐 놓았다.

리처드는 카이네네를 또다시 실망시킬까 봐 두려워하다가 발기가 된 걸 보고는 너무나 기뻤고 그녀에게 고마웠다. 너무나 기쁜 나머지 그녀에게 삽입하는 순간 자신도 모르게 부르르 떨리기 시작하는 몸을 도무지 멈출 수가 없었다. 그는 그녀의 몸 위에 잠시 가만히 있다가 옆으로 구르며 내려왔다. 전에는 이런 적이 한 번도 없었다고 말하고 싶었다. 수전과의 섹스도 형식적이긴 하지만 그런대로 만족스러웠다.

"정말 미안해요."

리처드가 말하자 카이네네가 담배에 불을 붙이고 가만히 그를 쳐다보며 물었다.

"오늘 밤 만찬에 참석할래요? 부모님이 몇 사람을 초대했어요."

그는 순간 깜짝 놀라 대답했다.

"네, 기꺼이."

그는 이번 초대에 어떤 의미가 있기를, 두 사람 사이가 깊어졌다는 의미가 담겼기를 갈망했다. 하지만 이코이에 있는 부모님 저택에 도착했을 때 그녀는 "이분은 리처드 처칠입니다." 하고 그를 소개하고 나서는 잠시 망설이다가 입을 다물었다. 부모님을 비롯한 손님들에게 마음대로 생각하라는 의도 같았다. 카이네네의 아버지인 오조비아 추장이 리처드를 찬찬히 훑어보며 무슨 일을 하느냐고 물었다.

"작가입니다."

"작가? 그렇군요."

그는 괜히 작가라고 말했다는 생각이 들어서 조금이라도 만회하고 싶은 마음으로 덧붙였다.

"이보 으크우에서 발견된 유물에 깊은 감동을 받았습니다. 청동 주물요."

오조비아 추장이 중얼거렸다.

"으흐흠. 나이지리아에서 사업을 하는 가족이 있나요?"

"아뇨, 없습니다."

오조비아 추장이 웃으며 시선을 다른 곳으로 돌렸다. 그리고 그날 저녁 내내 리처드에게 거의 말을 걸지 않았다. 그건 남편 뒤를 계속 따라다니는, 우아하고 아름다운 오조비아 부인도 마찬가지였다. 올란나는 달랐다. 카이네네가 그를 소개했을 때는 경계하는 표정으로 가볍게 웃었지만 함께 대화를 나누는 사이에 훨씬 다정해졌다. 그런데 그 눈에 동정심이 깃든 것 같았다. 그가 제대로 말하려고 애쓰긴 하지만 과연 제대로 말하는 건지 몰라서 힘들어한다는 사실을 알아차린 것 같았다. 어쨌든 그는 올란나의 따뜻한 말투가 기분 좋았다. 식탁에 둘러앉을 때 올란나가 멀리 떨어진 자리에 앉자 이상한 상실감이 들었다.

야채가 나오기 시작할 즈음에 올란나는 한 손님과 정치에 대한 토론을 시작했다. 나이지리아는 이제 엘리자베스 여왕을 국가 원수로 여기지 말고 공화국이 되어야 한다는 이야기였다. 리처드가 별다른 관심을 기울이지 않을 때 올란나가 갑자기 그를 쳐다보며 그의 의견이 아주 중요하다는 표정으로 물었다.

"당신은 동의하지 않나요, 리처드?"

그는 질문 내용도 모른 채 목청을 가다듬었다.

"아, 당연히 동의합니다."

리처드는 올란나가 자신을 대화에 끌어들인 게 고마웠다. 아주 세련되면서도 순수한 그녀의 태도가, 탐욕스러운 현실에 억눌리지 않는 그녀의 이상주의가 매력적이었다. 피부에서 빛이 났다. 웃을 때는 그녀의 광대뼈가 솟았다. 하지만 올란나에게는 카이네네처럼 그를 자극하며 혼란스럽게 만드는 애수에 찬 신비로운 매력이 없었다.

카이네네는 리처드 옆에 앉아서 식사를 하는 동안 거의 말하지 않았다. 하인에게 얼룩이 있는 유리잔을 바꾸라고 날카롭게 말하고, 리처드에게 몸을 살짝 기울이며 "소스가 메스껍지 않아요?" 하고 물은 게 전부였다. 알 수 없는 표정으로 그를 보고 음료수를 마시고 담배만 피울 뿐이었다.

리처드는 카이네네가 무슨 생각을 하는지 정말 알고 싶었다. 그녀를 원할 때 겪는 육체적 고통과 비슷한 느낌이었다. 그는 그녀의 몸속으로 최대한 깊숙이 파고들어서 자신이 절대로 알 수 없는 뭔가를 찾아내려고 애쓰는 자신의 모습을 떠올렸다. 하지만 물을 마시고 또 마셔도 계속 목마를 것이고 어떤 방법을 써도 그 목마름은 사라지지 않을 것 같은 두려움만 몰려들었다.

리처드는 수전에게 신경이 쓰였다. 수전의 단단한 턱과 파란 눈을 바라보면 그녀를 속이고 그녀가 잠들기만을 바라며 서재에 숨어 있는 것이나, 도서관이나 박물관이나 폴로 클럽에 있었다고 거짓말하는 것은 옳지 않다는 생각이 들었다. 모든 걸 털어놓아야 했다. 하지만 수전과 함께 있으면 마음이 든든하고 편안했다. 그녀의 속삭이는 말소리와 그녀가 마련해 준 서재, 그리고 연필로 스케치해서 벽에 걸어 놓은 셰익스피어 그림이 안정감을 주었다. 카이네네는 달랐다. 카이네네와 있으면 눈이 핑핑 돌아갈 정도로 행복을 느끼면서도 동시에 그만큼 불안도 느꼈다. 그는 카이네네에게 둘이 한 번도 얘기한 적이 없는 문제들, 즉 두 사람의 관계와 미래 그리고 수전에 대해 어떻게 생각하는지를 물어보고 싶었다. 하지만 어떤 대답이 나올지 두려워 결국에는 매번 입을 다물고 말았다.

리처드는 모든 결정을 미루었다. 그러던 어느 날 아침에 깨어나니 어린 시절의 어느 하루가 떠올랐다. 그때 그는 바깥에서 놀다가 유모가 그를 부르는 소리를 들었다.

"리처드! 저녁 먹어!"

하지만 그는 "알았어요!" 하고 대답하고 그쪽으로 뛰어가는 대신 울타리 밑에 무릎을 꿇고 숨었다.

"리처드! 리처드!"

유모가 이번에는 짜증 섞인 목소리로 소리쳤지만 그는 숨어서 가만히 있었다.

"리처드! 어디에 있니, 리처드?"

산토끼 한 마리가 나타나서 그를 가만히 바라보았다. 그도 산토끼에게 시선을 고정했다. 바로 그 순간, 자신이 있는 곳을 아는 건 자신과 산토끼밖에 없다는 생각이 들었다. 그런데 갑자기 산토끼가 다른 곳으로 뛰어가고 유모는 덤불 밑을 뒤져서 리처드를 찾아냈다. 유모는 그의 엉덩이를 때리고 남은 하루 동안 방에서 나오지 못하는 벌을 주었다. 하지만 산토끼와 눈을 맞춘 그 짧은 순간은 충분히 모든 걸 감수할 만한 가치가 있었다. 순간적으로 모든 게 사라진 느낌이었다. 마치 자신이 주변의 모든 걸 결정하는 느낌이었다. 이 생각이 떠오른 직후에 리처드는 이제 수전과 끝내야겠다고 결심했다. 물론 카이네네와 오래가지 않을 수도 있지만 함께 있는 순간만큼은 거짓말과 위선에 짓눌리고 싶지 않았다. 관계를 정리할 가치가 충분했다.

결심을 하자 용기가 났다. 그런데도 리처드는 일주일 동안 말을 미루다가 그들이 파티에서 막 돌아온 어느 날 저녁에 드디어 입을 열었다. 수전은 포도주를 너무 많이 마신 상태였다.

"한 잔 더 마실래, 자기?"

순간 그는 재빨리 말했다.

"수전, 그동안 난 당신에 대해서 아주 많이 생각했어. 하지만 그다지 바람직하게 풀려 가는 것 같지 않아……. 우리 둘 사이가."

"무슨 뜻이야?"

수전이 물었다. 하지만 조용한 말소리와 하얗게 변한 얼굴은 그녀가 그 뜻을 제대로 알고 있음을 알려 주었다.

그는 손으로 머리카락을 넘겼다.

"누구 때문인 거야?"

"다른 여자 때문이 아니야. 우리 관심사가 서로 다르다는 생각이 든 것뿐이야."

그는 거짓말로 들리지 않기를 바랐다. 틀린 말은 아니었다. 두 사람이 원하는 건 항상 달랐다. 가치관도 너무 달랐다. 애초에 이 집에 들어오지 말았어야 했다.

"클로비스 밴크로프 때문인 거야?"

수전의 두 귀가 빨갛게 변했다. 술을 마시고 나면 그녀는 귀가 항상 빨개졌다. 하지만 지금은 그래서가 아니었다. 창백한 얼굴에 화가 치밀어 올라 빨개진 귀가 두드러졌다.

"아니야. 절대 그렇지 않아."

리처드가 대답하자 수전이 술잔에 술을 따라서 안락의자에 앉았다. 두 사람 모두 잠시 침묵했다.

"난 처음 본 순간부터 당신이 마음에 들었어. 참 멋있는 신사라고 생각했지. 당신을 절대 놓치지 않겠다고 결심했더랬어."

그녀가 조용히 웃었고 그는 그 눈가에 생기는 주름을 바라보았다.

"수전……."

리처드가 말하다가 입을 다물었다. 할 말이 없었다. 그녀가 그렇게 생각했다는 것을 지금 처음 알았다. 그러고 보니 두 사람 사이에는 대화가 거의 없었고, 지금까지 되는대로 아무렇게나 흘러왔으며, 최소한 자신은 그들의 관계에 그다지 노력을 쏟지 않았다는 생각이 들었다. 리처드에게 수전은 아주 우연히 생긴 관계에 불과했다.

"모든 일이 너무 급하게 일어나서 그러지?"

수전이 일어나서 리처드 옆으로 왔다. 그녀는 이미 평상심을 되찾은 상태였다. 턱도 더 이상 떨리지 않았다.

"당신은 이 나라 전역을 돌아다니며 많은 걸 살피고 싶어 했는데 현실적으로 그럴 기회가 없었어. 당신이 이 집에 들어온 후로 내가 당신을 엉뚱한 파티에 끌고 다녔는데 그곳에는 창작의 고통과 아프리카 예술 같은 것에는 아무 관심도 없는 사람만 가득했어. 당신한테는 정말 끔찍했을 거야. 정말 미안해, 리처드. 충분히 이해해. 당신은 당연히 이 나라를 돌아다녀야 해. 내가 도와줄까? 에누구와 카두나에 친구들이 있어."

리처드가 수전에게서 술잔을 받아 내려놓고 두 팔로 그녀를 꼭 껴안았다. 그녀의 익숙한 사과 향 샴푸 냄새가 그녀와 같이 지낸 날에 대한 향수를 어렴풋이 불러일으켰다.

"아니야. 내가 알아서 할게."

리처드가 대답했다.

수전은 이렇게 끝나는 건 아니라고 생각하는 게 분명했다. 그녀는 결국 그가 다시 돌아올 거라고 생각하고 있었으며 그로서는 그녀의 믿음을 굳이 부인할 필요가 없었다. 하얀 행주치마를 두른 하인이 대문을 열어 줄 때 리처드는 마음이 날아갈 것 같았다.

"안녕히 가세요. 선생님."

하인이 말했다.

"잘 있어, 오콘."

리처드는 수전이 유리잔을 깨뜨리며 화를 낼 때 알 수 없는 성격의 오콘이 문에 귀를 갖다 대고 대화를 엿들었을지 궁금했다.

한번은 그가 오콘에게 간단한 에피크 말을 가르쳐 달라고 한 적이 있는데, 둘이 서재에 있는 걸 발견한 수전이 그것을 못 하게 막았다. 오콘은 에피크 말을 더듬더듬 따라 하는 그를 안절부절못하며 지켜보다가 수전이 나타나자 굉장히 기뻐했다. 미친 백인 남자에게서 자신을 구해 줄 구세주라도 발견한 듯한 표정이었다. 나중에 수전은 그가 이곳 상황을 제대로 모르는 것을 충분히 이해한다며 차분하게 말했다. 이곳에는 넘을 수 없는 선이 있다는 것이다. 엘리자베스 숙모를 연상시키는, 사과할 줄 모르고 교만하며 체면을 중시하는 영국인 특유의 모습이었다. 만일 카이네네와 만나고 있다고 말했다면 수전은 흑인 여성을 체험할 필요성을 충분히 이해한다면서 또 그런 식으로 말할 게 분명했다.

리처드는 손을 흔드는 오콘을 바라보며 자동차를 몰고 떠났다. 노래를 부르고 싶었다. 하지만 그는 이럴 때 노래를 부르는 성격이 아니었다. 수전네 집처럼 야자수가 있고 축 늘어진 잔디가 깔린 고급 주택이 그로브 거리에 쭉 늘어서 있었다.

다음 날 오후에 리처드는 침대에서 벌거벗은 몸으로 일어나 앉아 카이네네를 내려다보았다. 그녀를 또다시 실망시킨 직후였다.

"미안해요. 내가 너무 흥분한 것 같아요."

그가 말하자 그녀가 물었다.

"담배 한 대 피워도 될까요?"

벌거벗은 그녀의 늘씬한 각선미가 매끄러운 시트 위에 그대로 드러났다.

리처드가 담뱃불을 붙여 주었다. 그녀가 시트를 걷고 일어나 앉아 탱탱하게 일어선 짙은 갈색 젖꼭지를 차가운 에어컨 바람에 쏘이며 리처드의 반대편으로 연기를 내뿜었다.

"시간이 필요할 거예요. 다른 방법도 있고."

리처드는 그것이 축 늘어진 자신에게, 그리고 어색하게 웃으며 다른 방법이 있다고 말하는 카이네네에게 갑자기 짜증이 솟구쳤다. 자신의 성 기능이 마치 영원히 불구라도 된 것처럼 말하는 게 싫었다. 그는 자신이 정상이라는 걸 알았다. 그녀를 충분히 만족시킬 수 있었다. 시간이 필요한 것뿐이다. 하지만 약초를 먹는 것도 좋겠다는 생각이 들었다. 아프리카 남성들이 자신의 성 기능을 강화시키기 위해 약초를 먹는다는 내용을 어디선가 본 적이 있었다.

"은수카는 덤불이 사방을 에워싼 조그만 땅이었기 때문에 값이 가장 쌌고 그래서 대학을 세우기에 적합했어요. 당신이 글을 쓰기에 완벽한 곳이죠?"

카이네네가 말했다. 대화를 가벼운 주제로 재빨리 전환하는 그녀의 기지가 놀라웠다.

"네."

"그곳이 마음에 들어서 계속 있고 싶을 거예요."

리처드는 시트를 덮으며 대답했다.

"그렇겠지요. 당신이 하코트 항구로 이사해서 정말 다행이에요. 라고스까지 먼 길을 가지 않아도 당신을 만날 수 있으니까요."

카이네네는 아무 말도 하지 않고 담배 연기만 계속 빨아들였다. 그는 그녀의 입에서 라고스를 떠나는 순간 두 사람의 관계도 끝날 것이고, 자신은 하코트 항구에서 제대로 기능하는 남자를 찾을 거라는 말이 나올지도 모른다는 끔찍한 생각을 순간 떠올렸다.

하지만 그녀는 이렇게 말했다.

"내가 새로 옮기는 집에서 우리는 주말을 멋지게 보낼 수 있을 거예요. 어처구니없을 정도로 커다란 집이에요. 아빠가 작년에 나한테 일종의 신부 지참금으로 주셨어요. 매력 없는 딸한테 적당한 남자가 달라붙어 결혼하게 만들려는 일종의 미끼죠. 끔찍한 유럽식이에요. 우리 나라에는 신부 지참금이라는 게 없거든요. 오히려 신랑 측이 신부 측에다 돈을 주어야 한답니다."

카이네네가 담배를 껐다. 그녀의 말은 아직 끝나지 않았다.

"올란나는 집이 필요 없다고 했어요. 자기는 필요하지 않다는 거죠. 못생긴 딸한테나 주라는 식이에요."

"그런 말 마요, 카이네네."

"그런 말 마요, 카이네네."

카이네네가 리처드의 목소리를 흉내 냈다. 그리고 일어났다. 그는 그녀를 다시 눕히고 싶었지만 그러지 않았다. 자기 몸을 믿을 수가 없었다. 그녀를 또 실망시키고 싶지 않았다. 리처드는 자신이 그녀를 전혀 모르며, 그녀에게 조금도 다가갈 수 없다는 느낌에 자주 시달렸다. 그럼에도 그녀 옆에 누워 있으면 모든 게 완벽하고 부족한 게 하나도 없다는 느낌이 들었다.

"그건 그렇고, 올란나한테 당신을 혁명가 교수 애인한테 소개해 달라고 부탁했어요."

카이네네가 말했다. 그녀가 가발을 벗자 두피 가까이에 단단하게 땋아 붙인 짧은 머리카락이 드러나 그녀의 얼굴은 훨씬 어리고 작아 보였다.

"원래 올란나는 하우사 왕자님이랑 데이트했어요. 쾌활하고 온화한 남자였지요. 올란나와 달리 이 남자는 어이없는 망상을 품은 사람이 아니었어요. 반면에 올란나가 지금 만나는 오데니그보라는 사람은 자신을 자유의 투사라고 생각하지요. 수학자인데도 자신만의 독특한 아프리카식 사회주의에 대한 글을 뒤죽박죽으로 써서 신문에 싣는 데 거의 모든 시간을 보내니까요. 그런데 올란나는 그의 그런 모습을 좋아해요. 두 사람은 사회주의가 실현 불가능한 허구라는 사실을 아직도 모르는 것 같아요."

그녀가 가발을 다시 쓰고 빗질을 시작했다. 물결치는 머리카락이 반으로 갈라져서 턱 아래로 흘러내렸다. 리처드는 그녀의 날씬한 몸매와 위로 추켜올린 매끈한 팔이 보기 좋았다.

"사회주의를 제대로 실현한다면 나이지리아에서 아주 좋은 결과가 나올 것 같아요. 경제 정의를 실천하자는 거니까요."

리처드가 말하자 카이네네가 콧방귀를 뀌더니 빗질을 멈추고 반박했다.

"이보에서는 사회주의를 적용할 수 없어요. 여자를 오그벤예아루라고 부르는데 그게 무슨 뜻인지 아세요? '가난한 남자와 결혼하지 말라.' 이제 막 태어난 아이한테 이런 낙인을 찍는 게 바로 자본주의예요."

리처드가 웃었다. 그런데 카이네네가 웃지 않아서 훨씬 더 재미있었다. 그녀는 그냥 빗질할 뿐이었다. 리처드는 그녀와 함께 웃을 다음 기회를, 그리고 그다음 기회를 떠올렸다. 최근 그는 현재가 지나가기도 전에 미래를 생각하곤 했다.

리처드는 일어났다. 자신의 벗은 몸을 그녀가 흘깃 쳐다보자 부끄러웠다. 그녀의 무표정한 얼굴에 어쩌면 경멸이 숨어 있을지도 모른다는 생각이 들었다. 그는 속옷을 급히 입고 셔츠 단추를 채웠다. 그리고 불쑥 말했다.

"수전이랑 헤어졌어요. 지금은 이케자에 있는 프린스월 여행자 숙소에 머물고 있어요. 은수카를 떠나기 전에 수전 집에서 나머지 물건을 가지고 나올 거예요."

카이네네가 리처드를 물끄러미 쳐다보았다. 그는 그녀의 얼굴에서 놀람과 함께 그가 확신할 수 없는 또 다른 어떤 감정을 보았다. 당혹스러워하는 건가?

"어차피 처음부터 적절한 관계가 아니었어요, 실제로."

리처드는 수전과 헤어진 이유가 카이네네 때문이라고 생각하게 하고 싶지 않았다. 그녀가 자신과의 관계에 의문을 품게 하고 싶지도 않았다. 아직은 아니었다.

"집안 일꾼이 필요할 거예요."

그녀가 불쑥 말했다.

"뭐라고요?"

"은수카에서 도와줄 일꾼. 옷을 빨고 집 안을 청소할 일꾼이 필요할 거예요."

갑자기 엉뚱하게 등장한 이야기에 리처드는 순간 혼란스러웠다.

"일꾼요? 혼자 해낼 수 있어요. 오랫동안 혼자 살았거든요."

"올란나한테 적당한 사람을 찾아보라고 부탁할게요."

카이네네는 담뱃갑에서 담배 하나를 꺼냈지만 불을 붙이지는 않았다. 그녀는 담배 한 개비를 침대 옆 진열장에 내려놓고 다가와서 두 팔로 몸이 부르르 떨릴 정도로 리처드를 꼭 껴안았다. 그는 너무나 놀라서 그녀를 미처 껴안지 못했다. 침대 밖에서 카이네네가 그를 이런 식으로 친밀하게 껴안은 적은 한 번도 없었다. 그녀도 그다음에 어떻게 해야 좋을지 몰라서 당황한 듯 보였다. 재빨리 물러나서 담배에 불을 붙였기 때문이다. 리처드는 이 포옹을 자주 떠올렸는데, 그럴 때마다 벽이 무너지는 듯한 느낌이 들었다.

리처드는 일주일 후에 은수카로 출발했다. 적당한 속도로 운전하다가 가끔씩 도로 한쪽에 자동차를 대고 카이네네가 손으로 그려서 건네준 지도를 살폈다. 니제르강을 건넌 다음에는 이보 으크우 지역에 들르기로 결정했다. 이제 드디어 이보족 땅에 들어섰으니 다른 무엇보다 우선 밧줄 무늬 그릇이 나타난 고장부터 구경하고 싶었다. 마을에는 시멘트로 지은 집 서너 채가 드문드문 있어서 길 양쪽으로 진흙 오두막이 늘어선 아름다운 풍경을 망쳐 놓았다. 흙길이 너무 좁아서 리처드는 자동차를 멀찌감치 세워 놓고 카키색 반바지 차림의 젊은이를 따라갔다. 방문객이 찾아오면 주변을 안내하는 젊은이 같았다. 젊은이의 이름은 에메카 아노지에였다. 예전에 유물 발굴 현장에서 일한 노동자 가운데 한 명이었다. 젊은이는 유물이 나온 곳인 직사각형 모양의 넓은 터와 삽, 그리고 청동 유물에서 흙을 털어 낼 때 사용했다는 그릇을 보여 주었다.

"우리 큰아버지를 만나서 뭔가를 물어보고 싶으세요? 제가 통역을 할게요."

에메카가 말했다.

"고마워요."

리처드는 "안녕하세요, 은노, 환영해요." 하고 말하며 졸졸 따라오는 사람들의 성대한 환영식에 약간 압도당한 느낌이었다. 그가 아무런 초대도 받지 않은 채 찾아온 걸 조금도 기분 나쁘게 생각하지 않는 것 같았다.

파 아노지에는 더러워 보이는 천을 온몸에 둘러싸서 목 뒤로 묶은 노인이었다. 그는 자기의 어둑한 오비[16] 안으로 안내했는데 버섯 냄새가 풍겼다. 청동 유물이 발견된 과정을 책에서 모두 읽었는데도 리처드는 그 과정을 다시 물었다. 파 아노지에는 코담배를 손가락으로 집어서 콧구멍에 집어넣은 다음에 이야기를 시작했다. 약 20년 전에 형제 한 명이 우물을 파다가 나중에 호리병 유물로 밝혀진 금속 같은 것을 때렸다. 그런 물건이 서너 개 더 나와서 그걸 꺼내 들어 닦아 내고 나서 이웃 사람을 불러서 물건을 살폈다. 아주 정교하게 만든 물건이 왠지 눈에 익었지만 도대체 누가 만든 건지 아무도 몰랐다. 그런데 얼마 후 에누구에 있던 구역 행정관이 그 소식을 듣고 사람을 보내서 그것을 라고스에 있는 고대 유물 연구소에 보냈다. 일부러 찾아와서 청동 유물에 대해서 물어보는 사람이 한동안 없었기 때문에 형제는 그곳에 우물을 만들고 여러 해를 살았다. 그런데 몇 년 전에 이바단에서 백인이 발굴 작업을 하러 찾아왔다. 그들은 작업을 시작하기 전에 오랫동안 대화를 나눴다. 염소 우리와 울타리 담장을 치워야 했기 때문이다. 하지만 작업은 착착 진행되었다. 건조한 하마탄 열풍[17]이 부

---

16 나이지리아에서 가족들이 모여 사는 거주지를 뜻하는 명칭.
17 아프리카의 건기인 11∼3월에 자주 부는 뜨겁고 먼지가 많은, 사하라 사막의 바람.

는 시기였지만 폭풍우가 두려워 터 위에다 대나무 기둥을 세워서 방수포로 덮었다. 그들은 호리병과 조가비, 여인들이 치장하는 데 사용하는 다양한 장신구, 뱀 문양이 새겨진 물건들, 단지 등 아주 훌륭한 골동품들을 발견했다.

"무덤도 발견했지요?"

리처드가 물었다.

"네."

"왕이 묻힌 곳이라고 생각하나요?"

파 아노지에가 고통스러운 표정으로 그를 오랫동안 쳐다보며 뭐라고 중얼거렸다. 아주 슬픈 얼굴이었다. 에메카는 웃음을 터뜨리고는 이렇게 통역했다.

"큰아버지는 당신이 뭔가를 아는 백인 가운데 하나인 것 같다고 말했어요. 이보족 사람들은 왕이 뭔지 몰라요. 우리한테는 사제와 장로들이 있어요. 이 무덤은 사제가 묻힌 곳 같아요. 하지만 사제는 왕처럼 사람들을 괴롭히지 않아요. 오늘날 멍청한 사람들이 자신을 왕이라고 부르는 건 백인이 우리 중 한 명을 뽑아서 대표자를 임명했기 때문이에요."

리처드는 사과했다. 이보족이 수천 년 동안 민주적인 부족으로 살아왔다고 알려졌지만 이보 으크우 유물을 연구한 논문 중 하나는 원래 이곳에 왕이 있었는데 사람들에게 쫓겨난 것 같다고 주장한다는 것을 그는 알고 있었다. 하기야 이보족은 쓸모없어진 신조차 없앤 사람들이었다. 800년대 영국에서 앨프리드 대왕이 활약하던 시절에 이곳에서는 그렇게 아름답고 그렇게 복잡한 예술품을 만들 능력을 가진 사람들이 어떤 모습으로 살았을까 생각하며 그는 한동안 가만히 앉아 있었다. 그들의 삶에서 창조적 영감을 받아 글을 쓰고 싶었지만 아는 게 너무나 없었다. 고고학자가 주인공으로 등장하여 청동 유물을 발굴하다가 그 시대로 빠져드는 형식의 탐험 소설은 어떨까?

리처드는 파 아노지에에게 고맙다고 말한 후 떠나려고 일어났다. 그러자 파 아노지에가 뭐라고 말했고 이에 에메카가 물었다.

"큰아버지가 사진을 찍지 않을 거냐고 물어요. 이곳에 찾아온 백인은 누구나 사진을 찍거든요."

리처드는 머리를 흔들었다.

"아니에요, 미안해요. 사진기를 가져오지 않았어요."

에메카가 웃었다.

"큰아버지는 무슨 백인이 이러냐고, 여기까지 뭘 하러 온 거냐고 물어요."

은수카로 자동차를 몰면서, 리처드는 도대체 지금 자신이 뭘 하고 있는지 알 수 없으며 앞으로 어떤 걸 쓸지 걱정스럽다는 생각을 했다.

이모케 거리에 있는 대학교 사택은 교환 교수와 예술가를 위해 만든 곳이었다. 거의 금욕적이라 할 만큼 실내가 소박했다. 리처드는 거실에 있는 안락의자 두 개와 일인용 침대, 아무것도 없는 부엌 찬장을 둘러보면서 고향 집으로 돌아온 듯한 느낌을 받았다. 실내가 조용해서 기분이 좋았다. 하지만 그가 올란나와 오데니그보의 집을 방문했을 때 올란나가 말했다.

"아마 그곳을 좀 더 살기 적당한 공간으로 만들고 싶은 마음이

들었을 거예요."

리처드는 그렇다고 대답했다. 하지만 그는 소박한 실내가 훨씬 좋았다. 올란나의 미소가 너무나 보기 좋고 그녀가 그에게 보여 주는 관심이 기분 좋아서 그렇게 대답한 것뿐이었다. 올란나는 자기네 정원사 조모를 고용해서 일주일에 두 번씩 찾아와 마당에 꽃을 심게 하라고 고집을 부렸다. 그리고 친구들에게 그를 소개하고 시장을 구경시켜 주었으며 리처드의 집에서 일할 완벽한 일꾼을 찾아냈다고 말했다.

리처드는 올란나의 집에서 일하는 으그우처럼 똑똑한 남자아이가 왔으면 했다. 그러나 올란나가 데려온 해리슨은 굽은 막대기처럼 보이는 중년의 조그만 남자였다. 그가 걸친 커다란 하얀색 셔츠가 무릎까지 내려올 정도였다. 그는 대화를 시작할 때마다 허리를 너무 깊이 숙였다. 그리고 자신이 예전에 아일랜드 출신 버나드 신부와 미국인 랜드 교수 밑에서 일했다는 사실을 아주 자랑스러워했다. 첫날에 "전 홍당무 샐러드를 아주 잘 만든답니다."라고 말했는데, 나중에 리처드는 그가 홍당무 샐러드만이 아니라 다른 홍당무 요리에도 자부심을 갖는다는 사실을 깨달았다. 그런데 홍당무는 나이지리아 사람이 먹지 않는 야채라서 '특별한 채소 가게'에 가야 살 수 있었다. 해리슨이 준비한 첫 번째 저녁 식사는 향긋한 생선 요리와 홍당무 샐러드였다. 다음 날 저녁에는 쌀밥과 함께 빨간색 홍당무 스튜가 나왔다. 해리슨은 리처드가 식사하는 걸 지켜보며 말했다.

"미국식 토마토 스튜 만드는 법을 활용해서 이 스튜를 만들었답니다."

다음 날은 홍당무 샐러드와 무서울 정도로 새빨간 홍당무 스튜 그리고 닭 요리가 나왔다. 그래서 리처드는 손을 들어 올리며 사정했다.

"이제 제발 그만해요, 해리슨. 홍당무는 이제 그만."

해리슨은 실망한 표정을 하다가 갑자기 밝은 얼굴로 말했다.

"하지만 주인어른, 전 주인어른 나라 음식도 요리합니다. 주인어른이 어릴 때부터 먹던 음식을 모두 요리할 수 있습니다. 사실, 전 나이지리아 음식이 아니라 외국 음식만 요리한답니다."

"나이지리아 음식이 좋아요, 해리슨."

리처드가 대답했다. 어린 시절에 먹곤 했던, 뼈만 많고 맛이 자극적인 훈제 청어와 방수용 안감만큼 두툼한 막이 위에 생겨 버리는 끔찍한 오트밀 죽, 그리고 소스를 듬뿍 칠해서 바짝 구운 기름덩어리 쇠고기 요리 등을 자신이 끔찍이도 싫어했다는 사실을 해리슨이 알면 얼마나 좋을까!

"알겠습니다, 주인어른."

해리슨이 침울한 표정으로 말했다.

"그런데 해리슨, 혹시 남성한테 좋은 약초가 뭔지 알아요?"

리처드가 일부러 가볍게 물었다.

"네, 주인어른?"

"약초요."

그가 약초를 설명하려는 몸짓을 어설프게 하며 말했다.

"야채요, 주인어른? 네, 주인어른. 전 주인어른 나라의 샐러드를 무엇이든 아주 잘 만듭니다. 랜드 교수님한테도 아주 다양한 샐러드를 만들어 드렸습니다."

"네, 하지만 내 말은 아픈 사람이 먹는 채소요."

"아픈가요? 종합 병원 의사를 찾아가세요."

"난 아프리카 약초가 좋아요, 해리슨."

"하지만 주인어른, 주술사가 만든 건 나빠요. 악한 거예요."

"그렇겠지요."

그는 포기했다. 극단적으로 나이지리아 방식이 아닌 것만 좋아하는 해리슨에게 그런 걸 물어본 것 자체가 실수였다. 나중에 조모에게 묻는 게 좋을 것 같았다.

리처드는 조모가 오기만을 기다렸다가 조모가 온 날 그가 새로 심은 백합에 물을 주는 모습을 창가에서 지켜보았다. 조모는 물뿌리개를 옆에 내려놓고 우산처럼 생긴 나무 밑에서 과일을 줍기 시작했다. 지난밤에 잔디에 떨어진 타원형의 연노란색 과일이었다. 리처드는 그 과일이 썩으면서 내뿜는 너무나 달콤한 향기를 자주 맡았다. 은수카에 사는 동안 항상 맡아야 할 향기라는 생각이 들었다. 리처드가 나타나자 조모는 과일이 잔뜩 든 라피아 가방을 깍듯한 태도로 내밀며 말했다.

"아. 좋은 아침입니다, 주인어른. 주인어른이 원하신다면 과일을 해리슨한테 갖다주겠습니다. 전 가져가지 않습니다."

조모가 가방을 내려놓고 물뿌리개를 들었다.

리처드가 말했다.

"괜찮아요, 조모. 난 과일을 원하지 않아요. 그런데 혹시 남자가 먹는 약초를 아나요? 문제 있는……. 여자와 있을 때 문제 있는 남자를 위한 거?"

"네, 주인어른."

그는 기뻐서 속으로 쾌재를 불렀다.

"그런 약초를 봐야겠어요, 조모."

"우리 동생이 전에 문제가 있었어요. 첫 번째 부인이 임신을 못 하고 두 번째 부인도 임신을 못 했어요. 그래서 디비아[18]한테 받은 약초를 씹기 시작했어요. 지금은 부인이 모두 임신했어요."

"오. 정말 다행이군요. 그 약초를 구해 줄 수 있나요, 조모?"

조모가 하던 동작을 멈추고 그를 쳐다보았다. 주름살이 가득한 지혜로운 얼굴에 동정심이 가득했다.

"백인한테는 효과가 없어요, 주인어른."

"그런 게 아니에요. 약초에 대한 글을 쓸 거예요."

조모가 머리를 흔들었다.

"그건 디비아한테 가서 그 사람 앞에서 씹는 거예요. 글을 쓰는 게 아니에요, 주인어른."

조모가 등을 돌리고 물을 주면서 콧노래를 조그맣게 흥얼거렸다.

"그렇군요."

리처드가 대답했다. 그는 실내로 들어가면서 실망스러운 표정을 드러내지 않으려고 애썼다. 자신이 주인이라는 사실을 떠올리며 똑바로 걸었다.

해리슨이 문 앞에 서서 유리를 닦는 척하다가 잔뜩 기대하는 표정으로 리처드에게 물었다.

"조모가 무슨 실수라도 저질렀나요, 주인어른?"

---

18 콩고, 나이지리아 등지에 퍼진 토속 종교에서 사제나 주술사를 부르는 명칭.

"궁금한 게 있어서 물어본 거예요."

리처드가 대답하자 해리슨이 실망한 표정을 했다.

해리슨과 조모는 처음부터 잘 어울리지 못하는 게 분명했다. 요리사와 정원사가 서로 잘났다며 신경전을 벌이는 것 같았다. 한 번은 해리슨이 조모에게 서재 창문 밖에 있는 식물에 물을 주지 말라며 "물 주는 소리가 주인어른이 글을 쓰는 데 방해된다."라고 하는 소리가 들렸다. 리처드보고 들으라고 일부러 서재 창문 바로 앞으로 와서 크게 외쳤다. 리처드는 해리슨이 아부하는 모습이나 자신이 글 쓰는 걸 숭배하는 모습이 우스웠다. 해리슨은 리처드의 타자기에 묻은 먼지를 매일 닦았다. 먼지가 전혀 없어도 마찬가지였다. 그리고 리처드가 휴지통에 버린 원고를 절대로 그냥 버리지 않았다. 그는 항상 구겨진 원고를 집어 들고 "이걸 다시 사용하지 않으실 건가요, 주인어른?" 하고 물었고 리처드는 매번 그렇다고 대답해야 했다. 그래서 그는 자신이 아직까지도 써야 할 주제조차 확실히 정하지 못했으며, 지금까지 고고학자에 대해서 대충 쓰다가 말고 영국인과 아프리카 여성의 사랑 이야기를 쓰다가 또 그만두고 이제야 막 나이지리아의 한 작은 마을에 대해서 쓰기 시작했다고 말하면 해리슨이 뭐라고 할지 가끔 궁금했다.

최근에는 소재 대부분이 오데니그보와 올란나, 그리고 그들의 친구들과 함께 보내는 저녁 시간에 생겼다. 그들은 리처드를 별생각 없이 자연스레 받아들였다. 리처드는 그 집 거실에 앉아서 대화에 가만히 귀를 기울이는 게 편안했다.

오데니그보에게 리처드를 처음 소개할 때 올란나가 "이분이 내가 말한 카이네네의 친구 리처드 처칠이야."라고 말하자 오데니그보는 머리를 부드럽게 흔들며 말했다.

"하지만 대영 제국의 파산을 도맡으려고 여왕의 수상이 된 것은 아니죠."

리처드는 처음에 무슨 말인지 모르다가 그가 윈스턴 처칠 경을 흉내 낸 거라는 사실을 깨닫고 폭소를 터뜨렸다. 나중에는 오데니그보가 《데일리 타임스》를 손에 들고 흔들며 외치는 것을 보았다.

"이제 우리 교육이 식민지 영향에서 벗어나게 해야 합니다! 나중이 아니라 지금 당장 그래야 합니다! 학생들에게 우리 역사를 가르쳐야 합니다!"

리처드는 오데니그보가 자기만큼이나 엉뚱한 사람이라고 여겼다. 특별한 매력은 없어도 매력적인 사람들의 관심을 한 몸에 끌어모으는 사람이라고 생각했다. 그는 올란나도 자꾸만 바라보았다. 그럴 때마다 상쾌한 기분이 들었다. 그녀는 시간이 지날수록 아름다워지는 여자 같았다. 그는 오데니그보가 올란나의 어깨에다 한 손을 올려놓을 때마다 나중에 둘이서 가질 잠자리까지 떠올리며 질투했다. 그와 올란나는 특별한 대화를 나눈 적이 거의 없었다. 일상적인 대화가 전부였다. 그가 카이네네를 만나러 하코트 항구로 떠나기 하루 전에 올란나가 말했다.

"리처드, 카이네네한테 안부 전해 주세요."

"네."

리처드가 대답했다. 올란나가 카이네네에 대해 말을 꺼낸 건 그 때가 처음이었다.

카이네네는 기차역까지 마중 나와서 리처드를 푸조 404에 태우고 하코트 항구 중심지에서 바다 쪽으로 갔다. 이윽고 베란다마다 옅은 자줏빛의 부겐빌레아꽃이 뒤덮인 3층짜리 외딴집이 나타났다. 널따란 방을 지나가는 카이네네 뒤로 리처드는 소금기가 물씬 풍기는 공기를 맡으며 따라갔다. 방마다 어울리지 않는 가구와 목제 조각품, 부드러운 풍경화, 동글동글한 조각품이 가득했다. 반짝거리는 바닥에서는 나무 향이 풍겼다.

"바닷가 근처로 구하고 싶었어요. 그러면 우리가 좋은 풍경을 감상할 수 있잖아요. 아빠가 고른 장식을 모두 바꿨어요. 이제는 졸부 같은 분위기가 너무 심하게 풍기지 않았으면 좋겠어요."

카이네네가 말했다.

리처드는 웃었다. 예전에 그는 그녀에게 수전이 오조비아 추장을 '졸부'라고 불렀다고 알려 준 적이 있었다. 그가 웃은 것은 수전 흉내를 낸 것도 재미있었지만 카이네네가 '우리'라는 표현을 사용했기 때문이었다. '우리'란 두 사람을 의미한다. 그녀가 리처드를 받아들인 것이다. 그녀는 리처드에게 몸에 맞지 않는 카키색 유니폼을 입은 남자 하인 세 명을 소개할 때는 특유의 냉소를 지으며 말했다.

"앞으로 리처드가 자주 찾아올 거야."

"환영합니다, 선생님."

하인 세 명이 동시에 말하고 거의 차렷 자세로 섰다. 카이네네는 한 명씩 가리키며 이케지데, 은난나, 세바스틴이란 이름을 알려 주면서 말했다.

"이케지데는 머리에 뇌가 절반밖에 없어요."

그러자 하인 세 명이 웃었다. 다른 생각을 떠올린 것 같았다.

하지만 입을 연 하인은 당연히 아무도 없었다.

"리처드, 이제 마당을 구경시켜 줄게요."

그녀는 하인들이 허리를 숙여 인사하던 것을 흉내 내며 오렌지 과수원으로 통하는 뒷문으로 안내했다.

"올란나가 당신한테 안부를 전해 달라고 했어요."

리처드는 카이네네의 손을 잡았다.

"그래, 올란나의 혁명가 애인께서 당신을 그 무리에 끼워 주던가요? 고마운 일이군요. 예전에는 그 집에 흑인 교수들만 들어갈 수 있었거든요."

"네, 그랬다고 들었어요. 은수카에 미국 국제 개발청과 평화 봉사단, 그리고 미시간 주립 대학 사람들이 너무 많아서 얼마 안 되는 나이지리아 출신 교수들 모임을 만들려 했다고요."

"민족주의적 열정이 가득한 교수들만 말이죠."

"그렇겠지요. 오데니그보는 신선하고 색다르더군요."

"신선하고 색다르다라……."

그녀가 중얼거렸다. 그리고 그 자리에 멈춰서 바닥에 있는 무언가를 샌들 바닥으로 납작하게 밟으며 물었다.

"그들이 마음에 드나 보죠? 올란나랑 오데니그보?"

리처드는 카이네네의 눈을 들여다보고 어떤 대답을 원하는지 알아보려 했다. 그녀가 듣고 싶은 대답을 하고 싶었다.

"네, 마음에 들어요."

그가 대답했다. 그들이 마음에 드는 이유를 말해야 할 것 같았다. 카이네네의 손이 느슨하게 풀리는 순간 그는 그 손이 빠져나가지 않게 하면서 덧붙였다.

"두 사람이 내가 은수카에 쉽게 적응하도록 도와주어서 금방 정착할 수 있었어요. 물론 해리슨 도움도 컸죠."

"그래요, 해리슨. 그 홍당무 일꾼은 잘하고 있나요?"

그는 그녀를 잡아당겼다. 그녀가 화내지 않아서 다행이었다.

"네, 잘해요. 좋은 사람이에요, 정말 재미있지요."

오렌지 나무가 빽빽하게 얽힌 과수원에 들어서는 순간 리처드는 이상한 느낌에 휩싸였다. 카이네네가 자신의 일꾼에 대해 이야기하는 동안 마음이 편안하게 열리던 중에 갑자기 찾아든 묘한 기분이었다. 오렌지 나무와 주변을 에워싼 다른 많은 나무, 머리 위에서 윙윙대는 파리의 날갯짓 소리, 사방의 짙은 녹음이 영국에서 부모님과 살던 기억을 불러일으켰다. 그의 하얀 두 팔을 연한 진홍색으로 태우는 덥고 습한 아프리카 열대 지역이 여름에도 냉기가 도는 영국의 낡은 집을 떠올리게 하는 것이 너무나 이상했다. 그런데도 영국의 낡은 집 뒤에 있는 포플러 나무와 버드나무, 오소리를 쫓던 들판, 뻗어 나간 고사리와 히스로 뒤덮인 울퉁불퉁한 산과 언덕, 그리고 점점이 흩어져서 풀을 뜯어 먹는 양 떼가 지금 눈앞에 선명하게 떠올랐다. 퀴퀴한 냄새가 나는 리처드의 침실에 올라와서 그의 옆에 앉은 아버지와 어머니도 보였다. 아버지가 시를 읽어 주고 있었다.

저기 머나먼 지방에서 일어난
바람이 내 마음에 흘러드네.
아련하게 떠오르는 저 파란 언덕은 무엇일까
저 봉우리들은, 저 농장들은 무엇일까?

저건 알맹이를 잃어버린 땅

난 바라보네, 빛나는 들판을

쭉 뻗은 행복한 길을.

내가 지나간 다시는 돌아올 수 없는 길을.

아버지의 목소리는 "아련하게 떠오르는 저 파란 언덕"이란 구절에서 항상 낮아졌다. 부모님이 침실을 나간 다음에, 또는 부모님이 멀리 떠난 후 몇 주일 동안, 리처드는 파란색을 띤 머나먼 언덕을 바라보곤 했다.

리처드는 카이네네가 너무 바쁘게 살아서 당황했다. 라고스에 있는 호텔에서 잠깐씩 만날 때는 자신이 그녀의 삶에 끼어들지 않더라도 그녀가 충분히 바쁘다는 것을 전혀 몰랐다. 그는 그녀를 독점할 수 없어서 불안했다. 하코트 항구에 온 지 이제 겨우 3~4주밖에 안 됐는데 그녀가 해야 할 일이 벌써 그렇게 많이 생긴 것이 신기했다.

카이네네에게는 일이 우선이었다. 아버지의 공장을 키우려는 의지도 컸고, 아버지가 지금까지 한 것보다 더 잘하고 싶은 마음도 강했다. 저녁이 되면 거래 조건을 협상하려는 사업가, 뇌물을 받아 내려는 정부 관료, 작업 방식을 협상하려는 공장 사람 등 수많은 방문객이 찾아와서 과수원 입구 근처에 자동차를 세웠다. 그러면 그녀는 그들이 오랫동안 머물 필요가 없도록 모든 일을 신속하게 처리했다. 리처드에게는 괜히 따분하기만 할 테니 그들을 만날 필요가 없다고 말했다. 리처드는 2층에서 그들이 떠날 때까지 책을 읽거나 글을 끄적거렸다. 그러면서 밤에 그녀를 또 실망시킬 수도 있다는 두려움을 떨쳐 내려고 애썼다. 아직도 자신의 몸 상태를 믿을 수 없었지만 두려워할수록 실패할 가능성도 커지기 때문이었다.

리처드가 하코트 항구에 세 번째로 방문한 어느 날 저녁에 하인은 침실 문을 노크하며 "마두 소령님께서 오셨습니다, 마님." 하고 말했다. 그러자 카이네네는 그에게 함께 내려가자고 했다.

"마두는 내 오랜 친구야. 당신한테 소개하고 싶어. 파키스탄에서 훈련을 마치고 지금 막 돌아왔어."

그는 복도를 걸으면서 손님의 오드콜로뉴 향을 맡았다. 쉽게 싫증 날 것 같은 너무 강렬한 향이었다. 오드콜로뉴 향을 풍기는 남자를 보는 순간 그는 넓적한 적갈색 얼굴과 두꺼운 입술 그리고 큰 코가 아주 강한 인상을 준다고 생각했다. 상대가 악수를 하려고 일어설 때 그는 하마터면 뒷걸음질을 칠 뻔했다. 덩치가 정말 큰 남자였다. 평소에 리처드는 큰 키 때문에 사람들을 내려다보는 데 익숙했다. 하지만 이 남자는 리처드보다 키가 최소한 7센티미터는 큰 데다가 넓찍한 어깨와 단단하고 육중한 몸집 때문에 키가 더 커 보였다.

"리처드, 이쪽은 마두 마두 소령이야."

마두 소령이 인사했다.

"안녕하세요, 카이네네한테서 많이 들었습니다."

"안녕하세요."

리처드도 인사했다. 몸집이 거대한 남자가 겸손한 미소를 얼굴에 머금으며 카이네네라고 말하는 것이 너무 친근하게 들렸다.

카이네네를 아주 잘 아는 것 같았다. 그녀에 대해 리처드가 모르는 것까지 안다는 느낌이 들었다. 둘이서 육체적으로 깊은 정을 나누다가 귓속말로 리처드 얘기를 주고받으며 바보처럼 낄낄거린 적이라도 있는 것 같았다. 게다가 마두 마두란 이름은 도대체 뭐란 말인가? 리처드는 소파에 앉았다. 카이네네가 건네는 술잔도 거부했다. 온몸의 힘이 모두 빠진 듯했다. 그녀가 "이쪽은 내 애인 리처드야."라고 소개하면 얼마나 좋았을까.

"그래, 두 분은 라고스에서 만나셨나요?"

마두 소령이 물었다.

"네."

"한 달 전쯤 제가 파키스탄에서 전화를 했을 때 카이네네가 당신 얘기를 처음 꺼내더군요."

그는 무슨 말을 해야 좋을지 몰랐다. 카이네네가 파키스탄에 있던 이 남자에게 그런 이야기를 했다는 사실도 몰랐고, 그녀에게서 성과 이름이 똑같은 군 장교 친구가 있단 말을 들은 기억도 없었다.

"두 분이 알고 지낸 지는 얼마나 됐나요?"

리처드가 물었다. 둘의 관계를 의심하는 기색이 드러나지 않기를 바랄 뿐이었다.

"으문나치에 있는 우리 마을 바로 옆에 오조비아 마을이 있었지요."

마두 소령이 대답하고 카이네네에게 시선을 돌렸다.

"우리 조상님들이 친하게 지냈다는 말은 없었지? 너희 마을에서 우리 땅을 훔치고 우리는 너희를 쫓아내서 말야."

"땅을 훔친 건 너희 마을이잖아."

카이네네가 웃었다.

리처드는 그녀의 쾌활한 웃음소리를 듣고 깜짝 놀랐다. 그리고 마두 소령이 그녀의 집에서 아주 익숙하게 행동하는 모습에 더더욱 놀랐다. 소파에 편하게 앉은 모습도 그렇고 전축 옆에서 음반을 뒤적이는 모습도 그렇고 저녁 식사를 거드는 하인들에게 농담하는 모습도 그랬다. 그는 소외감을 느꼈다. 그녀가 마두 소령이 저녁 식사를 함께할 거라는 말이라도 해 주었으면 좋았을 터였다. 그녀가 마두 소령이 하는 대로 물을 탄 위스키를 마시는 대신 리처드처럼 진 토닉을 마시면 좋을 것 같았다. 그는 마두 소령이 마치 자신을 심문하듯 계속 질문을 퍼붓지 않았으면 했다. 마두 소령이 주인이고 리처드는 손님인 것 같았다. 나이지리아에서 지내는 게 재미있으세요? 쌀밥이 맛있지 않나요? 책 쓰는 일은 잘되고 있나요? 은수카는 마음에 드세요? 리처드는 이 모든 질문들과 상대의 흠잡을 데 없는 식사 예절에 짜증이 났다.

마두 소령이 말했다.

"샌드허스트에서 훈련을 받았는데 추운 날씨 때문에 정말 힘들었어요. 매일 아침마다 날씨는 지독하게 추운데 얇은 셔츠와 반바지 차림으로 구보해야 했으니까요."

"왜 춥다고 생각했는지 알 것 같군요."

리처드가 말하자 마두 소령이 대답했다.

"아, 네. 그렇겠지요. 아마 당신도 얼마 안 가서 고향이 굉장히 그리울 거예요."

"전혀 그렇게 생각하지 않는데요."

리처드가 대답했다.

"음, 영국 정부는 앞으로 영국 연방[19]에서 들어오는 이민자를 통제하기로 결정했죠? 영국 연방 사람들이 각자 자기네 나라에 머물기를 바라는 거예요. 그런데 재미있는 건 우리 영국 연방 국가들은 자기 나라에 들어오는 영국인을 통제할 수 없다는 거죠."

마두 소령이 쌀밥을 천천히 씹으며 물병을 잠시 살폈다. 마치 포도주 병을 들고 생산지가 어디인지 살피는 것 같았다.

"영국에서 돌아온 직후에 유엔군 4대대에 편입되어 콩고에 파견되었습니다. 우리 대대는 조금도 효율적으로 관리되지 못했지요. 그래도 난 콩고가 영국보다 훨씬 더 편했답니다. 날씨 하나 때문에요."

마두 소령이 잠시 입을 다물었다가 다시 말했다.

"우리는 콩고에서 조금도 효율적으로 관리되지 못했어요. 우리를 지휘한 장교는 영국군 대령이었답니다."

그가 리처드를 바라보며 쌀밥을 계속 씹었다.

리처드는 화가 치밀었다. 손가락이 뻣뻣하게 굳어서 포크를 놓칠까 두려울 정도였다. 상대도 그의 감정을 아는 것 같았다.

저녁 식사를 마치고 달빛이 비치는 베란다에 앉아서 술을 마시며 재즈 음악을 들을 때 현관에서 종소리가 울렸다.

"우도디일 거예요. 이곳으로 찾아오라고 했거든요."

마두 소령이 말했다. 리처드는 귓가를 짜증스럽게 맴도는 모기를 찰싹 때렸다. 마두 소령은 카이네네 집을 친구와 만나는 장소로 여기는 것 같았다.

우도디 소령은 마두 소령처럼 세련된 매력과 거만한 모습이

---

19 영국과 과거에 영국 제국의 식민지에서 독립한 나라로 구성된 연방체.

없는 평범한 외모의 작은 남자였다. 리처드의 손을 잡고 위아래로
흔들며 악수하는 모습이 벌써 술에 취한 것 같았다.

"카이네네랑 사업 때문에 만났나요? 석유 사업을 하세요?"

우도디 소령이 묻자 카이네네가 끼어들었다.

"내가 소개 안 했었지? 리처드, 우도디 에케치 소령님은 마두
친구분이셔. 우도디 소령님, 이쪽은 리처드 처칠이에요."

"아."

우도디 소령이 눈을 가늘게 떴다. 그가 위스키를 술잔에 따라
서 단숨에 들이켜고 이보 말로 뭐라고 중얼거리자 카이네네가 또
렷한 영어로 차갑게 대답했다.

"내가 어떤 애인을 선택하든 그건 당신이 상관할 일이 아니에
요, 우도디 소령님."

리처드는 그에게 당장 꺼지라고 소리치고 싶었지만 그렇게
하지 않았다. 너무 슬퍼서 마치 병에 걸린 듯 온몸에 힘이 하나도
없었다. 음악이 끝나고 멀리서 파도가 치는 소리가 들렸다.

"미안해요. 아! 난 상관하려고 한 적 없어요."

우도디 소령이 웃으면서 위스키 병을 집으려고 또다시 팔을
내밀자 마두 소령이 만류했다.

"이제 그만해. 술을 너무 많이 마신 것 같아."

"인생은 짧아, 형제!"

우도디 소령이 말하며 술잔에 위스키를 부었다. 그리고 카이
네네에게 시선을 돌렸다.

"이 마고누, 당신도 알다시피, 백인을 따라다니는 우리 나라 여
자들한테는 공통점이 있어요. 집안이 가난하고 백인이 좋아하는

몸매를 지녔죠."

우도디 소령이 말을 멈췄다가 백인 말투를 엉터리로 흉내 내며 다시 말했다.

"너무나 탐욕스러운 궁둥이. 하하하! 백인은 어두운 곳에 숨어서 구멍에다 쑤셔 대고 또 쑤셔 대고 또 쑤셔 대지만 결혼은 절대 안 할거예요. 어떻게 하겠어요! 많은 사람이 모이는 좋은 장소에 데려가는 일조차 없을 텐데요. 하지만 우리 나라 여자들은 온갖 굴욕을 참아 가며 백인을 쫓아다녀서 그 대가로 푼돈과 찻잎이 든 멋진 깡통을 받겠지요. 분명히 말하는데 이건 또 다른 노예 제도예요. 새로운 노예 제도. 하지만 당신 같은 부잣집 딸이 저런 남자를 쫓아다닐 이유가 뭐죠?"

마두 소령이 일어섰다.

"미안해, 카이네네. 이 친구가 지금 제정신이 아니야."

마두 소령이 우도디 소령이 일으켜 세워서 이보 말로 빠르게 뭐라고 중얼거렸다. 그러자 우도디 소령이 웃으며 대답했다.

"알았어, 알았어. 하지만 위스키는 가져가겠어. 술병이 거의 비었어. 내가 가져갈게."

카이네네는 아무 말도 하지 않았고 우도디 소령은 탁자에서 술병을 집어 들었다. 두 사람이 떠난 후, 리처드는 카이네네 옆에 앉아서 손을 잡았다. 마치 자신이 투명인간으로 변한 느낌이었다. 마두 소령이 사과조차 하지 않은 것은 자신을 투명인간으로 여겨서인 것 같았다.

"정말 끔찍한 사람이야. 그런 말까지 듣게 해서 정말 미안해."

리처드가 말했다.

"술 때문에 너무 취했어. 마두가 지금 아주 힘들어할 거야."

카이네네가 말했다. 그리고 탁자에 있는 서류를 가리켰다.

"지금 막 카두나에 주둔한 대대에 군화를 공급하는 계약을 따냈어."

"잘됐네."

그는 술잔에 남은 마지막 한 방울을 마시고 그녀가 서류를 살피는 모습을 지켜보았다.

"책임자가 이보족 사람인데, 마두 말이 이왕이면 같은 이보족 사람과 계약하길 바랐다는 거야. 내가 운이 좋았던 거지. 게다가 그 사람은 배당금을 5퍼센트만 요구하고 있어."

"뇌물?"

"우리는 순진한 사람들이 아니야."

리처드는 카이네네의 냉소 어린 말투에 짜증이 났다. 우도디 소령의 야비한 말에 대한 마두 소령의 책임을 너무나 빨리 없애 준 것도 마음에 들지 않았다. 그래서 벌떡 일어나 베란다를 거닐었다. 벌레들이 형광등 주변을 윙윙거리며 날아다녔다.

"그러면 당신은 마두랑 아주 오래전부터 알고 지낸 셈이군."

마침내 리처드가 말했다. 그는 상대의 이름을 입에 담기가 싫었다. 겉으로만 친하게 구는 것 같았기 때문이다. 하지만 선택의 여지가 없었다. 그렇다고 그를 소령이라고 부를 수는 없었다. 상대를 너무 높이는 것 같았다.

그녀가 고개를 들었다.

"물론이지. 그 사람 가족과 우리 가족은 아주 가까운 사이야. 오래전 우리가 크리스마스를 지내러 으문나치에 갔을 때 그가 나한테 거북이를 선물한 기억이 나. 그렇게 이상하면서도 멋있는 선물을 받은 건. 처음이었어. 올란나는 불쌍한 거북이를 잡아 온 건 마두가 잘못한 거라고 했어. 하지만 어차피 올란나는 마두랑 사이가 좋지 않았지. 어쨌든 난 거북이를 사발에 넣었지만 당연하게도 얼마 후에 거북이는 죽어 버렸어.”

그녀가 서류를 다시 검토하기 시작했다.

“마두는 유부남이지?”

“그래. 아다오비는 지금 런던에서 석사 학위를 따려고 공부하는 중이야.”

“그래서 두 사람이 자주 만나는 거야?”

리처드는 목이 막힌 듯했다. 목을 뚫어야 할 것 같았다.

그녀는 대답하지 않았다. 질문 자체를 듣지 못한 것 같았다. 새로 계약을 체결한 서류에 집중하는 게 분명했다. 그녀가 일어나면서 말했다.

“서재에 가서 노트 정리를 하고 금방 올라갈게.”

리처드는 카이네네에게 마두를 매력적이라고 생각하는지, 그와 예전에 관계를 가진 적은 있는지, 혹시 지금도 관계를 맺고 있는지 가볍게 물어보고 싶었다. 하지만 그러지 못해 안타까웠다. 두려웠다. 그녀에게 다가가서 두 팔을 휘감고 꼭 껴안았다. 쿵쿵 뛰는 그녀의 심장을 느껴 보고 싶었다. 누구에게 이렇게 강한 소속감을 느끼는 건 난생 처음이라는 생각이 들었다.

1 책 : 우리가 죽을 때 세상은 침묵했다.

그는 호리병을 가진 여자의 이야기를 회상하며 서문을 쓴다. 여자는 시끄럽게 소리치는 사람들과 울부짖는 사람들 그리고 기도하는 사람들 사이에 끼어서 열차 바닥에 앉아 있었다. 여자는 보자기에 싼 호리병을 무릎에 올려놓고 부드럽게 매만지다가 니제르강을 건넌 후에 뚜껑을 열어서 올란나를 비롯한 주변 사람들에게 안을 들여다보라고 말했다.

나중에 올란나는 이 이야기를 들려주고 그는 그 내용을 자세히 기록한다. 그녀는 여자의 윗옷에 묻은 핏자국이 섬유 조직을 파고들어 엷은 자줏빛으로 보였다고 말한다. 그리고 여자의 호리병에 조각된 문양을 설명한다. 비스듬한 선 여러 개가 서로 겹치며 지나간 문양이다. 그녀는 호리병에 든 아이의 머리가 어떠했는지 설명한다. 땋은 머리카락은 짙은 갈색 얼굴로 지저분하게 흘러내리고, 새하얀 눈동자는 섬뜩하며, 깜짝 놀란 듯 입을 쩌억 벌린 모습이었다.

그는 이 내용을 적은 다음에 새까맣게 탄 자녀의 시신을 여행 가방에 넣어서 함부르크로 도망치던 독일 여자들과 난도질당한 아기의 신체 일부를 주머니에 집어넣은 르완다 여자들에 대해서 언급한다. 하지만 그는 서로를 비교하지 않는 신중함을 보인다. 그는 책 표지에 실을 나이지리아 지도를 그리는데 니제르강과 베누에강의 Y 자 모양을 새빨간 색으로 칠한다. 3년 동안 존재한 남동부의 비아프라 국경선에도 똑같은 색을 칠한다.

4

으그우는 식탁을 천천히 청소했다. 처음에는 술잔을 치우고 그다음에는 스튜가 묻은 사발과 숟가락 종류를 치우고 마지막으로 접시를 차곡차곡 쌓았다. 사람들의 식사 장면을 부엌 문틈으로 훔쳐보지 않아도 으그우는 누가 어디에 앉았는지 알 것 같았다. 주인어른은 산만하게 먹느라 쌀알을 포크에서 떨어뜨리기 일쑤여서 접시에 쌀밥이 언제나 제일 어수선하게 흩어져 있었다. 올란나 마님의 술잔에는 초승달 모양의 립스틱 자국이 찍혀 있었다. 오케오마 선생님은 포크와 나이프를 옆에다 치워 놓고 무엇이든 숟가락으로 먹었다. 에제카 교수님은 자신이 마실 맥주를 직접 가져오기 때문에 접시 옆에 이상한 모양의 갈색 맥주병이 놓여 있었다. 아데바요 교수님은 양파를 모아서 그릇에 남겨 놓았다. 그리고 리처드 선생님은 닭 뼈를 씹는 일이 절대로 없었다.

부엌에서 으그우는 마님의 접시를 포마이카 조리대에 따로 올려놓고 나머지 접시를 비우며 쓰레기통으로 들어가는 쌀알과 스튜와 채소와 뼈다귀를 지켜보았다. 어떤 뼈다귀는 아주 철저하게 핥아 먹어서 마치 대패로 매끈하게 깎은 나무처럼 보였다. 하지만 마님은 그렇게 핥아 먹지 않았다. 뼈 끝 부분만 살짝 씹어서 나머지 부분은 그대로 남아 있었다. 으그우는 의자에 앉아서 뼈 하나를 골라 들어 두 눈을 감고 그 뼈를 감싸고 있던 그녀의 입을 상상하며 핥아 먹었다.

으그우는 뼈다귀를 하나씩 아주 천천히 핥아 먹었다. 으적으적 씹는 소리가 나도 괜찮았다. 지금은 으그우 혼자였다. 주인어른은 조금 전에 마님을 데리고 친구들과 함께 교원 클럽으로 떠났다. 그러면 집 안은 정적에 휩싸이고 그는 할 일 없이 꾸물거렸다. 점심때 치운 그릇은 개수대에 들어 있고 저녁 식사 시간은 아직 멀었으며 부엌에는 새하얀 햇살이 쏟아졌다. 마님은 이 시간을 학교 숙제를 할 시간이라고 불렀다. 그래서 그녀가 이 시간에 집에 있을 때는 으그우에게 숙제를 들고 방으로 들어가라고 했다. 하지만 그녀는 으그우의 학교 숙제가 금방 끝난다는 사실을 몰랐다. 그는 숙제를 마치고 나면 주인어른의 책 중에서 한 권을 골라 들고 창가에 앉아서 어려운 문장과 씨름하다가 앞마당의 하얀 꽃 사이를 오르내리며 노니는 나비들을 바라보곤 했다.

으그우는 뼈다귀를 두 개째 빨면서 연습장을 꺼냈다. 차가운 뼛골이 혓바닥에 시큼하게 와 닿았다. 그는 시를 읽었다. 칠판에 적힌 오구이케 선생님의 필체와 비슷하게 보이도록 아주 정성스럽게 베낀 시였다. 눈을 감고 시를 암송했다.

그들이 바라보는 즐거운 풍경을

피리 부는 사람이 나에게도 약속한 풍경을

이제는 빼앗겼다는 사실을 난 잊을 수 없다.

피리 부는 사람은 우리를 행복한 땅으로 인도한다고

이제 금방 마을이 나타난다고

냇물이 콸콸 흐르며 과일나무가 자라고

꽃들은 밝은 빛을 내뿜고

모든 것이 새롭고 낯선 곳으로 인도한다고 약속하지 않았는가!

그는 두 눈을 뜨고 연습장을 자세히 훑어보며 빠뜨린 구절은 없는지 살폈다. 주인어른이 자기에게 이 시를 암송하라고 한 것을 잊어버렸기를 바랐다. 시를 틀리지 않고 암송할 수는 있지만 주인 어른이 묻는 말에는 제대로 대답할 수 없었다. 이건 무슨 뜻이지? 넌 이 말이 실제로 무엇을 나타낸다고 생각하니?

오구이케 선생님이 내준 책에는 머리카락이 긴 남자와 그 뒤를 즐겁게 따라오는 쥐들이 그려져 있었다. 그런데 그림을 보면 볼수록 이 이야기가 말도 안 되는 장난처럼 여겨질 뿐이었다. 오구이케 선생님도 이 시가 무슨 뜻인지 모르는 것 같았다.

으그우는 오구이케 선생님을 좋아하게 되었다. 으그우에게 특별한 관심을 보이지 않았고 쉬는 시간이면 그가 교실에 혼자 앉아 있는 걸 몰랐기 때문이다. 하지만 구두시험과 쓰기 시험을 치른 첫날, 주인어른이 공기가 나쁜 교실 바깥에서 기다리는 사이에 선생님은 으그우가 아주 빨리 배운다는 사실을 알아챘다. 그래서 선생님은 시험이 끝나고 나서 주인어른에게 말했다.

"이 아이는 조금만 공부하면 상급 학년으로 건너뛸 수 있겠어요. 아주 똑똑해요."

선생님은 으그우가 바로 옆에 서 있지 않은 것처럼 말했다. '아주 똑똑하다'라는 말은 즉시 으그우가 제일 좋아하는 표현이 되었다.

으그우는 연습장을 덮었다. 뼈다귀는 이미 모두 빨아 먹었다. 그는 올란나 마님의 입이 자기 입속에 들어 있다고 상상하며 설거지를 시작했다. 마님이 남긴 뼈다귀를 빨아 먹기 시작한 건 몇 주 전 토요일 아침에 거실에서 마님과 주인어른이 서로 벌린 입술을 누르며 키스하는 장면을 본 다음부터였다. 마님의 침이 주인어른 입속으로 들어간다는 생각을 하니 구역질이 나면서도 흥분됐다. 그 느낌은 지금도 마찬가지고 밤에 그녀가 내뱉는 신음을 들을 때도 마찬가지였다. 으그우는 그 소리가 듣기 싫었다. 그래도 툭하면 방문 앞으로 가서 차가운 나무 문에 귀를 갖다 댔다. 검은 속치마와 부드러운 브래지어, 하얀 팬티 등 그녀가 화장실에 걸어 놓은 속옷을 살필 때도 그런 느낌이었다.

올란나 마님은 집 분위기에 쉽게 적응했다. 저녁에 손님들이 거실을 가득 메울 즈음이면 그녀의 완벽한 영어가 청명하게 울려 퍼졌다. 으그우는 아데바요 교수에게 혀를 내밀며 "당신은 우리 마님처럼 영어를 할 수 없으니까 그 더러운 입을 닥치세요!" 하고 말하는 것을 상상했다. 옷장에는 언제나 마님의 옷이 들어 있고, 전축에서는 그녀가 좋아하는 재즈 음악이 흘러나오고, 실내에서는 그녀의 코코넛 향기가 감돌고, 집으로 들어오는 진입로에는 그녀의 소형 자동차가 항상 서 있었다.

그런데도 으그우는 주인어른과 단둘이 살던 옛날이 그리웠다. 그가 거실 바닥에 앉고 주인어른은 그윽한 목소리로 뭔가를 얘기해 주던 저녁 시간이 그리웠다. 말할 사람이라고는 자기네 두 사람밖에 없이 주인어른에게 식사를 차려 주던 아침도 그리웠다.

주인어른이 변했다. 그는 마님을 너무 자주 찾고 너무 많이 만져댔다. 으그우가 현관문을 열어 주면 기대에 찬 그의 시선은 벌써 으그우를 지나서 거실을 살피며 그녀를 찾았다. 어제는 주인어른이 으그우에게 "우리 어머니가 이번 주말에 오시니까 손님방을 깨끗이 청소해."라고 말했다. 그런데 으그우가 "네, 주인어른." 하고 대답하기도 전에 마님이 말했다.

"내 생각에는 으그우가 남학생 기숙사로 옮기는 편이 좋을 것 같아. 그러면 손님방 하나가 생기잖아. 어머니가 오래 머무실 수도 있으니까."

"그래, 그렇군."

주인어른이 너무 쉽게 말해서 으그우는 짜증이 났다. 마님이 시키면 주인어른은 활활 타오르는 불 속에 머리도 집어넣을 것 같았다. 그녀가 주인어른이 된 것 같았다. 하지만 남학생 기숙사로 옮기는 건 그도 싫지 않았다. 남학생 기숙사는 거미줄과 상자 몇 개 말고는 텅 빈 곳이었다. 그곳에 자신이 그동안 모은 것들을 숨겨 놓을 수가 있었다. 온전히 자신만의 공간으로 만들 수 있었다.

주인어른이 자신의 어머니에 대해서 말한 건 이번이 처음이었다. 손님방을 치우는 동안 으그우는 주인어른을 낳고 목욕을 시키고 먹을 걸 주고 흐르는 콧물을 닦아 준 그 어머니라는 분은 어떻게 생겼을지 궁금했다. 주인어른을 기르신 그분이 너무나 존경스러웠다.

으그우는 점심 설거지를 빨리 끝냈다. 저녁에 먹을 채소를 빨리 준비하면 주인어른과 마님이 돌아오기 전까지 리처드 선생님 댁으로 내려가서 해리슨 아저씨와 잠시 잡담을 즐길 수 있었다. 최근에 으그우는 채소를 칼로 써는 대신 손으로 찢었다. 마님이 그 방식을 좋아했다. 그러면 비타민이 파괴되지 않는다는 것이다. 으그우도 그렇게 하는 걸 좋아하게 되었다. 그리고 그녀가 가르쳐 준 대로 우유를 조금 넣고 계란 프라이를 만드는 방식이나 흰자를 울퉁불퉁한 타원형이 아니라 동그랗고 맛깔스러운 모양으로 만드는 방식, 그리고 모이모이[20]를 바나나 잎사귀가 아니라 알루미늄 컵에 넣고 찌는 방식도 좋아하게 되었다.

이제 마님은 거의 모든 요리를 으그우에게 맡겼다. 으그우는 시간이 날 때마다 부엌 문틈으로 누가 제일 맛있게 먹는지, 누가 무엇을 좋아하는지, 누가 한 그릇 더 먹는지 살피는 걸 좋아했다. 파텔 선생님은 우지자[21]를 넣고 끓인 닭 요리를 좋아했다. 리처드 선생님도 마찬가지였다. 하지만 그는 껍질은 절대로 먹지 않았다. 희멀건 껍질을 보면 자신의 피부색이 떠올라서 그러는 것 같았다. 닭고기는 껍질이 제일 맛있기 때문에 으그우로서는 그렇게 생각할 수밖에 없었다. 으그우가 물을 갖다주거나 무언가를 치우러 들어갈 때마다 그는 항상 "환상적인 맛이야. 으그우, 정말 고마워." 하고 말했다. 어떨 때는 손님들이 모두 거실로 몰려갈 때 일부

---

20 검은 콩을 주재료로 양파, 흑후추를 넣고 만든 나이지리아의 푸딩.

21 아프리카에서 주로 자라는 식물로, 후추처럼 매운 맛이 나는 잎과 열매를 요리에 사용함.

러 부엌에 들어와서 이런저런 걸 묻기도 했다. 너희 마을에는 신의 형상을 갖춘 조각품이 있니? 강변에 있는 성소에 들어간 적이 있니? 하나같이 웃기는 질문이었다. 그런데 더욱 재미있는 건 자신이 대답한 내용을 그가 가죽 커버로 싼 조그만 공책에다 열심히 적는다는 것이었다. 며칠 전에는 으그우가 무심코 오리 오크파 축제에 대해서 말하자, 리처드 선생님은 파란 눈동자를 반짝거리며 자신이 그 축제를 직접 보고 싶다면서 자기 자동차에 으그우를 태우고 으그우의 고향 마을에 다녀와도 되는지 주인어른에게 물어보겠다고 했다.

으그우는 냉장고에서 채소를 꺼내다가 웃었다. 리처드 선생님이 오리 오크파 축제에 참석해서 음무오[22] 차림으로 마을을 돌아다니고(리처드 선생님은 그걸 가장 무도회라고 했는데, 으그우는 가장 무도회라는 단어에 영적인 의미가 있다면 그렇게 볼 수도 있을 거라고 대답했다.) 젊은 남자들에게 매질을 하고 젊은 여자들을 쫓아가는 장면을 상상할 수가 없었다. 음무오 행렬의 사람들은 창백한 피부의 이방인이 무언가를 공책에 열심히 적는 것을 보면 폭소를 터뜨릴 것 같았다. 하지만 리처드 선생님에게 오리 오크파 축제에 대해서 말한 건 정말 다행이었다. 덕분에 은네시나치가 북부로 떠나기 전에 만날 수 있었기 때문이다. 백인이 운전하는 자동차를 타고 마을에 들어가는 자신의 모습이 은네시나치의 눈에 얼마나 멋져 보일까! 이번에는 그녀의 시선을 잡아끌 수 있을 거라는 확신이 들었다. 어서 그곳에 가서 자신의 영어 실력과 새 셔츠

---

22 이보족의 토속 신앙에 등장하는 처녀 신.

를 입은 모습을 자랑하고, 샌드위치를 만들고 수돗물을 트는 법을 보여 주고, 향긋한 파우더 냄새를 풍겨 아누리카와 사촌들과 친척들 모두에게도 깊은 인상을 남기고 싶었다.

으그우가 잘게 찢은 채소를 물에다 막 헹구었을 때 현관 종소리가 들렸다. 주인어른 친구들이 오기엔 너무 이른 시간이었다. 그는 행주치마에 젖은 손을 닦으며 현관으로 갔다. 현관문 앞에 선 사람은 숙모였다. 이 사람이 진짜 숙모인지 아니면 고향 생각을 하다가 다른 사람을 숙모로 착각한 건지 순간적으로 헷갈렸다.

"숙모?"

으그우가 묻자 숙모가 말했다.

"으그우, 집으로 가야 해. 오가 기 크와누? 주인어른은 어디 계시니?"

"집에 가야 한다고요?"

"너희 어머니가 아주 아파."

으그우는 숙모가 머리에 둘러쓴 스카프를 살폈다. 닳아서 실밥이 터진 부위가 보였다. 사촌 누이의 아버지가 돌아가셨을 때 그 가족이 라고스로 사람을 보내서 아버지가 아주 아프니 집으로 오라는 말을 그녀에게 전했던 기억이 떠올랐다. 누가 죽었을 때 사람들은 집에서 멀리 떨어져 있는 사람에게는 그 사람이 아주 아프다고 말하는 것 같았다.

숙모가 다시 말했다.

"너희 어머니가 아파. 너희 어머니가 널 보고 싶대. 너희 주인어른께 널 집에 데려갔다가 내일 돌려보내겠으니 그리 오래 걸리지 않을 거라고 말하마. 너도 알겠지만 집안일을 하는 일꾼들 대부분은 몇 년 동안 고향에 못 가."

으그우는 꼼짝도 안 하고 행주치마의 끝자락을 손가락에 감았다. 숙모에게 사실대로 말해 달라고, 어머니가 죽었으면 죽었다고 말해 달라고 부탁하고 싶었다. 하지만 입술이 떨어지지 않았다. 지난번에 어머니가 아파서 밤새도록 기침할 때 아버지가 새벽이 되기도 전에 디비아를 데리러 가고, 치오케 작은어머니는 어머니 등을 문지르고, 으그우는 무서워서 벌벌 떨었더랬다.

"주인어른은 안에 안 계세요. 하지만 금방 돌아오실 거예요."

"그럼 기다렸다가 널 집에 보내달라고 사정하마."

으그우는 부엌으로 숙모를 안내했고 숙모는 그곳에 앉아 그가 감자를 네모난 모양으로 자르는 모습을 지켜보았다. 그는 열심히 그리고 정신없이 일했다. 창문으로 들어오는 햇살이 늦은 오후치고는 너무 밝게 빛나서 실내가 불길할 정도로 환했다.

"아버지는 괜찮으세요?"

으그우가 물었다.

"괜찮아."

숙모가 대답했다. 얼굴은 무표정하고 목소리에는 힘이 없었다. 방금 말한 소식보다 훨씬 더 나쁜 소식을 아는 사람처럼 보였다. 숙모가 뭔가를 숨기는 게 분명했다. 아침에 어머니가 진짜 죽었거나 부모님 두 분이 모두 쓰러져서 죽었을지도 모른다는 생각이 들었다. 으그우는 입을 꾹 다문 채 감자만 열심히 잘랐다. 마침내 주인어른이 땀 때문에 테니스 셔츠가 등에 쫙 달라붙은 차림으로 돌아왔다. 혼자였다. 그는 마님도 함께 돌아왔으면 좋았을 거라고 생각했다. 그녀가 나쁜 소식을 듣고 어떤 표정을 지을지 보고 싶었다.

"어서 오세요, 주인어른."

주인어른은 라켓을 부엌 탁자에 내려놓으며 말했다.

"그래, 우리 일꾼. 물 좀 줘. 오늘 시합은 모두 졌어."

으그우는 미리 준비해 놓은 얼음같이 찬 물을 유리잔에 따라서 접시에 받쳐 주었다.

"안녕하세요, 주인어른."

숙모가 인사했다.

"안녕하세요."

주인어른이 누군지 모르겠다는 듯 약간 당혹스러운 표정으로 대답하다가 다시 말했다.

"아, 그래요. 그동안 잘 지냈나요?"

숙모가 미처 입을 열기도 전에 으그우가 말했다.

"우리 어머니가 아프세요, 주인어른. 제발, 지금 어머니를 보러 갔다가 내일 돌아오면 안 될까요?"

"뭐라고?"

으그우가 똑같은 말을 반복했다. 주인어른은 그를 물끄러미 쳐다보다가 난로에 올려놓은 냄비를 쳐다보며 물었다.

"요리는 다 했니?"

"아니에요, 주인어른. 떠나기 전에 빨리빨리 준비할게요. 준비를 모두 마치고 식탁도 차려 놓을게요."

주인어른이 으그우의 숙모에게 시선을 돌렸다.

"기니 메? 이 아이 어머니는 어디가 아픈가요?"

"네?"

주인어른은 으그우의 숙모가 귀머거리라 못 알아듣기라도 하는 것처럼 자기 귀를 잡아당기며 물었다.

"귀머거리예요? 이 아이 어머니는 어디가 아프냐고요?"

"네, 주인어른, 가슴에 불이 났어요."

"가슴에 불이 났다고요?"

주인어른이 콧방귀를 뀌었다. 그리고 물을 모두 들이켜고 나서 으그우를 쳐다보며 영어로 말했다.

"셔츠를 입고 차에 올라타. 너희 마을은 그리 멀지 않아. 제 시간에 돌아올 수 있어."

"주인어른?"

"셔츠를 입고 자동차에 올라타라고!"

주인어른이 광고 전단 뒤에다 뭐라고 적어서 탁자에 올려놓았다.

"너희 어머니를 이곳에 모셔와서 파텔 의사 선생한테 진찰받게 해야겠어."

"네, 주인어른."

숙모와 주인어른 옆에서 자동차로 걸어가는 동안 으그우는 금방이라도 쓰러질 것 같았다. 온몸에 있는 뼈가 하마탄 열풍이 불면 금방 부러지는 빗자루처럼 변한 듯했다. 마을까지 가는 동안에도 으그우는 계속 침묵했다. 옥수수와 카사바가 끝없이 펼쳐진 농장을 지날 때 주인어른이 말했다.

"저기 보여? 우리 정부가 초점을 맞춰야 할 건 바로 이거야. 경작 기술을 배우면 우리는 우리에게 필요한 곡식을 충분히 생산할 수 있어. 수입에만 의존하는 식민 지배의 잔재를 극복할 수 있다고."

"네, 주인어른."

"그런데도 정부의 무지한 관료들은 거짓말과 도적질에만 열중하고 있지. 우리 학생 몇 명이 오늘 아침에 데모에 참가하려고 라고스로 올라갔어."

"데모를 하는 이유가 뭔가요, 주인어른?"

"여론 통계 때문이야. 여론 통계가 엉망이거든. 정부에서 수치를 모두 조작했어. 그런데도 발레와는 아무 조치도 취하지 않아. 자신도 공범이기 때문이지. 하지만 우리가 진실을 밝혀야 해."

"네, 주인어른."

으그우가 대답했다. 어머니가 얼마나 아플지 걱정스러우면서도 마음 한구석에는 자부심이 움텄다. 자신이 주인어른과 그렇게 어려운 대화를, 그것도 영어로 나누는 모습을 숙모가 경이롭게 쳐다보았기 때문이다. 이윽고 자동차가 으그우의 가족이 사는 오두막 앞 좁은 길가에 멈췄다.

주인어른이 말했다.

"어머니 물건을 챙겨서 빨리 나와. 오늘 밤에 이바단에 있는 친구들이 찾아오기로 했으니까."

"네, 주인어른!"

으그우와 숙모가 동시에 대답했다.

으그우는 자동차에서 내려 오두막 앞에 섰다. 숙모가 오두막으로 재빨리 들어가고 곧이어 오두막에서 눈 주위가 빨간 아버지가 나왔다. 예전보다 허리가 많이 굽어 보였다. 아버지가 땅바닥에 무릎을 꿇고 주인어른의 다리를 붙잡으며 말했다.

"고맙습니다, 주인어른. 고맙습니다. 다른 사람도 주인어른한테 이렇게 해 주길 바랍니다."

으그우는 주인어른이 발을 뒤로 빼자 중심을 잡지 못해 휘청거리는 아버지를 지켜보았다. 하마터면 뒤로 쓰러질 뻔할 정도로 크게 휘청였다.

"어서 일어나세요, 쿠니에."

주인어른이 말했다.

치오케 작은어머니가 오두막에서 나오자 아버지가 일어나며 그녀를 주인어른에게 소개했다.

"이 사람은 제 둘째 아내입니다, 주인어른."

그녀가 두 손으로 주인어른의 손을 잡으며 "고맙습니다, 주인어른, 데제!" 하고 말하더니 다시 안으로 급히 들어가서 조그만 파인애플을 가지고 나와 주인어른 손에 꼭 쥐어 주었다.

주인어른이 파인애플을 밀어내며 말했다.

"아니에요, 아니에요. 이곳에서 난 파인애플은 너무 시어서 입 안이 헐어요."

마을 아이들이 자동차 주변에 모여들어서 내부를 살피고 파란 차체를 손가락으로 만지며 감탄했다. 으그우는 그들을 내쫓았다. 아누리카가 집에 있어서 함께 어머니를 보러 오두막에 들어가면 좋았겠다는 생각이 들었다. 지금이라도 은네시나치가 나타나서 으그우의 손을 잡고 어머니의 병세가 심각하지 않기를 바란다고 다정하게 말했으면 싶었다. 그리고 그녀가 으그우를 강가의 작은 숲으로 데리고 가서 자신의 윗옷을 벗어 가슴을 드러내고 두 손으로 그것을 받쳐 자신에게 내밀면 좋을 것 같았다.

아이들이 시끄럽게 재잘거렸다. 아낙네들은 오두막 주변에 모여서 팔짱을 끼고 나지막하게 이야기를 나누었다. 아버지는 콜라나무 열매를 먹으라고, 야자수 술을 들라고, 의자에 앉으라고, 물을 마시라고 계속 권했지만 주인어른은 계속 괜찮다고 대답했다. 으그우는 아버지가 그만 입을 다물기를 바랐다. 그리고 오두막에 다가가서 안을 들여다보았다. 희미하게 보이는 어머니의 두 눈과 시선이 마주쳤다. 어머니가 조그맣게 쪼그라든 것 같았다.

어머니가 말했다.

"으그우, 은노, 어서 오렴."

"데제."

으그우가 어머니에게 인사했다. 입을 꾹 다문 채 어머니를 살펴보는 동안 숙모가 어머니에게 윗옷을 입혀서 밖으로 데리고 나왔다.

으그우가 어머니를 도와서 자동차에 태우려고 할 때 주인어른이 "옆으로 물러나, 우리 일꾼." 하고 말하며 자신이 어머니를 도와서 차에 태웠다. 그러고는 어머니에게 뒷좌석에 누워 팔다리를 편하게 뻗으라고 했다.

으그우는 주인어른이 어머니를 만지지 않기를 바랐다. 어머니 옷에서 오래된 곰팡내가 났고, 어머니가 등이 아파서 밭일도 제대로 못하고 기침을 할 때마다 가슴에서 불이 난다는 사실을 주인어른이 모르기 때문이다. 하기야 주인어른이 하는 거라곤 밤에 친구들과 모여서 브랜디를 마시며 소리를 지르는 일밖에 없으니 그런 걸 제대로 알 리가 없을 터였다.

"편하게 기다리고 계세요. 의사한테 보인 뒤에 그 결과를 알려 드릴 테니까요."

주인어른이 으그우의 아버지와 숙모에게 말하고 나서 자동차를 몰았다.

으그우는 계속 고개를 돌려서 어머니를 살폈다. 그러다가 자기 쪽 창문을 활짝 열어서 바람이 두 귀를 지나치며 내는 쌩쌩 소리를 들으며 정신을 분산시켰다. 이윽고 대학 안으로 들어가기 직전에 다시 한 번 고개를 돌린 그는 어머니의 감은 두 눈과 살짝 벌린 입을 발견하고 심장이 멎는 것 같았다. 하지만 어머니의 가슴은 계속 올라왔다가 내려갔다. 숨을 쉬고 있었다. 으그우는 안도의 한숨을 천천히 내쉬었다. 어머니가 기침을 끝없이 해 대던 추운 밤, 오두막의 단단한 벽에 몸을 붙인 채 가만히 서서 아버지와 치오케 작은어머니가 어머니에게 약물을 마시라고 하는 소리를 듣던 기억이 났다.

올란나 마님이 앞에 기름 자국이 있는 행주치마를 입고 문을 열었다. 으그우의 행주치마였다. 마님이 주인어른에게 키스하며 "파텔 선생님한테 급히 와 달라는 전갈을 보냈어." 하고 말하고는 으그우의 어머니를 바라보며 물었다.

"어머니. 케두?"

"괜찮아요."

어머니가 속삭였다. 그녀는 실내를 둘러봤는데 소파와 전축과 커튼 앞에서 그녀의 몸은 한층 더 쪼그라든 것 같았다.

마님이 말했다.

"으그우, 내가 어머니를 안으로 모실 테니 넌 부엌일을 마저 끝내고 식탁을 차리렴."

"네, 마님."

부엌에서 으그우는 냄비에 든 매운 수프를 휘저었다. 기름진 고기 국물이 빙글빙글 돌아가면서 매운맛이 올라와 코를 간질이고 고깃덩이와 내장이 둥둥 떠올랐다. 하지만 으그우는 수프를 쳐다보지 않았다. 모든 신경이 밖에서 나는 소리에 쏠렸다. 마님이 어머니를 안에 데리고 들어가고도 굉장히 오랜 시간이 지난 뒤에 파텔 의사 선생님이 나타났다. 매운맛 때문에 눈물이 고였다. 지난번에 어머니가 오랫동안 기침을 한 통에 너무 아파서 다리에 감각조차 없다며 울부짖었을 때 디비아가 어머니에게 악령이 떠나라고 소리치라고 어머니를 다그치던 장면이 떠올랐다.

"아직 내가 갈 때가 아니라고 악령들한테 말해! 그와 하 키타! 어서 말해!"

"으그우!"

주인어른이 으그우를 불렀다. 손님들이 벌써 도착한 것이다. 으그우는 거실로 나가 두 손을 기계적으로 움직였다. 콜라나무 열매와 따지 않은 술병과 얼음 그릇을 내오고 따뜻한 김이 올라오는 뜨거운 수프를 식탁에 놓인 접시마다 일일이 퍼 담았다. 그런 뒤에 부엌에 앉아서 발톱을 잡아 뜯으며 침실에서 일어나고 있을 일을 상상했다. 거실에서 주인어른의 커다란 목소리가 들렸다.

"정부가 가진 재산을 불태우는 걸 좋게 보는 사람은 아무도 없어. 하지만 질서를 회복한다는 명분으로 군대를 보내서 사람을 죽이는 건? 티브 사람들은 개죽음을 당한 거야. 개죽음! 발레와는 돌았어!"

으그우는 티브 사람들이 누군지 몰랐다. 하지만 죽었다는 말을 들으니까 온몸이 부르르 떨렸다. 그래서 이렇게 속삭였다.

"아직은 어머니가 가실 때가 아니에요. 아직은 어머니가 가실 때가 아니에요."

"으그우?"

마님이 부엌 문가에서 부르자 으그우는 의자에서 벌떡 일어났다.

"마님? 마님?"

"어머니 걱정은 안 해도 돼. 파텔 선생님 말이 세균에 감염되어서 그런 건데 이제 괜찮을 거래."

"아! 고맙습니다, 마님!"

으그우는 날아갈 것 같았다. 한 발만 들어도 몸이 공중으로 둥둥 떠오를까 봐 걱정됐다.

"남은 수프는 냉장고에 넣어."

"네, 마님."

으그우는 거실로 돌아가는 마님을 바라보았다. 몸에 딱 맞는 드레스에 놓인 반짝거리는 자수가 마치 바다에서 올라온 신령처럼 보였다.

손님들이 웃고 있었다. 으그우는 거실을 훔쳐보았다. 손님 대부분이 이제는 똑바로 앉지 않고 비스듬히 기대앉아서 술을 홀짝거리며 잡다한 생각에 빠져들고 있었다. 저녁 모임이 끝나고 있다는 징조였다. 이제 대화는 테니스와 음악 같은 가벼운 내용으로 옮겨 가고 현관문이 제대로 열리지 않는다든가 박쥐가 너무 낮게 난다든가 하는 그다지 재미있지도 않은 말에 킥킥대며 일어날 터였다. 으그우는 마님이 화장실로 가고 주인어른은 서재로 들어가는 때를 기다려 어머니를 보러 갔다. 침대에서 어머니가 어린아이처럼 구부린 채 자고 있었다.

어머니는 다음 날 아침에 맑은 눈으로 일어나서 이렇게 말했다.

"이제 좋아. 의사가 아주 잘 듣는 약을 주었어. 하지만 냄새 때문에 도저히 견딜 수가 없어."

"어떤 냄새요?"

"입 냄새. 너희 마님과 주인어른이 오늘 아침에 날 보러 왔을 때랑 내가 화장실에 들어갔을 때 그 냄새가 났어."

"오. 그건 치약 냄새에요. 우리는 그걸로 이를 닦아요."

으그우는 '우리'라고 자랑스럽게 말했다. 그러면 그도 치약을 사용한다는 사실을 어머니가 깨달을 터였다. 하지만 어머니는 그리 좋아하는 눈치가 아니었다. 어머니는 손사래를 치면서 씹는 막대를 꺼냈다.

"이렇게 좋은 아투를 쓰면 어때서? 그 냄새를 맡으니 구역질이나. 여기에 더 오래 있다간 그 냄새 때문에 배 속에 있는 음식을 다 토하고 말 거야."

으그우가 이제는 자신이 주인어른이나 마님과는 따로 떨어져서 혼자 쓰는 남학생 기숙사에서 살 거라고 말했을 때는 어머니도 놀란 것 같았다. 어머니는 으그우에게 남학생 기숙사를 구경시켜 달라고 했으며, 기숙사를 보고는 마을에 있는 오두막보다 크다고 감탄하며 자신이 와서 부엌일을 해도 되겠다고 했다. 으그우는 허리를 숙이고 바닥을 쓰는 어머니를 바라보다가 아누리카가 제대로 허리를 숙여서 쓸지 않는다고 엉덩이를 때리던 어머니를 떠올렸다.

"버섯만 먹었니? 여자답게 쓸어!"

어머니가 이렇게 말할 때마다 아누리카는 빗자루가 너무 짧아서 그렇다며 돈을 아끼려고 더 긴 빗자루를 사지 않은 건 자기 잘못이 아니라고 투덜거렸다. 으그우는 아누리카는 물론 마을의 수다쟁이 아낙네들과 어린아이들 모두가 여기에서 함께 살면 좋겠다고 생각했다. 마을 사람들이 모두 여기로 와서 달빛이 환한 밤마다 함께 모여 앉아 이런저런 얘기도 나누고 말다툼도 하고 살면서 주인어른 집에 있는 수도, 냉장고, 난로를 쓰면 좋을 것 같았다.

"내일 집으로 갈 거야."

어머니가 말했다.

"여기에서 며칠 더 쉬셔야 해요."

"내일 갈 거야. 너희 주인어른과 마님이 돌아오시면 고맙다고 인사하고 이제 괜찮으니까 집으로 가겠다고 할 거야. 두 분이 나한테 해 준 것처럼 다른 사람이 두 분한테 해 주면 좋겠구나."

으그우는 아침에 오딤 거리가 끝나는 곳까지 어머니를 배웅했다. 그녀가 머리에 보따리까지 이고서 그렇게 빠르게 걷는 것도, 그렇게 편안해하는 얼굴도 생전 처음 보았다.

"잘 있거라, 내 아들."

어머니가 말하면서 으그우의 손에다 씹는 막대를 건네주었다.

마을에서 주인어른의 어머니가 찾아오는 날에 으그우는 매운 졸로프 쌀밥을 지었다. 하얀 쌀밥을 토마토소스에 비벼서 맛을 보고 뚜껑을 덮고 불을 줄였다. 그리고 밖으로 나갔다. 조모 아저씨가 갈퀴를 담장에 기대 놓고 계단에 앉아서 망고를 먹고 있었다.

"부엌에서 요리하는 냄새가 아주 좋아."

조모 아저씨가 말했다.

"큰마님께 드릴 거예요. 졸로프 쌀밥이랑 튀긴 닭고기."

"내가 너한테 좋은 고기를 주어야겠구나. 닭고기보다 훨씬 좋을 거야."

조모 아저씨가 자전거 뒤에 묶어 놓은 가방을 열더니, 신선한 잎사귀로 싸놓은 조그만 털 짐승을 으그우에게 보여 주었다.

"여기에서 털 짐승을 요리할 순 없어요!"

으그우가 영어로 말하며 웃었다.

"디 안이, 이제 너도 교수님네 아이들처럼 영어를 잘하는구나."

으그우는 고개를 끄덕였다. 조모 아저씨에게 칭찬을 들어서 기뻤다. 학교에서 오구이케 선생님의 질문에 으그우가 심한 사투리가 섞인 어설픈 영어로 대답할 때마다 피부색이 뽀얗고 영어를 술술 말하는 아이들이 낄낄거리며 웃는다는 걸 조모 아저씨가 몰라서 더욱 기뻤다.

"영어를 잘하면서도 전혀 뽐내지 않는 너를 해리슨이 와서 봐야 해. 그놈은 백인이랑 산다는 이유 하나로 자신이 모든 걸 다 안다고 생각해. 온예 은주주! 멍청한 놈!"

"네, 정말 멍청한 아저씨예요!"

으그우가 대답했다. 지난 주말에도 해리슨 아저씨가 조모 아저씨를 멍청하다고 말할 때 그는 열심히 맞장구쳤다.

"어제는 그 염소 같은 놈이 물탱크를 잠그고 나한테 열쇠를 안 주는 거야. 내가 물을 낭비한다면서. 그게 그놈 물이야? 꽃들이 죽으면 리처드 선생님한테 뭐라고 말하지?"

"그럼 안 되죠."

으그우가 그럴 순 없다는 표시로 손사래를 쳤다. 지난번에는 해리슨 아저씨가 잔디 깎는 기계를 숨겨 놓고 조모 아저씨가 리처드 선생님의 셔츠를 다시 빨아 놓을 때까지 알려 주지 않았다. 조모 아저씨가 쓸데없는 꽃을 길러서 모여든 새들이 자신이 빨아 놓은 셔츠에다 똥을 싸질렀기 때문이라고 했다. 으그우는 그럴 때마다 두 사람을 모두 편들었다. 조모 아저씨에게는 해리슨 아저씨가 잔디 깎는 기계를 숨긴 게 잘못이라고 말하고, 나중에 해리슨 아저씨에게는 애초에 조모 아저씨가 새들이 몰려들 것을 알면서도 꽃을 심은 게 잘못이라고 말했다. 으그우는 조모 아저씨의 진지한 태도와 엉뚱한 이야기도 좋았지만, 줄기차게 엉터리 영어를 쓰면서도 이국적이고 낯선 이야기를 신기할 정도로 많이 알고 있는 해리슨 아저씨도 좋았다. 둘 모두에게 배우고 싶었다. 그래서 두 사람과 모두 친하게 지내며 빨아들이는 건 많고 뱉어 내는 건 적은 스펀지처럼 행동했다.

"언젠가 해리슨한테 본때를 보여 줄 거야, 마카 추그우."

조모 아저씨가 말하며 망고 씨앗을 뱉어 냈다. 오렌지색 살을 깨끗하게 빨아 먹어서 하얗게 변한 씨앗이었다.

"누가 현관문을 두드리는데?"

"오. 그분이 오셨어요! 큰마님이 분명해요."

으그우가 안으로 뛰어들었다. 조모 아저씨의 잘 가라는 인사말도 들리지 않았다.

큰마님은 아들처럼 단단한 몸에 피부색이 짙고, 힘이 넘치는 사람이었다. 물 단지를 옮길 때나 머리에 인 장작더미를 내릴 때 아무도 도와줄 필요가 없어 보였다. 그런데 큰마님 옆에 가방 여러 개를 든 채 눈을 내리깔고 선 젊은 여자를 보고 으그우는 깜짝 놀랐다. 혼자 올 거라고 예상했기 때문이다. 으그우는 쌀밥이 다 될 때까지 큰마님이 조금만 늦게 오기를 바라고 있었다.

"어서 오세요, 큰마님, 은노."

으그우가 말했다. 젊은 여자에게서 가방을 받아 들며 또 말했다.

"어서 오세요, 은노."

"네가 으그우라는 아이냐? 잘 지내니?"

큰마님이 말하며 으그우의 어깨를 쓰다듬었다.

"네, 잘 지내고 있어요, 큰마님. 오시는 길은 힘드시지 않았나요?"

"그래. 추크우 두 안이. 신이 인도하셨어."

큰마님이 전축을 쳐다보았다. 근사한 녹색 치마가 허리춤에 대충 묶여서 엉덩이가 펑퍼짐해 보였다. 산호 목걸이와 금 귀고리를 걸치는 대학가의 여자들이 입는 스타일은 아니었다. 마을에 있는 으그우의 어머니에게 그런 치마만 있다면 그렇게 입었음 직한 스타일이었다. 지금은 더 이상 가난하지 않다는 걸 믿지 못하는 사람 같았다.

"잘 지내니, 으그우?"

큰마님이 다시 물었다.

"네, 잘 지내고 있어요, 큰마님."

"우리 아들이 네가 일을 아주 잘한다고 칭찬하더구나."

큰마님이 손을 올려서 녹색 두건을 제대로 둘렀다. 머리 밑으로 흘러내린 두건이 눈썹을 가릴 정도였다.

"네, 큰마님."

으그우가 겸손하게 눈을 내리깔며 대답했다.

"신이 축복하셔서 너의 치가 네 앞에 가로막힌 바위들을 모두 부서뜨릴 게다. 내 말 들리니?"

당당하고 권위적인 말투가 주인어른과 비슷했다.

"네, 큰마님."

"우리 아들은 언제 오지?"

"저녁에 오실 거예요. 큰마님이 오시면 쉬셔야 한다고 말씀하셨어요. 제가 쌀밥이랑 닭고기를 요리하는 중이에요."

"쉬어?"

큰마님이 웃으며 부엌으로 들어갔다.

으그우는 가방에서 말린 생선, 감자, 양념, 쓰디쓴 잎사귀 등 반찬거리를 꺼내는 그녀를 물끄러미 쳐다보았다.

"내가 농장 출신 아니냐? 나한테는 이게 휴식이야. 우리 아들 한테 제대로 된 국을 끓여 주려고 가져왔다. 물론 너도 애쓰고 있겠지만 너는 남자아이잖아. 남자아이가 진짜 요리가 뭔지 어떻게 알겠니?"

큰마님이 능글맞게 웃으며 젊은 여자에게 시선을 돌렸다. 젊은 여자는 문가에 서서 명령만을 기다리는 표정으로 두 팔을 다소곳이 모은 채 여전히 두 눈을 내리깔고 있었다.

"그렇지 않니, 아말라? 남자아이가 부엌일을 해야 하는 거니?"

"크파, 아니에요."

아말라가 날카로운 목소리로 대답했다.

"알겠니, 으그우? 남자아이는 부엌일을 하는 게 아니야."

큰마님이 의기양양하게 말했다. 그리고 조리대로 가서 말린 생선 일부를 자르고 바늘 같은 뼈를 떼어 냈다.

"네, 큰마님."

으그우는 마실 물도 달라고 하지 않고 안으로 들어가서 옷도 갈아입지 않는 그녀가 놀라웠다. 으그우는 의자에 앉아 큰마님이 무슨 일을 시키기만을 기다렸다. 이건 그녀가 스스로 하고 싶어서 하는 일이라는 걸 느낄 수 있었다. 이제 그녀는 부엌을 둘러보았다. 의심스러운 눈길로 난로를 살피고 압력 밥솥을 톡톡 치고 냄비를 손가락으로 두드렸다.

"야! 우리 아들이 이런 비싼 물건에다 돈을 낭비하는구나. 그렇지 않니, 아말라?"

"네."

"그건 우리 마님 물건이에요, 큰마님. 우리 마님이 라고스에서 많은 물건을 가져오셨어요."

으그우가 설명했다. 갑자기 부엌을 장악하고는 부엌에 있는 물건은 모두 주인어른 소유라고 생각하는 데다 자신이 만든 맛있는 졸로프 쌀밥과 닭고기를 무시하는 그녀에게 짜증이 났다.

그녀는 아무 대답도 하지 않고 이렇게 말했다.

"아말라, 이리 와서 감자 요리를 하렴."

"네."

아말라가 감자를 냄비에 넣고 난로를 기운 없이 쳐다보았다.

"으그우, 난롯불을 켜 주렴. 우리는 모닥불만 아는 시골 출신이잖아!"

큰마님이 말하면서 짧게 웃었다.

하지만 으그우도 아말라도 웃지 않았다. 으그우는 난로를 켰다. 큰마님이 말린 생선 한 조각을 입에 넣으며 말했다.

"으그우, 국을 끓여야 하니까 물을 끓이고 이 우구 잎사귀를 잘라놓으렴."

"네, 큰마님."

"이 집에 잘 드는 칼은 있니?"

"네, 큰마님."

"그럼 그 칼로 우구를 잘 잘라 놓으렴."

"네, 큰마님."

으그우는 도마에 우구를 올려놓았다. 큰마님이 지켜보고 있다는 걸 느낄 수 있었다. 호박잎을 자르기 시작하자, 그녀가 소리쳤다.

"오! 오! 넌 우구를 그런 식으로 자르니? 알루 멜루! 더 조그맣게 잘라! 그런 식으로 자르려면 차라리 국에 잎사귀를 통째로 넣는 편이 좋겠구나."

"네, 큰마님."

으그우는 국에서 완전히 녹아 없어질 정도로 조그맣게 잎사귀를 자르기 시작했다.

"훨씬 좋구나. 남자아이가 부엌에서 일하면 안 되는 이유를 이제 알겠니? 우구조차도 제대로 자르지 못하잖아."

그는 자신이 우구를 제대로 자른다고, 큰마님보다 부엌일을 훨씬 잘한다고 말하고 싶었다. 하지만 이렇게 말했다.

"우리 마님과 전 야채를 칼로 자르지 않고 손으로 찢어요. 그러면 음식에 영양소가 훨씬 많거든요."

"너희 마님?"

그녀가 입을 다물었다. 뭔가 하고 싶은 말이 있지만 꾹 참는 눈치였다. 끓는 물에서 올라온 수증기가 부엌에 가득했다.

마침내 그녀가 말했다.

"감자를 빻아야 하니까 아말라한테 절구 좀 내주겠니?"

"네, 큰마님."

으그우가 탁자 밑에서 나무절구를 굴리며 빼내서 물로 닦을 때 올란나 마님이 도착해서 부엌문으로 들어섰다. 몸에 잘 맞는 드레스를 입은 그녀의 웃는 얼굴에는 광채가 났다.

올란나 마님이 소리쳤다.

"어머니! 어서 오세요, 은노. 제가 올란나예요. 여행은 편안하셨나요?"

그녀가 팔을 뻗어 큰마님을 껴안았다. 그녀의 두 팔이 큰마님을 꼭 껴안았지만 큰마님은 두 손을 옆으로 내린 채 가만히 있었다.

"그래, 여행은 편안했다."

"안녕하세요."

아말라가 말했다.

"어서 오세요."

마님이 아말라를 짧게 껴안고 큰마님에게 시선을 돌리며 물었다.

"고향에서 데려온 오데니그보의 친척인가요, 어머니?"

"아말라는 집에서 내 일을 도와준다."

큰마님은 그녀에게서 등을 돌린 채 국을 휘저었다.

"어머니, 이리 와서 앉으세요. 비아 노두 아나. 부엌일에 신경 쓰지 않으셔도 돼요. 어머니는 쉬세요. 으그우가 할 거예요."

"내 손으로 우리 아들한테 제대로 된 국을 만들어 주고 싶다."

마님은 잠시 침묵하다가 대답했다.

"물론 그러셔야죠, 어머니."

사촌이 방문했을 때 주인어른 입에서 튀어나온 이보 사투리가 마님 입에서도 튀어나왔다. 마님은 부엌을 돌아다녔다. 무슨 일이든 해서 큰마님을 기쁘게 하고 싶은데 무슨 일을 해야 좋을지 모르는 것 같아 보였다. 그녀가 쌀밥이 익는 솥의 뚜껑을 열었다가 다시 닫으며 말했다.

"그럼 저도 도와드릴게요, 어머니. 들어가서 옷을 갈아입고 나올게요."

"네가 너희 어머니 젖을 빨지 않았다고 들었다."

마님은 큰마님의 말에 동작을 멈췄다.

"네?"

그녀가 마님에게 고개를 돌렸다.

"사람들 말이 넌 너희 어머니 젖을 빨지 않았다고 하더구나. 이제 그만 돌아가서 널 보낸 마녀들한테 우리 아들을 찾지 못했다고 말하렴. 너희 마녀들한테 우리 아들을 못 보았다고 말하라고."

올란나 마님이 물끄러미 쳐다보는 동안 큰마님은 목소리를 높였다. 마님이 계속 입을 다물고 있어서 더욱 화가 난다는 표정이었다.

"무슨 말인지 못 들었니? 어떤 약도 내 아들한테는 소용없을 거라고 전해. 내 아들은 비정상적인 여자랑 결혼할 수 없어. 네가 먼저 날 죽이지 않는 한. 내 시신을 밟고 넘지 않는 한!"

큰마님이 손을 마주 치고 우우 하는 소리를 내며 손바닥으로 자기 입을 두드려서 메아리를 냈다.

"어머니……."

마님이 입을 열자 그녀가 말을 끊었다.

"나한테 어머니라고 부르지 마. 분명히 말하는데, 나한테 어머니라고 부르지 마. 우리 아들을 건드리지 마. 너희 마녀들한테 우리 아들을 못 찾았다고 말해!"

큰마님이 뒷문을 열고 밖으로 나가 소리쳤다.

"이봐요, 이웃 사람들! 여기 우리 아들 집에 마녀가 있어요! 이봐요, 이웃 사람들!"

앙칼진 목소리였다. 으그우는 그녀의 입을 틀어막고 싶었다. 조그맣게 자른 잎사귀를 그녀의 입에 잔뜩 집어넣고 싶었다. 국이 타고 있었다.

"마님? 방으로 들어가시지요?"

으그우가 마님에게 다가가서 말했다.

마님은 침착하게 행동하려고 애쓰는 것 같았다. 땋아 늘어뜨린 머리카락을 귀 뒤로 넘기고 탁자 밑에 있는 가방을 꺼내 들고 현관문으로 향하며 말했다.

"주인어른한테 내가 예전에 구한 집으로 간다고 전해."

으그우는 뒤를 쫓아가서 그녀가 자동차를 타고 멀어지는 모습을 지켜보았다. 그녀는 손조차 흔들지 않았다. 마당은 조용했다. 하얀 꽃 사이를 노니는 나비들도 없었다. 부엌으로 돌아오니, 놀랍게도 큰마님이 감미로운 성가를 부드럽게 부르고 있었다.

은야 은야 오야 무 가 아나. 나 음 메투 오누 으웨 야 아카…….

그녀가 노래를 중단하고 목청을 가다듬었다.

"그 여자는 어디로 갔지?"

"잘 몰라요, 큰마님."

으그우가 대답했다. 그리고 개수대로 걸어가서 찬장에 있는 깨끗한 접시를 꺼냈다. 그는 부엌에 가득한 지독한 국 냄새가 너무나 싫었다. 큰마님이 떠난 다음에 제일 먼저 커튼부터 빨아서 거기에 밴 냄새를 없애야겠다고 생각했다.

그녀가 국을 저으면서 말했다.

"저 여자 때문에 내가 온 거야. 사람들이 저 여자가 내 아들을 조종한다고 해서. 친구들은 벌써 아이를 많이 낳았는데 내 아들은 아직까지 결혼조차 안 하는 것도 이해가 가. 저 여자가 마법으로 우리 아들을 붙잡고 있는 거야. 저 여자 아버지가 으문나치의 게으름뱅이 거지 가문 출신인데 우연히 세무서에 들어가서 힘들게 일하는 사람들의 돈을 훔쳤다고 들었어. 그래서 지금은 많은 사업체를 굴리고 라고스에서 거들먹거리며 거물 행세를 하는 거야. 저 여자 엄마는 더 나빠. 무슨 여자가 두 눈 멀쩡하게 뜨고 건강하게 살면서 자기 아기한테 다른 여자 젖을 물릴 수 있을까? 그게 정상이니, 그보, 아말라?"

"아니요."

아말라가 대답했다. 두 눈은 바닥에 있는 무늬에 고정되어 있는 것 같았다.

"저 여자가 자랄 때는 화장실에서 일을 본 다음에 하인들이 이케를 닦아 줬다고 들었어. 게다가 부모가 저 여자를 대학에까지 보냈다며? 이유가 뭐야? 여자는 교육을 너무 많이 받으면 안 돼. 이걸 모르는 사람은 없어. 여자는 머리가 크면 남편한테 덤벼드는 거야. 내가 그런 며느리를 어떻게 보겠니?"

큰마님이 윗옷 자락을 집어서 이마에 흐르는 땀을 닦으며 계속 말했다.

"대학에 가는 여자들은 남편이 쓸모없어지면 내팽개치지. 아마 아이도 제대로 못 낳을 거야."

"네."

아말라가 대답했다.

"네 생각은 어때, 으그우?"

그는 접시를 시끄럽게 내려놓으며 못 들은 척했다. 그러자 큰마님이 다가와서 어깨를 두드리며 말했다.

"걱정하지 마. 우리 아들이 좋은 여자를 찾아서 결혼한 다음에도 넌 내보내지 않을 테니까."

으구우 생각에 맞장구치는 것이 큰마님 입을 다물게 만드는 지름길 같았다.

"네, 큰마님."

"우리 아들이 여기까지 오려고 얼마나 열심히 공부했는지 난 알아. 저렇게 흐리멍덩한 여자한테 붙잡혀 살려고 고생한 건 아니야."

"네, 큰마님."

"우리 아들이 결혼할 여자가 어디 출신이든 난 신경 쓰지 않아. 난 자기네 부락 출신 중에서만 며느릿감을 찾으려는 그런 엄마들이랑은 달라. 하지만 와와 여자는 싫어. 이모나 아로 여자도 당연히 싫고. 그들은 똑같은 이보족 사람이라고 믿을 수 없을 정도로 사투리가 심해."

"네, 큰마님."

"난 저 마녀가 우리 아들을 조종하도록 놔두지 않을 거야. 절대 그럴 순 없어. 마을에 돌아가면 디비아 은와포르 아그바다를 찾아갈 거야. 그 사람이 만드는 약이 인근 마을에서 가장 유명해."

으그우는 동작을 멈췄다. 그는 디비아가 지은 약을 사용하는 사람들 이야기를 많이 알았다. 아기를 못 낳는 첫째 부인이 둘째 부인의 자궁을 막고 싶을 때 디비아의 약을 사용했다. 성공한 이웃집 아들을 미치게 만들어 달라는 여자도, 재산 싸움이 나서 형제를 죽이려는 남자도 있었다. 큰마님도 마님의 자궁을 막거나 불구로 만들거나 어쩌면 죽이려 들 수도 있었다.

"이제 가 봐야겠어요, 큰마님. 주인어른이 절 키오스크에 보냈거든요."

으그우가 말하고 큰마님이 미처 입을 열기도 전에 뒷문으로 재빨리 빠져나갔다. 주인어른에게 알려야 했다. 예전에 마님이 모는 자동차를 타고 가다가 무언가 가져올 게 있어서 들렀을 때 주인어른 사무실에 딱 한 번 가 본 적이 있지만, 그래도 그는 그곳을 금방 찾을 자신이 있었다. 동물원 근처였다. 최근에 학교에서 오구이케 선생님을 따라 동물원에 줄 서서 놀러 갔을 때도 으그우는 큰 키 때문에 제일 뒤에서 따라간 적이 있었다.

음바네포 거리 모퉁이에서 주인어른의 자동차가 그에게 다가오다가 멈췄다.

"여기는 시장 가는 길이 아니잖아, 우리 일꾼?"

주인어른이 물었다.

"아니에요, 주인어른. 지금 저는 주인어른 사무실로 가는 중이었어요."

"어머니가 도착하셨니?"

"네, 주인어른. 큰일이 생겼어요."

"뭐라고?"

으그우는 두 여자가 한 말을 떠올리며 오후에 있었던 일을 자세히 설명하고 가장 끔찍한 내용으로 이야기를 끝맺었다.

"큰마님이 디비아를 찾아간다고 했어요, 주인어른."

주인어른이 대답했다.

"바보 같은 소리. 은그와, 어서 올라타. 나랑 함께 집으로 가자."

그는 주인어른이 아무 충격도 받지 않은 데다가 심각한 상황이라는 사실을 알아차리지 못하는 걸 보고 놀랐다.

"아주 나쁜 일이에요, 주인어른. 아주 나쁜 일이에요. 큰마님이 마님을 때리려고 했어요."

"뭐? 어머니가 올란나를 때려?"

으그우는 너무 심하게 말한 것 같아서 가만히 다시 생각하고 대답했다.

"그건 아니에요, 주인어른. 하지만 때리려는 것처럼 보였어요."

주인어른이 긴장을 풀고 머리를 흔들며 영어로 말했다.

"여자들은 어떤 식으로든 이성적으로 행동하는 능력이 많이 떨어져. 어서 올라타, 이제 가자."

하지만 으그우는 자동차에 타고 싶지 않았다. 주인어른이 차를 돌려서 지금 당장 마님을 찾아가야 할 것 같았다. 지금까지 규칙적으로 살아온 안락한 삶을 큰마님이 완전히 무너뜨리지 못하게 막아야 했다. 그러려면 주인어른이 먼저 마님부터 찾아가서 그녀를 달래 주어야 했다.

"어서 올라타."

주인어른이 팔을 내밀어서 앞 좌석 문이 열렸는지 확인했다.

"하지만 주인어른. 제가 생각하기에는 마님부터 만나셔야 할 것 같아요."

"어서 올라타, 이 멍청아!"

으그우가 차 문을 열어 올라타자 주인어른은 오딤 거리로 자동차를 몰았다.

5

올란나는 유리창 너머로 오데니그보를 잠시 쳐다보다가 문을
열었다. 그리고 그가 들어올 때 두 눈을 감았다. 그의 몸에서 풍기
는 올드스파이스 화장품 향과 함께 찾아드는 반가움을 거부하려
는 몸짓이었다. 그는 하얀 테니스 반바지를 입고 있었다. 엉덩이
가 너무 꽉 낀다고 올란나가 툭하면 놀리던 바지였다.

"우리 어머니랑 얘기하느라고 약간 늦었어."

오데니그보가 자기 입술을 올란나의 입술에 포개고는 그녀가
입고 있는 민소매 원피스를 가리키며 물었다.

"클럽에 가지 않을 거야?"

"요리하는 중이야."

"으그우한테 다 들었어. 어머니가 당신을 그렇게 대해서 정말
미안해."

"나로선 나올 수밖에 없었어……. 당신 집을."

그녀가 더듬거렸다. 원래는 '우리 집'이라고 말하고 싶었다.

"그럴 필요까지 없었어, 은켐. 어머니 말은 가볍게 흘려들어야지."

그가 《드림》을 식탁에 내려놓고 실내를 거닐었다.

"오코로 박사를 만나서 노동자 파업에 대한 의견을 나누기로 했어. 발레와 일당이 노동자들의 요구를 완전히 거부한 건 받아들일 수가 없어. 도저히 안 될 말이야. 우리가 노동자들을 지지한다는 걸 보여 주어야 해. 이제 서로 힘을 합쳐야 할 때야."

"당신 어머니는 정말 대단했어."

"화났구나."

오데니그보는 그녀를 이해할 수 없다는 표정이었다. 그는 안락의자에 앉고서야 비로소 실내가 텅 비었으며 가구도 거의 없고 사람이 산 흔적조차 없다는 사실을 알아챘다. 올란나의 물건은 모두 그의 집에 있었다. 그녀가 좋아하는 책도 모두 그의 서재 선반에 꽂혀 있었다.

"은켐, 당신이 이번 일을 이렇게 심각하게 받아들일지 몰랐어. 우리 어머니가 돌아가는 상황을 제대로 모른다는 걸 당신은 알잖아. 우리 어머니는 그저 시골 할머니일 뿐이야. 지금까지 살아온 낡은 방식으로 새로운 세상을 바라보기 때문에 생기는 마찰일 뿐이라고."

그가 다가와서 두 팔로 안으려고 했지만 그녀는 몸을 돌리며 부엌으로 들어갔다.

"당신은 지금까지 당신 어머니에 대해 말한 적이 없어. 나한테 아바에 가서 어머니를 만나자고 한 적도 한 번도 없어."

"아, 그만해, 은켐. 내가 어머니를 자주 만나러 가는 편도 아니잖아. 그리고 지난번에 그렇게 하자고 했을 때 당신은 라고스에 갔잖아."

그녀는 그에게서 등을 돌린 채 화로 옆으로 가서 화로의 따뜻한 표면을 스펀지로 문지르고 또 문질렀다. 오데니그보의 어머니 때문에 이렇게 화를 내는 건 그의 기대에, 그리고 자신의 기대에 못 미치는 행동이라는 생각이 들기도 했다. 자기라면 그 이상은 되어야 했다. 시골 아낙네가 야단법석을 떤 정도로 가볍게 넘겼어야 했다. 부엌에서 말없이 서 있지 말고 제대로 반박했어야 했다. 하지만 화가 나는 걸 어쩔 수가 없었다. 자신이 생각만큼 고상한 성격은 아니라고 생각하는 듯한 그의 표정을 보니 화가 더 치밀었다. 그는 올란나를 가벼운 여자, 성격이 까다롭기만 한 여자처럼 대하고 있었다. 그런데 문제는 올란나 자신도 그가 옳다고 생각한다는 거였다. 그녀는 항상 그가 옳다고 생각했다. 올란나는 순간 짜증이 났다. 이제부터라도 그에게서 벗어나고 싶었다. 그러다가 그에게 아무것도 바라지 않고 그하고는 오직 사랑만 나누고 싶은 좀 더 합리적인 생각도 들었다. 오데니그보에 대한 올란나의 갈망은 그가 그러고자 한 것이 아닌데도 관계에서 그가 우위를 점하게 했다. 그에 대한 욕망은 그녀를 너무나 무기력하게 했다.

"무슨 요리 했어?"

그가 묻자 그녀는 스펀지를 헹궈서 치우며 대답했다.

"쌀밥. 테니스 치러 가지 않을 거야?"

"당신도 함께 갈 줄 알았어."

그녀가 돌아섰다.

"난 그럴 기분 아니야. 당신 어머니가 시골 할머니이기 때문에 그렇게 행동해도 되는 이유가 뭐지? 난 그렇게 행동하지 않는 시골 할머니도 많이 봤어."

"은켐, 우리 어머니는 아바에서 평생을 보내셨어. 당신은 작은 시골 마을에 사는 게 어떤 건지 알아? 어머니는 교육받은 여자가 당신 아들과 사는 게 겁나실 거야. 당신이 당연히 마녀처럼 보이겠지. 그게 우리 어머니가 세상을 살아가는 방식이야. 식민지에서 이제 막 벗어난 우리 나라의 진정한 비극은 사람들이 새로운 세상을 원하는지 원하지 않는지조차 모른다는 게 아니야. 사람들이 이 새로운 세상과 조화를 이루며 살아가는 방법을 모른다는 게 진정한 비극이라고."

"이 문제에 대해서 당신 어머니랑 얘기했어?"

"그럴 필요까지 못 느꼈어. 지금 당장은 클럽에 가서 오코로 박사를 만나야 해. 돌아와서 나중에 다시 얘기하자. 오늘 밤은 여기에서 묵을게."

올란나는 입을 다물고 손을 씻었다. 그녀는 오데니그보가 지금 당장 집으로 돌아가자고 말하고, 그녀가 보는 앞에서 어머니에게 당장 마을로 돌아가라고 하겠다고 말하길 바랐다. 하지만 그가 한 것이라고는 어머니가 무서워서 벌벌 떨며 도망치는 어린아이처럼 오늘 밤 그녀의 집에서 묵겠다고 말하는 게 전부였다.

"싫어."

"뭐?"

"싫다고 했어."

그녀는 젖은 손도 닦지 않은 채 거실로 갔다. 실내가 너무 좁아 보였다.

"도대체 왜 그러는 거야, 올란나?"

그녀는 머리를 흔들었다. 자신에게 문제가 있다는 듯이 말하는 그를 받아들일 수가 없었다. 화를 내는 건 자신의 권리였다. 최고의 지성을 지니고 있다는 이유로 자신이 받은 모욕을 가볍게 털어 내지 않는 것 역시 자신의 권리였다. 그 권리를 포기하고 싶지 않았다. 그래서 문 쪽을 가리키며 말했다.

"가. 가서 테니스나 쳐. 그리고 다시 찾아오지 마."

올란나는 일어나서 떠나는 그를 쳐다보았다. 그가 문을 쾅 닫았다. 두 사람은 지금껏 단 한 번도 말다툼한 적이 없었다. 그가 지금까지 올란나의 의견에 짜증을 내거나 반박한 적도 없었다. 그런데 어쩌면 그가 그녀의 의견을 가볍게 보고 그녀의 비위나 맞추려고 그랬을 수도 있다는 생각이 들었다. 갑자기 현기증이 났다. 그래서 아무것도 없는 식탁에(식탁보조차도 오데니그보 집에 갖다 놓았다.) 혼자 앉아서 쌀밥을 먹었다. 맛이 없었다. 으그우가 요리한 밥과 달랐다. 라디오를 틀었다. 천장에서 부스럭거리는 소리가 들리는 것 같았다. 그녀는 일어나서 이웃에 사는 에드나 웨일러를 찾아가려 했다. 에드나는 가끔씩 미국 비스킷이 담긴 쟁반을 보자기로 덮어서 찾아오는 아프리카의 아름다운 흑인 여성을 언제나 반겨 주었다. 하지만 그녀는 문 앞에서 마음을 바꾸어 밖에 나가지 않았다. 부엌에 먹다 만 밥을 놔두고 이리저리 거닐며 낡은 신문을 집어 들다가 내려놓기도 했다. 그러다가 마침내 수화기를 들어 교환수가 나오길 기다렸다.

"바쁘니까 몇 번인지 빨리 말하세요."

콧소리를 심하게 내는 게으른 교환수가 물었다. 서툴고 미숙한 교환수는 많이 봤어도 이렇게 건방진 교환수는 처음이었다.

"하바, 이런 식으로 시간을 낭비하면 전화를 끊을 거예요."

올란나는 한숨을 내쉬고 교환수에게 카이네네의 전화번호를 천천히 불러 주었다.

카이네네가 졸린 목소리로 전화를 받았다.

"올란나? 무슨 일 있는 거야?"

쌍둥이 자매조차 무슨 일이 있어야 전화를 한다고 생각하다니, 그녀는 갑자기 몰려드는 외로움을 느꼈다.

"아무 일 없어. 케두를 전하고 싶었을 뿐이야, 네가 잘 지내는지 궁금해서."

카이네네가 하품했다.

"정말 놀랍네. 은수카는 어때? 혁명가 애인은 잘 지내?"

"오데니그보는 좋아. 은수카도 좋고."

"리처드도 은수카를 좋아하는 것 같아. 심지어 너희 혁명가 애인까지도 좋아하는걸."

"한번 놀러 와."

"리처드와 난 여기 하코트 항구에서 만나는 게 좋아. 그쪽에서 리처드한테 집이라고 제공한 조그만 상자는 우리한테 맞지 않아."

올란나는 자신과 오데니그보를 만나러 오라는 의미라고 말하고 싶었다. 하지만 카이네네도 그 말을 알아듣고서 못 알아들은 척했을지도 모른다는 생각이 들었다.

"다음 달에 런던에 갈 거야. 함께 가지 않을래?"

"여기에 할 일이 너무 많아. 아직은 휴가를 낼 수 없어."

"우리가 예전처럼 친하지 않은 이유가 뭘까, 카이네네?"

"어려운 질문이군."

카이네네가 재미있다는 듯이 대답하자 올란나는 입 한쪽을 끌어올리며 조롱하듯 웃는 그녀의 얼굴을 떠올렸다.

"난 우리가 예전처럼 친하지 않은 이유를 알고 싶은 것뿐이야."

올란나가 말했지만 카이네네는 대답하지 않았다. 전화기에서 윙 하는 잡음만 났다. 오랜 침묵이 흐르는 동안 그녀는 자신이 말을 잘못했다고 느끼며 말했다.

"이제 끊을게."

"다음 주에 아빠가 여는 파티에 올 거야?"

카이네네가 물었다.

"아니."

"그럴 줄 알았어. 소박하게 사는 너희 혁명가 애인과 너한테는 너무 호화로운 자리라고 생각했어."

"이제 끊을게."

올란나가 다시 말하고 수화기를 내려놓았다. 수화기를 다시 들어서 교환수에게 어머니의 전화번호를 말하려 하다가 그냥 내려놓았다. 누군가 의지할 사람이 있었으면 했다. 아니면 카이네네처럼 누구에게 의지할 필요가 없는 사람이 되고 싶었다. 올란나는 엉킨 전화선을 풀었다. 오데니그보와 함께 살 거라는 그녀의 말을 듣기 싫어서인지 부모님이 고집을 부려서 집도 구하고 전화도 놓아 주었다. 그녀는 전화 같은 건 필요 없다고 반대하다가 결국 받았다. 은행 계좌에 계속 들어오는 돈과 부드러운 좌석의 신형 자동차도 반대하다가 결국 받았다.

올란나는 모하메드가 해외에 있다는 걸 알았지만 그래도 교환수에게 카노 집 전화번호를 주었다. 콧소리를 내는 교환수는

"오늘은 전화를 너무 많이 하네요!" 하고 말하고 나서 전화를 연결해 주었다. 그녀는 수화기를 오랫동안 들고 있었지만 아무도 전화를 받지 않았다. 부스럭거리는 소리가 천장에서 다시 났다. 올란나는 차가운 바닥에 앉아 벽에 머리를 기댔다. 오데니그보 어머니의 방문은 너무나 연약한 그녀의 보호막을 단숨에 찢어 버리고 자신감을 빼앗아 갔다. 그녀는 자신이 원래 있어야 할 자리에서 한 발짝 벗어난 느낌이었다. 귀한 진주를 너무나 오랫동안 내버려 둔 채로 지내왔지만 이제는 그걸 모아서 좀 더 소중하게 보관할 때가 된 것 같았다. 오데니그보의 아이를 가지고 싶다는 생각이 천천히 떠올랐다. 두 사람은 아이에 대한 대화를 나눈 적이 한 번도 없었다. 자신이 아이를 갖고 싶은 여성적인 갈망이 없다고 했을 때 어머니는 그녀가 비정상이라고 대답했다. 그때 옆에 있던 카이네네도 자신과 같은 생각을 한다고 말했다고 오데니그보에게 말한 적이 있다. 그러자 그는 웃으면서 이렇게 비리가 판치는 세상에 아이를 낳는다는 것 자체가 쾌락적이고 부르주아적인 행동이라고 대답했다. 그녀는 이 표현을 절대 잊을 수 없었다. 아이를 낳는 게 쾌락적이고 부르주아적인 행동이라니……. 너무나 우습고 너무나 관념적인 생각이었다. 지금까지 아이를 갖는 것에 대해 진지하게 생각한 적이 없었는데, 가슴 깊숙한 곳에서 아이를 갖고 싶다는 갈망이 갑자기 샘물처럼 새록새록 솟아올랐다.

그날 저녁 욕조에서 나오는데 현관 종소리가 울려서 올란나는 타월로 몸을 감싸고 현관으로 나갔다. 오데니그보가 신문지로 싼 수야³를 들고 있었다. 연기에 그을린 향긋한 고기 냄새가 그녀의 코끝을 자극했다.

그가 물었다.

"배고프지?"

"응."

"어서 옷을 입고 함께 돌아가자. 내가 어머니께 말할게."

그의 입에서 브랜디 냄새가 났다. 그가 들어와서 식탁에 수야를 놓았다. 올란나는 그의 빨간 눈동자를 보며 논리적으로 거침없이 자기 주장을 펼쳐 나가는 확신에 찬 그의 모습 뒤에 꼭꼭 숨겨 놓은 연약한 모습을 발견했다. 그도 두려워할 줄 아는 사람이었다. 올란나는 자신을 껴안는 그의 목에 얼굴을 묻으며 작게 말했다.

"아니야, 그러지 않아도 돼. 여기에서 묵어."

오데니그보의 어머니가 떠난 후에야 올란나는 그의 집으로 돌아갔다. 으그우는 오데니그보의 어머니가 올란나를 박대한 책임이 자신에게 있기라도 한 양 "죄송합니다, 마님." 하고 말했다. 그리고 행주치마 주머니를 만지작거리면서 덧붙였다.

"어머니와 아말라가 떠난 어젯밤에 검은 고양이를 봤어요."

"검은 고양이?"

"네, 마님. 차고 근처에서."

으그우가 잠시 망설이다가 덧붙였다.

"검은 고양이는 악마를 나타내요."

"그렇구나."

"큰마님이 마을에서 디비아를 찾아가겠다고 말했어요."

---

23 서아프리카 일대에서 많이 먹는, 일종의 케밥.

"넌 디비아가 검은 고양이를 보내서 우리를 물게 했다고 생각하니?"

올란나가 웃으며 묻자 으그우는 쓸쓸하게 혼자 팔짱을 끼며 대답했다.

"아니에요, 마님. 우리 마을에서 있었던 일인데요. 둘째 부인이 디비아한테 가서 첫째 부인을 죽이는 약을 가져왔는데, 첫째 부인이 죽기 전날 밤에 검은 고양이가 그 오두막 앞에 나타났대요."

"그래서 어머니가 디비아한테 약을 받아서 나를 죽이려 한다는 거니?"

"큰마님은 마님과 주인어른을 떨어뜨려 놓으려고 해요, 마님."

진지한 으그우의 태도에 그녀는 감동했다.

"아마 그건 이웃집 고양이일 거야, 으그우. 너희 큰마님은 그 어떤 약으로도 우리를 갈라놓을 수 없어. 그 어떤 것도 우리를 갈라놓을 순 없어."

올란나는 부엌으로 돌아가는 으그우를 바라보며 자신이 지금 한 말을 떠올렸다. 그 어떤 것도 우리를 갈라놓을 수 없다. 오데니그보 어머니가 디비아에게서 약을 받아 오는 것 같은 미신은 그녀에게 아무런 의미가 없었다. 하지만 그와 자신의 미래에 대한 걱정이 커졌다. 그녀는 뭔가 확실한 걸 원했다. 미래를 확실하게 보장할 뭔가 또렷한 징표가, 무지개가 필요했다. 그래도 강의를 하고 테니스를 치고 거실에 친구들이 가득한 예전 생활로 다시 돌아와서 마음이 놓였다. 친구들은 저녁 시간에 찾아오는 게 일반적이기 때문에 일주일이 지난 어느 날 오후 시간에 현관 종소리가 울리자 그녀는 깜짝 놀랐다. 오데니그보는 아직 학교에 있을 때였다. 리처드였다.

"안녕하세요."

올란나가 말하며 그를 실내로 안내했다. 그는 키가 아주 컸다. 그녀가 그의 얼굴과 잔잔한 바다처럼 파란 눈동자와 이마로 흘러내리는 머리카락을 보려면 머리를 한쪽으로 기울여야 했다.

"오데니그보한테 이걸 전하고 싶어서 왔어요."

리처드가 책 한 권을 그녀에게 건네주었다. 올란나는 그가 정직한 악센트로 발음하는 '오데니그보'라는 말을 참 좋아했다. 그는 그녀의 시선을 피했다.

"의자에 앉지 그러세요?"

"아쉽게도 좀 바쁘거든요. 기차를 타야 해서요."

"카이네네를 만나러 하코트 항구에 가는 건가요?"

그녀는 너무나 분명한 걸 자신이 왜 묻고 있는지 궁금했다.

"네. 주말마다 가니까요."

"대신 안부를 전해 주세요."

"네, 그러지요."

"지난주에 전화를 걸었어요."

"네. 카이네네한테서 들었어요."

리처드가 여전히 가만히 선 채로 올란나를 힐끔 쳐다보다가 시선을 재빨리 다른 곳으로 돌렸다. 그녀는 그의 얼굴에 빨간 기운이 올라오는 것을 바라보았다. 그녀는 그런 표정을 하도 많이 보아서 리처드가 자신을 아름답다고 생각한다는 걸 충분히 알 수 있었다.

"그래, 책 쓰는 일은 잘되나요?"

"네, 아주 잘됩니다. 유물 일부는 그 세공이 너무나 정교해서 도저히 믿을 수 없을 정도랍니다. 애초에 예술품으로 만든 게 분명해요. 우연히 만들어진 유물이 아니에요……. 제가 따분한 이야기를 했군요."

"아니에요, 그렇지 않아요."

올란나는 웃었다. 그녀는 수줍어하는 리처드가 좋았다. 아직 헤어지고 싶지 않았다.

"으그우한테 친친²⁴을 가져오라고 할까요? 으그우가 오늘 아침에 만들었는데 그 맛이 정말 놀라워요."

"고맙지만 안 되겠어요. 지금 나가야 해요."

하지만 그는 발길을 돌리지 않았다. 위로 쓸어 올린 머리카락이 얼굴로 다시 흘러내렸다.

"그렇군요. 그럼 무사히 다녀오세요."

"고맙습니다."

리처드가 대답했다. 하지만 그의 몸은 꼼짝도 안 했다.

"자동차로 가시나요? 아, 아니지요, 기억나요. 기차를 탄다고 하셨지요."

그녀가 웃었다. 어색한 웃음이었다.

"네, 기차를 타고 갈 겁니다."

"안녕히 다녀오세요."

"네. 그럼 안녕히."

---

24 나이지리아에서 주로 먹는 음식으로, 밀가루와 계란을 섞고 쿠키처럼 만들어 튀겨 낸 음식.

올란나는 리처드를 가만히 지켜보았다. 그녀는 그가 자동차를 돌려 구내에서 빠져나가고도 문가에 서서 잔디에 앉은 새를 오랫동안 바라보았다. 가슴이 새빨간 새였다.

아침에 오데니그보는 올란나의 손가락을 자기 입에 넣어서 그녀의 잠을 깨웠다. 그녀가 눈을 떴다. 커튼 사이로 새벽의 희미한 빛이 흘러들었다.

"나랑 결혼하지 않을 거면, 은켐, 그러면 아이라도 가지자고."

그가 말했다. 하지만 입에 문 손가락 때문에 소리가 또렷하지 않아서 올란나는 그의 입에서 손가락을 빼고 똑바로 앉아 그의 넓은 가슴과 부은 두 눈을 물끄러미 쳐다보았다. 자신이 제대로 들은 건지 궁금했다.

그가 다시 말했다.

"아이라도 가지자고. 당신처럼 귀여운 여자애를. 그래서 오비아누주라는 이름을 붙이는 거야. 우리 관계를 완성시킨다는 의미로."

올란나는 오데니그보의 어머니가 방문한 충격에서 벗어나면 아이를 갖고 싶다는 말을 꺼낼 생각이었다. 그런데 지금 그가 먼저 말하는 게 아닌가! 그녀는 감격해서 그를 바라보았다. 우연의 일치가 계속 일어나 의미를 쌓아 가고 그래서 기적을 일으키는 것, 이게 바로 사랑이었다.

"귀여운 남자아이도 좋아."

마침내 그녀가 말했다.

오데니그보가 올란나를 부드럽게 밀었고 둘은 나란히 누웠다. 애무는 하지 않았다. 그녀는 정원에서 포포 나무 열매를 먹으며 까악거리는 까마귀 소리를 들었다.

그가 물었다.

"으그우한테 아침 식사를 침실로 가져오라고 할까? 아니면 일요일의 소중한 믿음을 지키고 싶으신가?"

그는 다정하고 인자한 미소를 띠며 올란나를 바라봤고, 그녀는 손을 내밀어서 그의 아랫입술 밑의 약간 깔깔한 수염을 매만졌다. 그는 올란나의 독특한 신앙생활을 놀리는 걸 좋아했다. 그녀는 성 빈첸시오 아 바오로 모임이 있을 때만 성당에 나가는데, 그럴 때마다 으그우를 데리고 자동차로 울퉁불퉁한 도로를 달리며 근처 마을에 들어가서 감자와 쌀과 낡은 옷가지를 나누어 주었다.

"오늘은 가지 않을래."

"그래, 고마워. 우리한테는 할 일이 있잖아."

올란나는 두 눈을 감았고 오데니그보는 그녀의 위에 두 팔로 버티고 엎드려서는 처음에는 천천히, 나중에는 힘차게 움직이며 이렇게 속삭였다.

"우리 아이는 참 똑똑할 거야, 은켐. 정말 똑똑할 거야."

"그래, 그래."

올란나가 대답했다. 자기 몸에 묻은 땀 일부는 오데니그보가 흘린 땀이고 그의 몸에 묻은 땀 일부는 자신이 흘린 땀이라는 사실이 너무나 행복했다. 그가 자신의 몸에서 내려갈 때마다 올란나는 다리를 꼭 오므리며 숨을 깊이 들이마셨다. 그러면 임신하는 데 도움이 될 것 같았다. 하지만 자신의 몸에 뭔가 문제가 있어서 아이를 가질 수 없을지도 모른다는 생각이 갑자기 몰아닥쳤다. 올란나는 우울했다.

6

　리처드는 매운 수프를 천천히 먹었다. 내장 조각을 숟가락으로 떠낸 다음에 유리 사발을 들어서 입술에 대고 고기 국물을 들이켰다. 콧물이 흘러내리고 혀가 얼얼한 느낌이 상쾌했다. 얼굴도 빨갛게 달아올랐다.

　"리처드가 매운 수프를 아주 잘 먹네요."

　리처드 옆자리에 앉은 오케오마가 그를 바라보며 말했다.

　"하하! 우리가 당신 입맛에 맞는 매운 수프를 만들 거란 생각은 못 했어요, 리처드!"

　오데니그보가 식탁 건너편 끝에서 말했다.

　"전 너무 매워서 입에도 댈 수 없는데요."

　다른 손님이 말했다. 가나 출신 경제학 교수인데 리처드는 그의 이름을 항상 잊어버렸다.

　"이건 리처드가 전생에 아프리카 사람이었다는 증거예요."

　아데바요 교수가 말하고 냅킨으로 코를 풀었다.

손님들이 웃고 리처드도 웃었다. 하지만 크게 웃지 않았다. 입안이 아직도 너무 얼얼했다. 리처드는 의자에 등을 기대며 말했다.

"정말 맛있어요. 속이 개운해요."

"고기도 정말 맛있어요, 리처드. 이렇게 맛있는 걸 가져오셔서 고마워요."

오데니그보 옆에 앉은 올란나가 상체를 앞으로 기울이고 말하며 방긋 웃었다.

"이게 소시지라는 건 알겠는데 요건 뭔가요?"

리처드가 가져온 요리를 오데니그보가 콕콕 찌르며 물었다. 해리슨이 여러 가지를 은박지로 꼼꼼하게 싼 요리였다.

"계란에다 뭘 넣은 것 같아요, 그렇죠?"

올란나가 리처드를 바라보며 물었다.

"네. 해리슨은 아이디어가 정말 다양해요. 속을 빼고 그 안에 치즈랑 양념을 넣은 것 같아요."

"당신은 유럽인이 아프리카 여인의 속을 파낸 다음에 약품을 집어넣어서 유럽 전역에 전시한 사실을 아나요?"

오데니그보가 물었다.

"오데니그보, 지금 식사 중이라고요!"

아데바요 교수가 외쳤다. 하지만 웃음을 억누르는 흔적이 역력했다. 손님들은 웃었지만 오데니그보는 웃지 않았다.

"원리는 똑같아요. 음식 속에 집어넣는 것이나 사람 속에 집어넣는 것이나. 속이 마음에 안 드는 음식이 있다면 그냥 두세요, 다른 걸 집어넣지 말고. 제가 보기에 이런 건 계란 낭비예요."

식당을 치우러 들어온 으그우조차 재미있다는 표정으로 물었다.

"리처드 선생님? 남은 음식을 그릇에 담아 드릴까요?"

"아니, 먹든지 버리든지 알아서 해."

리처드가 대답했다. 그는 남은 음식을 다시 가져가는 법이 없었다. 그가 해리슨에게 전하는 건 손님들이 맛있다고 칭찬했다는 말이 전부였다. 손님들이 그 음식은 건너뛰고 으그우가 요리한 매운 수프와 모이모이, 쓰디쓴 약초를 넣어서 끓인 닭죽을 맛있게 먹었다는 말은 하지 않았다.

모두가 거실로 자리를 옮기고 있었다. 올란나가 환한 형광등을 끄고 으그우가 마실 것을 더 가져오면 사람들은 대화를 나누며 웃거나 음악을 들을 것이다. 그러면 복도에서 흘러드는 불빛은 실내에 그림자를 드리울 터였다. 저녁 모임에서 리처드가 제일 좋아하는 시간이었다. 하지만 그는 오데니그보와 올란나가 어둠 속에서 서로를 애무하고 있다는 의심이 가끔 들곤 했다. 물론 리처드도 그런 생각을 하지 말아야 한다는 건 알고 있었다. 자신이 신경쓸 일이 아니었다. 하지만 신경이 쓰였다. 논쟁 중간에 올란나를 바라보는 오데니그보의 시선도 신경이 쓰였다. 자기편을 들어 달라고 요구하는 시선은 아니었다. 애초에 그런 요구를 할 필요조차 없는 사람이었다. 그건 올란나가 옆에 있다는 사실을 확인하는 시선이었다. 올란나 역시 오데니그보에게 가끔씩 눈을 깜빡이며 리처드가 전혀 알지 못할 비밀을 서로 주고받았다.

리처드는 맥주잔을 탁자에 내려놓고 아데바요 교수와 오케오마 옆에 앉았다. 얼얼한 혀가 아직까지 따끔거렸다. 올란나가 음악을 바꾸려고 일어나며 말했다.

"내가 제일 좋아하는 건 렉스 로손이고 다음은 오사데베예요."

"렉스 로손은 남을 흉내 내요. 그렇지 않나요? 우와이포와 다이로 음악이 훨씬 뛰어나요."

에제카 교수가 말하자, 올란나가 약간 성가시다는 듯 대답했다.

"음악은 조금씩 비슷할 수밖에 없어요, 교수님."

아데바요 교수가 끼어들었다.

"렉스 로손은 진정한 나이지리아 사람이에요. 그는 자신이 태어난 칼라바리 부족에 편향되어 있지 않아요. 우리의 다양한 언어로 노래를 불러요. 아주 독창적이죠. 모두의 사랑을 받을 만해요."

오데니그보가 반박했다.

"난 바로 그 때문에 렉스 로손이 싫어요. 각 부족의 독특한 문화와 차이를 무시하는 애국주의는 멍청한 거예요."

올란나가 웃으며 말했다.

"오데니그보한테 재즈 음악에 대한 견해를 묻는 건 시간 낭비예요. 재즈 자체를 모르는 사람이니까요. 이 사람은 클래식 음악을 좋아하면서도 그게 서구적인 취향이라 겉으로 드러내지 않는답니다."

"음악에는 국경이 없어요."

에제카 교수가 말하자 오케오마가 물었다.

"하지만 음악 역시 문화의 일부이고 문화에는 국경이 있지 않나요? 그렇다면 오데니그보 역시 클래식 음악을 만들어 낸 서구 문화를 숭배한다고 말할 수 있는 거 아닌가요?"

모두가 웃음을 터뜨리고 오데니그보는 올란나를 따뜻하게 쳐다보았다. 그리고 아데바요 교수는 프랑스 대사 문제를 다시 꺼냈다. 프랑스가 알제리에서 원자 폭탄 실험을 하지 말아야 하는 건 분명하지만, 발레와가 그 문제를 프랑스와 외교 관계를 단절할 정도로 중요하게 받아들이는 이유를 도무지 이해할 수 없다는 것이었다. 평소의 그녀답지 않게 혼란스러워하는 목소리였다.

오데니그보가 대답했다.

"발레와가 그러는 건 사람들 관심을 다른 데로 돌려놓고 영국과 방어 협정을 맺고 싶기 때문일 거예요. 프랑스를 무시하면 주인인 영국이 좋아하겠죠. 발레와는 영국의 꼭두각시예요. 영국이 그를 수상 자리에 앉혔으니 영국 웨스트민스터 의회의 꼭두각시답게 무슨 지시를 내리면 그대로 하지요."

"웨스트민스터의 꼭두각시 얘기는 이제 그만합시다. 오케오마가 우리한테 시를 낭송하겠다고 약속했으니까요."

파텔 선생이 제안했지만 에제카 교수는 계속 말했다.

"발레와가 그러는 이유는 북아프리카 사람들한테서 인기를 얻고 싶어서라고 내가 여러 번 말했잖아요!"

"북아프리카 사람들의 인기? 당신은 발레와가 아프리카 사람들한테 관심이나 있다고 생각하세요? 발레와가 아는 주인은 백인밖에 없어요. 그래서 아프리카 사람들은 아직 로디지아[25]에다 독립 정부를 세울 준비가 안 됐다는 말을 한 거 아닌가요? 영국 정부가 발레와한테 거세당한 원숭이 행세를 하라고 하면 그는 그렇게 할 거예요."

오데니그보가 말하자 에제카 교수가 반박했다.

"쓸데없는 소리. 그건 주제에서 벗어난 이야기예요."

---

25 아프리카 중앙 남부에 있던 나라로 1888년 영국에 의해 지배되면서 케이프 식민지의 수상인 세실 로즈의 이름을 따 로디지아로 명명됨. 1923년 남북 로디지아로 분리 통치됨. 이중 북로디지아는 짐바브웨, 남로디지아는 잠비아, 말라위로 독립함.

오데니그보가 의자에 앉은 자세를 바꾸었다.

"당신은 진실을 보려 하지 않는군요! 우리는 지금 백인이라는 거대한 악마가 지배하는 시대를 살아가고 있어요. 그들은 남아프리카와 로디지아에 있는 흑인을 노예로 부리고 콩고 사태[26]를 배후에서 조종했죠. 미국 흑인, 호주 원주민한테도 투표권을 안 주려 할 뿐 아니라 지금 우리 나라에서도 최악의 음모를 꾸미고 있다고요. 지금 맺으려는 방어 협정은 그 어떤 인종 차별 정책보다 사악한데도 우리는 그 사실을 모르고 있어요. 지금 그들은 커튼 뒤에 숨어서 우리를 조종한다고요. 이건 아주 위험한 일이에요!"

오케오마가 리처드에게 몸을 기울이며 투덜댔다.

"저 두 사람은 오늘 내게 시를 낭송할 기회를 안 줄 생각이군요."

"지금 제대로 싸우는 것 같아요."

리처드가 말하자 오케오마가 웃었다.

"항상 똑같아요. 그건 그렇고 책 쓰는 일은 어떤가요?"

"아직 작업 중이에요."

"외국인에 대한 소설인가요?"

"음, 아니에요. 그렇지는 않아요."

"하지만 소설은 소설이죠?"

리처드는 맥주를 홀짝홀짝 들이켰다. 지금 쓰는 글은 전체적으로 통일성이 없어서 자신이 봐도 도대체 소설인지 뭔지 알 수 없었다. 이 사실을 알면 오케오마가 어떻게 생각할지 궁금했다.

---

26 1960년 콩고 민주 공화국이 벨기에로부터 독립하자 군 장교와 경찰 간부들이 폭동을 일으켜 카탕가주의 독립을 선언하며 벌어진 내전.

"이보 으크우 예술에 관심이 많아서 그걸 중심 소재로 해서 책을 쓰고 싶다는 생각 정도예요."

"어떻게 관심을 가지게 됐나요?"

"전 청동 유물에 대한 글을 처음 접하고 나서 유물에 완전히 매료되었답니다. 상세한 묘사가 정말 놀라워요. 바이킹 해적이 활동하던 시절에 이곳 사람들이 밀랍 주물 방식으로 그렇게 정교한 예술품을 완성시켰다는 사실은 정말 믿기 어려울 정도예요. 청동 유물은 정말 놀라울 정도로 세밀해요."

"놀란 것 같군요."

오케오마가 말했다.

"네?"

"놀란 것 같아요. 마치 이곳 사람들이 그런 걸 만들 수 있다는 건 상상조차 못 했다는 듯이."

리처드는 오케오마를 물끄러미 쳐다보았다. 오케오마가 그를 노려보는 시선에는 예전과 다른 모멸감이 담겨 있었다. 오케오마는 눈썹을 살짝 찡그리며 오데니그보와 에제카에게 말했다.

"그만하세요, 두 교수님! 이제 제가 시를 낭송할 시간이에요."

리처드는 자신의 혀를 빨았다. 혀를 콕콕 찌르는 매운맛을 이제 도저히 견딜 수 없었다. 그래서 오케오마가 이상한 내용의 시(수입 금속 양동이에다 용변을 보다가 엉덩이에 뾰루지가 생긴 아프리카 사람들에 대한 시)를 빨리 낭송하기만 간신히 기다리다가 떠나려고 일어서며 오데니그보에게 물었다.

"오데니그보, 다음 주에 으그우를 데리고 그 아이 고향에 다녀와도 괜찮은 거죠?"

오데니그보가 올란나를 쳐다보자 그녀가 대답했다.

"네, 물론이죠. 오리 오크파 축제를 재미있게 구경하시길 바라요."

"맥주 한잔 더 하세요, 리처드."

오데니그보가 말했다.

"내일 아침 일찍 하코트 항구로 출발해야 해서 이제 잠자리에 들어야 할 것 같아요."

리처드가 대답했다. 하지만 그는 벌써 에제카 교수에게 시선을 돌린 상태였다.

"국회 의사당의 멍청한 정치인들이 경찰은 최루탄을 써야 한다고 주장한 걸 어떻게 생각하세요? 최루탄 말이에요! 그러고 나서는 보좌관들 도움을 받으며 헐레벌떡 도망쳐서 자동차에 올라타는 정치인들! 상상해 보세요!"

자신이 떠나도 오데니그보는 조금도 아쉬워하지 않을 거라고 생각하니 리처드는 기운이 빠졌다. 집에 도착하자 해리슨이 문을 열어 주며 허리를 숙였다.

"어서 오세요, 주인어른. 음식이 맛있었나요, 주인어른?"

"그래, 그래, 이제 자고 싶으니까 건들지 마."

리처드가 신경질적으로 말했다. 친구들이 원한다면 그 집 일꾼들에게 포도주 스펀지케이크나 거품 크림 과자나 계란에 속을 넣은 요리를 제대로 가르쳐 주겠다는, 뒤따라 나올 해리슨의 말에 장단을 맞출 기분이 아니었다. 그는 서재로 가서 원고지를 바닥에 쭉 펴 놓고 가만히 쳐다보았다. 작은 마을에 관한 소설 몇 쪽, 고고학자가 등장하는 소설 한 장(章), 청동 유물에 대한 찬사를 늘어놓은 글 몇 쪽이 보였다. 그는 쓰레기통 옆에 한 무더기 쌓일 때까지 그것들을 한 장씩 구겨 가며 쓰레기통에 던졌고, 양쪽 귀가 화끈 달아오르는 느낌을 받으며 일어나서 침대로 갔다.

제대로 잠들지 못했다. 방금 전에 베개를 벤 것 같은데 커튼 사이로 들어온 햇살이 눈부셨다. 부엌에서는 해리슨이 떠들어 대고 정원에서는 조모가 흙을 파내는 소리가 들렸다. 신경이 날카로웠다. 카이네네의 가느다란 팔을 몸에 두르고 제대로 자고 싶은 마음만 굴뚝같았다.

해리슨이 아침 식사로 계란 프라이와 토스트를 준비했다. 그리고 놀란 표정으로 물었다.

"주인어른? 서재 바닥에 종이가 떨어져 있던데요?"

"그냥 그대로 뒤요."

"네, 주인어른. 원고를 가지고 가실 건가요? 제가 다른 종이를 가방에 넣어 드릴까요?"

해리슨이 팔짱을 꼈다 풀었다 하며 물었다.

"아니에요, 이번 주엔 일하지 않을 겁니다."

리처드가 대답했다. 해리슨의 얼굴에 떠오른 실망스러운 표정도 이번에는 전혀 그를 즐겁게 하지 못했다. 기차에 올라탈 때는 해리슨이 주말에 뭘 하며 보낼까 궁금했다. 아주 맛있는 음식을 요리할 것 같았다. 애먼 사람에게 화를 내면 안 된다는 생각도 들었다. 오케오마가 자신을 이중인격자 대하듯 한 건 해리슨 잘못이 아니었다. 아프리카인과 유럽인은 절대로 화합할 수 없다는, 어디선가 읽은 책 내용을 떠올리게 하는 경멸과 불신에 찬 오케오마의 눈빛이 리처드에게는 너무나 고통스러웠다. 리처드가 아프리카인을 동등한 인격체로 바라보지 않는 영국인 가운데 하나라고 여긴 건 오케오마의 잘못이었다. 물론 자신이 아주 감탄하며 말하기는 했지만 지금 다시 생각해도 영국을 비롯한 전 세계 어디에서든 그렇게 훌륭한 예술품이 나타났다면 또다시 그렇게 놀랄 것 같았다.

장사꾼들이 몰려들며 소리쳤다.

"땅콩 사세요!"

"오렌지 사세요!"

"바나나 사세요!"

리처드는 별로 먹고 싶지 않았지만 쟁반에 볶은 땅콩을 담아서 들고 다니는 젊은 여자를 손짓으로 불렀다. 젊은 여자가 쟁반을 내려놓자 그는 땅콩 하나를 집어 손가락으로 깨뜨려서 알맹이를 씹어 보고는 두 컵을 달라고 말했다. 먼저 맛을 봐야 한다는 걸 자신이 안다는 사실에 젊은 여자가 깜짝 놀라는 걸 보고, 그는 아마 오케오마도 이 광경을 보면 깜짝 놀랐으리라는 불쾌한 생각이 들었다. 그는 살짝 볶은, 쭈글쭈글한 엷은 보라색 땅콩을 하나씩 살피며 먹었다. 기차가 하코트 항구에 도착할 때까지 서재에서 구겨 던진 원고에 대한 생각은 떠올리지 않으려고 애썼다.

"마두가 우리를 내일 저녁 식사에 초대했어. 해외에서 공부하던 부인이 지금 막 돌아왔거든."

카이네네는 기차역에서 자신의 기다란 미국산 자동차에 리처드를 태우고 출발하며 말했다.

"부인이 돌아왔어?"

리처드는 길게 말하지 않았다. 그리고 도로에서 물건을 팔려고 소리치고 손짓하며 자동차로 달려드는 장사꾼들만 쳐다보았다.

다음 날 아침에 창문을 때리는 빗소리가 리처드를 깨웠다. 카이네네는 옆에 누워서 두 눈을 반쯤 뜨고 이상한 모습으로 자고 있었다. 그건 그녀가 깊이 잠들어 있다는 뜻이었다. 리처드는 기름을 발라서 빛나는 짙은 초콜릿색 피부를 가만히 바라보다가 그녀의 얼굴로 머리를 낮추었다. 키스하지도 않고 얼굴을 대지도 않았다. 촉촉한 숨결과 희미한 입 냄새가 느껴지는 정도로만 간격을 유지했다. 그러다가 일어나서 기지개를 켜고 창가로 갔다. 이곳 하코트 항구에서는 비가 비스듬히 들이쳐서 빗물이 지붕 대신 창과 벽을 때렸다. 바다가 아주 가깝고 공기 중에 물기가 가득해서 금방 떨어지기 때문일 것이다. 순간 빗방울이 굵어지며 창문을 때리는 소리가 커졌다. 자갈로 유리를 때리는 것 같았다. 리처드는 다시 기지개를 켰다. 어느덧 비가 멈추고 창문이 뿌옇게 변했다. 뒤에서 카이네네가 꿈틀대며 뭐라고 중얼거렸다.

　"카이네네?"

　리처드가 불렀다.

　그녀는 아직도 절반만 뜬 눈으로 천천히 숨을 쉬고 있었다.

　"산책 다녀올게."

　리처드가 말했지만 그녀는 못 들은 게 분명했다.

　바깥에서 이케지데가 막대기로 가지를 쿡쿡 찌르며 오렌지를 따다가 인사했다.

　"좋은 아침입니다, 선생님."

　"케두?"

　리처드가 물었다. 그는 카이네네 하인들과 이보 말을 연습하는 게 편했다. 그들은 언제나 무표정한 얼굴이어서 말을 엉터리로 하든 제대로 하든 표시가 안 났다.

"잘 지냅니다, 선생님."

"지시에 이케."

"네, 선생님."

리처드는 과수원 밑으로 내려갔다. 울창한 나무 사이로 절벽에 부딪쳐 부서지는 파도의 하얀 포말이 보였다. 그는 땅바닥에 앉았다. 마두 소령이 저녁 식사에 괜히 초대해서 사람을 귀찮게 만든다 싶었다. 일부러 찾아가서 그의 부인을 만나고 싶은 생각은 없었다. 리처드는 일어나서 기지개를 켜고 앞마당으로 돌아가서 담장을 타고 올라가는 자줏빛 부겐빌레아를 쳐다보았다. 그리고 쭉 뻗어 나간 진흙 길을 따라 걸으며 집으로 돌아갔다. 카이네네는 침대에서 신문을 읽고 있었다. 리처드는 그녀 옆으로 올라갔다. 그녀는 손을 내밀어서 리처드의 머리카락을 매만지고 그의 머리를 문질렀다.

"이제 괜찮아? 어제는 잔뜩 긴장한 것 같던데."

리처드가 오케오마에 대해서 말했다. 카이네네가 아무런 반응이 없자 이렇게 덧붙였다.

"이보 으크우 예술에 대한 글을 처음 읽었을 때가 기억나. 옥스퍼드 교수는 이상한 로코코 양식[27]을 보는 것 같다고, 파베르제 기법[28]과 아주 비슷하다고 설명했지. 난 이 말을 한 번도 잊은 적이

---

27 17~18세기 유럽에서 미술, 건축, 음악 등에 유행했던 양식으로 우아하고 세밀한 것이 특징.

28 가느다란 기하학적인 선으로 이루어진 무늬를 바탕에 새겨 넣고 그 위에 투명한 에나멜을 용해시키는 기법.

없어. '파베르제 기법과 비슷한 로코코 양식을 보는 것 같다.' 이 표현이 너무 사랑스러웠거든."

그녀가 신문을 접어서 침대 옆 진열장에 내려놓으며 물었다.

"오케오마가 어떻게 생각하든 상관없지 않나?"

"난 예술을 너무나 사랑해. 나한테 예술을 깔본다고 비난했다는 게 정말 끔찍해."

"다른 건 외면하고 오직 사랑만 생각하는 자세도 문제야. 사랑하면서도 양보해야 할 때가 있는 거야."

리처드는 옆으로 몸을 굴려서 카이네네와 떨어졌다.

"내가 지금 뭘 하고 있는지 모르겠어. 내가 작가가 맞는지조차 모르겠어."

"글을 완성하기 전까진 그렇지 않겠어?"

그녀가 침대에서 일어나고 리처드는 그녀의 가느다란 어깨에서 반짝이는 금속성 광채를 바라보았다.

"당신은 저녁에 외출할 기분이 아닐 것 같아. 마두한테 전화해서 약속을 취소할게."

그녀는 전화를 걸고 돌아와서 침대에 앉았다. 두 사람 사이에서 침묵이 흐르는 동안 리처드는 자기 연민에 빠질 틈을 주지 않고 그 무엇도 숨길 필요가 없게 해 주는 그녀의 명쾌한 태도가 고마웠다.

그녀가 다시 말했다.

"예전에 우리 아빠 물 잔에다 침을 뱉은 적이 있어. 아빠 때문에 화나서 그런 것도 아니었어. 그냥 그렇게 했어. 내가 열다섯 살 때였지. 아빠가 그 물을 마셨다면 난 정말 기분이 좋았겠지만 올란나가 달려와서 다른 잔으로 바꿔 놓았어."

그녀가 리처드 쪽으로 몸을 뻗으며 말했다.

"이제 당신이 저지른 끔찍한 일을 말해 봐."

리처드는 자신의 피부에 와 닿는 카이네네의 부드러운 피부, 그리고 그녀가 마두 소령과의 저녁 약속을 손쉽게 취소하는 모습에 반했다.

"난 끔찍한 일을 저지를 만한 자신이 없었어."

"음, 그렇다면 다른 이야기도 괜찮아."

리처드는 어린 시절 유모 몰래 숨었을 때 생애 처음으로 자신의 운명을 스스로 개척해야겠다는 느낌이 들었다고 말할까 생각했다. 하지만 그 대신 부모님에 대해서 말했다. 두 분이 대화를 나눌 때마다 서로를 쳐다보던 눈빛이나, 자신의 생일을 잊어버려서 몇 주일이 지나서야 유모에게 "늦은 생일을 축하해."라고 적힌 케이크를 만들게 한 것에 대해서 말했다. 두 분은 리처드가 언제 무엇을 먹는지 단 한 번도 관심을 보이지 않았다. 유모가 생각날 때마다 그에게 먹을 걸 챙겨 주었다. 부모님은 리처드를 가질 계획이 아니었기에 예정에도 없이 아이를 길렀다. 하지만 리처드는 어린 나이에도 두 분이 그를 사랑하지 않아서 자신에게 신경을 못 써 주는 것이 아니라 두 분이 서로를 너무나 사랑해서 다른 걸 자주 잊어버리기 때문에 그런 줄은 알고 있었다.

카이네네는 냉소를 띠며 눈썹을 추켜올렸다. 도저히 이해할 수 없다는 표정이었다. 그래서 리처드는 자신 역시 카이네네를 너무나 사랑하는 것 같다고 말하기가 두려웠다.

2 책 : 우리가 죽을 때 세상은 침묵했다.

그는 영국군 군인이자 장사꾼인 토웁만 골디가 야자수 기름 무역을 장악하기 위해 어떻게 사람들을 지배하고 매수하고 죽였는지, 그리고 유럽인이 아프리카를 나눠 가진 1884년 베를린 협상에서 영국이 어떻게 프랑스를 누르고 니제르강이 흐르는 보호령 북부와 남부를 장악했는지에 대해 썼다.

영국은 북부를 더 좋아했다. 북부는 공기가 건조해서 날씨가 상쾌했다. 하우사족과 푸라니족은 별로 특색이 없지만 남부 흑인보다 우수하고, 이슬람교도라서 그나마 문명을 갖췄으며, 봉건 제도가 살아 있어서 간접 지배가 수월했다. 온순한 부족장들은 세금을 걷어서 영국에 바쳤고, 그 대가로 영국은 기독교 선교사가 부족민들에게 접근하지 못하도록 막아 주었다.

반면에 덥고 습한 남부는 모기와 미신 숭배자가 많고 전혀 다른 여러 부족이 공존했다. 요루바는 남서부에서 가장 큰 부족이다. 남동부에서는 이보족이 조그만 공동체 단위를 이루며 민주적인 방식으로 살았다. 이들은 다루기가 어렵고 야망이 컸다. 이들은 국왕을 좋게 생각하지 않아서 영국은 추장을 임명했다. 간접 지배를 하면 비용이 훨씬 적게 들기 때문이다. 선교사들이 들어와 미신 숭배자를 길들이면서 이 지역에는 기독교와 교육이 꽃을 피웠다. 1914년에 영국 총독은 북부와 남부를 통합했고 총독 부인은 그 나라에 이름을 붙였다. 나이지리아가 태어난 것이다.

7

으그우는 어머니의 오두막에 깔린 매트에 누워서 벽에 찌부러져 죽어 있는 거미를 쳐다보았다. 체액이 진흙 벽에다 한층 더 빨간 얼룩을 만들어 놓았다. 아누리카는 으크와를 컵으로 측량해 가며 담는 중이고 실내에는 빵나무 과일 씨앗을 구운 냄새가 가득했다. 아누리카가 너무 오랫동안 끊임없이 말해서 으그우는 머리가 아플 지경이었다. 갑자기 고향 집에 온 지 일주일도 넘은 것처럼 느껴졌다. 과일과 딱딱한 열매만 먹어서 배 속이 니글거리며 가스가 계속 생겨서 그런 것 같았다. 어머니가 한 음식이 입에 맞지 않았다. 야채는 너무 많이 익혔고 옥수수 가루는 덩어리가 너무 크고 국은 맹탕이며 감자는 버터를 넣지 않고 끓여서 푸석푸석했다.

"우선 남자아이부터 낳고 싶어. 그러면 온예카네 집에서 확실하게 자리를 굳힐 수 있을 거야."

아누리카가 말했다. 그녀가 서까래로 걸어가서 가방을 집을 때 으그우는 여동생의 몸이 둥그렇게 부풀어 오른 것 같다는 의심이 들었다. 가슴은 블라우스가 터질 듯 부풀어 올랐고 발을 내디딜 때마다 엉덩이가 출렁거렸다. 온예카가 손을 댄 게 분명했다. 으그우는 남자의 더러운 몸이 여동생의 몸속으로 들어갔다는 생각을 견딜 수가 없었다. 모든 일이 너무 빠르게 진행됐다. 지난번에 왔을 때 아누리카에게 청혼자가 있다는 말은 들었지만, 그녀는 온예카에게 아무 관심도 없다고 했기 때문에 청혼을 이렇게 빨리 받아들일 줄 몰랐다. 지금은 부모님조차 온예카를 마을의 좋은 기술자인 데다 자전거도 있고 언행도 바르다고 너무나 쉽게 칭찬했다. 벌써 사위로 여기는 것 같았다. 발육이 제대로 안 된 그의 몸과 들쥐 이빨처럼 뾰족한 이에 대해서는 아무도 언급하지 않았다.

"에제우그우 마을 출신 오눈나가 여자아이부터 낳으니까 그 남편네 식구들이 디비아를 찾아가서 그 이유를 물었잖아! 물론 온예카 식구들이 나한테까지 그렇게 하진 않겠지만, 어쨌든 난 남자아이부터 낳고 싶어."

으그우는 일어나 앉았다.

"온예카 이야기는 더 이상 듣고 싶지 않아. 어제 그 사람이 왔을 때 보니까 목욕을 더 자주 해야겠더라. 몸에서 썩은 콩기름 냄새가 났어."

"그러는 오빠한테는 무슨 냄새가 나는데?"

아누리카가 으크와를 붓고 부대를 묶었다.

"다 끝났으니까 이제 오빠도 너무 늦기 전에 떠나는 게 좋겠어."

으그우는 마당으로 나갔다. 어머니는 절구질을 하며 무언가를 빻는 중이고 아버지는 그 옆에서 허리를 숙이고 돌에 칼을 갈고 있었다. 금속 칼을 밀 때마다 돌에서 튀어 오른 작은 불꽃이 순간적으로 반짝이다가 사라졌다.

"아누리카가 으크와를 잘 담았니?"

어머니의 물음에 으그우는 부대를 들어서 보여 주며 대답했다.

"네, 잘 담았어요."

"너희 주인어른과 마님한테 인사말을 전하렴. 우리한테 보내 주신 모든 게 고맙다고."

"네, 어머니."

으그우가 대답하고 어머니에게 다가가서 포옹했다.

"안녕히 계세요. 치오케 작은어머니가 돌아오면 저 대신 안부를 전해 주시고요."

아버지가 허리를 펴고 일어나서 칼날을 손바닥에 문지르고 으그우와 악수했다.

"잘 가렴, 이제오마. 온예카 쪽에서 야자수 술을 가져올 준비가 끝났다고 하면 전갈을 보내마. 3~4개월은 걸릴 거야."

"네, 아버지."

으그우의 옆으로 어린 동생들과 사촌들이 몰려들었다. 발가벗은 어린아이들과 커다란 셔츠를 걸친 큰 아이들이 잘 가라고 말하며 다음에 올 때 가져왔으면 하는 것들을 크게 소리쳤다. 빵을 사 와! 고기를 사 와! 튀긴 생선을 사 와! 땅콩을 사 와!

아누리카가 큰길까지 나와서 으그우를 배웅했다. 그런데 우베 나무 숲 근처에서 눈에 익은 사람을 만났다. 4년 전에 장사를 배우러 카노에 간 이후 한 번도 못 보았지만 그녀가 은네시나치라는 사실을 단번에 알아볼 수 있었다.

"아누리카! 으그우! 너희니?"

목소리는 예전처럼 허스키했지만 카노에 가기 전보다 키가 많이 컸고 북부의 뜨거운 태양 때문에 피부는 많이 까매져 있었다.

서로 포옹을 하면서 으그우는 은네시나치의 가슴이 그를 부드럽게 누르는 것을 느꼈다.

"하마터면 못 알아볼 뻔했어. 북부에 살면서 많이 변한 것 같아."

으그우가 말했다. 그녀가 왜 자신을 가슴으로 꼭 누르며 껴안았는지 궁금했다.

"어제 사촌들이랑 돌아왔어."

은네시나치가 환하게 웃었다. 예전에는 으그우에게 이렇게 따듯하게 웃어 준 적이 없었다. 면도칼로 다듬고 연필로 그린 눈썹은 한쪽이 다른 쪽보다 진해 보였다. 은네시나치가 아누리카에게 시선을 돌렸다.

"아누리카, 네가 결혼한다는 말을 듣고 널 만나러 가는 길이었어."

"나도 그렇게 들었어."

아누리카가 대답하고 둘이 함께 웃었다.

"넌 은수카로 돌아가는 길이니?"

은네시나치가 으그우에게 물었다.

"그래. 하지만 아누리카한테 술이 들어올 때 금방 다시 올 거야."

"잘 가."

은네시나치가 으그우의 두 눈을 잠깐 동안 대담하게 쳐다보고 다시 걸어가고서야 그는 자기가 착각한 게 아니라는 걸 깨달았다. 둘이 포옹할 때 그녀가 일부러 가슴을 밀어붙인 게 분명했다.

그는 갑자기 두 다리에서 힘이 쭉 빠지는 것 같았다. 고개를 돌려서 그녀를 보고 싶은 마음을 꾹 참았다. 그녀가 뒤를 돌아볼까 봐 두려웠다. 으그우는 배 속의 불편함을 잠시 잊었다.

"은네시나치가 북부에서 성에 눈을 뜬 게 분명해. 어차피 두 사람은 결혼할 수 없으니까 오빠는 은네시나치가 결혼하기 전에 은네시나치가 원하면 그냥 받아 주는 게 좋을 거야."

아누리카가 말했다.

"너도 눈치챘니?"

"어떻게 눈치를 못 채겠어? 내가 멍청이 같아?"

으그우가 눈을 가늘게 뜨고 아누리카를 바라보며 물었다.

"온예카가 네 몸에 손을 댔니?"

"그야 물론이지."

으그우는 걸음을 늦췄다. 아누리카가 온예카와 잔 것 같다는 생각은 했었지만 아누리카에게 직접 확인을 받으니 씁쓸했다. 그는 전에 집에 놀러 왔을 때 오케케 선생님네 집에서 일하는 여자아이 친예레가 슬그머니 울타리를 넘어서 남학생 기숙사를 찾아와 어둠 속에서 생전 처음으로 급하게 삽입한 경험을 아누리카에게 모두 털어놓았더랬다. 하지만 둘이서 아누리카의 첫 경험에 대해 얘기한 적은 없었다. 이야깃거리 자체가 없어서 그렇다고 생각했는데 아니었다. 아누리카는 토라진 표정으로 천천히 걷는 오빠를 신경 쓰지 않고 앞에서 걸어갔다. 으그우가 그녀의 뒤를 서둘러 쫓아가서 어릴 적에 둘이 메뚜기를 잡으며 놀던 풀밭을 말없이 조용히 걸었다.

"배고파 죽겠어."

마침내 으그우가 입을 열었다.

"어머니가 삶은 감자를 안 먹었으니까 그러지."

"우리는 감자를 삶을 때 버터를 넣어."

"감자를 삶을 때 보타를 넣는다고? 오빠 입을 봐. 그 사람들이 오빠를 마을로 돌려보내면 어떻게 할 건데? 보타를 어떻게 구해서 감자 삶을 때 넣을 건데?"

"그분들은 날 마을로 돌려보내지 않아."

아누리카가 으그우를 위아래로 훑어보며 눈을 흘겼다.

"오빠는 자신이 어디 출신인지 잊었어. 그래서 마치 거물이나 된 것처럼 으스대는 멍청이가 되고 말았어."

으그우가 들어가서 거실에 있는 주인어른에게 인사했다.

"그래, 가족들은 어때, 모두 잘 계셔?"

주인어른이 물었다.

"네, 모두 잘 계십니다, 주인어른. 부모님이 감사하다는 말씀을 전하라고 하셨습니다."

"그래, 고맙군."

"누이동생 아누리카가 곧 결혼할 것 같아요."

"그렇군."

주인어른은 라디오 주파수를 맞추는 데 집중하고 있었다. 욕실에서 마님과 아기가 부르는 노랫소리가 들렸다.

런던 다리가 떨어져요, 떨어져요, 떨어져요.

런던 다리가 떨어져요, 우리 귀여운 아가씨.

아기가 미숙한 목소리로 조그맣게 외치는 '런던'이 '번번'으로 들렸다. 욕실 문은 열려 있었다.

"안녕하세요, 마님."

으그우가 인사하자 마님이 욕조에 허리를 숙이고 아기를 목욕시키다가 반갑게 대답했다.

"오, 으그우, 네가 들어오는 소리를 못 들었어! 어서와, 은노. 그래, 식구들은 잘 있고?"

"네, 마님. 부모님이 인사를 전하라고 하셨어요. 우리 어머니께서 옷을 보내 주셔서 정말 고맙다고 하셨어요."

"다리는 어떠셔?"

"이제 안 아프세요. 마님께 드리라고 으크와를 보내셨어요."

"어이쿠! 내가 뭘 좋아하는지 이제 너희 어머니도 다 아시는 것 같아."

마님이 으그우에게 고개를 돌렸다. 두 손에는 비누 거품이 묻어 있었다.

"좋아 보이는구나. 얼굴이 통통해졌어!"

"네, 마님."

으그우가 대답했지만 그녀의 말은 거짓말이었다. 집에 다녀오면 그는 언제나 살이 빠졌다.

아기가 소리쳤다.

"으그우! 으그우, 이리와!"

아기는 꽥꽥거리는 플라스틱 오리를 한 손으로 누르고 있었다.

"아가야, 목욕부터 하고 나서 으그우랑 인사해야지."

마님이 말했다.

"아누리카가 조금 있으면 결혼할 것 같아요, 마님. 아버지께서 마님과 주인어른께 알려 드리라고 하셨어요. 아직 날짜를 잡은 건 아니지만 두 분이 오시면 정말 감사할 거예요."

"아누리카? 아직은 너무 어리지 않아? 열일곱 살, 열여덟 살?"

"벌써 결혼한 친구들도 있어요."

그녀가 욕조로 등을 돌렸다.

"우리야 당연히 참석해야지."

"으그우!"

아기가 다시 불렀다.

"아기가 먹을 죽을 데워 놓을까요?"

"그래. 그리고 분유도 타 주면 고맙겠어."

"네, 마님."

으그우는 잠시 머뭇거리다 자신이 없는 일주일 동안 아무 일 없었느냐고 묻고 싶었다. 그러면 마님은 그동안 누가 찾아오고 누가 무엇을 가져왔으며 으그우가 떠나기 전에 그릇에 담아서 냉장고에 넣어 둔 스튜를 다 먹었는지 여부를 알려 줄 게 분명했다.

"아리제가 9월에 여기 와서 아기를 낳을 거야. 오데니그보와 난 그렇게 하기로 했어."

"정말 잘됐네요, 마님. 아기가 은나크완제 아저씨가 아니라 아리제 아줌마를 닮으면 좋겠어요."

마님이 웃었다.

"그건 나도 그래. 조만간 방 청소를 할 거야. 아리제가 묵을 방을 아주 깨끗하게 청소하고 싶어."

"네, 마님. 제가 깨끗하게 청소할 테니까 걱정 마세요."

으그우는 아리제 아줌마가 좋았다. 약 3년 전에 으문나치에서 치른 아리제 아줌마의 술 운반 예식과 그때 보았던 그녀의 튼튼하고 통통한 몸집이 떠올랐다. 그리고 그가 야자수 술을 너무 마셔서 하마터면 갓난아기를 떨어뜨릴 뻔했던 기억이 떠올랐다.

"월요일에 카노에 가서 아리제를 태우고 라고스에 쇼핑하러 갈 거야. 아기도 데려갈 거야. 아리제가 아기한테 만들어 준 파란 드레스를 가져갈 생각이야."

"분홍 드레스가 훨씬 좋아요, 마님. 파란 드레스는 너무 꽉 끼잖아요."

"그래, 맞아."

마님이 플라스틱 오리를 집어서 욕조에 다시 던지자 아기는 소리를 지르며 오리를 잡아서 물속에 집어넣었다.

"은켐! 오 메고! 드디어 일이 터졌어!"

마님이 거실로 급히 가고 으그우가 그 뒤를 따랐다.

주인어른은 라디오 옆에 서 있었다. 텔레비전을 켰지만 볼륨을 꺼서 사람들이 술에 취한 채 춤추며 흔들거리는 것처럼 보였다.

"쿠데타가 일어났어. 은제오그우 소령이 카두나에서 성명을 발표하는 중이야."

주인어른이 라디오를 가리켰다. 라디오에서 확신과 열망이 가득한 젊은 목소리가 흘러나오고 있었다.

헌법의 효력은 일시적으로 중단되고, 지금 이 시간부터 지방 정부와 국회를 해산합니다. 친애하는 국민 여러분, 혁명 위원회의 목적은 부패와 내부 갈등이 없는 나라를 건설하는 것입니다. 우리의 적은 정치 모리

배와 협잡꾼, 지위 고하를 막론하고 10퍼센트의 뇌물을 요구하는 공직자, 우리 나라를 영원한 분단국가로 만들어서 자리를 보전하려고 애쓰는 사람들, 부족주의자, 족벌주의자, 국제 모임에 나가서 아무 소득도 없이 나라만 크게 보이도록 만들려고 애쓰는 사람들, 우리 사회를 부패시키는 사람들입니다.

마님이 전화기로 뛰어가며 걱정스러운 목소리로 물었다.
"라고스는 어떻게 됐어? 라고스는 어떻게 됐다는 말도 나왔어?"
"당신 부모님은 괜찮아, 은켐. 시민은 안전해."
마님이 전화번호를 돌렸다.
"교환수! 교환수!"
그녀가 수화기를 내려놓았다가 다시 집어 들며 말했다.
"전화 연결이 안 돼."
주인어른이 마님의 손에서 수화기를 부드럽게 빼앗으며 달랬다.
"모두들 괜찮으실 거야. 전화선도 금방 복구될 거고. 보안 문제 때문에 연결이 안 되는 것뿐이야."
라디오에서 흘러나오는 목소리는 더 단호해졌다.

국내에 거주하는 모든 외국인은 기존의 권리를 계속 존중받을 것입니다. 우리는 법을 준수하는 모든 시민이 온갖 형태의 억압은 물론이고 비효율적인 사회에서 벗어나 모든 분야에서 성실하게 노력하며 살 수 있는 자유를 드리겠다고 약속합니다. 우리는 앞으로 여러분 모두가 나이지리아인이라고 말하는 데 부끄러움이 없도록 만들겠다고 약속합니다.

"올 엄마! 올 엄마!"

아기가 욕실에서 불렀다.

으그우는 욕실로 돌아가서 타월로 아기를 닦아 주고 품에 안았다. 아기 목덜미에 코를 대고 숨을 들이쉬었다. 향긋한 아기 비누 냄새가 났다.

"어흥, 잡아먹자!"

으그우가 말하며 아기를 간질였다. 땋은 머리가 축축하게 젖어 있고 끈으로 단단히 묶은 머리카락 끝부분이 곱슬곱슬해서 으그우는 아기의 머리를 잘 펴 주었다. 그리고 아빠를 쏙 빼닮은 아기를 쳐다보며 감탄했다. 주인어른 식구들이 보면 주인어른이 아기를 낳았다고 말할 것 같았다.

"더 간질여!"

아기가 말하며 웃었다. 통통한 얼굴에 물기가 남아서 미끄러웠다.

"어흥, 어흥, 잡아먹자!"

으그우가 말을 노래처럼 흥얼거리며 아기와 놀아 주었다. 아기가 웃는 사이에 거실에서 마님의 목소리가 들렸다.

"오, 하느님, 저 사람이 뭐라는 거야? 저 사람이 지금 뭐라고 말하는 거야?"

으그우가 아기에게 죽을 먹일 때 부통령이 라디오에서 짤막하게 연설했다. 입을 여는 것조차 힘들어하는 목소리였다.

"정부는 군대에 모든 권한을 넘기겠습니다."

다양한 발표가 잇따라 나왔다. 수상, 그리고 북부와 서부의 주지사는 행방불명이고 나이지리아는 이제 군사 연합 정부로 변했다. 주인어른이 라디오 옆에 바싹 붙어서 채널을 계속 돌리다가 멈춰서 듣고 또 돌리다가 멈춰서 누가 어떤 방송국에서 발표하고 있는지는 확실치 않았다.

안경을 벗은 주인어른의 얼굴은 두 눈이 퀭해서 아주 지쳐 보였다. 주인어른은 손님들이 찾아오자 비로소 안경을 다시 썼다. 오늘은 평소보다 많은 손님들이 몰려들어서 으그우는 손님들이 앉을 수 있도록 식당 의자를 모두 거실로 갖다 놓았다. 모두가 아주 긴장하고 흥분해서 한 사람이 발언을 미처 끝내기도 전에 마구 떠들어 댔다.

"이제 부정부패는 끝났어요! 총파업 직후에 이런 일이 일어나야 했어요."

한 손님이 말했다. 이름은 기억나지 않지만 으그우가 친친을 내오는 즉시 모조리 먹어 치우는 사람이었다. 손이 아주 커서 몇 번만 손이 오가면 접시에 있는 게 모두 사라질 정도였다. 그래서 으그우는 일부러 그 사람과 제일 먼 곳에다 친친 접시를 내려놓곤 했다.

"저 소령들이야말로 진정한 영웅들이에요!"

오케오마가 한 팔을 치켜들며 소리쳤다.

처형당한 사람들 이야기를 할 때조차 사람들 목소리는 흥분이 가시지 않았다.

"사르다우나가 자기 부인들 뒤에 숨었다고 하더군요."

"재무 장관이 총살을 당하기 직전에 바지에다 오줌을 쌌대요."

손님들 일부가 폭소를 터뜨리고 으그우도 웃었다. 하지만 그 순간에 마님 목소리가 들렸다.

"재무 장관 오콘지를 알아요. 우리 아버지와 친한 사이였어요."

아주 나지막한 목소리였다.

"BBC에서 이번 사건을 이보족 쿠데타라고 부르고 있어요. 그런데 그 말이 맞아요. 처형당한 사람 대부분이 북부 출신이에요."

친친을 잘 먹는 손님이 말했다.

"정부 관료들이 대체로 북부 출신이었으니까요."

에제카 교수님이 눈썹을 치켜뜬 채 중얼거렸다. 이렇게 당연한 사실까지 말해야 한다는 걸 믿을 수 없다는 표정이었다.

"BBC는 북부 출신이 모든 걸 장악하게 한 자기네 정부 관료들한테 문제를 제기해야 할 거예요!"

주인어른이 말했다.

으그우는 주인어른과 에제카 교수님이 같은 의견인 것 같아서 놀랐다. 게다가 아데바요 교수님조차 "북부 아프리카인들이 이번 쿠데타를 이교도와 정의로운 세력의 대결이라고 하는 건 미친 짓이에요."라고 말하고 주인어른이 그 말을 들으며 웃을 때는 더더욱 놀랐다. 평소에 아데바요 교수님의 말을 반박하려고 의자 모서리에서 몸을 돌리며 짓던 비웃음이 아니었다. 그녀의 의견을 인정하는 의미의 웃음이었다. 주인어른이 아데바요 교수님의 의견에 동의한 것이다.

"우리 나라에 은제오그우 소령[29] 같은 사람이 많았다면 오늘날 이런 꼴이 되지는 않았을 거예요. 은제오그우 소령한테는 비전이

---

29 추크와메카 카두나 은제오그우(1937~1967). 이보족으로 나이지리아 군대의 정보 요원으로 근무함. 1966년 쿠데타를 일으키고 나이지리아 비아프라 전쟁에서 비아프라를 지휘함.

있어요!"

주인어른이 말하자 짙푸른 녹색 눈동자의 레만 교수님이 물었다.

"혹시 공산주의자는 아닐까요? 샌드허스트에 있을 때 체코슬로바키아에 간 적이 있잖아요."

주인어른이 반박했다.

"당신네 미국인한테는 다른 사람의 침대 밑까지 훔쳐보며 공산주의자를 찾아내려는 습관이 있어요. 지금 중요한 건 이제 우리 국민도 앞으로 나아가야 한다는 거예요. 기본적으로 자본주의적 민주주의가 좋다고 가정합시다. 하지만 남이 옷을 주었는데 그 옷이 몸에 안 맞고 단추가 떨어졌다면 우리는 그 옷을 버리고 우리 몸에 맞는 옷을 새로 만들어야 해요. 이건 너무나 당연한 이치예요!"

아데바요 교수님이 반박했다.

"과장이 너무 심해요, 오데니그보. 군대를 이론적으로만 분석할 순 없어요."

으그우는 마음이 놓였다. 그에게는 그들이 이런 식으로 논쟁을 벌이는 게 훨씬 익숙했다.

"그렇지 않아요. 은제오그우 소령 같은 사람이라면 난 이론적으로 충분히 분석할 수 있어요. 으그우! 얼음 더!"

주인어른이 소리쳤다.

"그 사람은 공산주의자예요."

레만 교수님이 고집을 부렸다. 콧소리가 으그우를 짜증나게 했다. 그는 머리가 리처드 선생님과 비슷한 금발이지만 그에게는 차분한 위엄이 전혀 없어서 그런 것 같았다. 으그우는 리처드 선생님이 좋았다. 그가 예전처럼 찾아오길 바랐다. 아기가 태어나기 몇 달 전 리처드 선생님이 마지막으로 찾아왔을 때가 또렷하게 기억났다. 하지만 몇 주일 동안 여러 사건이 폭풍처럼 몰아쳤던 당시에 대한 기억은 대부분 사라져서 제대로 떠오르지 않았다. 당시에는 주인어른과 마님이 결국 헤어질 것 같았고 그래서 으그우의 세계까지 엉망으로 변할까 두려워서 그들이 하는 말을 제대로 엿들을 수도 없었다. 리처드 선생님이 주인어른과 다툰 것도 해리슨 아저씨가 말하지 않았으면 모를 뻔했다.

"고마워, 우리 일꾼."

주인어른이 말하며 얼음 그릇을 받아서 술잔에 얼음 몇 개를 쨍그랑 소리를 내며 집어넣었다.

"네, 주인어른."

으그우가 대답하고 마님을 바라보았다. 그녀는 깍지 낀 손으로 머리를 받치고 있었다. 으그우는 그녀가 안다는 정치인이 처형당한 걸 안타깝게 여기고 싶었다. 하지만 정치인은 일반인이 아니었다. 그들은 정치인이었다. 으그우는 《르네상스》와 《데일리 타임스》에서 정치인에 대한 글을 읽었다. 그들은 조직 폭력배에게 돈을 주어 정적을 공격하고, 정부 돈을 갈취해서 땅과 집을 사고, 긴 미국산 자동차를 수없이 수입하고 돈으로 매수한 아낙네들을 시켜 임신했다고 속이고는 블라우스 밑으로 투표용지를 들여와서 부정 투표를 하게 했다. 으그우는 콩을 끓일 때마다 냄비에 가라앉는 찌꺼기 같은 게 정치인이라고 생각했다.

그날 밤 남학생 기숙사에 혼자 누워 『캐스터브리지의 시장』을 읽으려고 했지만 집중할 수가 없었다. 친예레가 담장 밑으로 들어와서 그를 찾아왔으면 했다. 두 사람은 특별한 약속을 잡은 적이 한 번도 없었다. 어느 날 갑자기 친예레가 찾아오는 식이었다. 쿠데타가 일어나고 모든 질서가 바뀌어서 다양한 가능성이 가슴을 두근거리게 하는 이 놀라운 밤에 으그우는 그녀가 찾아오기를 간절하게 바랐다. 창문을 두드리는 소리가 나자 으그우는 신에게 무한한 감사를 드렸다.

"친예레."

으그우가 말했다.

"으그우."

친예레가 대답했다.

친예레에게서 시들한 양파 냄새가 났다. 전등이 꺼지고 밖의 가로등에서 가느다란 불빛이 흘러들었다. 친예레가 블라우스를 벗고 허리춤에 묶인 끈을 풀 때 으그우는 그녀의 봉긋 솟은 가슴을 보다가 그녀의 뒤에 누웠다. 어둠 속에서 달라붙은 두 몸이 땀으로 촉촉했다. 으그우는 상대를 은네시나치라고 생각하고, 자신을 휘감은 팽팽한 두 다리를 은네시나치의 다리라고 상상했다. 처음에는 친예레가 침묵하다가 엉덩이를 들썩이며 두 손으로 으그우의 목을 꼭 껴안고 매번 내뱉는 소리를 뱉어 내기 시작했다.

"아보니, 아보니."

사람 이름 같았다. 하지만 확실치 않았다. 친예레 역시 다른 누군가를, 자기 마을에 있는 누군가를 떠올리고 있을 가능성이 컸다.

친예레가 일어나서 들어올 때처럼 조용히 떠났다. 다음 날 으그우가 울타리 너머에서 빨래를 너는 친예레를 쳐다봤을 때 그녀는 "으그우."라고 말한 게 전부였다. 웃어 주지도 않았다.

8

쿠데타 때문에 올란나는 카노 여행을 미뤘다. 공항이 다시 문을 열고 우체국과 전신국이 다시 운영되고 군사 정부가 주지사를 임명해 질서가 확립될 때까지 기다려야 했다. 하지만 어디에서든 쿠데타 이야기뿐이었다. 모두가 그 이야기를 했다. 공항에서 아리제가 사는 공동 주택까지 올란나와 아기를 태워 준, 카프탄 차림의 하얀 모자를 쓴 택시 운전사도 그 이야기를 할 정도였다. 그는 이렇게 속삭였다.

"사르다우나는 처형된 게 아니랍니다, 사모님. 그 사람은 알라신의 도움으로 무사히 탈출해서 지금 메카에 있답니다."

올란나는 조용히 웃기만 하고 아무 대답도 하지 않았다. 자동차 백미러에 묵주가 걸린 걸 보면 이 남자는 그렇게 믿고 싶은 게 분명했다. 사르다우나는 이 지역을 관할하던 주지사이기도 했지만 이곳의 수많은 이슬람교도를 이끄는 정신적 지도자이기도 했기 때문이다.

택시 운전사가 한 말을 그녀가 전하자 아리제는 어깨를 으쓱하며 중얼거렸다.

"그들이 무슨 말인들 못 하겠어?"

아리제가 걸친 치마는 허리 밑으로 축 늘어지고 블라우스는 그녀의 부풀어 오른 배를 넉넉하게 감쌌다. 두 사람은 거실에 앉았다. 기름때가 진 벽에는 아리제와 은나크완제의 결혼식 사진 여러 장이 걸려 있었다. 아기는 공동 주택 마당에서 다른 아이들과 놀았다. 올란나는 아기가 찢어진 옷에 허연 콧물을 질질 흘리는 아이들과 몰려다니며 노는 게 마음에 들지 않았다. 하지만 아무 말도 하지 않았다. 그런 생각이 드는 게 창피했다.

"내일 라고스행 첫 비행기를 타자, 아리제. 그러면 조금 쉬고 나서 바로 쇼핑할 수 있어. 난 무엇이든 네가 힘들어할 만한 건 피하고 싶어."

올란나가 말했다.

"뭐가 힘들어? 난 임신을 한 거야, 언니. 아픈 게 아니라고. 농장에서 일하다가 아기를 낳는 여자도 많아. 저런 재봉틀로 드레스를 만들다가 아기를 낳는 여자도 많고."

아리제가 모퉁이를 가리키며 대답했다. 탁자 가운데에 천이 쌓여 있고 그 옆에 재봉틀 한 대가 있었다.

"내 관심사는 네가 아니라 네 배 속에 있는 내 대자야."

올란나가 말하고 아리제의 블라우스를 들춰서 볼록 올라온 단단한 배의 탱탱하게 당겨진 피부에다 얼굴을 댔다. 아리제가 임신한 이후에 올란나가 계속해 온 일종의 의식이었다. 아리제는 그녀가 그렇게 하면 그 정기를 받아서 올란나 같은 아기가 태어날 거라고 우겼다.

"난 외모 같은 건 상관없어. 중요한 건 내면이야. 우리 딸은 언니처럼 똑똑해서 공부를 잘해야 돼."

"아들일 수도 있어."

"아니야, 딸이야. 두고 보면 알아. 은나크완제는 자기를 닮은 남자아이가 태어날 거라고 했지만, 난 신께서 우리 아이를 그런 밋밋한 얼굴로 만들지 않으실 거라고 말했어."

올란나가 웃었다. 아리제가 일어나서 에나멜 상자를 열고 돈을 꺼냈다.

"카이네네 언니가 지난주에 보낸 돈이야. 아기한테 필요한 걸 사는 데 쓰래."

"잘됐네."

말이 너무 딱딱하게 나와서 아리제가 바라보는 게 느껴졌다.

"이제 카이네네 언니랑 말 좀 해. 예전에 무슨 일이 있었는지 모르지만 다 지난 일이야."

"말하는 것 자체를 싫어하는 사람한테는 말 걸기가 쉽지 않아."

올란나가 대답했다. 이제 주제를 바꾸고 싶었다. 카이네네 얘기만 나오면 주제를 바꾸고 싶었다.

"아기를 데리고 이페카 외숙모한테 인사하러 가야겠어."

올란나는 아리제가 무슨 말을 하기도 전에 아기를 데리러 급히 나갔다.

올란나는 아기의 얼굴과 손에 묻은 모래를 털어 주고 공동 주택을 나와 길을 따라 내려갔다. 음바에지 외삼촌은 아직 시장에서 돌아오지 않았다. 그녀는 이페카 외숙모와 좌판 앞 의자에 앉아 아기를 무릎에 올려놓았다. 마당은 이웃 사람들이 이야기를 나누는 소리와 아이들이 쿠카 나무 아래를 빙글빙글 돌면서 뛰어다니며 내지르는 비명 소리로 시끄러웠다. 누군가가 축음기로 시끄러운 음악을 틀어 놓았고 얼마 후에는 공동 주택 정문에 모인 남자들이 크게 웃고 서로를 밀어 대며 장난스러운 노래를 부르기 시작했다. 이페카 외숙모도 웃으며 손뼉을 쳤다.

"뭐가 우스워요?"

올란나가 묻자 외숙모가 대답했다.

"저건 렉스 로손이 부른 노래야."

"그게 뭐가 우스운데요?"

외숙모가 깔깔 웃었다.

"사람들 말이 후렴구가 음매애 음매애 하고 염소가 우는 소리처럼 들린대. 그런데 사르다우나가 제발 죽이지 말라고 사정하는 소리가 꼭 저렇게 들렸다는구나. 군인들이 집에다 박격포를 쏘니까 마누라들 뒤에 숨어서 '음매애 음매애, 제발 살려 주세요, 음매애 음매애!' 하고 울면서 사정했다는 거야."

외숙모가 다시 웃자 아기도 알아듣기라도 한 것처럼 웃었다.

"아."

올란나는 오콘지 추장을 떠올렸다. 그도 처형당하기 전에 염소처럼 울었다고 소문이 도는지 궁금했다. 그녀는 거리 건너편을 바라보았다. 아이들이 자동차 타이어를 나란히 굴리며 시합을 벌이고 있었다. 멀리서 불어온 모래바람에 회색 먼지구름이 일어났다 가라앉았다.

이페카 외숙모가 말했다.

"사르다우나는 사악한 사람이야. 아조 음마두. 그는 우리를 증오했어. 신발을 벗고 절하지 않는 모든 사람을 증오했어. 우리 아이들을 학교에 못 가게 만든 사람이 바로 그 작자야."

"그래도 죽이지 말아야 했어요. 감옥에 가둬야 했어요."

올란나가 차분하게 말하자 외숙모가 콧방귀를 뀌었다.

"어디에 있는 감옥에 가둬야 했는데? 그가 모든 걸 통솔하는 이 나이지리아 어디에?"

외숙모가 일어나서 좌판을 치우기 시작했다.

"안으로 들어가서 아기한테 먹을 걸 줘야겠어."

올란나가 아리제의 공동 주택으로 돌아갔을 때도 렉스 로손의 노래는 여전히 시끄럽게 울려 퍼지고 있었다. 은나크완제도 그 노래를 아주 좋아했다. 그는 앞니가 너무 커서 웃을 때는 커다란 두 앞니 옆으로 아프게 비집고 파고든 아주 작은 이들이 보였다. 음매애 음매애, 염소가 죽이지 말라고 애걸복걸하네, 음매애 음매애.

"저건 안 우스워."

올란나의 말에 아리제가 반박했다.

"아니야, 언니, 정말 우스워. 언니는 책을 너무 많이 봐서 이제 웃는 법을 잊어버린 거야."

은나크완제는 아리제 발밑에 앉아서 그녀의 볼록 올라온 배를 원을 그리며 가볍게 문지르고 있었다. 둘이 결혼하고 두세 해가 지나도록 임신을 못 할 때도 은나크완제는 아리제와 달리 그다지 걱정하지 않았다. 은나크완제 어머니가 툭하면 찾아와서 아리제의 배를 콕콕 찌르며 처녀 시절에 중절 수술을 얼마나 많이 했느냐고 다그치자, 그는 어머니에게 더 이상 찾아오지 말라며 그녀와 다퉜다. 아리제가 억지로 들이켜는 이상한 약도 더 이상 못 가져오게 했다. 아리제가 임신한 지금 그는 철도 공사 초과 근무를 시작했으며 아리제에게는 재봉 일을 그만두라고 했다.

은나크완제는 아직도 그 노래를 부르며 웃었다. 염소가 죽이지 말라고 애걸복걸하네, 음매애 음매애.

올란나는 일어섰다. 밤바람이 너무 차가웠다.

"아리제, 이제 잠자리에 들도록 해. 아침 일찍 라고스로 가야 하니까."

은나크완제가 도와주려고 했지만 아리제가 밀치며 말했다.

"난 환자가 아니라고 했잖아. 임신한 것뿐이라고."

올란나는 라고스에 있는 집에 아무도 없어서 기뻤다. 아버지는 그녀에게 전화로 해외에 나가 있겠다고 말했다. 상황이 잠잠해질 때까지 피하고 싶었기 때문이다. 관료들에게 10퍼센트의 뇌물을 건네고, 사치스러운 파티를 열며, 관료들이나 사업가들과 부정한 유착 관계를 맺어 왔기 때문에 무서웠던 것이다. 아버지도 어머니도 그런 말을 안 했지만 올란나는 충분히 짐작할 수 있었다. 두 분은 그걸 휴가라고 불렀다. 모든 걸 그대로 묻어 두자는 게 두 분 생각이었다. 올란나와 카이네네가 서로 더 이상 대화를 나누지 않는다는 것, 카이네네가 오지 않을 게 확실할 때만 올란나가 집에 온다는 것을 두 분이 모르는 척하는 것과 비슷했다.

공항 택시에서 아리제는 아기에게 노래를 가르쳐 주고, 올란나는 차창에 스쳐 지나가는 라고스 풍경을 바라보았다. 혼잡한 교통과 낡은 버스 그리고 지친 표정으로 버스를 기다리는 사람들,

호객꾼, 거지, 나무로 만든 정해진 궤도가 없는 버스, 초라한 차림으로 접시를 내미는 장사꾼과 그걸 사지도 않고 살 돈도 없는 사람들…….

운전사가 담장을 둘러친 부모님의 이코이 저택 앞에 차를 세웠다. 아기가 높은 대문을 올려다보며 물었다.

"사람들이 죽인 장관님이 예전에 이 근처에서 살지 않았나요? 아비, 외숙모?"

올란나는 못 들은 척하면서 아기에게 말했다.

"이런, 드레스가 어떻게 됐는지 봐! 빨리 닦아야 하니까 어서 안으로 들어가!"

어머니의 운전사 이베키에가 자동차를 몰고 킹스웨이까지 태워 주었다. 슈퍼마켓에서 페인트를 새로 칠한 냄새가 났다. 아리제는 물건이 쌓인 복도를 걸으며 연달아 감탄했다. 비닐 포장을 만져 보고 아기 옷, 분홍색 유모차, 파란 눈의 플라스틱 인형도 집어 들었다.

"슈퍼마켓의 모든 물건이 반짝거려, 언니. 먼지가 하나도 없어!"

올란나는 분홍 레이스가 달린 하얀 드레스를 집었다.

"오, 마카. 정말 아름다워."

"하지만 너무 비싸."

"너한테 묻지 않았어."

아기가 낮은 선반에서 인형 하나를 꺼내 거꾸로 뒤집어서 울음소리가 나게 했다.

"안 돼, 아가."

올란나가 인형을 빼앗아서 제자리에 돌려놓았다.

그들은 조금 더 쇼핑하고 나서 아리제에게 필요한 옷감을 사러 야바 시장으로 향했다. 테주오쇼 도로는 사람들로 붐볐다. 거품이 끓어오르는 냄비 음식 주변에 모여 앉은 가족들, 검댕이 묻은 대야에다 옥수수와 바나나를 놓고 굽는 여자들, "영원한 가난은 없다."라는 경구를 손글씨로 써넣은 화물 트럭과 웃통을 벗고 그 트럭에 짐을 쌓는 인부들이 있었다. 이베키에는 신문 가판대 근처에다 자동차를 세웠다. 그 옆에서 《데일리 타임스》를 읽는 사람들을 보니 올란나는 기분이 좋았다. 발걸음도 가벼웠다. 그들이 읽는 건 오데니그보가 쓴 글이 분명했다. 술술 읽히는 아주 좋은 글이었다. 올란나가 직접 그 글을 편집하면서 오데니그보 특유의 화려한 문체를 조금 손봐서 중앙 집권제 정부만이 지역주의의 폐단을 없앨 수 있다는 그의 주장을 훨씬 선명하게 드러냈다.

장사꾼들은 에나멜 쟁반을 길가에 내놓고 그 위에다 건전지와 맹꽁이자물쇠와 담배 등을 조심스럽게 진열하고는 우산을 펴고 그 밑에 앉아 있었다. 올란나는 아기의 손을 잡고 그 사이를 지나갔다. 그런데 시장 입구가 이상하게 비어 있었다. 그 앞쪽에 사람들이 모여 있는 것이 보였다. 한가운데에는 누렇게 변한 셔츠를 입은 남자가 섰고 다른 남자 두 명이 그를 번갈아 찰싹찰싹 때리며 소리쳤다.

"도대체 뭐야? 왜 부인하는 거야?"

누런 셔츠를 입은 남자가 텅 빈 눈으로 두 남자를 쳐다보며 매를 맞을 때마다 고개를 조금씩 숙였다. 아리제가 걸음을 멈췄다.

구경꾼 가운데 누군가가 소리쳤다.

"우리 가운데에서 이보족 사람을 솎아 내야 해. 오야, 이리 와서 신분을 밝혀. 너도 이보족이지?"

아리제는 행여나 올란나가 무슨 말을 할까 봐 "이 크우나 으크우."라고 말하면서 머리를 절레절레 흔들고 능숙하게 요루바 말을 하며 자연스럽게 몸을 돌려 왔던 길로 돌아섰다. 누군가가 사파리 정장을 입은 다른 남자의 뒷머리를 때리며 소리쳤다.

"넌 이보족이야! 부정하지 마! 사실대로 말해!"

아기가 울기 시작했다.

"올 엄마! 올 엄마!"

올란나는 아기를 안아 들었다. 자동차에 올라탈 때까지 누구도 입을 열지 않았다. 이베키에는 벌써 차를 돌려놓은 채 백미러를 살피다가 말했다.

"도망치는 사람들을 봤어요."

"도대체 왜 저러는 거지?"

올란나가 묻자 아리제가 어깨를 으쓱했다.

"쿠데타가 일어난 이후부터 카두나와 자리아에서 이런 일이 계속 벌어진다는 소문을 들었어. 이번 쿠데타를 이보족 쿠데타라고 주장하며 사람들이 거리로 몰려나와서 이보족 사람들을 괴롭힌다는 거야."

"에지 오크우? 정말?"

이베키에가 말할 기회만 노린 것처럼 재빨리 끼어들었다.

"네, 마님. 에부테 메타에 사는 우리 삼촌은 쿠데타가 일어난 다음부터 집에서 자지 않아요. 이웃 사람들 모두가 요루바인데, 그 사람들 말이 누군가가 우리 삼촌을 찾아다닌다는 거예요. 그래서 우리 삼촌은 매일 밤마다 자는 집을 바꾸면서 일을 계속하고 있어요. 아이들은 벌써 고향 집으로 돌려보냈고요."

"에지 오크우? 정말?"

올란나가 다시 물었다. 어이가 없었다. 상황이 이런 식으로 변했다는 건 전혀 모르고 있었다. 은수카에서 고립된 채 엉터리 소식만 전해 듣고는 그 소식을 저녁 시간의 토론 주제나 오데니그보가 호언장담하며 정열적으로 글을 쓰게 하는 소재로만 사용했다는 생각이 들었다.

"이제 괜찮아질 거야. 걱정하지 마."

아리제가 올란나의 팔을 잡으며 말했다.

올란나는 고개를 끄덕이며 근처 화물 트럭에 적힌 글귀를 바라보았다.

"천국에는 전화가 없다."

이보족 사람이라는 자신의 정체성을 이렇게 쉽게 부정할 수 있다는 사실을 그녀는 믿을 수가 없었다.

"세례를 받을 때 우리 애한테 하얀 드레스를 입힐 거야."

아리제가 말했다.

"뭐라고, 아리제?"

아리제가 자기 배를 가리키며 다시 말했다.

"언니의 대녀 세례식 때 애한테 하얀 드레스를 입힐 거라고. 고마워, 언니."

아리제의 눈빛이 반짝거리는 것을 보고 올란나가 웃었다. 조금만 지나면 정말 괜찮아질 것 같았다. 아기를 간질였지만 아기는 웃지 않았다. 아기는 겁에 질린 채 아직 눈물이 마르지 않은 눈으로 올란나를 물끄러미 쳐다볼 뿐이었다.

9

리처드는 카이네네가 연보라색 드레스의 지퍼를 올리고 돌아서는 모습을 보았다. 호텔 방 안은 아주 환해서 리처드는 카이네네와 그녀 뒤에 있는 거울에 비치는 그녀의 모습을 볼 수 있었다.

"은케 아 카 음마."

리처드가 말했다. 그 드레스가 부모님 파티에 입고 가려고 침대에 올려놓은 검은색 드레스보다 훨씬 예쁘다는 뜻이었다. 카이네네는 장난스럽게 허리를 숙이며 인사하고 침대에 앉아서 신발을 신었다. 쉘BP와 계약하는 문제 때문에 최근에 계속 찡그리던 그녀의 얼굴이 편안하게 변해 있었다. 부드러운 화장품과 빨간 립스틱을 바른 얼굴이 아름다웠다. 호텔 방을 나서기 전에 리처드는 립스틱이 번지지 않도록 조심하며 그녀의 가발을 살짝 옆으로 돌려서 이마에 키스했다.

부모님의 거실에는 화려한 풍선이 가득했다. 파티가 한창이었다. 검은 유니폼과 하얀 유니폼을 입은 하인들이 쟁반을 들고 머리를 치켜든 채 상냥하게 미소를 지으면서 돌아다녔다. 유리잔에는 샴페인 거품이 가득했고 샹들리에 불빛은 뚱뚱한 여자들의 목걸이에 반사되어 반짝거렸다. 한쪽 구석에 자리한 재즈 밴드는 너무 열심히 시끄럽게 연주해서 사람들이 몸을 밀착하고 크게 소리쳐야 서로 말을 알아들을 수 있었다.

"새 정권의 거물들이 많이 보이네."

리처드가 말하자 카이네네가 그의 귀에 대고 설명했다.

"아빠는 기회를 놓치는 사람이 아니야. 상황이 조용해질 때까지 피하다가 이제 새로운 친구들을 만들러 돌아온 거야."

리처드는 실내를 둘러보았다. 어깨가 떡 벌어지고 얼굴은 넓적하며 몸집이 커다란 마두 대령이 다른 사람 머리 위로 불쑥 솟아 있었다. 그는 몸에 꽉 끼는 파티용 복장을 한 아랍인과 대화를 나누는 중이었다. 카이네네는 인사를 하려고 그쪽으로 걸어가고 리처드는 술잔이 있는 쪽으로 갔다. 아직은 마두와 만나고 싶지 않았다.

카이네네의 어머니가 다가와서 리처드 볼에 키스했다. 술에 취한 게 분명했다. 그러지 않았다면 평소처럼 냉랭한 말투로 "어서 와요."라고 말하며 맞이할 터였다. 그런데 지금은 그에게 혈색이 좋아 보인다고 칭찬하면서 그를 무섭게 울부짖는 모습의 사자 조각상이 놓인 한쪽 구석으로 그의 등에 벽이 닿도록 몰아갔다. 그리고 물었다.

"카이네네한테 들으니 이제 런던으로 돌아갈 예정이라던데?"

흑단처럼 새까만 피부는 화장품을 너무 많이 발라서 창백해 보였다. 그 얼굴에서 뭔지 모를 조급한 기색이 엿보였다.

"네. 열흘 정도 다녀올 생각입니다."

"열흘만?"

카이네네 어머니가 억지로 웃었다. 그가 영국에서 훨씬 더 오래 머물러 그사이에 드디어 자기 딸에게 적당한 배우자를 골라 줄 수 있기를 바라는 것 같았다.

"가족을 만나러 가는 건가요?"

"사촌 마틴이 결혼합니다."

"아, 그렇군."

목에 칭칭 감은 금붙이의 무게 때문에 머리를 앞으로 기울인 모습이 딱해 보였다. 상체에 가해지는 압력을 억지로 숨기려는 게 뚜렷하게 드러났다.

"그러면 우리가 런던에서 만날 수도 있겠네요. 한 번 더 짧게 휴가를 다녀오는 게 좋겠다고 남편한테 말하는 중이거든요. 특별한 일이 있는 건 아니지만 정부가 발표한 중앙 집권제 포고령을 모두가 반기는 것 같지는 않아서요. 상황이 조용해질 때까지 해외에 머무는 편이 훨씬 좋으니까요. 다음 주에 떠날 예정인데 아직 누구한테도 말하지 않았으니 비밀로 해 주세요."

카이네네 어머니가 리처드의 옷소매를 장난스럽게 만졌다. 그는 그녀의 부드러운 입술 선에서 카이네네를 발견했다.

"친구인 아주아 가족한테도 말하지 않았답니다. 당신도 포도주 회사를 가진 아주아 추장을 알죠? 그들도 이보족이긴 한데 서부 쪽에 사는 이보족이랍니다. 듣자 하니 그들은 자신이 이보족이라는 걸 부정한다더군요. 그들이 우리를 어떻게 할지 누가 알겠어요? 혹시 알아요? 그들이라면 더러운 동전 한 닢에 다른 이보족 사람들을 팔

수도 있을지. 술 한잔 더 할래요? 여기서 기다려요, 내가 술을 가져올 테니까."

카이네네의 어머니가 비틀거리며 떠나자 리처드는 카이네네를 찾으러 갔다. 카이네네는 마두와 함께 발코니에서 수영장을 내려다보고 있었다. 고기를 굽는 냄새가 사방에 진동했다. 그는 두 사람을 가만히 바라보았다. 카이네네가 말하고 마두는 그녀 쪽으로 머리를 살짝 기울인 자세로 서 있었다. 거대한 몸집의 마두 옆에 선 카이네네가 연약해 보였다. 완벽한 한 쌍처럼 보였다. 둘 다 새까만 피부에 한 명은 키가 크고 날씬했고 다른 한 명은 더 큰 키에 덩치가 좋았다. 카이네네가 고개를 돌려 리처드를 불렀다.

"리처드."

그가 그쪽으로 가서 마두와 악수하며 재빨리 물었다.

"잘 지냈어요, 마두? 아 나에메크와? 북부 생활은 어떤가요?"

"특별히 나쁜 건 없어요."

마두가 영어로 말했다.

"아다오비와 함께 오지 않았나요?"

그는 마두가 부인을 대동하고 다니길 바랐다.

"아니요."

마두가 대답하고 술을 한 모금 마셨다. 카이네네와 대화를 나누는 자리에 누가 끼어드는 걸 원치 않는 눈치였다.

카이네네가 말했다.

"우리 엄마가 당신에게 말하는 걸 봤어. 정말 놀라운 일이야. 마두와 난 저기 있는 아메드한테 오랫동안 잡혀 있었어. 저 사람은 이케자에 있는 우리 아빠 창고를 사고 싶어 해."

"당신 아버지는 저 사람한테 그 무엇도 팔지 않을 거야. 시리아 사람과 레바논 사람이 벌써 라고스 절반을 장악했어. 저 사람들은 지독한 기회주의자들이야."

마두가 선언했다. 그는 결정권을 자신이 가지고 있는 듯 굴었다.

"나라면 팔겠어. 저 사람이 끔찍한 마늘 냄새만 풍기지 않는다면."

카이네네가 말하자 마두가 웃었다.

그녀가 리처드 손 안으로 자기 손을 밀어 넣었다.

"쿠데타가 다시 일어날 것 같다는 당신 생각을 마두한테 이야기하는 중이었어."

"쿠데타는 다시 일어나지 않아."

마두가 말하자 그녀가 놀렸다.

"당신이라면 확실히 알 거야. 그렇지 않아, 마두? 이제 거물급 대령이 되었으니까."

리처드가 카이네네의 손을 꼭 움켜쥐며 입을 열었다. 이보 말이었다.

"지난주에 자리아에 갔는데, 모두가 두 번째 쿠데타 이야기를 했어요. 라디오 카두나와 《뉴 나이지리아》까지도."

"언론이 제대로 아는 게 뭐 있겠어요?"

마두는 언제나 그러하듯 영어로 대답했다. 리처드의 이보 말 실력이 많이 늘자 마두는 리처드가 다시 영어로 말하게 하려고 고집스럽게 영어로 답했다.

"신문에는 지하드[30]에 대한 기사가 실리고 라디오 카두나는 죽은 사르다우나의 연설을 계속 방송하는 데다가 사람들 사이에서는 이보족이 모든 공직을 장악할 거란 소문이 끊임없이 번지니…….”

마두가 말을 잘랐다.

“두 번째 쿠데타는 없어요. 군 내부에 약간 갈등이 있긴 하지만 어느 군대에나 그런 갈등은 있는 법이에요. 염소 고기를 먹어 봤나요? 정말 맛있죠?”

“네.”

리처드가 거의 자동적으로 동의했다. 그러고는 괜히 동의했다고 후회했다. 라고스는 원래 공기가 후덥지근했다. 그런 데다가 마두 옆에 서 있자니 숨이 막히는 것 같았다. 마두는 다른 사람의 의견을 대수롭지 않게 취급하곤 했다.

일주일 후에 두 번째 쿠데타가 일어나자 리처드는 처음에 고소하다고 생각했다. 당시에 그는 과수원에서 마틴이 보낸 편지를 다시 읽고 있었다. 너무 자주 찾아가서 그곳에 리처드의 엉덩이 자국이 생길 거라며 카이네네가 놀려 대던 자리에 앉은 채였다.

『원주민으로 살아가기』는 아직도 쓰고 있어? 처음부터 난 네가 그럴 줄 알았어! 네가 고대 유물에 대한 책을 포기하고 새로운 주제에 관심을 보인다고 어머니에게 전해 들었어. 소설 형식의 여행기라던데? 유럽이 아프리카에서 저지른 악행도 담겨 있다며? 네가 런던에 오면 자세한 이야기를 듣고 싶어. 『바구니에 가득한 손』이라는 글을 포기한 게 안타까워. 그런데 아프리카에서도 손을 잘라 낸 거야? 궁금해. 난 인도에서만 그런 줄 알았거든.

---

30 이슬람교에서 신앙을 지키기 위해 벌이는 성스러운 전쟁.

리처드는 함께 학교에 다닐 때 마틴이 자주 짓던 미소를 떠올렸다. 당시에 엘리자베스 숙모는 앉아서 빈둥거리는 건 절대 안된다며 크리켓 토너먼트 시합, 권투, 테니스, 혀가 꼬부라진 프랑스인이 가르치는 피아노 레슨 등 리처드와 마틴에게 다양한 교육을 시켰다. 마틴은 그 모든 분야에서 두드러진 실력을 나타냈고 그래서 언제나 자신만만한 미소를 지었다.

리처드는 양귀비처럼 보이는 야생화 하나를 잡아 뜯었다. 마틴의 결혼식이 어떤 식으로 열릴지 궁금했다. 약혼녀가 패션 디자이너였기 때문이다. 카이네네가 함께 갈 수 있다면 얼마나 좋을까! 하지만 그녀는 또 다른 계약 체결 때문에 함께 갈 수가 없었다. 그는 엘리자베스 숙모와 마틴과 버지니아에게 카이네네를 보여주고, 또 이곳에서 몇 년을 보내면서 갈색 피부로 변한 자신이 행복하게 사는 모습도 보여 주고 싶었다.

이케지데가 찾아왔다.

"리처드 선생님! 마님께서 오라고 하십니다. 쿠데타가 또 일어났습니다."

이케지데는 흥분한 표정이었다.

리처드는 안으로 급히 들어갔다. 그가 맞고 마두가 틀렸다. 그는 안으로 들어가면서 7월의 습한 열기에 축 늘어져 머리에 찰싹 달라붙은 머리카락을 손으로 쓸어 넘겼다. 카이네네는 거실 소파에 앉아서 팔짱을 낀 채 몸을 앞뒤로 흔들고 있었다. 라디오에서 나오는 영국인 목소리가 너무 커서 그녀는 그보다 더 큰 목소리로 급히 말했다.

"북부 출신 장교들이 쿠데타를 일으켰어. BBC 방송에서는 그들이 카두나에서 이보족 장교를 모두 죽이고 있대. 나이지리아 라디오에서는 아무 소식도 나오지 않아.”

리처드는 그녀의 뒤로 가서 그녀의 어깨를 둥글게 문지르며 딱딱하게 뭉친 근육을 풀어 주었다. 라디오에서는 한 영국인이 첫 번째 쿠데타가 일어나고 딱 6개월이 지난 지금 두 번째 쿠데타가 일어났다고 숨 가쁘게 전하고 있었다.

“분명해. 정말 분명해.”

카이네네가 중얼거리더니 갑자기 팔을 휘둘러 탁자에 있는 라디오를 밀쳤다. 라디오가 양탄자 바닥에 떨어지면서 건전지가 굴러 나왔다.

“마두가 카두나에 있어. 마두가 카두나에 있다고.”

그녀가 중얼거리며 두 손으로 얼굴을 감쌌다.

“괜찮을 거야, 자기. 괜찮을 거야.”

리처드는 처음으로 마두가 죽을지도 모른다는 생각을 했다. 그는 한동안 은수카로 돌아가지 않기로 결정했다. 그런데 왜 이렇게 결정했는지 스스로도 알 수 없었다. 마두가 죽었다는 전갈을 받을 때 카이네네를 위로하고 싶어서 그런 것 같았다. 그 후 며칠 동안 그녀가 너무나 극도의 긴장 속에서 너무나 심하게 불안해한 나머지 급기야 그 자신도 마두를 걱정하기 시작했다. 그는 마두를 걱정하는 자신이 원망스러우면서도 그런 원망을 하는 자신의 속이 너무 좁아 보여서 속상했다.

어쨌든 카이네네는 리처드까지 마두를 걱정하게 만들었다. 마두가 자신뿐만이 아니라 리처드의 친구도 된다고 생각하는 것 같았다. 그녀는 여러 사람에게 전화해서 마두의 소식을 물어보았지만 제대로 아는 사람은 하나도 없었다. 마두 부인도 들은 내용이 전혀 없었다. 라고스는 혼돈에 휩싸였다. 부모님은 벌써 영국으로 떠난 다음이었다. 이보족 장교가 많이 살해되었다. 학살은 조직적으로 자행되었다. 그녀가 한 군인에게 들은 바에 의하면 이런 식이었다. 병영에 집합 신호를 울려서 모두를 모이게 한 다음에 북부 출신 군인들이 이보족 군인을 골라 데려가서 총살한다는 것이다.

카이네네는 입을 꾹 다물었지만 눈물은 흘리지 않았다. 그러던 어느 날 그녀가 흐느끼는 목소리로 "소식을 들었어." 하고 말했을 때 리처드는 마두의 소식이라고 확신했다. 그녀는 그녀를 어떻게 위로해야 할지 그리고 과연 자신이 그녀를 위로할 수는 있을지 가만히 생각했다.

"우도디. 그들이 우도디 에케치 대령을 죽였어."

"우도디?"

마두에 대한 소식이라고 확신하던 리처드는 순간적으로 머리가 텅 비는 느낌이었다.

"북부 출신 군인들이 우도디를 병영 감옥에 집어넣고 똥을 먹였어. 우도디 자신이 싼 똥을."

카이네네가 가만히 있다가 다시 입을 열었다.

"그런 다음에 의식을 잃을 정도로 때리고 쇠 십자가에 묶어서 감옥에 다시 집어넣었어. 우도디는 쇠 십자가에 묶인 채 죽었어. 십자가에서 죽은 거야."

리처드는 천천히 앉았다. 우도디는 겉과 속이 다른 사람인 데다가 툭하면 술에 취해 헛소리만 지껄여서 시간이 갈수록 리처드는 그를 경멸해 왔다. 그런데도 그가 죽었다는 소식을 들으니 슬펐다. 마두가 죽었다는 소식을 들으면 어떤 기분이 들지 궁금했다.

"그 소식을 누구한테 들었어?"

"마리아 오베레. 우도디 부인이 마리아 사촌이야. 마리아가 북부에서 탈출한 이보족 장교는 한 명도 없다는 말을 들었대. 하지만 으문나치 사람 가운데 몇 명은 마두가 탈출했다고 들었다는 거야. 아직까지 아다오비도 아무 소식도 못 들었어. 마두가 어떻게 탈출할 수 있겠어, 어떻게?"

"어딘가에 숨어 있을 수도 있잖아."

"어떻게?"

카이네네가 다시 물었다.

마두 대령은 그로부터 2주일 후에 카이네네 집에 나타났다. 체중이 많이 줄어서 키가 훨씬 커 보이고 하얀 셔츠 사이로 각진 어깨뼈가 보였다.

카이네네가 비명을 질렀다.

"마두! 마두 맞아? 오 지 디 이페 아?"

누가 먼저 다가갔는지는 확실치 않았지만 카이네네와 마두는 서로를 꼭 껴안았다. 그녀가 마두의 두 팔과 얼굴을 너무나 부드럽게 쓰다듬어서 리처드는 시선을 다른 데로 돌리고 말았다. 그러고는 술병 진열장으로 가서 마두가 마실 위스키와 자신이 마실 진을 따랐다.

"고마워요, 리처드."

마두가 말했지만 술잔을 받지 않아서 그는 두 잔을 들고 멀뚱히 섰다가 하나를 내려놓았다.

카이네네가 마두 앞 탁자에 앉았다.

"네가 카두나에서 총살당했다는 소문이 돌았어. 또 네가 숲에 생매장당했다는 소문에 이어 거기서 탈출했다는 소문이 돌더니 나중엔 라고스 감옥에 갇혔다는 소문까지 들렸어."

마두는 아무 말도 하지 않았다. 카이네네는 그를 물끄러미 쳐다보았으며 리처드는 술 한 잔을 다 마시고 한 잔을 더 따랐다.

마침내 마두가 입을 열었다.

"내 친구 이브라힘 기억나? 샌드허스트에서 만났다는 친구?"

카이네네가 고개를 끄덕였다.

"이브라힘이 내 목숨을 구했어. 쿠데타가 일어난 날 아침에 쿠데타가 일어난다고 말해 줬어. 그는 쿠데타에 직접 관여하지는 않았지만 북부 출신 장교 모두가 그걸 알았거든. 날 자동차에 태우고 자기 사촌네 집으로 데려가서 날 뒷마당 가축우리에 숨기라고 할 때까지 난 어떻게 된 건지 제대로 이해조차 못 했어. 그 닭장에서 이틀을 보냈지."

"맙소사! 에크우지나!"

"그런데 군인들이 날 찾으려고 그 집까지 와서 수색한 거 알아? 이브라힘과 내가 친한 걸 모두가 알고 있어서 그가 날 탈출시켰다고 의심한 거야. 하지만 다행히 닭장까지 뒤지지는 않았어."

마두 대령이 입을 다물고 먼 곳을 쳐다보았다.

"그곳에서 사흘 연속으로 자는 동안 난 닭똥 냄새가 얼마나 지독한지도 알아차리지 못했어. 나흘째 되는 날 이브라힘이 남자아이 편으로 당장 떠나라는 전갈과 함께 소매가 긴 옷과 돈을 보냈어. 난 푸라니 유목민 차림으로 작은 마을만 찾아다니며 걸었지. 이브라힘이 카두나의 큰 도로에서는 포병대가 초소를 세워 놓고 검문한다고 알려 주었거든. 다행히도 오하피아 지역 출신 이보족 화물 트럭 운전사를 만나서 그가 날 카판찬까지 태워 주었어. 우리 사촌이 거기 살거든. 너도 오눈크오를 알지?"

마두는 그녀가 대답할 때까지 기다리지 않았다.

"오눈크오는 철도 역장인데, 북부 출신 군인들이 마쿠르디 다리를 봉쇄했다고 알려 줬어. 다리 자체가 무덤으로 변했다는 거야. 북부 출신 군인들이 기차를 여덟 시간 동안 연착시키고 모든 차량을 샅샅이 뒤져서 이보족 군인들을 찾아내 총살해서 다리 밑에 버렸거든. 변장한 이보족 군인들도 결국엔 군화 때문에 들켰어."

"뭐라고?"

카이네네가 상체를 앞으로 기울이며 묻자 마두가 자기 신발을 보며 대답했다.

"군화. 너도 알다시피 우리 군인들은 항상 군화를 신으니까 모든 남자의 발바닥을 검사한 거야. 군화를 신어서 발바닥이 하마탄 열풍에 갈라지지 않고 깨끗한 이보족 남자가 있으면 데려가서 총살해 버렸어. 베레모를 써서 이마가 햇볕에 그을리지 않았는지 여부도 검사했어."

마두가 머리를 흔들었다.

"오눈크오는 며칠 기다리는 게 좋을 거라고 충고했어. 내가 어떤 식으로 변장해도 쉽게 알아볼 테니 당장 다리를 건너는 건 불가능하다는 거야. 그래서 난 카판찬 근처 마을에서 열흘을 묵었어. 오눈크오는 집을 바꿔 가며 머물 수 있게 도와주었지. 사촌네 집에 머무는 건 안전하지 않았거든. 그러다가 마침내 오눈크오가 은네위 출신의 열차 기관사 한 명을 찾았는데, 그 사람이 날 자기 화물 열차 물탱크에 숨겨 준다고 했어. 그 사람이 나한테 소방관 옷을 줘서 그 옷을 입고 물탱크 안으로 들어갔어. 물이 턱까지 올라왔지. 열차가 덜컹거릴 때마다 물이 코로 들어왔으니까. 이윽고 다리에 도착하자 군인들이 열차를 샅샅이 수색했어. 물탱크 뚜껑으로 다가오는 발소리가 들릴 때는 이제 다 끝났다고 생각했지. 하지만 다행히 뚜껑을 열지 않아서 무사히 통과했어. 그때 비로소 살았다고 생각했어. 으문나치로 오니까 아다오비가 검은 상복을 입고 있더군."

카이네네는 마두가 말을 마친 다음에도 그를 오랫동안 가만히 쳐다보았다. 침묵이 깔렸다. 리처드는 자신이 어떤 반응을 보이고 어떤 표정을 해야 좋을지 몰라서 불편했다.

"이보족 병사와 북부 출신 병사는 이제 절대로 같은 병영에서 지낼 수 없어. 그건 불가능해. 절대로 불가능해."

마두가 중얼거렸다. 그의 눈가에 물기가 어렸다.

"그리고 고원[31]은 국가수반이 될 수 없어. 그들이 앞세운 고원을 우리는 국가수반으로 인정할 수 없어. 절대로 그럴 순 없어. 고원보다 계급이 높은 상급자들이 있어."

"이제 어떻게 할 거야?"

---

31 야쿠부 고원(1934~). 나이지리아 북부 출신이며 1966년에 군부 쿠데타로 나이지리아를 장악함. 1975년까지 나이지리아를 통치함. 비아프라 독립 전쟁 (1966~1970)을 진압하는 임무를 수행함.

카이네네가 물었다.

마두는 그 말을 못 들은 것 같았다.

"동료들이 너무 많이 죽었어. 좋은 동료들이……. 우도디, 이로푸타이페, 오쿤웨제, 오카포르……. 이들은 자신의 부족이 아니라 나이지리아라는 국가를 믿었던 사람들이야. 게다가 우도디는 이보 말보다 하우사 말이 더 익숙한 사람이었어. 그런데도 그들이 우도디를 얼마나 잔인하게 죽였는지 보라고."

마두가 벌떡 일어나서 실내를 거닐었다.

"문제는 종족 균형 정책이야. 난 위원 자격으로 우리 총사령관한테 그 정책을 폐지해야 한다고 말했어. 그 정책은 군대를 편 가를 뿐이라고, 자격 없는 북부 출신은 승진시키지 말아야 한다고 말이지. 하지만 우리 영국인 총사령관은 안 된다고 대답했어."

마두가 돌아서서 리처드를 쳐다보았다.

"이케지데한테 밥을 지으라고 할게."

카이네네의 말에 마두는 어깨만 으쓱하고 나서 입을 다물고 창밖을 내다보았다.

10

으그우가 식탁에다 점심 식사를 다 차리고 말했다.

"다 차렸습니다, 주인어른."

하지만 주인어른이 오그로 수프에는 손조차 대지 않고 라디오에서 흘러나오는 소리를 크게 키운 채 거실을 계속 거니리라는 걸 으그우는 잘 알았다. 아데바요 교수님이 약 한 시간 전에 떠난 뒤부터 주인어른은 계속 그러고 있었다. 아데바요 교수님이 현관문을 너무 세게 두드려서 유리창이 깨지지나 않을까 걱정하며 문을 여는 순간 그녀가 그를 밀치고 들어오며 물었다.

"너희 주인어른은 어디 계시니? 어디 계셔?"

"제가 불러 드릴게요, 교수님."

으그우가 대답했지만 그녀는 주인어른 서재로 급히 들어갔다. 그리고 서재에서 말소리가 들렸다.

"북부에 문제가 생겼어요."

순간 으그우는 입이 말랐다. 아데바요 교수님은 경망스러운 사람이 아니니, 북부에서 무슨 문제가 생겼다면 그건 아주 심각한 문제일 게 분명했다. 문제는 마님이 지금 북부 카노에 있다는 것이다.

몇 주 전에 두 번째 쿠데타가 일어나서 이보족 군인들이 살해된 이후, 으그우는 도대체 이게 어떻게 된 영문인지 파악하려고 애쓰며 신문도 자세히 읽고 주인어른과 손님들 말도 열심히 들었다. 거실의 대화는 이제 여유로운 웃음소리로 끝나지 않았다. 불확실하고 부족한 정보의 그림자가 드리워 있었다. 무슨 일이 일어난 건 분명한데 도대체 그게 뭔지를 모르겠다는 분위기였다.

으그우가 식탁보를 똑바로 펼 때만 해도 ENBC 라디오 에누구의 아나운서 입에서 이런 말이 나오리라고 상상한 사람은 아무도 없었다.

"마이두구리에서 최대 500명에 달하는 이보족이 살해되었다는 소식이 들어왔습니다."

주인어른이 소리쳤다.

"말도 안 돼! 저 말을 들었어? 저 말 들었어?"

"네, 주인어른."

으그우가 대답했다. 큰 소음이 낮잠을 즐기는 아기를 깨우지 않기만 바랄 뿐이었다.

"말도 안 돼!"

"주인어른, 수프 드세요."

"500명이 죽었어. 정말 말도 안 돼! 이럴 순 없어."

으그우는 그릇을 부엌으로 가져가서 냉장고에 넣었다. 양념 냄새가 역겨웠다. 수프와 음식만 봐도 그랬다. 하지만 이제 아기가 깨어날 터이고 그러면 아기에게 저녁에 먹일 음식을 만들어야 했다. 창고에서 감자 부대를 들고 나왔다. 이틀 전에 땋은 머리를 뒤로 잡아당겨 묶어서 이마가 환하게 빛나던 마님이 아리제 아줌마를 데려오려고 카노로 떠나던 모습이 떠올랐다.

아기가 부엌에 들어왔다.

"으그우."

"이 테타고? 이제 일어났니?"

으그우가 물으며 아기를 안았다. 주인어른이 거실을 지나온 아기를 보았는지 궁금했다.

"꿈속에서 아기 닭을 보았니?"

아기가 웃었다. 양 볼에 보조개가 깊이 파였다.

"응!"

"그들이랑 말했니?"

"응!"

"그들이 뭐라고 했니?"

아기는 평상시처럼 대답하지 않고 으그우 목을 놓고서 바닥에 웅크리고 앉았다.

"올 엄마는 어디 있어?"

"올 엄마는 금방 오실 거야."

으그우가 칼날을 검사하며 말했다.

"이제 감자 껍질을 치워 주렴. 쓰레기통에 넣는 거야. 그래서 올 엄마가 돌아오시면 네가 요리하는 걸 도와주었다고 말하자."

으그우는 끓는 물에 감자를 넣은 다음, 아기를 목욕시키고 활석 파우더를 온몸에 발라 주었다. 그리고 드레스처럼 생긴 분홍색 잠옷을 꺼냈다. 아기에게 입히면 인형처럼 보인다며 마님이 좋아하던 옷이었다. 하지만 아기가 말했다.

"파자마 입고 싶어."

으그우는 마님이 분홍색 잠옷을 더 좋아할지 파자마를 더 좋아할지 모르겠다고 생각했다.

현관문을 두드리는 소리가 들렸다. 주인어른이 서재에서 뛰어나왔다. 으그우는 자신이 열고 싶어서 현관문으로 재빨리 달려가 손잡이를 먼저 움켜잡았다. 하지만 마님일 리가 없었다. 그녀에게는 열쇠가 있었다.

"오비오조니? 오비오조인 거야?"

주인어른이 문가에 선 두 남자 가운데 한 명을 바라보며 물었다.

두 눈이 퀭하고 더러운 옷을 입은 남자들을 보는 순간 으그우는 본능적으로 아기를 숨겨야 한다고 느꼈다. 그래서 그는 아기 음식을 침실로 가져가서 장난감 식탁에 놓고 아기에게 《르네상스》에 실린 「잭과 질」 만화에 나오는 질처럼 먹는 척하는 거라고 말했다. 그리고 복도로 이어진 문가에서 거실을 훔쳐보았다. 남자한 명이 말하는 동안 다른 한 명은 탁자에 놓인 유리잔을 내버려두고 물병째로 물을 들이켰다.

"다행히 우리를 태워 주겠다는 화물 트럭 운전사를 만났어."

남자가 말하는 순간 으그우는 그가 주인어른의 친척이라는 것을 알아차렸다. '프' 소리를 '브' 소리로 말하는 아바 사투리가 심했다.

"무슨 일이 일어났던 거야?"

주인어른이 물었다.

그는 물병을 내려놓고 차분하게 말했다.

"저들이 개미를 밟아 죽이듯 우리를 마구잡이로 죽이고 있어. 내 말 똑똑히 들었어? 개미처럼 말이야."

그가 뒷말을 이어 나갔다.

"우리 눈으로 너무 많은 걸 봤어, 안이 아푸주로 안야. 가족 전체가, 아빠와 엄마와 세 아이가 도로변에 누워 있는 모습도 봤어. 가만히 누워 있는 모습 말이야."

"카노는 어때? 카노는 어떻게 됐어?"

주인어른이 물었다.

"폭동은 카노에서 시작됐어."

주인어른의 사촌은 폭도들이 시신을 도시 성벽 바깥으로 내던 졌다고 했지만 으그우는 더 듣지 않았다. "폭동은 카노에서 시작됐어."라는 말만 머리에서 윙윙거렸다. 그는 손님방을 청소하고 침구를 갖다 놓고 수프를 데우고 가리[32]를 새로 만들어서 손님들에게 주고 싶지 않았다. 그들을 당장 내쫓고 싶었다. 그들이 떠나지 않는다면 더러운 입이라도 다물게 하고 싶었다. 으그우는 라디오 아나운서도 입을 다물게 하고 싶었지만 손님들은 라디오를 끄지 않았다. 그들은 마이두구리에서 일어난 학살 소식을 계속 반복해서 떠들었다. 으그우는 라디오라도 창문 밖으로 내던지고 싶었다. 다음 날 오후 두 남자가 떠난 뒤 ENBC 라디오 에누구에서는 엄숙한 목소리로 북부에서 도망친 사람들의 목격담을 계속 늘어놓았다. 자리아에서는 교사들이 칼로 난도질당하고, 소코토에서는 가톨릭

---

32 서아프리카 일대에서 주로 먹는 음식으로, 카사바 줄기를 갈고 물기를 빼 덩어리로 만들어 치대거나 구워서 만듦.

교회 전체가 불길에 휩싸이고, 카노에서는 임신부의 배를 갈랐다는 이야기였다. 아나운서가 잠시 침묵하다가 다시 말했다.

"지금 우리 형제들이 돌아오고 있습니다. 그나마 운이 좋은 사람들이 돌아오고 있습니다. 기차역에 우리 형제들이 가득합니다. 집에 마실 차와 빵이 있으면 그걸 들고 기차역으로 나오세요. 굶주리는 형제들을 도와주세요."

주인어른이 소파에서 벌떡 일어나며 소리쳤다.

"어서 가, 으그우. 차랑 빵을 들고 기차역으로 가."

"네, 주인어른."

으그우가 대답했다. 그러고는 차를 만들기 전에 아기가 점심으로 먹을 바나나를 기름에 튀겨 놓고 말했다.

"아기 점심은 오븐에 있어요, 주인어른."

주인어른은 그 말을 못 들은 것 같았다. 아기가 배고프다고 해도 주인어른이 튀긴 바나나가 오븐에 들었다는 걸 기억하지 못할 것 같아 걱정됐다. 기차역으로 가는 동안에도 걱정은 끊이지 않았다. 사람들이 기차역 여기저기에 더러운 돗자리와 천을 깔아 놓고 앉아 있었다. 울면서 빵을 먹는 아이들과 상처를 살피는 남녀로 붐볐다. 장사꾼들이 머리에 쟁반을 이고 돌아다녔다. 으그우는 난장판 속으로 들어가고 싶지 않았지만 마음을 단단히 먹고 빨간 피가 밴 붕대를 머리에 감고 바닥에 앉아 있는 한 남자에게 걸어갔다. 파리가 사방에서 윙윙거렸다.

"빵을 드릴까요?"

"그래, 형제여. 다루. 고마워."

으그우는 칼에 깊이 베인 머리 상처를 일부러 외면하며 차를 따르고 빵을 내밀었다. 두 번 다시 떠올리고 싶지 않은 흉측한 모습이었다.

으그우가 근처에 웅크리고 앉은 다른 남자에게 다가가며 물었다.

"아저씨도 빵을 드릴까요? 이 초로 빵?"

남자가 몸을 돌리는 순간, 으그우는 깜짝 놀라며 물러났다. 하마터면 차가 담긴 병을 떨어뜨릴 뻔했다. 남자는 오른쪽 눈이 없고 눈이 있던 자리에는 새빨간 속살만 보였다.

"군인들이 우리를 살려 주었어. 그들이 우리한테 병영으로 도망치라고 말했어. 미친 폭도들이 고삐 풀린 염소처럼 쫓아왔지만 우리는 군부대 정문에 들어가서 간신히 살아남았어."

남자가 말했다. 찻물에 적신 빵을 먹는 대가로 자신이 겪은 이야기를 해 주어야 한다고 생각하는 것 같았다.

낡아 빠진 기차 한 대가 들어왔다. 사람들이 가득했다. 일부는 바깥으로 밀려나 금속 손잡이에 매달려 있었다. 으그우는 먼지와 피를 뒤집어쓴 사람들이 피로에 찌든 몸을 이끌고 내려오는 광경을 지켜보았다. 하지만 다른 사람처럼 달려가서 그들이 내리는 것을 도와주지 않았다. 마님 역시 저렇게 비참하게 고생하고 있을 거라는 생각 때문에 견딜 수 없었다. 아니, 그녀가 아직까지 나타나지 않았으며, 아직도 북부 지역 어딘가에 있을지도 모른다는 것이 더욱 견딜 수 없었다. 으그우는 기차에서 사람들이 다 내릴 때까지 지켜보았다. 마님은 보이지 않았다. 그는 눈 하나가 없는 남자에게 남은 빵을 모두 건네주고 돌아서서 뛰어가기 시작했다. 오딤 거리가 나타나고 하얀 꽃이 화사한 덤불을 지나칠 때까지 멈추지 않았다.

11

올란나는 모하메드의 저택 베란다에 앉아서 차가운 쌀 우유[33]를 들이켰다. 입술을 끈적끈적하게 적시고 시원하게 목젖을 타고 흐르는 향긋한 느낌을 즐기며 흥겹게 웃었다. 바로 그때 정문 수위가 나타나서 모하메드에게 말할 게 있다고 했다.

그가 다른 곳으로 갔다가 전단 같은 것을 들고 금방 돌아오며 중얼거렸다.

"폭동이 일어났어."

"학생들이야?"

올란나가 물었다.

"종교색이 짙은 무리들인 것 같아. 지금 당장 떠나야 해."

모하메드가 올란나의 시선을 피하며 말했다.

---

33 갈색 쌀로 만들어 약간 단맛이 나는 음료로, 소에서 짠 우유와 맛이 상당히 비슷해서 쌀 우유라고 불림.

"모하메드, 차분하게 말해."

"술레 말로는 사람들이 도로를 모두 차단하고 이단을 색출하는 중이래. 어서 와, 어서."

그는 벌써 실내로 들어가고 있었다. 올란나도 그 뒤를 따랐다. 그가 너무 심하게 걱정한다는 생각이 들었다. 이슬람교 학생들은 항상 이런저런 문제로 툭하면 데모를 벌여서 서양식 옷차림을 한 사람들을 공격했지만 매번 순식간에 해산당했기 때문이다.

모하메드가 방으로 들어가서 긴 스카프를 가지고 나왔다.

"이걸 써. 변장해야 돼."

올란나가 스카프를 머리에 둘러쓰고 목에 둥글게 감으며 농담을 했다.

"이 정도면 이슬람교 여자처럼 보이겠지?"

하지만 그는 전혀 웃지 않았다.

"어서 가자. 기차역으로 가는 지름길을 알아."

"기차역? 아리제와 난 내일 떠날 거야, 모하메드. 사본가리에 있는 외삼촌 집으로 돌아갈 거라고."

올란나가 거의 뛰다시피 그를 쫓아가며 말했다.

"올란나. 사본가리는 안전하지 않아."

그가 시동을 걸고 출발하는 순간 자동차가 덜커덩거렸다.

"그게 무슨 말이야?"

올란나가 스카프를 잡아당겼다. 스카프 모서리에 놓인 수가 꺼칠꺼칠해서 목이 불편했다.

"술레는 그들이 조직적으로 움직인다고 했어."

올란나는 모하메드를 물끄러미 바라보았다. 잔뜩 겁에 질린 그를 보니 그녀도 갑자기 겁이 났다.

"모하메드?"

그가 나직하게 말했다.

"공항 도로에 이보족 시신이 널려 있대."

그때 비로소 올란나는 이것이 이슬람교 학생들이 벌이는 단순한 데모가 아니라는 사실을 깨달았다. 두려움 때문에 목이 탔다. 그녀는 그의 두 손을 꼭 움켜잡으며 사정했다.

"우선 친척들부터 구해야 돼, 제발."

모하메드가 사본가리로 자동차를 몰았다. 먼지가 쌓인 노란 버스가 옆을 빠르게 지나갔다. 정치인들이 지역을 돌아다니며 주민들한테 쌀과 돈을 나누어 주면서 선거 운동을 할 때 사용하는 버스 같았다. 한 남자가 버스 문 밖에 매달려서 입에 확성기를 대고 하우사 말로 천천히 소리쳤다.

"이보족을 몰아내자. 이단을 몰아내자. 이보족을 몰아내자."

모하메드가 손을 내밀어 올란나 손을 꼭 움켜잡은 채 도로에서 "아라바, 아라바!" 하고 외치는 수많은 젊은 사람들을 헤치며 나아갔다. 그는 자동차 속도를 줄이며 경적을 몇 차례 울렸고, 인파가 흩어지자 다시 속도를 냈다.

사본가리에 들어서니 거리는 텅 비어 있었다. 긴 회색 그림자처럼 뿌옇게 일어나는 연기가 보이고 탄내도 났다.

"여기서 기다려."

모하메드가 말하고 음바에지 외삼촌네 공동 주택 앞에 차를 세웠다. 올란나는 밖으로 달려가는 그를 지켜보았다. 자주 보던 거리가 이상하게 낯설었다. 공동 주택 정문이 부서지고 쇳덩이가 땅바닥에 나뒹굴었다. 이페카 외숙모의 좌판이 있던 자리에는 나뭇조각과 땅콩 봉지가 땅바닥에 나뒹굴었고 좌판이 있던 흔적만 남아 있었다. 올란나는 자동차 문을 열고 밖으로 나갔다. 화염이 지붕 위로 솟구치고 먼지와 재가 공중에 떠다녀서 눈이 부시고 뜨거웠다. 그녀는 잠시 멈칫했지만, 집으로 뛰어가기 시작했다. 그러다 시신 여러 구를 발견하고 우뚝 멈춰 섰다. 어색하게 몸을 구부린 음바에지 외삼촌이 다리를 벌리고 얼굴을 아래로 한 채 쓰러져 있었다. 뒷머리에 생긴 커다란 상처에서 크림처럼 하얀 물질이 흘러나왔다. 이페카 외숙모는 베란다에 누워 있었다. 벌거벗은 몸 여기저기에 조그만 상처가 많았다. 두 팔과 두 다리에 찍힌 작은 상처는 마치 살짝 벌린 빨간 입술처럼 보였다.

올란나는 속에서 구역질이 났다. 멍한 느낌이 온몸으로 퍼지며 두 발이 움직이지 않았다. 모하메드가 올란나를 질질 잡아끌어서 팔이 아팠다. 하지만 아리제 없이 그냥 떠날 수는 없었다. 그녀가 금방 도착할 예정이었다. 그녀를 의사에게 데려가야 했다.

"아리제, 아리제가 금방 도착할 거야."

주변의 연기가 너무 짙어서 올란나는 마당으로 몰려드는 성난 군중이 진짜 사람인지 아니면 연기 기둥인지 알 수 없었다. 그러다가 다리춤에서 옷자락이 펄럭이는 긴 카프탄을 입고 빨간 피를 묻힌 채 날이 날카롭게 번뜩이는 손도끼와 칼을 들고 있는 사람들을 발견했다.

모하메드는 올란나를 자동차의 뒷자석에 밀어 넣고 빙 돌아서 운전석에 올라타며 말했다.

"머리 숙여."

"우리가 전 가족을 끝장냈다. 이건 알라의 뜻이다!"

군중 가운데 누군가가 하우사 말로 소리쳤다. 그의 모습이 눈에 익었다. 압둘마리크였다. 바닥에 누운 시신들을 압둘마리크가 발로 툭툭 찼는데, 그녀의 눈에는 그곳에 누워 있는 많은 시신이 헝겊으로 만든 인형처럼 보였다.

"당신은 누구야?"

다른 사람이 자동차를 가로막으며 물었다.

모하메드가 시동을 켜둔 채 차 문을 열고 그에게 하우사 말로 빠르게 뭐라고 말했다. 상대가 옆으로 비켜섰다. 올란나는 아까 본 사람이 정말 압둘마리크가 맞는지 자세히 보려고 고개를 돌렸다.

"얼굴 들지 마!"

모하메드가 속삭였다. 그때 그들은 쿠카 나무를 간신히 피하다가 떨어져 있는 커다란 나뭇가지 하나를 우지끈 소리를 내며 밟고 지나갔다. 그녀는 머리를 숙였다. 압둘마리크가 분명했다. 그는 머리 없는 한 여자의 시신을 발로 톡톡 건드리다가 그 위를 넘어갔다. 옆으로 돌아갈 공간이 충분한데도 일부러 그랬다.

"알라께선 이런 짓을 허락하지 않아. 알라는 저들을 용서하지 않아. 알라는 저들한테 이런 짓을 하게 만든 사람들을 용서하지 않아. 알라께선 이런 짓을 절대 용서하지 않아."

모하메드가 온몸을 덜덜 떨면서 중얼거렸다.

두 사람은 분노로 가득 찬 침묵 속에서 차를 몰았다. 핏자국이 여기저기 묻은 제복을 입은 경찰관을 지나고 도로변에 가득한 폭도를 지나고 라디오를 훔쳐 가는 아이들을 지나서 기차역에 도착했다. 비로소 모하메드는 차를 세우고 사람이 붐비는 기차 안으로 올란나를 밀어 넣었다.

올란나는 무릎을 가슴에 대고 기차 바닥에 앉았다. 사람들이 땀을 뻘뻘 흘리며 사방에서 그녀를 밀쳤다. 기차 밖에 있는 사람들은 객차에 자기 몸을 밧줄로 묶었고 일부는 계단 난간에 올라섰다. 기차에서 떨어지는 사람들의 숨죽인 비명 소리가 여기저기에서 들리기도 했다. 기차는 엉성하게 엮인 고철 덩어리 같았으며 철로를 달리는 느낌은 과속 방지 턱을 지나는 것처럼 불안했다. 기차가 덜커덩거릴 때마다 올란나는 옆에 있는 여자의 무릎에 있는 커다란 호리병 쪽으로 몸이 쏠렸다. 여자가 입은 옷 여기저기에 묻은 얼룩이 핏자국처럼 보였지만 확실한 건 아니었다.

올란나는 눈이 따끔거렸다. 후춧가루와 모래가 들어간 것처럼 눈이 콕콕 쑤시고 매웠다. 눈을 깜빡거리는 것도, 꼭 감고 있는 것도, 뜨고 있는 것도 고통스러웠다. 차라리 두 눈을 빼내고 싶을 정도였다. 그녀는 손가락에 침을 발라서 두 눈을 문질렀다. 아기가 몸을 긁을 때마다 이렇게 하곤 했다. 아기가 "올 엄마!" 하고 울면서 가려운 팔이나 다리를 들어 올리면 그녀는 손가락 하나를 입에 넣었다가 빼서 아기가 가려워하는 곳을 문질러 주었다. 하지만 지금은 침 때문에 두 눈이 더 따끔거릴 뿐이었다.

앞에 있던 젊은 남자가 비명을 지르며 두 손으로 머리를 감쌌다. 열차가 옆으로 쏠려서 그녀는 호리병에 또 부딪혔다. 호리병의 단단한 나무 느낌이 좋았다. 손을 앞으로 내밀어서 부드럽게 곡선을 그리는 호리병을 쓰다듬었다. 그리고 두 눈을 감았다. 눈을 감으면 그나마 덜 따끔거렸기 때문이다. 두 눈을 꼭 감고 한 손으로 호리병을 몇 시간 동안 쓰다듬고 있는데 어느 순간 누군가가 이보 말로 소리쳤다.

"안이 아가페에라! 드디어 니제르강을 건넜다! 이제 고향에 도착했다!"

오줌이 열차 바닥에 번졌다. 올란나는 옷으로 스며드는 차가운 액체를 느꼈다. 호리병을 든 여자가 그녀를 쿡 찔렀다. 그리고 주변에 있는 다른 사람들한테 손짓하며 소리쳤다.

"비아누, 여길 보세요. 이리 와서 여길 보세요!"

여자가 호리병을 열었다. 그리고 다시 소리쳤다.

"이걸 보세요!"

올란나가 호리병 안을 들여다보았다. 잿빛 피부의 조그만 여자애 머리가 보였다. 땋아 올려 묶은 머리카락 그리고 뒤로 돌아간 눈동자와 쩍 벌린 입이 보였다. 그녀는 한동안 호리병 속에 든 아이의 머리를 물끄러미 바라보다가 시선을 돌렸다. 누군가가 비명을 질렀다.

여자가 호리병을 닫고 소리쳤다.

"여러분은 아세요? 머리숱이 많은 이 아이의 머리를 땋는 데 얼마나 많은 시간이 들었는지?"

열차가 시끄러운 소리를 내며 멈췄다. 올란나는 열차에서 내려 붐비는 인파 한가운데에 섰다. 한 여자가 정신을 잃고 쓰러졌다. 아이들이 화물 트럭의 옆구리를 때리며 소리쳤다.

"오웨리! 에누구! 은수카!"

올란나는 호리병에 든, 머리카락을 땋은 아이의 머리를 떠올렸다. 그리고 아이 엄마가 손가락에 포마드 기름을 묻히고는 딸의 머리카락을 나무 빗으로 가르며 땋는 장면을 그려 보았다.

12

비행기가 카노에 착륙하는 순간 리처드는 카이네네가 쓴 쪽지를 다시 읽기 시작했다. 잡지를 꺼내려 가방을 뒤지다가 조금 전에 우연히 발견한 쪽지였다. 열흘간 런던에 가 있는 동안 쪽지가 가방에 들었다는 걸 알았더라면 좋았을 거라고 생각했다.

당신을 항상 내 곁에 두고 싶은 이 그릇된 욕망이 사랑일까? 침묵 가운데서 느끼는 이 안정감이 사랑일까? 이 친밀감이, 이 완전함이 사랑일까?

리처드는 쪽지를 읽으면서 미소를 지었다. 카이네네는 그에게 이런 걸 쓴 적이 한 번도 없었다. 생일 카드에 "사랑을 담아, 카이네네가."와 같은 일반적인 글 외에 이런 글까지 자신에게 쓰리라고 생각해 본 적이 없었다. 그는 읽고 또 읽다가 정성스럽게 쓴 "이"라는 글자를 오랫동안 쳐다보았다. 중요한 서명처럼 보였다. 런던에서 비행기가 오랫동안 연착한 것도, 이곳 카노에서 라고스행 비행기를 타려고 오래 기다리는 것도 갑자기 아무렇지도 않게 느껴졌다. 상쾌한 기분이 온몸을 휘감았다. 모든 게 가능할 것 같고 무엇이든 해낼 수 있을 것 같았다. 그는 자리에서 일어나 옆에서 가방을 내리는 여자를 도와주었다.

침묵 가운데서 느끼는 이 안정감이 사랑일까?

"아주 친절하시군요."

여자가 아일랜드 악센트로 말했다. 비행기에는 나이지리아인이 하나도 없었다. 카이네네가 이곳에 있다면 냉소를 머금으며 유럽인 도적이 가득하다고 말할 것 같았다. 리처드는 이동식 계단을 내려가 스튜어디스와 악수하고 활주로를 빠르게 걸었다. 태양은 쨍쨍 내리쬐고 뜨거운 햇빛이 내뿜는 열기는 몸의 수분을 모두 증발시킬 듯했다. 시원한 건물에 들어서서 너무나 다행이었다. 그는 세관 검사대 앞에서 줄을 선 채 카이네네의 글을 다시 읽었다.

당신을 항상 내 곁에 두고 싶은 이 그릇된 욕망이 사랑일까?

리처드는 하코트 항구로 돌아가면 그녀에게 청혼할 생각이었다. 그러면 그녀는 아마 처음에는 이렇게 말할 것이다.

"땡전 한 푼 없는 백인의 청혼을 우리 부모님이 굉장히 싫어하실 텐데……."

하지만 결국엔 받아들일 것이다. 그는 분명히 그러리라고 확신했다. 최근 카이네네는 이런 글을 쓸 정도로 자신에게 감미롭고 부드럽게 대했다. 하지만 올란나와 있었던 일을 그녀가 과연 용서했는지는 불확실했다. 두 사람은 그 이야기를 입에 담지도 않았다. 하지만 이 쪽지는 새로운 가능성을 보여 주고 있었다. 앞으로 나아갈 준비가 되었다는 의미였다. 그가 쪽지를 손바닥에 올려놓고 그것을 부드럽게 쓰다듬을 때 아주 새까만 피부의 젊은 세관 직원이 물었다.

"신고할 물건은 없나요, 선생님?"

"없어요."

그가 대답하고 여권을 건네주었다.

"라고스로 가는 중이에요."

"네, 됐습니다, 선생님! 나이지리아에 오신 걸 환영합니다."

젊은 직원이 말했다. 제복에 비해 몸집이 너무 크고 통통한 직원이었다.

"여기에서 일하세요?"

리처드가 물었다.

"네, 선생님. 아직은 수습생입니다. 하지만 12월에는 정식 직원이 됩니다."

"잘됐군요. 고향은 어딘가요?"

"남동부 지역에 있는 오보시라는 마을입니다."

"오니차에 있는 조그만 마을이죠?"

"그곳을 아십니까, 선생님?"

"은수카 대학에 있는 동안 동부 지역을 샅샅이 돌아다녔답니다. 그쪽 지역에 대한 책을 쓰는 중이지요. 그리고 내 약혼녀는 그곳에서 그리 멀지 않은 으문나치 출신이에요."

약혼녀란 말이 아주 쉽게 나왔다. 얼굴이 빨개지면서도 기분이 좋았다. 앞으로 느낄 애처가의 황홀경 같았다. 리처드는 빙그레 웃다가 그 웃음이 기쁨의 환호성으로 변할까 봐 걱정스러웠다.

"약혼녀가 있으시군요, 선생님?"

"네. 이름은 카이네네입니다."

리처드가 두 번째 음절을 길게 끌면서 천천히 말했다.

"이보 말을 하시네요, 선생님?"

상대의 눈빛에서 존경심이 엿보였다.

"은완네 디 나 음바."

리처드는 '다른 나라에서 온 형제'라는 의미의 속담을 구사하면서 틀리지 않길 바라며 자신 없는 표정을 지었다.

"야! 정말 잘하시네요! 이 나아수 이보!"

젊은 직원이 축축한 손으로 리처드의 손을 잡고 따뜻하게 흔들며 자신에 대한 이야기를 늘어놓기 시작했다. 그의 이름은 은나 에메카였다.

"전 으문나치 사람을 잘 알아요. 그들은 문제를 잘 일으키지요. 마을 사람들이 으문나치 남자랑 결혼하지 말라고 경고했지만 제 사촌은 그 말을 안 들었어요. 결국 사촌은 그곳 사람들이 매일 때려서 짐을 싸 들고 아버지 집으로 돌아왔지요. 하지만 으문나치 사람 모두가 나쁜 건 아니에요. 제 외가 쪽도 그 마을 출신이니까요. 제 외할머니에 대해서 들으셨나요? 은와이케 은크웰레라는 분이에요. 책을 쓰실 때 외할머니에 대한 내용도 쓰셔야 해요. 외할머니는 아주 훌륭한 약초 전문가였어요. 말라리아를 단번에 고쳐 주었으니까요. 만일 외할머니가 사람들한테 돈을 많이 받았다면 제가 지금 해외에서 의학 공부를 하고 있을 겁니다. 하지만 저희 가족은 절 해외에 보낼 수가 없었죠. 라고스 사람들은 뇌물을 바치는 집 자녀한테만 학위를 주거든요. 제가 의사가 되고 싶었던 건 외할머니 때문이랍니다. 그렇다고 이곳 세관 일이 나쁘다는 건 아니에요. 이곳도 어려운 시험을 거쳐서 들어왔으니까요. 저희를 부러워하는 사람이 많아요. 제가 정식 직원이 되면 살기도 훨씬 좋아질 거고 힘든 일은 훨씬 줄어들 테니……."

스피커에서 세련된 하우사 악센트의 영어로 런던 비행기에서 내린 승객들은 라고스행 비행기에 올라타라고 방송하는 목소리가 들렸다. 리처드가 마음을 놓으며 말했다.

"재미있게 잘 들었어요, 지리에 이케."

"네, 선생님. 카이네네란 분한테 안부를 전해 주세요."

은나에메카가 말하면서 자기 책상으로 돌아가려고 등을 돌렸다. 리처드는 여행 가방을 집어 들었다. 바로 그때 옆 통로가 활짝 열리며 세 남자가 장총을 들고 뛰어들었다. 녹색 군복 차림이었다. 그는 지금 군인들이 저런 꼴로 헐레벌떡 들어오는 이유가 무엇인지 궁금했다. 그러다가 무섭게 번쩍이는 그들의 새빨간 눈동자를 보았다.

한 군인이 장총을 휘두르며 소리쳤다.

"인아 니아미리! 이보족은 어디 있어? 누가 이보족이지? 이교도들이 어디에 있냐고?"

한 여자가 비명을 질렀다.

"네놈도 이보족이잖아!"

다른 군인이 은나에메카에게 소리쳤다.

"아닙니다, 난 카트시나 출신입니다! 카트시나!"

그가 은나에메카에게 다가갔다.

"알라후 아크바르라고 말해 봐!"

라운지에 침묵이 깔렸다. 리처드는 식은땀이 속눈썹에까지 맺히는 것을 느꼈다.

"알라후 아크바르라고 말해 봐!"

그가 다시 소리쳤다.

은나에메카가 무릎을 꿇었다. 온몸으로 파고드는 공포 때문에 볼이 쑥 들어가 완전히 다른 사람처럼 이상하게 변한 그의 얼굴을 리처드는 가만히 바라보았다. 자신은 악센트가 제대로 나오지 않아서 알라후 아크바르라고 말하지 못할 것 같았다. 하지만 리처드는 은나에메카가 그 말을 하려는 시도라도 하기만을 간절하게 바랐다. 숨 막히는 침묵 속에서 무슨 일이든 일어나기만을 간절하게 바랐다. 그 생각에 대답이라도 하듯 장총이 불을 내뿜으며 빨간 덩어리를 퍼뜨리는 순간 리처드는 손에 있던 쪽지를 떨어뜨렸다.

승객들이 의자 뒤에 숨었다. 남자들은 무릎을 꿇고 머리를 바닥에 댔다. 누군가가 이보 말로 소리쳤다.

"아, 어머니! 아, 어머니! 신은 그런 걸 좋아하지 않아요!"

바텐더였다. 군인 한 명이 다가가서 그를 총으로 쏘았다. 그리고 그 뒤에 진열된 술병을 겨냥해 방아쇠를 당겼다. 라운지에 위스키와 진 냄새가 진동했다.

더 많은 군인들이 와서 총격을 퍼부었고 "니아미리!"나 "아라바, 아라바!"라고 외치는 소리가 더 자주 들렸다. 바텐더는 바닥에서 몸을 비틀어 대며 목구멍에서는 꾸르륵거리는 소리를 냈다. 군인들이 활주로로 뛰어나가서 비행기에 들어가 이미 올라탄 이보족 사람들을 끌어냈다. 그들을 길게 줄 세우고 총을 쏜 다음에 바닥에 쓰러진 시신을 그대로 두었다. 시신이 걸친 밝은 색깔의 옷들이 새까만 활주로에 다양한 색을 흩뿌렸다. 공항 경비원들은 유니폼 차림으로 팔짱을 낀 채 벌어지는 일을 구경만 했다. 리처드는 자신이 바지에 오줌을 싸는 것을 느꼈다. 양쪽 귀에서 윙윙 소리가 나 고통스러웠다. 다른 승객들이 비틀거리며 라고스행 비행기에 오를 때 리처드는 한쪽 구석에서 구역질을 하느라 하마터면 비행기를 놓칠 뻔했다.

목욕 가운 차림의 수전은 상냥한 표정을 지었다. 갑자기 들이닥친 리처드를 보고도 전혀 놀라지 않았다.

"완전히 기진맥진한 얼굴이네."

수전이 말하며 리처드의 볼을 만졌다. 그녀는 이리저리 헝클어진 머리카락을 새빨간 양쪽 귀만 살짝 드러날 정도로 느슨하게 넘긴 상태였다.

"런던에 갔다가 지금 막 돌아오는 길이야. 카노에서 비행기를 갈아탔어."

"마틴의 결혼식은 어땠어?"

리처드는 소파에 가만히 앉아 있었다. 런던에서 있었던 일은 하나도 기억나지 않았다. 수전은 그가 대답하지 않아도 신경 쓰지 않는 것 같았다.

"위스키 약간에 물을 많이 타서 줄까?"

그녀가 묻더니 술을 따르기 시작했다.

"카노는 흥미로워. 그렇지?"

"응."

리처드가 대답했다. 하지만 정작 그가 하고 싶었던 말은 카노에서 그런 참혹한 일이 있어났는데도 이곳에서는 번잡스러운 삶이 예전 그대로 계속되고 있다는 게 놀랍다는 것이었다. 그래서 라고스 거리를 오가는 장사꾼, 자동차와 버스 들, 붐비는 인파를 멍하니 바라보았다고 말하고 싶었다.

"앞으로 북부 출신 사람들이 남부 출신을 고용할 때보다 두 배나 많은 돈을 들여야 하는 외국인을 어떻게 고용하려는지 궁금해. 하지만 돈벌이는 굉장히 좋은가 봐. 니젤이 지금 막 전화를 걸어서 자기 친구 존 이야기를 했어. 존은 송장처럼 생긴 스코틀랜드 사람인데 전세 비행기를 조종한대. 그런데 지난 며칠 동안 이보족 사람들을 안전한 지역으로 데려다주면서 상당히 많은 돈을 벌었다는군. 자리아에서만 수백 명이 학살당했다니까."

리처드는 몸이 이상하게 덜덜 떨리고 금방이라도 쓰러질 것 같은 기분이 들었다.

"그럼 그곳에서 무슨 일이 일어나는지 알겠네?"

"당연하지. 라고스로 확산되지 않기만을 바랄 뿐이야. 앞으로 어떻게 될지 아무도 모르니까."

수전이 술잔을 단숨에 들이켰다. 리처드는 그녀의 창백한 얼굴과 그녀의 입술 위에 어리는 식은땀을 바라보았다.

"이곳엔 이보족이 정말 많아. 어디든 없는 곳이 없어. 하기야 그들끼리 잘 뭉치고 상권까지 장악하고 있으니까 그럴 수밖에 없겠지. 어찌 보면 유대인 같아. 다른 부족보다 상대적으로 미개하고. 가령 오래전부터 해안가에서 유럽인과 만나 왔던 요루바족과 비교할 수 없을 정도니까. 이보족 일꾼을 고용하려 했을 때 누군가가 만류하던 게 기억이 나. 까딱하다간 집과 땅을 모두 빼앗기고 말 거라면서 말이야. 위스키 한 잔 더?"

리처드가 머리를 흔들었다. 수전이 자기 술잔에 위스키를 따랐다. 하지만 이번엔 물을 타지 않았다.

"카노 공항에서 아무것도 보지 못했어?"

"못 봤어."

리처드가 대답했다.

"하기야 그들도 공항까지 들어가지는 않을 거야. 이곳 사람들이 서로에 대한 증오를 억누르지 못하는 걸 보면 정말 어이없어. 물론 우리도 누군가를 증오하지만 자제력이라는 게 있잖아. 문명이 그런 자제력을 심어 주니까."

그녀가 술을 마시고 또 따랐다. 리처드는 두통이 심해져 화장실로 뛰어들었다. 머리가 깨질 것 같은 통증이 몰려들었다. 그는 수돗물을 틀었다. 거울에 비친 자신의 모습이 조금도 변하지 않았으며, 아무렇게나 삐져나온 눈썹과 파란 색유리 같은 눈동자도 예전과 똑같다는 사실이 너무나 충격적이었다. 그렇게 참혹한 장면을 보고서도 어떻게 전혀 변하지 않을 수 있단 말인가! 너무 부끄러워서 얼굴에 빨간 사마귀라도 생겨나야 하지 않겠는가!

은나에메카가 살해당할 때 리처드는 충격을 받기보다는 카이네네가 그곳에 없어서 정말 다행이라는 안도감을 느꼈다. 그녀가 그곳에 있었다면 그들이 그녀를 단숨에 알아보고 총을 쐈을 것이고 자신은 그 상황을 무기력하게 지켜볼 수밖에 없을 터였다. 그는 은나에메카를 구할 수 없었을뿐더러 누군가의 죽음에 넋을 잃은 자신을 추스르느라 정신이 없었다.

그는 자신을 물끄러미 바라보며 그런 일이 실제로 일어나긴 했는지, 자신이 그 장면을 목격한 게 맞는지, 진동하는 술 냄새와 피 흘리는 시신이 혹시 가짜는 아니었는지 가만히 생각했다. 하지만 실제로 그런 일이 있었다는 사실을 알고 있었다. 믿을 수가 없어서 되묻는 것뿐이었다.

리처드는 머리를 세면대 쪽으로 떨어뜨리고 펑펑 울기 시작했다. 수도꼭지에서 콸콸 쏟아지는 물소리가 들렸다.

3 책 : 우리가 죽을 때 세상은 침묵했다

그는 독립에 대한 글을 쓴다. 2차 세계 대전은 세상의 질서를 바꾸어 놓았다. 제국은 무너지고 나이지리아의 남부 출신 엘리트들이 큰 목소리를 내기 시작했다.

북부 사람들은 남부 출신들을 경계의 눈으로 보았다. 교육 수준이 높은 남부 출신이 정권을 장악할까 봐 두려웠다. 남부의 이교도들과 한 나라에서 살고 싶은 마음은 원래부터 없었다. 나라를 가르고 싶었지만 영국은 나이지리아를 그대로 유지하려 했다. 영국에게 나이지리아는 자랑스러운 훈장이자 커다란 시장이며 프랑스에게는 눈엣가시였기 때문이다. 그래서 영국은 북부 사람들을 달래려고 나이지리아를 독립시키기 직전에 새 헌법을 만들어서 북부에 유리한 총선거를 치러 북부 출신이 중앙 정부를 장악하게 했다.

영국으로부터의 독립을 너무나 갈망하던 남부는 이 헌법을 받아들였다. 백인들이 흑인들에게 주는 월급은 너무나 적었고 또 흑인들은 고위직으로 승진하는 것이 불가능했기 때문에 영국인이 떠나는 것을 모두가 환영했다. 그동안 소수 집단의 반발은 무시되었고 북부와 남부의 치열한 경쟁은 이미 그 한계점을 넘어섰다. 서로 다른 외국 대사관을 원할 정도였다.

1960년에 독립한 나이지리아는 사실상 여러 헝겊 조각을 느슨하게 연결한 누더기에 불과했다.

13

올란나는 카노에서 돌아온 날, 두 다리로 설 수 없게 된 그날부터 갑자기 밀려드는 짙은 어둠에 시달렸다. 열차에서 내릴 때만 해도 그녀의 다리는 아무렇지도 않았다. 피로 얼룩진 열차 난간을 붙잡을 필요도 없었다. 그리고 등이 가려워도 긁을 수 없을 정도로 사람들이 가득 찬 은수카행 버스에서도 세 시간 동안 그럭저럭 서 있을 수 있었다. 하지만 오데니그보 집 현관 앞에서 두 다리가 무너졌다. 방광도 함께 무너졌다. 다리가 녹아내리고 허벅지 사이에서 따듯한 액체가 축축하게 흘렀다. 올란나를 발견한 건 아기였다. 으그우에게 올 엄마가 언제 오느냐고 묻고 밖을 내다보려던 아기는 현관으로 나오다가 계단에 쓰러진 뭔가를 보고 비명을 질렀다. 오데니그보는 그녀를 안으로 들이고 목욕을 시켰다. 그리고 엄마에게 안기려는 아기를 떼어 냈다. 아기가 잠에 빠져든 다음에 올란나는 자신이 목격한 장면을 그에게 말해 주었다. 낯익은 옷차림으로 마당에 쓰러져 있던 머리 없는 시신들, 음바에지 외삼촌의 여전히 꿈틀대던 손가락, 호리병에 든 아이의 머리와 빙글 돌아간 눈동자, 제대로 닦지 않은 칠판처럼 창백하고 핏기 없는 시신들의 이상한 피부색에 대해 이야기했다.

그날 밤, 올란나는 갑자기 밀려드는 짙은 어둠에 처음으로 시달렸다. 위에서 두꺼운 담요가 내려와 얼굴을 단단히 눌러서 그녀는 숨을 쉬려고 몸부림쳤다. 겨우 담요를 걷어 내고 공기를 허겁지겁 들이켤 때 창가에 부엉이 여러 마리가 날아와 새까만 날개로 그녀에게 손짓했다. 올란나는 자신이 겪은 짙은 어둠을 오데니그보에게 설명하려고 애썼다. 파텔 선생이 가져온 알약을 먹으면 아침에 기분이 얼마나 찝찝한지도 말하고 싶었다.

하지만 오데니그보는 그럴 때마다 이렇게 말했다.

"쉬잇, 은켐. 이제 괜찮을 거야."

너무나 부드러운 목소리였다. 너무나 이상하고 우스꽝스러운 목소리였다. 그답지 않았다. 심지어 그는 목욕 거품이 가득한 아기용 욕조에서 올란나를 씻겨 주며 노래까지 불렀다. 올란나는 너무 낯설게 그러지 말라고 말하고 싶었다. 하지만 입술을 떼기가 너무 힘들어서 제대로 말할 수도 없었다. 부모님과 카이네네가 병문안을 왔을 때도 그녀는 많은 말을 못 했다. 그래서 자신이 목격한 장면을 오데니그보가 대신 말했다.

그가 우스꽝스러울 정도로 부드럽게 말하는 동안, 그녀의 어머니는 처음에는 그녀의 아버지 옆에 가만히 앉아서 고개만 끄덕거렸다. 그러다가 스르르 주저앉았다. 뼈가 녹는 것처럼 서서히 쓰러지다가 바닥에 반쯤 앉았고 이윽고 반쯤 누운 상태가 되었다. 올란나가 화장도 하지 않고 금 귀고리도 치렁치렁 매달지 않은 어머니를 본 건 그때가 처음이었다. 그리고 어린 시절 이후로 카이네네가 우는 모습을 보는 것도 처음이었다. 올란나는 입을 빵끗하지도 않았지만 카이네네는 이렇게 중얼거리며 흐느꼈다.

"그만해, 올란나. 그만 말해."

올란나의 아버지가 거실을 이리저리 돌아다녔다. 그리고 파텔 선생이 구체적으로 어떤 약을 처방했으며 올란나가 심리적인 이유 때문에 걷지 못한다고 그가 어떻게 확신할 수 있는지를 오데니그보에게 묻고 또 물었다. 그리고 연방 정부의 봉쇄 조치 때문에 동남부 지역으로 가는 항공편이 끊겨 라고스에서 이 먼 곳까지 차를 몰고 오느라 정말 힘들었다고 말했다.

"우리도 당장 오고 싶었어, 당장."

아버지는 툭하면 이 말을 뱉어 냈다. 올란나는 그렇게 했다면 뭔가 달라졌을 거라고 그가 정말로 믿는 건지 궁금할 정도였다. 그래도 가족의 방문, 특히 카이네네의 방문은 정말 많은 변화를 가져왔다. 물론 그녀가 올란나를 용서했다는 의미는 아니지만 그래도 그녀의 방문은 아주 큰 의미가 있었다.

이후 몇 주 동안 친구나 친척이 병문안을 왔다. 그들이 머리를 절레절레 흔들며 하우사족 이슬람교도들, 염소보다 못한 그 북부 사람들, 발바닥에 벼룩이 가득한, 더러운 소 뒷다리보다 못한 그 족속들의 잔인한 만행에 분개할 때마다 올란나는 침대에 누워서 고개만 끄덕거렸다. 사람들이 찾아오는 날이면 짙은 어둠이 훨씬 심하게 몰려들었다. 어떨 때는 담요 세 장이 연속으로 덮쳐서 숨을 틀어막으며 그녀를 녹초로 만들었다. 너무 힘들어서 눈물조차 나오지 않았다. 오데니그보가 입에 넣어 주는 알약만 간신히 삼킬 정도였다. 개중에는 그녀에게 하소연하는 방문객도 있었다. 오카포 가족은 자리아에서 살던 아들 가족 네 명을 한꺼번에 잃었고 이베 가족은 딸이 카우라 나모다에서 돌아오지 않았으며 온예카지 가족은 카노에서 식구 여덟 명을 잃었다고 했다. 자리아에 있는 대학에서 영국인 교수들이 대학생들을 거리로 내보내 대학살을 부추기고 젊은이들을 선동했다는 이야기도, 라고스 주차장에서 사람들이 "꺼져, 이보족 놈들! 꺼져, 그러면 가리 가격이 좀 내리겠지! 모든 집과 상점을 내놓고 빨리 꺼져!" 하고 야유와 욕설을 퍼부었다는 이야기도 들었다.

올란나는 이런 이야기를 듣는 것도 싫고 자신이 걸을 수 없는 이유라도 찾으려는 듯 다리를 몰래 쳐다보는 방문객의 시선도 싫었다.

낮잠에서 깨어나 기분이 아주 상쾌할 때도 있었다. 오늘이 그랬다. 열린 침실 문틈으로 거실의 대화 소리가 들렸다. 오데니그보는 친구들에게 당분간 찾아오지 말라고 부탁한 터였다. 테니스도 치러 가지 않았다. 그는 으그우가 올란나를 화장실로 데려가는 일이 없도록 집에 머물렀다. 그래서 이제 다시 찾아온 친구들 목소리가 올란나는 반가웠다. 그녀는 대화에 귀를 기울였다. 올란나는 대학 여성 협의회에서 피난민 돕기 성금을 모으고 있다는 소문도, 이보족 사람들이 모두 도망쳐서 북부 지역의 시장과 철도와 주석 광산에 사람이 없다는 소문도, 지금은 오주크우 대령[34]이 이

---

34 추크와메가 오두메그우 오주크우 대령(1933~). 이보족 출신의 비아프라 분리주의 지도자. 1966년에서 1967년까지 나이지리아 동부 지역 주지사를, 1967년

보족 지도자로 보인다는 소문도, 연방 정부에서 탈퇴해서 새로운 나라를 건설할 거라는 소문도, '비아프라 해안선'의 이름을 따서 국가 이름을 지을 거라는 소문도 알고 있었다.

아데바요 교수가 큰 목소리로 말했다.

"내 말은 우리 학생들이 시끄럽게 떠들지 말아야 한다는 거예요. 데이비드 헌트[35]한테 떠나라고 요구하는 건 말도 안 돼요. 헌트한테 한 번 기회를 주고 제대로 하는지 지켜보아야 한다고요."

오케오마가 반박했다.

"데이비드 헌트는 우리 모두를 정신적인 미숙아로 생각해요. 그를 내쫓아야 해요. 헌트와 그의 영국인 친구들이 불쏘시개를 모아 놓은 셈인데 그 사람이 우리한테 불 끄는 방법을 설명하는 이유가 도대체 뭐죠?"

"불쏘시개를 모아 놓은 사람은 그들인지 모르지만 불을 붙인 사람은 우리예요."

익숙지 않은 누군가의 목소리가 들렸다. 두 번째 쿠데타 후에 이바단에서 돌아온 신임 물리학 교수 같았다.

"불쏘시개든 뭐든, 중요한 건 문제가 터지기 전에 평화로운 방법을 찾아야 한다는 거예요."

아데바요 교수가 말하자 오데니그보가 반박했다.

"도대체 어떤 평화를 말하는 건가요? 고원이 자기 입으로 서

에서 1970년까지 비아프라의 수상을 지냄. 2003년과 2007년에 나이지리아 대통령 선거에서 패배함.

35 데이비드 헌트(1913~1998). 영국의 외교관. 나이지리아 독립 후 정치 고문을 지냄.

로 화합할 방법이 없다고 했는데, 우리가 어떤 평화를 찾아야 하는 거죠? 연방 정부 탈퇴만이 유일한 해답이에요. 만일 고원이 이 나라를 하나로 유지하고 싶었다면 오래전에 필요한 조치를 취했을 거예요. 그런데 지금까지 그 누구도 앞에 나서서 대학살을 비난하지 않았어요. 벌써 수개월이 지났는데! 우리 부족이 모두 살해되어도 상관없다는 듯이 말이에요!"

올란나의 머릿속에 의자 모서리에 앉아서 안경을 밀어 올리며 말하는 오데니그보의 모습이 떠올랐다.

"며칠 전에 지크가 한 말을 못 들었어요? 연방 정부가 대학살을 언급할 때까지 동부 나이지리아는 계속 부글부글 끓어오를 거예요."

에제카 교수의 쉰 목소리가 금방 사그라졌다.

올란나는 머리가 아팠다. 으그우가 아침 식사를 들여오면서 쳐 놓은 커튼 사이로 햇빛이 비쳤다. 소변이 마려웠다. 최근에는 소변이 너무 자주 마려운데 혹시 약 성분 때문에 그런 것은 아닌지 파텔 선생에게 물어본다는 걸 계속 잊어버렸다. 그녀는 침대 옆 진열장에 있는 동그란 검은색 플라스틱 벨을 가만히 바라보다가 그 한가운데 있는 빨간 버튼으로 손을 내밀었다. 그걸 누르면 날카로운 소리가 날 터였다.

처음에 오데니그보는 벨을 자신이 직접 설치하겠다고 고집을 부렸다. 그래서 처음에는 벨을 누를 때마다 벽에 연결한 전선에서 불꽃이 튀었다. 결국 그는 전기 기술자를 불렀고 전기 기술자는 껄껄 웃으면서 벨을 다시 설치했다. 그다음부터 불꽃은 튀지 않았지만 소리가 너무 컸다. 화장실에 가려고 벨을 누를 때마다 소리가 집 안 전체에 울려 퍼졌다. 올란나는 손가락을 버튼에 댄 채 머뭇거리다가 손을 떼었다. 벨을 울리고 싶지 않았다. 그녀는 두 발을 바닥에 내렸다. 거실에서 들리는 목소리가 많이 작아졌다. 모두가 목소리를 낮추기라도 한 것 같았다.

그러다가 '아부리'라고 말하는 오케오마 목소리가 들렸다. 가나에 있는 아름다운 마을이었다. 올란나는 쭉 펼쳐진 향긋한 초원 지대에 옹기종기 모인 마을을 떠올렸다. 거실에서 들리는 대화 중에 아부리라는 지명이 자주 등장했다. 오케오마는 고원이 아부리에서 오주크우와 서명한 협정을 따라야 한다고 했으며 에제카 교수는 고원이 아부리 협정을 어긴다는 건 이보족에게 관심이 없다는 뜻이라고 주장했고 오데니그보는 "우리는 아부리 협정에 따라야 한다."라고 선언했다.

오케오마 목소리가 커졌다.

"하지만 고원이 어떻게 그런 식으로 돌아설 수 있죠? 아부리에서 연방 정부 구성에 합의하고서 지금은 중앙 정부가 통치하는 하나의 나이지리아를 주장하니 말이에요. 게다가 고원과 그 추종자들이 이보족 장교들을 학살한 이유가 바로 자기들만의 중앙 정부를 세우기 위해서잖아요."

올란나는 일어나서 한쪽 다리를 앞으로 내딛고 다른 쪽 다리를 또 내딛었다. 몸이 기우뚱했다. 발목 주변에 심한 압박이 느껴졌다. 그녀는 지금 두 다리로 걷고 있었다. 단단한 바닥이 흔들리고 두 다리가 덜덜 떨리는 것 같았다. 그녀는 바닥에 뉘어 놓은 아기의 인형을 빠르게 지나치다가 걸음을 멈추고 인형을 잠시 내려다보고는 화장실로 들어갔다.

나중에 오데니그보가 들어와서 평소와 마찬가지로 혹시 무슨 일이 있나 하는 표정으로 올란나의 눈빛을 살피며 물었다.

"한동안 종을 울리지 않았어, 은켐. 소변을 보고 싶지 않아?"

"사람들은 다 갔어?"

"응. 소변 보고 싶지 않아?"

"벌써 다녀왔어. 혼자 걸어서."

오데니그보가 그녀를 물끄러미 쳐다보자 그녀는 다시 말했다.

"혼자 걸었어. 화장실에 다녀왔어."

순간, 그의 얼굴에는 뭔가 고마우면서도 두려운 듯한 이상한 표정이 떠올랐다. 올란나는 그런 표정을 처음 봤다. 그녀가 일어나 앉자 그가 재빨리 손을 내밀며 부축했다. 하지만 그녀는 그 손을 밀치고 옷장까지 몇 발짝 걸은 다음에 다시 침대로 돌아왔다. 그는 자리에 앉아서 지켜보았다.

올란나가 오데니그보의 손을 잡고 얼굴에 갖다 대다가 그녀의 가슴 위에 얹고 꾹 누르며 말했다.

"내 몸을 만져 봐."

"파텔한테 전화해야겠어. 당장 건너와서 진찰해 달라고 말이야."

"내 몸을 만져 봐."

올란나는 그가 그녀를 만질 마음이 없으며 그가 가슴을 만진 건 자신이 원했기 때문이라는 사실을 알았다. 그녀는 오데니그보의 목을 애무하다가 그의 숱 많은 머리카락에다 손가락을 집어넣었다. 오데니그보의 그것이 몸속으로 들어올 때 올란나는 그들이 아주 쉽게 갈랐을 게 분명한, 임신한 아리제의 팽팽한 배가 떠올랐다. 그리고 펑펑 울기 시작했다.

"은켐, 울지 마."

오데니그보가 동작을 멈추고 옆으로 누워서 올란나의 이마를 쓰다듬었다. 그러고는 알약과 물을 갖다주었다. 그녀는 그걸 받아 먹고 다시 누워서 이상한 정적이 찾아오기만을 기다렸다.

올란나는 으그우가 조심스럽게 노크하는 소리에 깨어났다. 이제 으그우가 문을 열고 들어와서 약봉지와 루코제이드 약병, 포도당 가루가 든 깡통 옆에다 음식 쟁반을 내려놓을 것이었다. 그녀는 카노에서 도착한 후 일주일 동안 자신이 몸을 뒤척일 때마다 오데니그보가 벌떡 일어나던 것을 떠올렸다. 자신이 물을 먹고 싶다고 하자 그가 부엌으로 가려고 침실 문을 열다가 하마터면 문 앞 매트에 웅크리고 앉은 으그우를 밟을 뻔한 적도 있었다.

"우리 일꾼, 도대체 지금 여기서 뭘 하는 거니?"

오데니그보가 묻자 으그우는 이렇게 대답했다.

"부엌 어디에 뭐가 있는지 모르시잖아요, 주인어른."

올란나는 이제 두 눈을 감고 자는 척했다. 으그우가 바로 옆으로 다가와 자신을 살펴보고 있었다. 그의 숨소리까지 들릴 정도였다.

"여기에 놓을 테니까 나중에 드세요, 마님."

으그우가 말했다.

올란나는 하마터면 웃을 뻔했다. 으그우는 그가 음식을 가져올 때마다 올란나가 자는 척한다는 사실을 아는 것 같았다. 그녀는 눈을 뜨고 물었다.

"무슨 요리를 했는데?"

"졸로프 쌀밥요."

으그우가 그릇 뚜껑을 벗겼다.

"정원에서 딴 신선한 토마토를 넣었어요."

"아기는 밥 먹었니?"

"네, 마님. 아기는 오케케 선생님네 아이들과 바깥에서 놀아요."

올란나가 포크를 들었다.

"내일은 과일 샐러드를 만들어 드릴게요, 마님. 뒤편의 포포 나무 열매가 아주 잘 익었어요. 하루 더 있다가 새들이 와서 쪼아 먹기 전에 딸 생각이에요. 샐러드에 오렌지랑 우유도 넣을 거예요."

"맛있겠네."

으그우는 여전히 그 자리에 서 있었다. 자신이 먹기 시작해야 떠날 것 같았다. 올란나는 포크를 천천히 들고 입으로 가져가서 두 눈을 감은 채 꼭꼭 씹었다. 으그우가 한 모든 요리가 그렇듯이 이것도 맛있을 것 같았다. 문제는 어떤 음식을 먹어도 맛을 느낄 수 없게 하는 분필처럼 생긴 알약이었다. 마침내 그녀는 물을 들이켜고 으그우에게 쟁반을 가져가라고 말했다.

침대 옆 진열장에는 "대학에서 근무하는 우리 모두는 민족의 안전을 위해 연방 정부 탈퇴를 요구한다."라는 타자로 친 글자 아래 여러 사람의 서명이 있는 긴 종이 한 장이 놓여 있었다. 오데니그보는 종이를 진열장에 놓으며 이렇게 말한 적이 있었다.

"당신이 체력을 회복할 때까지 기다렸다가 서명을 받아서 에누구에 있는 주 청사에다 제출할 거야."

으그우가 밖으로 나간 다음에 올란나는 펜을 들고 종이에 서명하고 나서 혹시 틀린 글씨는 없는지 확인했다. 모두 정확했다. 하지만 그날 저녁에 연방 탈퇴 선언이 나와서 종이를 제출할 필요가 없어졌다. 오데니그보는 라디오를 침대 옆 진열장에 올려놓고 침대에 앉았다. 말소리가 깨끗하게 나왔다. 그게 아주 중요한 연설이라는 것을 라디오도 아는 것 같았다. 오주크우의 목소리가 또렷했다. 카리스마가 느껴지는, 당차면서도 부드러운 목소리였다.

친애하는 국민 여러분, 우리는 동부 나이지리아 국민입니다. 우리는 온 인류를 통솔하시는 전지전능하신 하느님의 권능을 믿으며 우리 후손에 대한 의무도 알고 있습니다. 이제 우리는 동부 나이지리아 바깥에 있는 그 어떤 정부도 우리의 생명과 재산을 더 이상 보호할 수 없다는 사실을 깨달았습니다. 여러분은 이제 우리가 기존의 나이지리아 공화국과 맺은 모든 관계를 단호하게 끊어야 한다는 것도 알고 있습니다. 여러분은 제가 여러분을 대신해서 동부 나이지리아가 독립 주권 공화국임을 선포하기를 원하고 있습니다. 따라서 전 인근 해상 지역과 바다를 포함한 동부 나이지리아의 모든 영토와 해역이 지금 이 순간부터 비아프라 공화국이라는 명칭의 독립 주권 국가임을 엄숙하게 선포하는 바입니다.

"이제 시작이야."

오데니그보가 말했다. 올란나를 달래는 어색하게 부드러운 목소리가 아니고 평상시의 힘차고 낭랑한 목소리였다. 그는 안경을 벗고 아기의 작은 두 손을 잡고 빙글빙글 돌면서 춤추었다. 올란나는 웃었다. 그가 하는 말이 가슴을 파고들었다. 그가 모두를 활기차게 만들어 주는 것 같았다. 그는 "이제 시작이야, 아, 그래, 이제 시작이야, 아, 그래……." 하며 자신이 만든 노래를 제멋대로 노래했고 아기는 노래가 무슨 뜻인지도 모르면서 더없이 행복하게 웃었다. 올란나는 그런 두 사람을 가만히 지켜보았다. 그러면서 현재에 몰두하고, 아기의 드레스에 묻은 얼룩에 집중하려고 애썼다.

대학 중앙에 있는 자유 광장에서 집회가 열렸다. 교수들과 학생들이 구호를 외치고 노래를 불렀다. 머리 위에는 플래카드 여러 장이 펄럭거렸다.

> 흔들리지, 흔들리지 않게
> 물가에 심은 나무처럼
> 흔들리지 않게.
> 오주크우가 우리 뒤에 있으니, 흔들리지 않게.
> 하느님이 우리 뒤에 있으니, 흔들리지 않게.

사람들이 몸을 흔들며 노래를 불렀다. 올란나가 보기에는 망고 나무와 으메리나 나무도 함께 몸을 흔드는 것 같았다. 태양은 바로 옆에서 타오르는 화염처럼 뜨겁게 내리쬐고, 미지근한 이슬비가 땀과 뒤섞였다. 플래카드를 들어 올리는 올란나의 팔이 오데니그보의 팔에 스쳤다. "우리는 개처럼 죽을 수 없다."라는 내용의 플래카드였다. 아기는 오데니그보의 목에 올라타서 인형을 흔들었으며 태양은 가느다란 이슬비 사이로 환하게 빛났다. 올란나는 기분이 상쾌했다. 으그우는 바로 그들 곁에 있었다. 그가 든 플래카드에는 "신이여, 비아프라를 축복하소서."라고 적혀 있었다. 이제 그들은 비아프라 국민이다. 올란나도 비아프라 국민이다. 뒤에서 한 남자가 시장 분위기를 전했다. 장사꾼들이 콩고 음악에 맞춰서 춤을 추며 제일 좋은 망고와 땅콩을 사람들에게 공짜로 나누어 준다고 했다. 한 여자가 집회가 끝나면 곧장 시장으로 가서 공짜로 얻을 게 있는지 알아봐야겠다고 대답하자 올란나는 뒤돌아보며 웃었다.

학생 대표가 마이크를 잡고 나타나면서 노래는 그쳤다. 청년 몇 명이 하얀 분필로 '나이지리아'라고 쓴 관을 들고 나와서 짐짓 엄숙한 태도로 높이 치켜들었다. 그다음에 관을 옆에 내려놓고 셔츠를 벗고는 땅바닥에다 얕은 구덩이를 파기 시작했다. 관을 구덩이에 넣는 순간 군중 속에서 환호성이 물결처럼 번져 나가더니 한목소리로 모아졌다. 그곳에 모인 이들 모두 하나가 된 것 같았다. 누군가가 "오데니그보!" 하고 소리치자 그를 부르는 소리가 학생들 사이로 퍼져 나갔다.

"오데니그보! 연설!"

오데니그보가 연단에 올라가며 비아프라 국기를 흔들었다. 빨간 선과 검은 선과 녹색 선이 길게 지나가고 한가운데에 절반짜리 노란색 태양이 환하게 빛나는 깃발이었다.

"비아프라가 태어났습니다! 우리는 검은 아프리카 대륙을 이끌어 나갈 것입니다! 이제 우리는 안전하게 살 수 있습니다! 이제 그 누구도 우리를 공격할 수 없습니다! 절대로!"

오데니그보가 팔을 치켜들고 연설하는 동안 올란나는 바닥에 쓰러져 있던 이페카 외숙모의 이상하게 비틀린 팔을 떠올렸다. 바닥에 흥건하게 고인 피가 너무 진해서 빨간색이 아니라 검은색에 가까운 아교 같았다고 생각했다. 어쩌면 이페카 외숙모가 지금 이 집회와 이곳에 모인 수많은 사람을 지켜볼 수도 있었다. 그러나 죽음이 깊은 암흑이라면 못 볼 수도 있었다. 올란나는 이런 생각을 떨쳐 내려고 머리를 흔들면서 으그우에게서 아기를 받아 들고 꼭 껴안았다.

집회가 끝나고 올란나는 오데니그보와 함께 교원 클럽으로 차를 몰았다. 학생들이 근처 하키 경기장에서 활활 타오르는 모닥불 주변에 모여서 고원 수상의 초상화를 태우고 있었다. 밤공기 속에 퍼져 나가는 연기가 학생들이 웃으며 말하는 소리와 뒤섞였다. 그녀는 가만히 지켜보다가 그들 모두가 자신과 같은 기분이라는 것을, 오데니그보와 같은 기분이라는 것을, 그들의 혈관에 뜨거운 피와 뜨거운 열정이 흐르고 있다는 것을, 필요하다면 빨갛게 타오르는 뜨거운 불덩이에 맨발로 올라설 수도 있다는 것을 깨달았다.

14

리처드는 은나에메카 가족을 찾기가 쉽지 않을 거라고 생각했다. 하지만 오보시에 도착한 직후 성공회 교회에 들러서 물어보자 전도사는 길 저 아래쪽 야자나무 옆에 있는 페인트칠을 안 한 집이 은나에메카네 집이라고 알려 주었다. 은나에메카의 아버지는 작은 체구에 군데군데 하얀 반점이 있는 구릿빛 피부를 가진 사람이었는데, 리처드가 이보 말을 하자 그의 담갈색 눈동자가 반짝거렸다. 그가 공항에서 만난 키가 크고 피부가 검은 세관 직원과 너무 달라서 순간 리처드는 자신이 집을 잘못 찾아왔으며, 이 사람은 은나에메카의 아버지가 아닌 것 같다고 생각했다. 하지만 그가 콜라나무 열매를 내놓으며 은나에메카와 너무나 비슷한 목소리로 축복을 비는 순간, 리처드는 은나에메카와 잡담을 나누고 있을 때 문이 활짝 열리며 군인들이 뛰어들던 공항 라운지의 뜨거운 오후가 떠올랐다.

"콜라나무 열매를 가져온 사람은 생명을 가져오는 사람입니다. 당신과 당신 가족은 살 것이고 나와 우리 가족도 살 것입니다. 독수리도 횃대에 앉히고 비둘기도 횃대에 앉힙시다. 횃대에 앉지 않는다고 상대를 비난하는 쪽은 불행할 것입니다. 하느님께서 이 콜라나무 열매에 축복하시기를 예수님 이름으로 비나이다."

"아멘."

리처드가 말했다. 그러고 보니 또 다른 비슷한 점도 눈에 띄었다. 노인이 콜라나무 열매를 다섯 조각으로 쪼개면서 아랫입술을 쭉 내민 모습이 마치 은나에메카가 눈앞에 나타난 것처럼 비슷해서 섬뜩했다. 리처드는 은나에메카의 어머니가 검은 상복 차림으로 나타나서 함께 콜라나무 열매를 씹을 때까지 기다리다가 입을 열었다.

"전 그 일이 일어난 날 카노 공항에서 아드님을 보았습니다. 우리는 대화를 나누었습니다. 그는 부친을 비롯해 자신의 가족에 대해서 말했습니다."

리처드가 잠시 입을 다물었다. 은나에메카의 부모님께서 아들이 죽음을 차분하게 맞이했다는 말을 듣고 싶어 할지 아니면 총구를 향해 달려들며 맞서 싸웠다는 말을 듣고 싶어 할지 궁금했다.

"그는 으문나치 출신인 할머니가 말라리아를 단번에 고칠 정도로 약초를 잘 아는, 정말 유명한 사람이었다고 했습니다. 그래서 자신도 할머니 때문에 처음에는 의사가 되고 싶었다고 했습니다."

"그래요, 그 말이 맞아요."

은나에메카의 어머니가 말했다.

"그는 가족에 대해서 좋은 말만 했습니다."

리처드가 이보 말을 조심스럽게 고르며 말했다.

"가족에 대해서 당연히 좋은 말을 하겠지요."

은나에메카의 아버지가 대답하고 리처드를 오랫동안 쳐다보았다. 자신들도 잘 아는 내용을 그가 일부러 말하는 이유를 알 수 없다는 표정이었다.

"장례식을 치렀나요?"

리처드가 의자에서 몸을 움직이며 물었다. 그와 동시에 괜히 물었다는 후회가 밀려들었다.

"네. 북부에서 아들의 시신이 돌아오기만을 기다렸지만 돌아오지 않아서 우리끼리 장례식을 치렀습니다. 텅 빈 관만 묻었지요."

은나에메카의 아버지가 말했다. 그의 시선은 마지막 콜라나무 열매 조각이 남아 있는 에나멜 그릇에 고정되어 있었다.

은나에메카의 어머니가 반박했다.

"텅 빈 관은 아니잖아요. 그 애가 공무원 시험을 준비할 때 공부하던 책을 넣지 않았나요?"

모두 가만히 앉아서 침묵했다. 창문 사이로 흘러드는 가느다란 햇살 위로 먼지가 날아다녔다.

"마지막 남은 콜라나무 열매 조각은 당신이 가져가세요."

은나에메카의 아버지가 말했다.

"고맙습니다."

리처드는 열매 조각을 주머니에 넣었다.

"내가 자동차로 아이들을 보낼까요?"

은나에메카의 어머니가 물었다. 머리카락을 모두 덮고 이마 대부분을 가린 검은 스카프 때문에 얼굴 표정을 파악하기가 힘들었다.

"자동차로요?"

"네. 우리한테 가져온 물건이 없나요?"

리처드는 머리를 흔들었다. 감자와 음료수를 가져왔어야 했다. 유족을 위로하기 위한 방문이라면 그래야 한다는 걸 그도 알고 있었다. 그런데 자신이 찾아가는 자체로 충분하다고 생각했다. 자신은 일부러 유족을 찾아가서 죽기 직전의 아들 모습을 알려 주는 마음씨 좋은 천사이며, 유족을 만나 그들의 슬픔을 달래 주고 자신의 마음 한구석에 자리한 죄책감도 씻어 내겠다는 생각에 사로잡혀 있었다. 하지만 유족이 볼 때 자신은 평범한 조문객일 뿐이었다. 자신이 찾아왔다고 해도 현실은 조금도 달라지지 않았다.

리처드는 떠나려고 일어섰다. 자신에게도 변한 건 하나도 없다는 생각이 들었다. 카노에서 그 일을 겪은 후 계속 자신을 괴롭히고 있는 장면은 아직도 생생했다. 그동안 그는 차라리 미치거나 기억이 저절로 사라지기만을 간절하게 바랐지만 오히려 모든 장면이 더욱 또렷해져서 눈만 감으면 공항 바닥에 쓰러진 시신이 선명하게 보이고 날카로운 비명 소리가 되살아났다. 기억이 생생했다. 엘리자베스 숙모의 걱정스러운 편지에 자신은 괜찮으며 영국으로 돌아갈 생각은 없다고 차분하게 답장을 쓰면서, 나이지리아 대학살에 대한 기사가 실린 얄팍한 신문에 연필로 동그라미를 쳐 항공 우편으로 보내지 않아 주시면 고맙겠다고 요청해 두었다. 그런 기사를 볼 때마다 분노가 치밀었다. 《해럴드》에 실린 기사에 의하면 '고대부터 계속된 부족 사이의 원한'이 대학살을 불러일으킨 원인이었다. 《타임》은 나이지리아 화물 트럭에 적힌 "인간은 때려야 한다."라는 표현을 표제로 내걸었다. 기자는 "때려야 한다."라는 표현을 문자 그대로 받아들여서 나이지리아 사람들은 천성적으로 폭력적인 성향이 강하기 때문에 사람을 태운 화물 트럭에다 그런 글을 적어 놓았다고 설명했다. 리처드는 그 즉시 《타임》에다 반박하는 글을 보냈다. 나이지리아식 영어에서 "때려야 한다."라는 표현은 "먹어야 한다."라는 뜻이라는 내용이었다. 그나마 《옵저버》는 나이지리아가 이보족 대학살을 극복한다면 그 어떤 고통도 극복할 수 있을 거라는 애매한 기사를 실었다. 하지만 이 모든 기사들이 공허했다. 사실과 너무나 달랐다. 그래서 그는 대학살에 대한 장문의 글을 쓰기 시작했다. 카이네네 집 식탁에 앉아서 줄 없는 종이에다 길게 써 내려갔다. 글을 쓰다 보면 하코트 항구로 데려온 해리슨이 이케지데와 세바스찬과 나누는 말소리가 들리곤 했다.

"너희는 독일식 초콜릿 케이크 만드는 방법도 모르니?"

깔깔깔.

"너희는 대황 으깬 요리가 뭔지도 모르니?"

또 경멸이 섞인 깔깔깔.

리처드는 대학살 때문에 생겨난 피난민 문제와 북부에 상점을 두고 맨몸으로 도망친 장사꾼들, 그리고 대학을 떠난 교수들과 관공서에서 일하다 도망친 공무원들에 대해 글을 썼다. 그리고 고민하다 마지막 문단을 이렇게 정리했다.

비록 그 규모는 지금보다 훨씬 작지만 이보족 학살 사건은 1945년에 처음 일어났다는 것을 알아야 합니다. 당시의 대학살은 영국인 총독 정부가 전국적인 파업을 일으킨 이보족 사람들을 비난하고 이보 말로 된 신문을 금지하며 이보족에 대한 반발심을 전국적으로 불러일으키면서 일어난 사건입니다. 따라서 최근의 대학살이 '고대'부터 계속된 원한의 산물이라는 주장은 허구입니다. 북부 부족과 남부 부족 사이에는 오래 전부터, 이보 으크우 현장에서 발굴된 역사적인 유물에 따르면 최소한 9세기 이전부터 교류가 있었습니다. 물론 서로 전쟁도 하고 노예사냥도 벌인 게 분명합니다. 하지만 이런 식으로 대학살을 벌인 적은 없습니다. 이번 대학살은 영국인 총독 정부가 비공식적으로 실시한 분리 통치 정책 때문에 일어난 것입니다. 영국 총독 정부가 나이지리아라는 커다란 나라를 손쉽게 통치하기 위해 부족들을 이간질하여 서로 하나로 뭉치는 대신 서로 싸우게 하는 정책을 실시한 결과입니다.

리처드가 이 글을 건네자 카이네네는 두 눈을 가늘게 뜨고 글을 자세히 읽은 다음에 이렇게 말했다.

"아주 날카롭군."

리처드는 '아주 날카롭다'라는 말이 무슨 뜻인지, 마음에 든다는 뜻인지 아닌지 확신하지 못했다. 하지만 그녀에게서 인정받고 싶은 마음이 간절했다. 은수카에 가서 올란나를 만나고 온 다음부터 그녀에게는 예전의 냉랭한 분위기가 다시 느껴졌다. 그녀는 살해당한 친척들 사진을 벽에 걸어 놓았다. 아리제는 결혼식 드레스 차림으로 웃고 있고, 음바에지 외삼촌은 혈기 왕성한 모습으로 몸에 꽉 끼는 정장을 입고 서 있으며, 그 옆에는 이페카 외숙모가 엄숙한 표정으로 서 있는 사진이었다. 하지만 카이네네는 친척들에 대한 이야기를 거의 하지 않았고 올란나에 대한 말은 아예 입에 담지도 않았다. 그녀는 리처드와 대화를 나누다가 혼자 침묵 속으로 빠져들 때가 많았으며 그럴 때마다 리처드는 그녀를 가만히 두었다. 어떤 사건이 일어났느냐에 따라 다르게 대처하는 그녀의 능력이 가끔은 부럽기도 했다.

"그래, 글을 읽어 보니 어떤 것 같아?"

리처드가 물었다. 그리고 카이네네가 채 대답하기도 전에 정말로 궁금한 것을 다시 물었다.

"글이 마음에 들어? 글을 본 소감이 어때?"

"너무 형식적이고 딱딱한 것 같아. 하지만 이 글을 보고 내가 느낀 건 긍지야. 긍지를 느껴."

리처드는 이 글을《해럴드》에 보냈다. 2주 후에 그들로부터 답장을 받았는데 답장을 읽고는 편지를 갈가리 찢어발겼다. 부편집장이 쓴 글에 따르면, 국제적인 신문사는 아프리카에서 일어난 폭력 사태에 관심이 많지만 이 글은 너무나 침착하고 현학적이니 좀 더 인간적인 측면에 초점을 맞추라는 것이다. 예를 들어 대학살이 일어난 당시에 그곳 사람들이 주문을 중얼거리지는 않았는지, 콩고에서 그런 것처럼 시신 일부를 먹은 사례는 없는지, 그곳 사람들의 속마음을 진정으로 이해할 방법 같은 건 없는지 등에 초점을 맞추라는 것이다.

리처드는 그 글을 당장 치워 버렸다. 그가 밤에 잠이 잘 오고, 오렌지 잎사귀 향을 맡거나 고요한 바다를 보며 마음을 가라앉힐 수 있고, 아직까지 이성적이라는 것이 무서웠다.

"난 계속 이런 식이야. 생활이 똑같아. 어떤 반응을 보여야 하는데, 뭔가 달라져야 하는데."

리처드가 말하자 카이네네는 조용히 대답했다.

"마음속에 각오를 새겨 놓고 자신을 강제하는 건 옳지 않아.

자신을 자연스럽게 받아들여, 리처드."

　하지만 리처드는 자신을 받아들일 수가 없었다. 대학살을 목격한 다른 모든 사람이 예전과 똑같이 살아간다는 걸 믿을 수가 없었다. 어쩌면 자신이 그냥 훔쳐보기만 하는 방관자에 불과할지도 모른다는 생각이 들면서 갑자기 두려워졌다. 지금까지 그는 자신이 살해당할까 봐 두려워한 적이 없었다. 그렇다면 대학살 역시 자신과 상관없는 피상적인 사건에 불과했다. 자신의 안전은 확실하다는 걸 이미 아는 이방인의 시각으로 그들을 바라본 것이다. 하지만 그건 아니었다. 카이네네가 그곳에 있었다면 그녀도 위험할 수밖에 없었기 때문이다.

　리처드는 은나에메카에 대해서, 그리고 바텐더가 쓰러져 있는 공항 라운지에 흥건히 고인 피 냄새와 코를 톡 쏘는 술 냄새가 뒤섞였던 당시 현장에 대해서 글을 쓰기 시작했다. 그러다 글이 너무 우스워 보여서 글쓰기를 중단했다. 통속극 같은 분위기가 너무 강했다. 외국 신문에 실린 기사와 똑같았다. 마치 대학살은 실제로 일어나지 않은 것 같았다. 설사 일어났다고 해도 절대 그런 식은 아니었다. 문장마다 비현실적인 듯한 분위기가 가득했다. 공항에서 일어난 일은 또렷하게 기억했지만 그 장면을 다시 구성해서 글을 쓸 자신이 없었다.

　연방 탈퇴를 선언한 날에 리처드는 카이네네와 베란다에 서서 라디오에서 흘러나오는 오주크우의 목소리에 귀를 기울이다 방송이 끝나자 그녀를 두 팔로 껴안았다. 그는 처음에 두 사람 모두 떨고 있다고 생각했다. 그런데 카이네네의 얼굴을 보고 싶어서 몸을 뒤로 빼니 그녀는 조금도 떨지 않았다. 리처드만 떨고 있었다.

"독립을 축하해."

리처드가 말하자 카이네네가 중얼거렸다.

"독립이라……."

그리고 이어서 그녀도 말했다.

"독립을 축하해."

리처드는 카이네네에게 청혼하고 싶었다. 새 나라가, 두 사람의 나라가 새롭게 태어나는 날이었다. 이보족 사람들이 그동안 견디어 온 고통을 감안할 때 연방 탈퇴는 너무나 당연했고, 이제 막 태어난 국가는 그에게도 새로운 가능성을 열어 주었다. 지금까지 나이지리아 사람으로 살아 본 적은 없지만 비아프라 사람으로 살아갈 수는 있을 것 같았다. 나라가 처음 설 때 자신도 이곳에 있었고, 새로운 국가의 탄생에 자신도 동참했기 때문이다. 소속감이 느껴졌다. 리처드는 '나랑 결혼해줘, 카이네네.' 하고 머릿속으로 수없이 말했지만 입 밖으로 꺼내지는 않았다. 그리고 다음 날 해리슨을 데리고 은수카로 돌아갔다.

리처드는 필리스 오카포르를 좋아했다. 온화해 보이는 두 눈과 대비되는 엄숙한 느낌의 안경테도 마음에 들고 생기 넘치는 풍성한 가발과 미시시피 지역 특유의 느릿느릿한 말투도 마음에 들었다. 오데니그보네 집에 더 이상 가지 않았기 때문에 리처드는 그녀의 집에 가서 그녀와 그 남편 은난예루고와 함께 저녁 시간을 자주 보냈다. 특별히 갈 곳이 없다는 사실을 알기라도 한 듯, 그녀는 예술 극장이나 강연회 혹은 스쿼시 경기에 리처드를 고집스럽게 초대했다. 그녀가 대학 여성 협의회에서 개최한 「전쟁이 날 경우에」라는 세미나에 함께 가자고 했을 때 리처드는 흔쾌히 받아들였다. 물론 전쟁을 미리 준비하는 건 좋은 생각이지만 리처드 생각에 전쟁은 일어나지 않을 것 같았다. 나이지리아 사람들이 비아프라를 방해할 이유가 없었다. 대학살로 심한 고통에 시달리는 사람들에게 싸움을 걸지는 않을 것이며, 이보족 사람들이 떨어져 나간 걸 기뻐하고 있을 것이기 때문이다. 리처드는 확신이 있었다. 그러나 만약에 세미나에서 올란나를 우연히 만나면 어떻게 해야 할지 확신할 수 없었다. 지금까지는 그녀를 쉽게 피할 수 있었다. 지난 4년 동안 일부러 테니스장이나 교원 클럽에 가지 않고 동부 상점에 가서 물건을 사지도 않았기 때문에 서로 우연히 마주친 건 두세 차례에 불과했다.

리처드는 강의실 입구에 들어서는 필리스 오카포르 곁에 서서 실내를 둘러보았다. 앞줄 의자에 아기를 무릎에 올려놓은 올란나가 있었다. 너무나 아름다운 그녀의 얼굴이 친숙했다. 옷깃에 주름을 넣은 그녀의 파란 드레스도 마찬가지였다. 최근에도 그녀를 자주 만난 것 같은 기분이었다. 리처드는 고개를 돌렸다. 오데니그보가 오지 않아서 다행이라는 생각이 드는 걸 어쩔 수가 없었다. 실내는 사람들로 붐볐다. 연단에 오른 여자가 똑같은 말을 반복하고 있었다.

"피난을 가게 되면 증명서를 방수 가방에 넣어 몸에 지니고 있어야 한다는 걸 꼭 명심하세요. 피난을 가게 되면 증명서를 방수 가방에……."

다른 연사들도 나와서 말했다. 그리고 끝났다. 사람들이 뒤섞여서 웃고 떠들며 전쟁이 날 경우에 필요한 조치에 대해 이야기를 나누었다. 리처드는 근처에서 올란나가 음악을 가르치는, 턱수염을 기른 남자와 말하고 있는 것을 발견했다. 그래서 그는 자연스럽게 몸을 돌려 그곳을 빠져나가서 문 쪽으로 갔는데 올란나가 바로 옆에 나타났다.

"잘 지냈어요, 리처드. 케두?"

"네, 잘 지냈습니다. 당신은요?"

리처드도 인사했다. 얼굴 근육이 딱딱해지는 느낌이었다.

"우리도 잘 지내고 있어요."

올란나가 대답했다. 분홍빛 입술에 살짝 윤이 났다. 리처드는 올란나가 '우리'라는 복수형으로 대답했다는 사실을 놓치지 않았다. '우리'가 그녀와 그녀의 아이를 말하는 건지 아니면 그녀와 오데니그보를 말하는 건지 아니면 그녀와 있었던 일로 카이네네와 안 좋았던 관계가 모두 해결되었다는 의미인지 확실치 않았다.

"아가야, 인사를 드렸니?"

올란나가 그녀의 손을 꼭 잡은 아기를 내려다보며 묻자 아기가 높은 목소리로 대답했다.

"안녕하세요."

리처드는 허리를 숙여 아기의 뺨을 만졌다. 아기의 차분한 표정이 다섯 살 나이답지 않게 지혜롭고 어른스러워 보였다.

"안녕, 아가?"

"카이네네는 어떤가요?"

올란나가 물었다.

리처드는 그녀의 시선을 피했다. 자신의 표정이 어떨지 궁금했다.

"잘 지내요."

"책 쓰는 작업도 잘되고 있나요?"

"네, 고맙습니다."

"아직도 『바구니에 가득한 손』을 쓰고 있나요?"

리처드는 올란나가 그걸 잊지 않아서 기뻤다.

"아니에요."

그가 대답하고 잠시 입을 다물었다. 불 속에 들어간 원고가 순식간에 새까만 재로 변하던 장면을 떠올리고 싶지 않았다.

"지금은 '밧줄 무늬 그릇을 만들던 시대에'라는 제목으로 바뀌었어요."

"흥미로운 제목이군요. 전쟁이 일어나지 않기를 바라지만 세미나 내용은 아주 유익한 것 같아요."

"네."

필리스 오카포르가 다가와서 올란나에게 인사하고 리처드의 팔을 잡아끌며 말했다.

"오주크우가 오고 있대요! 오주크우가 오고 있대요!"

강당 바깥에서 웅성거리는 목소리가 들렸다.

"오주크우요?"

리처드가 묻자 필리스 오카포르가 그를 문가로 잡아끌며 대답했다.

"네, 그래요! 며칠 전에 그분이 에누구 대학에 깜짝 방문했던 걸 아세요? 이번엔 우리 차례 같아요!"

리처드는 그녀를 따라 바깥에 나가서 사자 상 옆에 옹기종기 모인 교수들 옆으로 갔다. 올란나는 이미 사라지고 없었다.

"오주크우는 지금 도서관에 있어요."

누군가가 말했다.

"아니에요. 지금 이사회 건물에 있어요."

"아니에요. 학생들한테 연설할 계획인데, 지금은 대학 본부 건물에 있어요."

몇몇 사람이 벌써 대학 본부 건물로 빠르게 걸어가고 있어서 필리스 오카포르와 리처드도 그 뒤를 따랐다. 진입로에 높게 솟은 우산 나무에 다가설 즈음에 리처드는 소박하고 말쑥한 차림에 군복 혁대를 차고 복도를 가로지르며 성큼성큼 걸어오는, 턱수염을 기른 남자를 발견했다. 기자 서너 명이 녹음기를 선물처럼 내밀며 그의 뒤를 쫓아오고 있었다. 도대체 어디서 나왔는지 모를 정도로 많은 학생들이 구호를 외치기 시작했다.

"단결! 단결!"

오주크우가 아래층으로 내려와서 녹색 잔디에 놓인 시멘트 벽돌 위에 올라섰다. 그리고 두 손을 들었다. 단정한 턱수염, 시계, 넓은 어깨 등 모든 게 반짝거렸다.

"난 여러분에게 물어볼 게 있어서 여기 왔습니다. 우리는 과연 어떻게 해야 합니까? 북부 사람들이 우리를 나이지리아에 강제로 합병할 때까지 우리는 계속 침묵해야 합니까? 북부에서 우리의 형제자매 수천 명이 살해된 사실을 잊어버려야 합니까?"

오주크우가 말했다. 그의 옥스퍼드식 악센트가 놀라울 정도로 부드러웠다. 라디오에서 흘러나오던 약간은 가식적이고 너무 다듬은 듯한 말투가 아니었다.

"아닙니다! 아닙니다! 단결! 단결!"

학생들이 외쳤다. 그들이 넓은 마당을 가득 채우고 잔디밭과 진입로까지 채우기 시작했다. 교수들도 자동차를 도로변에 세우고 군중 속에 합류했다.

오주크우가 다시 두 손을 들자 구호가 멈췄다.

"저들이 전쟁을 선포한다면 아마 기나긴 전쟁이 되리라는 걸 지금 이 자리에서 밝히고 싶습니다. 기나긴 전쟁 말입니다. 여러분은 전쟁을 치를 준비가 되었습니까? 우리는 그럴 준비가 되었습니까?"

"네! 네! 오주크우, 은예 안이 에그베! 우리에게 총을 주십시오! 이웨 이 얀이 은오비! 우리 가슴엔 분노가 차 있습니다!"

구호가 계속 이어졌다. 우리에게 총을 주십시오! 우리 가슴엔 분노가 차 있습니다! 사람을 흥분시키는 구호였다. 리처드는 주먹을 들며 구호를 외치는 필리스 오카포르를 쳐다보았다. 그리고 주변을 둘러보았다. 그러다가 그 분위기에 휩싸여 손을 흔들며 외치기 시작했다.

"오주크우, 우리에게 총을 주십시오! 오주크우, 은예 안이 에그베!"

오주크우가 담배에 불을 붙여서 잔디에 던졌다. 그리고 순간 번뜩이는 담뱃불을 반짝이는 검은 구두로 짓이기며 소리쳤다.

"이 잔디들도 비아프라를 위해 싸울 겁니다."

리처드는, 대머리 초기 증상이 있는 데다가 왠지 연기를 하는 것 같고 너무 화려한 반지를 낀 게 거슬리긴 했어도 오주크우에게 아주 깊은 인상을 받았다고 카이네네에게 말했다. 세미나에 대해서도 말했다. 그러다 올란나를 우연히 만났다는 말을 해야 할지 말아야 할지 망설였다. 두 사람은 베란다에 앉아 있었다. 카이네네가 칼로 오렌지 껍질을 벗기는 중이어서 바닥에 놓은 쟁반에는 기다란 오렌지 껍질이 떨어지고 있었다.

"올란나를 만났어."

"그래?"

"세미나에서. 당신 안부를 묻더군."

"그렇군."

오렌지가 카이네네 손에서 미끄러졌다. 아니, 일부러 떨어뜨린 것 같기도 했다. 오렌지가 베란다의 테라초 바닥에 나뒹굴었다.

"미안해. 당신한테 말해야 한다고 생각했어."

리처드가 말하고 오렌지를 집어 내밀었지만 그녀는 받지 않았다. 그냥 일어나 베란다 난간으로 걸어갔다. 그리고 말했다.

"전쟁이 일어날 거야. 지금 하코트 항구가 미쳐 가고 있어."

카이네네가 먼 곳을 바라보았다. 과도한 파티가 벌어지고 광적인 연애가 난무하며 자동차들이 엄청난 속도로 달리는 도시를 실제로 바라보고 있는 것 같았다.

그날 오후에 들른 기차역에서는 옷을 잘 차려입은 젊은 여자가 리처드에게 다가와 손을 잡으며 이런 말을 하기도 했다.

"우리 집으로 가요. 지금까지 외국인이랑 해 본 적은 한 번도 없지만 이제 모든 걸 다 해 보고 싶어요. 호호!"

젊은 여자는 웃었지만 그녀의 두 눈에 가득한 열망은 진심으로 보였다. 리처드는 그녀에게서 손을 억지로 빼내 도망쳤는데, 그녀가 결국엔 다른 낯선 남자와 침실에 들어갈 거라는 생각이 떠올라서 괜히 슬펐다. 높이 자란 야자수가 휘파람 소리를 내는 도시 전역에서 전쟁이 모든 선택권을 빼앗아 가기 전에 모두가 최대한 쾌락을 즐기려고 광분하는 것 같았다.

리처드가 일어나서 카이네네 옆에 섰다. 그리고 말했다.

"전쟁은 없을 거야."

"올란나가 나에 대해서 뭐라고 물었어?"

"'카이네네는 어떤가요?'라고 물었어."

"당신은 내가 잘 지낸다고 대답하고?"

"응."

카이네네는 입을 꾹 다물었고 리처드는 예상치 못한 상황에 당혹스러웠다.

15

으그우는 자동차에서 내려 트렁크로 돌아갔다. 그리고 가리가 담긴 커다란 부대와 마른 생선이 담긴 부대를 트렁크에서 꺼내서 머리에 이고 주인어른을 따라서 금 간 계단을 올라 어두침침한 건물로 들어갔다. 노조 사무실이 있는 건물이었다. 오보코 아저씨가 나와서 그들을 맞아 주었다.

"그걸 창고에 갖다 놓으렴."

오보코 아저씨가 으그우가 머리에 인 부대들을 손으로 가리키며 말했다. 오래전부터 피난민에게 줄 음식 재료를 이곳에 가져온 으그우가 어디에 부대를 갖다 놓는지도 제대로 모르는 것처럼 말이다. 텅 빈 창고 한쪽 구석에는 조그만 쌀 봉지 하나만 덩그러니 놓였는데 그 안에는 쌀벌레가 그득했다.

"상황이 어떤가요? 아 나에메크와?"

주인어른이 묻자 오보코 아저씨가 누구도 위로할 수 없을 것 같은 슬픈 표정을 지으며 두 손을 비볐다.

"요새는 기부하는 사람이 없어요. 피난민이 찾아와서 식량을 달라고 떼쓰고 이제는 직업까지 소개해 달라고 하는데도요. 교수님도 아시다시피 그들은 북부에서 완전히 빈손으로 내려왔답니다. 빈손으로요."

"그들이 빈손으로 내려온 건 나도 알아요, 친구! 나한테 그런 말까지 할 필요는 없어요!"

오보코 아저씨가 뒤로 물러났다.

"상황이 심각하다고 말하는 것뿐이에요. 처음에는 사람들이 몰려들어 앞다투어 식량을 기부하더니, 이제 모두들 그런 일은 까마득히 잊어버렸어요. 전쟁이 나면 엄청 심각할 거예요."

"전쟁은 일어나지 않아요."

"그러면 고원이 계속 이곳을 봉쇄하는 이유가 뭐죠?"

주인어른이 질문을 무시하고 등을 돌려 나갔다. 으그우도 뒤따라 나갔다.

"사람들은 아직도 식량을 계속 기부하고 있어. 저 멍청한 놈이 자기네 식구들한테 식량을 빼돌리는 게 분명해."

"네, 주인어른. 저 사람 배가 불룩하게 나왔어요."

으그우가 대답했다.

"무식한 고원은 200만 이상의 피난민이 비참한 생활에 시달릴 거라고 장담했어. 그놈은 사람들이 죽어 나가는 것을 닭장에서 키우는 닭이 죽은 것 정도로 생각하고, 살아 돌아온 사람들에 대해서는 살아남은 닭이 고향으로 돌아온 것 정도로 여기는 것 같아."

"네, 주인어른."

으그우는 차창 바깥을 내다보았다. 북부에서 도망친 사람들에게 가리와 생선을 전달하러 매주 한 번씩 이곳에 올 때마다 그는 주인어른에게 똑같은 말을 들었고, 그때마다 슬펐다. 으그우는 손을 내밀어서 백미러에 걸린 기념품을 쭉 잡아당겼다. 검은색을 배경으로 노란 태양이 절반쯤 떠오르는 그림이 그려진 플라스틱 기념품이 백미러에 매달려 대롱거렸다.

집에 돌아와 뒷마당 계단에 앉아서 찰스 디킨스의 『픽윅 클럽의 기록』을 읽다가 가끔씩 눈을 떼고 미풍에 흔들리는 날씬한 옥수수 잎사귀를 바라보며 생각에 잠길 때였다. 거실에서 주인어른의 흥분한 듯한 목소리가 흘러나왔지만 으그우는 놀라지 않았다.

"그럼 이바단과 자리아와 라고스에 있는 우리 대학 동료들은 도대체 어떻게 된 거죠? 대학살에 대해서 발언하는 사람이 있나요? 백인들이 폭도들한테 이보족 사람을 죽이라고 부추기는 동안 북부 사람들은 모두 침묵했어요. 당신 역시 학살이 일어나던 장소에 있었다면 똑같았을 거예요! 당신이 우리 심정을 얼마나 알겠어요?"

주인어른이 소리쳤다.

"그럼 내가 이보족 사람들의 마음을 모른다는 거예요? 연방 탈퇴가 안전을 보장받을 유일한 방법은 아니란 말이 내가 그들의 마음을 모른다는 의미는 아니잖아요!"

아데바요 교수님이었다.

"당신 사촌들이 죽었나요? 당신 삼촌이 죽었나요? 당신은 다음 주에 당신네 부족 사람들한테 돌아가지만 그곳에는 요루바족이라는 이유로 당신을 해칠 사람은 아무도 없어요. 그런데 라고스에서 이보족 사람을 죽인 건 바로 당신네 부족 사람들 아닌가요? 당신네 부족 추장들이 일부러 북부까지 가서 그곳 추장들한테 요루바족 사람을 해치지 않아서 고맙다고 인사하지 않았나요? 그런데도 아직 할 말이 있어요? 당신 주장이 어떻게 맞다는 거죠?"

"당신은 지금 나를 모욕하고 있어요, 오데니그보!"

"사실대로 말하니까 모욕이 되는군요."

잠시 침묵이 흐르더니 현관문이 삐걱 하고 열리는 소리와 쾅 닫히는 소리가 났다. 아데바요 교수님이 떠난 것이다. 올란나 마님의 목소리가 들리자 으그우는 벌떡 일어났다.

"이럴 순 없어, 오데니그보! 아데바요 교수님한테 빨리 사과해!"

으그우는 마님이 화낼 때 무서웠다. 그녀는 화낸 적이 거의 없었다. 게다가 마지막으로 그녀가 화내는 소리를 들은 건 아기가 태어나기 몇 주일 전이었다. 그때는 살얼음판을 걷는 분위기가 계속되다가 리처드 선생님이 주인어른의 집에 발길을 끊어 모든 게 혼란스러울 때였다.

순간 아무 소리도 들리지 않았다. 마님 역시 밖으로 나간 것 같았다. 오케오마 선생님이 시를 읽는 소리가 들렸다. "태양이 떠오르지 않는다면 우리가 떠오르게 만들리라." 으그우도 아는 시였다. 오케오마 선생님이 이 시를 처음 낭송한 날은 《르네상스》신문이 《비아프란 선》이라는 이름으로 바뀌는 날이었는데, 으그우는 시 낭송 소리를 가만히 듣다가 벅차오르는 감동을 느꼈다. 제일 마음에 드는 구절은 "열정으로 구운 질그릇은 산을 오를 때 우리 발을 시원하게 해 주리라."라는 부분이었다. 그런데 괜히 눈물이 났다. 오케오마 선생님이 수입해 온 금속 양동이에다 용변을 보다가 엉덩이에 뾰루지가 생긴 아프리카 사람들에 대한 시를 낭송하던 시절이, 아데바요 교수님이 주인어른과 서로 소리치며 논쟁하다가 갑자기 뛰쳐나가는 일이 없었던 날들이, 손님들에게 매운 수프를 만들어 주던 날들이 너무나 그리웠다. 지금은 손님들에게 내놓을 거라곤 콜라나무 열매밖에 없었다.

오케오마 선생님이 떠나고 나서 으그우는 다시 커진 마님의 목소리를 들었다.

"그래야 해, 오데니그보. 아데바요 교수님한테 사과해!"

"이건 내가 아데바요한테 사과하느냐 안 하느냐의 문제가 아니야. 이건 내 말이 맞느냐 틀리느냐의 문제야."

주인어른이 대답하자 마님이 뭐라고 말했는데 으그우에게까지 들리지 않았다. 시간이 조금 흐른 뒤 이윽고 주인어른이 훨씬 차분하게 대답했다.

"알았어, 은켐. 그렇게 하지."

마님이 부엌에 들어와서 으그우에게 말했다.

"지금 나갈 거니까 이리 와서 문을 잠가."

"네, 마님."

두 사람이 자동차를 타고 떠났다. 그러고 나서 으그우는 뒷문을 두드리는 소리를 듣고 누구인지 보러 나갔다.

"친예레!"

으그우는 깜짝 놀랐다. 친예레가 이렇게 이른 시각에, 그것도 집으로 직접 찾아온 적은 한 번도 없었다.

"나랑 우리 마님이랑 아이들은 내일 아침에 다른 마을로 떠나. 너한테 잘 있으라고 말하러 찾아왔어. 카 오 디."

친예레가 으그우에게 이렇게 많이 말한 것은 처음이었다. 그는 무슨 말을 해야 좋을지 몰랐다. 그래서 두 사람은 한동안 서로를 가만히 쳐다보았다.

"잘 가."

으그우가 말했다. 그리고 두 구역을 가르는 울타리 밑으로 살짝 빠져나가는 친예레를 바라보았다. 이제 그녀가 밤에 찾아와서 바닥에 누워 다리를 조용히 벌려 주는 일은 더 이상 없을 것이다. 최소한 한동안은 말이다. 으그우는 머리가 짓눌리는 듯한 이상한 기분을 느꼈다. 순식간에 일어난 변화가 온몸을 짓누르는데 으그우에게는 그걸 막을 방법이 없었다.

으그우는 가만히 앉아서 『픽윅 클럽의 기록』 겉표지를 물끄러미 바라보았다. 망고 나무가 부드럽게 물결치듯 흔들리고 캐슈 나무 열매의 포도주 같은 향내가 가득한 뒷마당에 정적이 감돌았다. 사람들의 심각한 분위기와 너무나 다른 풍경이었다. 찾아오는 손님도 많이 줄어들었고 저녁이면 대학 전체가 음산했다. 침묵에 잠긴 텅 빈 거리를 노란 가로등이 비출 뿐이었다. 교정 동부에 있는 상점은 벌써 문을 닫았다. 친예레네 마님은 이곳을 떠나는 많은 가족 가운데 하나에 불과했다. 집안 일꾼들은 시장에서 짐을 옮길 수 있는 커다란 상자를 사 날랐고, 무거운 짐 때문에 트렁크가 푹 가라앉은 자동차들이 교정을 빠져나갔다. 하지만 마님과 주인어른은 짐을 하나도 싸지 않았다. 전쟁은 일어나지 않는다며 사람들이 겁에 질려서 저러는 거라고만 했다. 으그우는 여자와 아이는 고향 마을로 떠날 수 있지만 남자는 떠날 수 없다고 통보받았다는 사실을 알고 있었다. 남자들까지 떠난다는 건 국민 전체가 공포에 떤다는 것인데 사실 그렇게 무서워할 이유가 전혀 없다는 논리였다.

주인어른도 '무서워할 이유가 없다'라는 말을 입에 달고 살았다.

"무서워할 이유가 없다."

오케케 선생님 댁 건너편에 사는 우조마카 교수님은 대학 정문을 나가다가 군인들에게 막혀 세 번이나 돌아서야 했다. 하지만 자신은 금방 이곳으로 돌아올 것이며, 아내가 너무 심하게 걱정해서 가족을 고향 마을로 데려다주려는 것뿐이라고 사정하여 세 번째 날에야 겨우 빠져나갈 수 있었다.

"으그우!"

으그우는 고개를 들다가 앞마당으로 다가오는 숙모를 발견하고 벌떡 일어났다.

"숙모! 어서 오세요."

"현관문을 두드렸어."

"죄송해요. 못 들었어요."

"집에 혼자 있니? 주인어른은 안 계시니?"

"주인어른과 마님은 다 나가셨어요. 아기도 데려가셨어요."

으그우가 숙모 얼굴을 살피며 물었다.

"그동안 잘 지내셨어요, 숙모?"

숙모가 웃었다.

"그래, 잘 지냈어, 오디 음마. 너희 아버지 말씀을 전하러 왔어. 다음 주 토요일에 아누리카의 술 운반 예식이 있을 거야."

"네? 다음 토요일요?"

"빨리 서두르는 편이 좋을 것 같대, 전쟁이 일어날지도 모르니까."

"그건 그래요."

으그우가 시선을 돌려서 레몬 나무를 바라보았다.

"아누리카가 이제 정말로 결혼하는군요."

"그럼 네가 여동생이랑 결혼하려고 했니?"

"그런 말 마세요."

숙모가 으그우 팔을 꼬집었다.

"이제 너도 어른 티가 나는구나. 하하! 앞으로 서너 해가 지나면 너도 결혼해야지."

으그우가 빙그레 웃었다. 그리고 점잖은 척하며 말했다.

"때가 되면 숙모랑 어머니께서 좋은 사람을 찾아주시겠지요."

마님은 으그우가 중등 과정을 끝내면 대학교에 보내 주겠다고 약속했다. 그래서 으그우는 오랫동안 많이 공부해서 주인어른처럼 되기 전까지는 결혼하지 않을 생각이었다. 하지만 숙모에게 이런 말까지 할 필요는 없었다.

"그럼 갈게."

숙모가 말했다.

"물이라도 드시고 가지 그러세요?"

"시간이 없어. 은그와누, 괜찮아. 주인어른한테 안부 인사 전하고 결혼 소식을 알려 드려."

숙모가 떠나기도 전에 으그우는 자신이 결혼식장에 도착해 있는 모습을 떠올렸다. 이번에는 무슨 일이 있어도 은네시나치를 홀딱 벗겨서 껴안고 말 생각이었다. 에제 삼촌네 오두막이나, 꼬맹이들만 귀찮게 하지 않는다면 개울가 옆 조용한 숲에 데려가는 것도 괜찮을 것 같았다. 으그우는 은네시나치가 친예레처럼 조용하지 않기를 바랐다. 침실 문에 귀를 갖다 대고 몰래 엿들을 때 마님이 그러던 것처럼 큰 소리를 뱉어 내길 바랐다.

그날 저녁 으그우가 음식을 요리하고 있을 때 라디오에서는 나이지리아가 비아프라를 세운 반역자들을 물리치기 위해 군사 행동을 개시한다고 선언했다.

으그우는 부엌에서 양파를 깠다. 마님은 화로 옆에서 수프를 휘젓는 중이었다. 으그우는 어깨를 들썩이며 수프를 휘젓는 그녀를 바라보았다. 양파 때문에 나온 눈물이 불순한 감정을 모두 씻어 내어 온몸을 깨끗하게 해 주는 느낌이었다. 거실에서 아기가 크게 소리를 지르며 주인어른과 노는 소리가 들렸다. 으그우는 지금 이 순간만큼은 그 누구도 부엌에 들어오지 않기를 바랐다. 누가 들어오면 양파의 자극적이고 달콤한 향 속에서 뺨이 달아오른 마님과 함께하는 이 마법 같은 순간이 사라질 것 같았다. 올란나는 남부 사람들이 오니차에서 감행한 보복 공격에서 살해된 북부 사람들 이야기를 하고 있었다. 으그우는 보복 공격이라고 말할 때의 마님의 입 모양이 너무나 좋았다.

"그건 옳지 않아. 정말 잘못됐어. 하지만 수상 각하가 잘 해결하셨어. 수상 각하가 북부 군인들을 돌려보내지 않았다면 얼마나 많은 사람이 죽었을지 아무도 몰라."

"오주크우는 위대한 인물이에요."

"정말 그래. 하지만 사실은 우리 모두에게 그렇게 할 수 있는 능력이 있어."

"아니에요, 마님. 우리는 하우사족 사람들이랑 달라요. 보복 살인은 그들이 우리를 몰아붙였기 때문에 일어난 거예요."

으그우는 자신이 '보복 살인'이라는 말을 마님과 비슷하게 발음했다고 생각했다.

그녀는 머리를 흔들며 가만히 있다가 다시 입을 열었다.

"네 여동생의 술 운반 예식에 갔다 온 후에 우리는 아바에 잠시 있을 생각이야. 어차피 대학 안이 텅 비었으니까. 네가 원한다면 너희 식구들이랑 있어도 돼. 돌아오면 데리러 갈 테니까. 아무리 길어도 한 달을 넘기진 않을 거야. 우리 군인들이 1~2주면 나이지리아 군대를 몰아낼 테니까."

"전 두 분을 따라가겠어요, 마님."

그녀가 빙그레 웃었다. 으그우가 그렇게 말하기를 바란 듯했다.

"수프가 너무 묽어."

그녀가 중얼거렸다. 그리고 자신이 어릴 때 수프를 처음 끓이다가 냄비 바닥을 까맣게 태웠는데, 신기하게도 수프는 아주 맛있었다는 이야기를 했다. 으그우는 그녀의 목소리에 흠뻑 빠져 창문 밖 멀리서 나는 붕붕 소리를 못 들었다. 그녀가 수프를 휘젓다가 멈추고 고개를 들어 그를 쳐다보며 물어봤을 때야 비로소 그 소리를 들을 수 있었다.

"저게 무슨 소리지? 너도 들리니, 으그우? 저게 무슨 소리지?"

마님은 국자를 내려놓고 거실로 뛰어갔고 으그우도 그 뒤를 따랐다. 주인어른은 《비아프란 선》 한 부를 접어 든 채 창가에 서 있었다.

"저게 무슨 소리야?"

마님이 물었다. 그리고 아기를 잡아당기며 소리쳤다.

"오데니그보!"

주인어른이 차분하게 대답했다.

"저들이 내려오고 있어. 오늘 당장 떠나야겠어."

바로 그때 바깥에서 자동차 경적 소리가 시끄럽게 울렸다. 으그우는 갑자기 문을 열어 보는 것도, 창가로 가 밖을 내다보는 것도 무서워졌다.

주인어른이 문을 열었다. 녹색 모리스 마이너 자동차 한 대가 급히 정차하느라 한쪽 타이어가 진입로를 벗어나며 잔디밭 가장자리에 피어 있는 백합을 짓밟았다. 자동차에서 나온 남자는 놀랍게도 러닝셔츠에 바지만 입은 차림이었다. 게다가 신발은 화장실에서 신는 슬리퍼였다!

"당장 피하세요! 연방군이 은수카에 들어왔어요! 우리도 지금 피난을 갈 거예요! 지금 당장! 사람이 남은 집들을 돌아다니며 알려 주는 거예요. 당장 피하세요!"

남자가 소리치고 자동차에 급하게 올라타 경적을 계속 울리며 떠나고서야 비로소 으그우는 그가 누군지 알아챘다. 은수카 대학의 서무 주임 빈센트 이켄나 선생이었다. 몇 차례 집에 찾아와서 주인어른과 맥주에 환타를 타서 마신 적이 있었다.

주인어른이 말했다.

"대충 짐을 꾸려, 은켐. 난 자동차 냉각수를 확인할게! 으그우, 빨리 가서 문을 잠가! 남학생 기숙사도 잊지 말고 잠가야 해."

"지니? 어떤 걸 싸야 하지? 무얼 가져가야 하지?"

마님이 물었다. 아기가 울기 시작했다. 붕붕 소리가 이번에는 훨씬 가까운 곳에서 훨씬 크게 들렸다.

"오래 걸리진 않을 거야. 금방 이곳으로 다시 돌아올 거야. 몇 가지만 챙겨, 옷 같은 것만."

주인어른이 엉거주춤하게 선반의 자동차 키를 움켜잡았다.

"요리하는 중이었어."

마님의 말에 주인어른이 대답했다.

"그럼 요리하던 것도 자동차에 실어."

마님은 넋이 나간 표정으로 수프 냄비를 행주로 싸서 자동차에 실었다. 으그우는 이리저리 뛰어다니며 아기 옷과 아기 장난감, 냉장고에 있는 비스킷, 자기 옷과 주인어른 옷과 마님 옷 등을 가방 여러 개에 담았다. 어떤 물건을 가져가야 좋을지 몰랐다. 붕붕 소리가 더 이상 가까이 다가오지 않았으면 했다. 으그우는 가방들을 자동차 뒷좌석에 싣고 문과 창문을 모두 잠그려고 집으로 다시 뛰어갔다. 주인어른이 밖에서 경적을 울렸다. 그는 현기증을 느끼고 거실 한가운데에 우두커니 섰다. 오줌을 싸고 싶었다. 부엌으로 뛰어가서 화로의 불을 껐다. 주인어른이 큰 소리로 으그우를 불렀다. 그는 선반에서 올란나 마님이 소중하게 여기던 앨범세 권을 집어 들고 밖으로 뛰어나갔다. 으그우가 자동차에 올라타 문을 채 닫기도 전에 주인어른이 차를 몰았다. 아무도 없는 고요한 교정이 섬뜩했다.

정문에서 비아프라 군인들이 팔을 흔들며 지나가라는 신호를 보냈다. 카키색 군복과 반짝반짝 빛나는 군화 그리고 소매에 수놓은 절반짜리 노란 태양 마크가 멋있었다. 으그우는 자신도 저런 군인이 되고 싶었다. 주인어른이 군인들에게 손을 흔들며 말했다.

"수고하세요!"

사방에서 갈색 담요가 펄럭이듯 흙먼지가 일어났다. 큰 도로는 사람들로 가득했다. 머리에 상자를 이고 등에 아기를 업은 아낙네들과 옷이나 감자나 상자 더미를 머리에 이고 가는 맨발의 아이들, 자전거를 끌고 가는 남자들도 있었다. 으그우는 아직 날이 어둡지 않은데도 그들이 불붙인 기름등잔을 들고 가는 이유가 궁금했다. 한 어린아이가 비틀거리다 쓰러지자 그 아이의 어머니가 허리를 숙여서 아이를 재빨리 일으키는 모습을 보는 순간, 으그우는 갑자기 집에 있는 어린 사촌들과 부모님과 아누리카 생각이 났다. 그들은 안전했다. 고향 마을은 훨씬 멀리 떨어져 있어서 도망칠 필요도 없을 듯했다. 고향 마을에 가지 못하게 되었으니 아누리카 결혼식에 참석할 수도 없고 애초에 세운 계획대로 은네시나치를 품에 안을 수도 없을 것이었다. 하지만 나중에라도 그녀의 달콤하고도 부드러운 피부를 매만질 기회는 있을 터였다.

주인어른은 엄청난 인파와 장애물에 막혀 자동차를 천천히 몰았다. 밀리켄산에 들어서면서 자동차의 속도는 더욱 느려졌다. "내일은 아무도 모른다."라는 구절을 써넣은 화물 트럭이 앞에 있었다. 가파른 언덕을 넘어갈 때 뭉툭한 나뭇조각을 들고 트럭 밖으로 나온 젊은 남자 한 명이 트럭이 뒤로 밀리기라도 하면 타이어 뒤쪽에 집어넣을 준비를 하며 그 옆에서 뛰어갔다.

마침내 아바에 도착한 시간은 땅거미가 깔릴 즈음이었다. 자동차 앞 유리창에는 흙먼지가 가득 쌓여 있었고 아기는 잠이 들었다.

16

리처드는 나이지리아 연방 정부가 반역자를 물리치기 위해 비아프라에 대한 군사 행동을 개시한다고 선언했다는 방송을 듣고 깜짝 놀랐다. 하지만 카이네네는 놀라지 않았다.

"석유 때문이야. 석유를 둘러싼 이권을 저들이 우리한테 쉽게 내줄 수가 없는 거야. 하지만 전쟁은 금방 끝나. 마두 말이 오주크우한테 좋은 계획이 있대. 그러면서 내가 전시 내각에 외화를 기부하기만 하면 전쟁이 끝난 다음에 내가 원하는 계약은 무엇이든 체결하게 해 주겠다고 했어."

리처드는 카이네네를 물끄러미 쳐다보았다. 금방 끝나든 아니든 자신은 전쟁이 일어나는 것 자체를 전혀 이해할 수 없다는 사실을 그녀가 모르는 것 같았다.

"우리가 나이지리아 군대를 물리칠 때까지 당신은 모든 짐을 하코트 항구로 옮겨 놓는 게 좋을 거야."

카이네네가 말했다. 신문을 훑어보면서 전축에서 흘러나오는 비틀스 음악에 맞추어 고개를 끄덕거리는 그녀의 모습은 리처드에게 전쟁을 평범하게 받아들이고, 전쟁은 지금까지 있었던 일련의 사건들이 빚어낸 불가피한 결과이며, 자신은 은수카에 있는 짐을 이곳으로 옮기는 게 최선이라고 믿게 했다.

"그래, 그게 좋겠어."

리처드가 대답했다.

카이네네의 운전사가 그를 태워 주었다. 사방에 생겨난 검문소가 타이어와 뾰족한 못이 박힌 판자로 도로를 차단했다. 검문소에는 카키색 윗옷을 입은 남자와 여자들이 무표정한 얼굴로 딱딱하게 서 있었다. 처음에 마주친 검문소 두 개는 쉽게 통과했다. 그들은 "어디로 가십니까?" 하고 묻고 바로 지나가라는 신호를 보냈다. 하지만 에누구 근처에서는 시민 방위군이 나뭇등걸과 녹슨 드럼통으로 도로를 차단하고 자동차를 막아서서 차를 세울 수밖에 없었다.

"차를 돌리십시오! 돌리십시오! 당장 돌리십시오!"

한 남자가 차창을 들여다보며 소리쳤다. 그는 장총처럼 보이도록 공들여 깎은 기다란 나뭇조각을 들고 있었다.

리처드가 설명했다.

"안녕하세요. 은수카 대학 연구원인데, 지금 거기 가는 중이에요. 우리 집 일꾼을 데려오고 원고랑 개인 물품도 가져와야 해요."

"당장 차를 돌리십시오, 선생님. 침략자를 금방 물리칠 겁니다."

"하지만 원고와 책과 일꾼이 그곳에 있어요. 이렇게 될 줄 몰라서 아무것도 가져오지 않았어요."

"당장 차를 돌리십시오, 선생님. 명령입니다. 이러는 건 안전하지 않습니다. 침략자를 몰아내면 금방 그곳에 돌아갈 수 있을 겁니다."

"하지만 제발 좀 봐주세요."

리처드가 상체를 앞으로 빼내며 사정했다.

남자의 눈이 가늘어지는 동안 남자의 상의에 새겨진 '경계'라는 글씨 밑에 그려 놓은 커다란 눈은 더 커지는 듯했다.

"당신이 나이지리아 정부의 간첩이 아니라는 걸 어떻게 믿습니까? 고원이 우리의 죄 없는 여자들과 아이들을 죽이도록 놔둔 게 바로 당신 같은 백인입니다."

"아부 음 온예 비아프라."

리처드가 말하자 남자가 웃었다. 리처드는 남자가 유쾌해서 웃는 건지 불쾌해서 웃는 건지 종잡을 수가 없었다.

"어이쿠, 백인이 자기가 비아프라 사람이라고 말하네! 우리 말은 어디에서 배우셨습니까?"

"제 아내한테요."

"좋습니다, 선생님. 은수카에 있는 물건은 걱정하지 마십시오. 며칠만 지나면 도로가 뚫릴 테니까."

운전사가 차를 돌려서 왔던 길을 그대로 돌아갔다. 리처드는 봉쇄된 길이 더 이상 보이지 않을 때까지 뒤를 계속 돌아보았다. 그리고 "난 비아프라 사람입니다."라는 이보 말이 너무나 쉽게 튀어나온 것에 대해 곰곰이 생각했다. 자신이 왜 그랬는지 특별한 이유는 떠오르지 않았다. 하지만 자신이 비아프라 사람이라고 한 것과 카이네네를 아내라고 부른 것을 운전사가 카이네네에게 말하지 않기를 바랐다.

수전이 며칠 후에 리처드에게 전화했다. 늦은 아침 시간이었다. 카이네네는 공장에 나가고 없었다.

"당신이 카이네네 집 전화번호를 아는 줄 몰랐어."

리처드가 말하자 수전이 웃었다.

"은수카 사람들이 모두 피했다는 말을 듣고 당신이 그녀와 함께 있을 거라고 생각했어. 그래, 어떻게 지내? 괜찮은 거야?"

"응."

"피난할 때 힘들지는 않았어? 정말 괜찮은 거야?"

"응, 괜찮아."

리처드는 수전의 관심이 고마웠다.

"다행이군. 그래, 앞으로 어떻게 할 계획이야?"

"당장은 여기에 있을 거야."

"그곳은 안전하지 않아, 리처드. 나도 여기서 일주일을 넘기지 않을 생각이야. 이곳 사람들은 현대적인 내전을 제대로 치른 적이 없어. 이건 내전이라고 부를 수도 없다고."

수전이 잠시 가만히 있다가 다시 입을 열었다.

"에누구에 있는 영국 문화원에 전화했는데, 그곳에 있는 영국인들은 아직까지 수구 경기나 하고 프레지덴셜 호텔에서 칵테일 파티나 즐긴다는군. 도저히 믿을 수가 없어! 피비린내 나는 전쟁이 일어나는데 말이야."

"전쟁은 금방 끝날 거야."

"금방 끝난다고? 말도 안 돼! 니젤이 이틀 후에 떠나. 전쟁이 금방 끝날 가능성은 전혀 없어. 이 전쟁은 몇 년 동안 계속될 거야. 콩고에서 무슨 일이 일어났는지 봐. 이곳 사람들은 평화에 대한 개념이 없어. 이들은 마지막 한 명이 쓰러질 때까지 싸울……."

리처드는 수전이 말하는 사이에 전화를 끊어 버리고는 자신의 무례한 행동에 깜짝 놀랐다. 하지만 마음 한구석에서는 수전을 도와주고 싶었다. 그녀의 집 선반에 진열된 술병을 모두 내던지고 그녀의 인생을 상처투성이로 만드는 과대망상을 말끔히 쓸어 내고 싶었다. 수전이 이 나라를 떠날 예정이어서 그나마 다행이었다. 리처드는 수전이 행복을 찾아가길 바랐다. 그녀와 함께하는 상대가 니젤이든 누구든 상관없었다. 수전이 전화를 다시 걸어 주기를 바라는 마음과 그러지 않기를 바라는 마음이 반반씩 생기면서 리처드가 수전에 대한 생각에 몰두할 때, 카이네네가 집으로 돌아왔다. 그녀는 리처드의 두 볼과 입술과 턱에 키스했다.

"해리슨과 『밧줄 무늬 그릇을 만들던 시대에』 원고가 어떻게 됐는지 걱정하고 있는 거야?"

"아니야."

그가 대답했다. 하지만 그게 거짓말이라는 건 둘 다 알고 있었다.

"해리슨은 아마 괜찮을 거야. 짐을 싸 들고 고향 마을로 떠났을 게 분명해."

"그래, 그랬을 거야."

"아마 원고도 안전한 곳에 잘 두었을 거야."

"그래."

자신이 단단히 마음먹고 쓴 첫 번째 원고 『바구니에 가득한 손』을 카이네네가 없애 버렸을 때가 떠올랐다. 그녀가 리처드를 과수원으로 데려가서 무표정한 얼굴로 리처드가 제일 좋아하는 나무 밑에 쌓인 새까맣게 탄 원고 뭉치를 보여 주던 때 말이다. 그런데도 그는 분노나 좌절감 대신 희망을 느꼈다.

"도심에서 오늘 또 집회가 열렸어. 최소한 1000명은 넘는 사람이 행진해서 자동차마다 녹색 잎사귀가 뒤덮였어. 사람들이 큰 도로만 막지 말고 전투에 집중하면 좋겠어. 이미 많은 돈을 기부했는데 아직도 오주크우의 야망이나 채워 주려고 뙤약볕에 시달리다니……."

"중요한 건 명분이야, 카이네네. 한 사람의 야망이 아니라."

"그래, 인정에 호소하면서 사람들 주머니를 털어 갈 명분. 택시 기사가 군인한테는 요금도 안 받는 거 알아? 군인이 택시비를 내려고 하면 기사가 펄펄 뛰어. 마두 말이, 가난한 마을에 사는 아낙네들이 감자랑 바나나를 비롯해서 온갖 과일을 군인한테 주려고 병영을 매일 찾아온다는 거야. 자기네가 먹을 음식조차 없는 사람들이."

"그건 사람들 주머니를 털어 가는 게 아니야. 명분이라는 거야."

"그래, 명분."

카이네네는 고개를 설레설레 흔들었지만 재미있어하는 표정이었다.

"오늘 마두한테 들었는데, 군대에 무기가 하나도 없대. 마두는 오주크우가 '검은 아프리카의 그 어떤 세력도 우리를 얕볼 수 없다!'라고 장담한 걸 보면 어딘가에 무기를 쌓아 놓았을 거라고 생각했다는 거야. 그래서 마두가 북부에서 탈출한 장교 몇 명이랑 찾아가서 지금 자기한테 무기도 없고 운송 수단도 없어서 부하들이 목총을 들고 훈련하는 중이라고, 이제 쌓아 놓은 무기를 풀어 달라고 요청했대. 그러니까 오주크우가 등을 돌린 채 정부를 무너뜨릴 음모를 꾸미려는 거냐고 말했다는 거야. 오주크우는 무기가 하나도 없는 게 분명해. 맨주먹으로 나이지리아를 물리치려는 거야."

그녀가 주먹을 치켜들며 웃었다.

"하지만 난 그 사람이 정말 좋아. 턱수염이 정말 매력적이야."

리처드는 아무 말도 하지 않았다. 턱수염을 기를까 하는 생각이 쏜살같이 스칠 뿐이었다.

17

올란나는 아바에 있는 오데니그보의 집 베란다 난간에 기대어 마당을 내다보았다. 집 입구 근처 모래 바닥에서 아기가 주저앉아 노는 동안 으그우가 아기를 지켜보았다. 물레 나무 잎사귀가 바람에 바스락거렸다. 옅은 황토색과 짙은 회색이 뒤섞여 환상적인 색으로 변한 나무껍질은 은라차라는 피부병에 걸린 마을 아이들의 피부와 똑같았다. 은수카에 도착한 첫날, 마을 아이들이 일부러 찾아와서 "은노 누, 환영합니다."라고 인사하고 그들의 부모와 삼촌과 숙모 들도 찾아와서 행복을 빌어 주며 피난 온 사람들에 대한 호기심을 드러냈다. 그들 모두가 마음에 들었다. 그들의 환영 인사에 마음이 따뜻해졌다. 올란나는 오랜만에 본 오데니그보의 어머니까지도 그런 따뜻한 마음으로 대했다. 자신이 왜 막 태어난 아기를 거부했던 오데니그보의 어머니가 아기를 안도록 두는지, 그리고 왜 자신을 껴안는 그녀를 피하지 않는지 문득 궁금했다. 하지만 그날 하루 사이에 너무나 많은 일들이 순식간에 일어났다. 으그우와 부엌에서 요리하다가 오븐을 켜 놓은 것을 걱정하며 급히 집을 떠났고, 사람들로 꽉 찬 도로에서 시달렸으며, 포격 소리도 계속 들어야 했다. 그래서 올란나는 그녀의 포옹을 받아들였을 뿐 아니라 함께 꼭 껴안기까지 했다. 올란나와 화해해서인지 그녀는 아기를 보려고 두 집을 가르는 토담의 나무 문을 자주 건너왔다. 그리고 아기도 그녀의 집으로 건너가서 마당을 어슬렁거리는 염소 뒤꽁무니를 쫓아다녔다. 그러다가 말린 생선이나 훈제 육포를 씹어 먹으며 돌아오곤 했는데, 그럴 때마다 올란나는 아기가 먹는 것들이 얼마나 깨끗한지 걱정스러웠다. 하지만 일부러 신경을 쓰지 않으려고, 그러면서 화를 내지 않으려고 애썼다. 오데니그보 어머니는 아기를 대할 때 언제나 어설펐고 애정이 부족했다. 하지만 올란나가 어떻게 할 수 있는 일이 아니었다. 그저 화가 날 뿐이었다.

으그우가 뭐라고 하는 말에 아기가 웃었다. 아기 특유의 높은 웃음소리에 올란나는 미소를 지었다. 아기는 이곳을 좋아했다. 느긋하고 단순한 생활이었다. 화로와 토스터와 압력 밥솥과 수입 양념을 모두 은수카에 두고 왔기 때문에 요리도 아주 간단했다. 그래서 으그우가 아기와 함께 놀아 주는 시간도 훨씬 많아졌다.

"올 엄마! 이리 와서 이것 좀 보세요!"

아기가 부르자 올란나가 손을 흔들며 말했다.

"아가야, 이제 저녁 목욕을 할 시간이야."

올란나는 옆 마당에 있는 망고 나무를 바라보았다. 개중에는 귀에 무거운 귀고리를 건 것처럼 열매가 축 늘어진 나무도 있었다. 해가 지는 중이었다. 닭들이 꼬꼬댁거리며 잠자리를 찾아서 콜라나무로 날아올랐다. 마을 사람들이 인사를 나누는 소리가 들렸다. 함께 바느질하며 이야기를 나누는 아낙네들의 목소리만큼이나 커다란 목소리였다. 그녀는 2주 전부터 마을 회관에서 열리는 바느질 모임에 참석해서 군인들이 입을 속옷과 수건을 만들었다. 처음에는 쓸쓸했다. 책과 피아노와 옷과 도자기와 가발과 재봉틀과 텔레비전 등 은수카에 두고 온 수많은 물건에 대해서 말하니 동네 아낙네들이 못 들은 척하면서 슬쩍 화제를 돌렸기 때문이다. 시간이 지나자 올란나는 그 누구도 두고 온 물건에 대해서 말하지 않는다는 사실을 깨달았다. 대화의 초점은 언제나 '승전 기원 운동'으로 모아졌다. 어떤 학교 선생님은 자신이 타던 자전거를 군대에 기부했으며, 구두장이들은 군인들이 신는 군화를 공짜로 만들어 주었고, 농부들은 수확한 감자를 내놓았다. 승전 기원 운동. 올란나는 지금이 전쟁 중이며, 은수카의 빨간 토양에 포탄이 떨어지고 비아프라 군대는 침략자를 물리치려고 애쓰고 있다는 걸 생생하게 떠올리기가 어려웠다. 아리제와 이페카 외숙모와 음바에지 외삼촌에 대한 기억이 너무나 생생해 그때 이후로 시간이 멈춘 것 같아서, 그 무엇도 구체적으로 떠오르지 않았다.

올란나는 슬리퍼를 발로 차 벗어 던지고 맨발로 앞마당을 지나서 아기가 만든 모래집 앞으로 걸어갔다.

"아주 멋있구나, 아가야. 아침에 염소들이 마당에 들어오지만 않는다면 내일까지 그대로 있을 것 같아. 자, 이제 목욕할 시간이야."

"싫어요, 올 엄마!"

"으그우가 지금 당장 너를 들어서 옮겨 줄 것 같은데."

올란나가 으그우를 쳐다보며 말했다.

"싫어!"

으그우가 아기를 안아 들고 집으로 달렸다. 아기의 슬리퍼가 떨어져서 그가 그걸 집으려고 멈출 때도 아기는 "싫어!" 하고 소리치며 웃었다. 오데니그보가 비상 인력 동원 기획국에 배치되었기 때문에 다음 주에는 식구 모두가 이곳에서 세 시간 거리에 있는 으무아히아로 떠나야 하는데 아기가 과연 이곳을 떠나려고 할지 궁금했다. 오데니그보는 원래 조사 연구 및 생산 담당국에서 일하기를 원했지만, 고학력자들이 너무 많은 데 비해 일거리는 너무 적었다. 올란나에게는 그 어떤 기관에도 일할 자리가 없다는 통보가 올 정도였다. 그래서 그녀는 초등학교에서 아이들을 가르치면서 승전 기원 운동에 동참할 계획이었다. 승전 기원, 승전 기원, 승전 기원……. 이 구호에는 일정한 음률이 있었다. 올란나는 아차라 교수가 대학교 친구들과 가까운 곳에 숙소를 정해 주어서 아기가 함께 놀 만한 아이들을 많이 만날 수 있기를 바랄 뿐이었다.

그녀는 나지막한 나무 의자 가운데 하나에 앉았다. 등받이가 비스듬하게 기울어서 등을 붙이려면 그 모양에 맞게 기대야 하는 의자였다. 진흙 길모퉁이에 '막수', '목소', '목스' 등 맞춤법에 안 맞는 글자가 쓰인 먼지 가득한 간판을 내걸고 일하는 마을 목수들이 의자를 모두 그런 식으로 만드는 것 같았다. 힘들게 얻은 휴식 시간이나 농장에서 하루 종일 일하고 난 저녁 시간에 시원한 공기를 쐬면서 기대앉을 법한 의자였다. 하지만 달리 보면 권태로운 생활을 떠올리게 하기도 했다.

날이 어두워지고 머리 위에서 박쥐들이 시끄럽게 날아다닐 때 오데니그보가 집으로 돌아왔다. 그는 낮 동안에 언제나 밖을 돌아다니며 다양한 모임에 참석했다. 그는 아바가 승전 기원 운동에 어떤 식으로 기여할 것인가 혹은 아바가 비아프라 건설에 어떤 중요한 역할을 할 것인가 등을 논의했다. 모임에서 돌아오는 남자들 가운데는 나무를 깎아 만든 가짜 총을 든 사람도 가끔 보이곤 했다. 올란나는 자신만만한 걸음걸이로 성큼성큼 베란다를 지나오는 오데니그보를 바라보았다. 내 남자. 그를 바라보고 있노라면 뿌듯한 마음이 들 때가 많았다.

"케두?"

오데니그보가 인사하며 허리를 숙여 그녀의 입술에 키스했다. 그리고 그녀의 얼굴을 자세히 살폈다. 아무 일 없이 잘 지냈는지 확인하려는 것 같았다. 올란나가 카노에서 돌아온 다음부터 그는 항상 그랬다. 그리고 그녀가 '그 경험'을 통해 많이 변했다거나 훨씬 내성적으로 변했다는 말을 자주 했다. 친구들에게 말할 때는 '대학살'이라는 말을 사용했지만 그녀에게 그 단어를 사용한 적은 한 번도 없었다. 카노에서 일어난 일이 대학살인 건 맞지만 그녀가 목격한 건 그저 경험이라는 듯 말이다.

"응, 잘 지냈어. 약간 일찍 온 거 아니야?"

올란나가 물었다.

"내일 광장에서 마을 총회가 열려서 일찍 끝냈어."

"왜?"

"장로들이 그럴 때가 되었다고 봤거든. 아바에서도 곧 피난을 떠나야 할 거라는 둥 헛소문이 나돌고 있어. 연방군이 아우카까지 들어왔다는 말도 안 되는 주장을 하는 사람도 있을 정도야."

오데니그보가 껄껄 웃다가 올란나 옆에 앉으며 물었다.

"당신도 올래?"

그녀로서는 생각조차 한 적 없는 제안이었다.

"마을 총회에? 난 아바 주민이 아니잖아."

"괜찮아, 나랑 결혼만 하면. 우리 결혼하자."

올란나가 그를 물끄러미 쳐다보았다.

"지금도 잘 지내고 있잖아."

"지금은 전쟁 중이야. 이렇게 지내다가 나한테 무슨 일이라도 생기면 시신을 처리할 권한은 우리 어머니한테 넘어가. 하지만 난 그 권한이 당신한테 있었으면 해."

"그만해. 당신한테는 아무 일도 일어나지 않을 거야."

"당연히 나한텐 아무 일도 일어나지 않지. 당신이랑 결혼하고 싶어서 이러는 것뿐이야. 이제 결혼을 해야 해. 계속 이렇게 사는 건 말도 안 돼. 너무나 비현실적이야."

올란나는 벽 모서리에 자리한 푹신푹신한 둥지 주변을 날아다니는 장수말벌을 바라보았다. 그녀는 지금까지 두 사람의 사랑을 결혼이란 굴레가 아닌 좀 더 자유로운 형식에 담아서 보호하는 게 옳다고 생각했다. 하지만 아리제와 이페카 외숙모와 음바에지 외삼촌이 사진첩 속 얼어붙은 얼굴로만 남은 지금, 그런 형식에 집착하는 것 자체가 너무 낡은 생각 같았다. 은수카에 포탄이 떨어지고 있었다. 그래서 이렇게 말했다.

"그러면 우리 아빠한테 술을 갖다 바쳐야 하잖아."

"찬성한다는 뜻이야?"

박쥐 한 마리가 갑자기 아래로 날아와서 올란나는 머리를 숙였다.

"그래, 찬성한다는 뜻이야."

아침이 되자 마을 사람 하나가 커다란 북을 두드리면서 집집마다 돌아다니며 소리쳤다.

"오늘 오후 4시에 아마에제 광장에서 아바 주민 총회가 열립니다!"

쿵쿵쿵.

"오늘 오후 4시에 아마에제 광장에서 아바 주민 총회가 열립니다!"

쿵쿵쿵.

"모든 남녀가 참석해야 합니다!"

쿵쿵쿵.

"참석하지 않는 사람은 벌금을 물립니다!"

"벌금을 어떻게 물릴지 궁금해."

올란나가 말하자 오데니그보가 옷을 입다가 어깨를 으쓱했다. 그에게는 은수카에서 떠나던 날 으그우가 급히 가방에 집어넣은 셔츠 두 장과 바지 두 벌이 전부였다. 아침이면 그가 어떤 옷을 입을지 미리 짐작할 수 있다는 생각에 올란나는 웃었다.

두 사람이 아침 식사를 하려고 자리에 앉을 때 올란나 부모님의 랜드로버 자동차가 마당으로 들어왔다.

"정말 절묘한 우연이군. 당장 당신 아버지께 우리가 결혼한다고 말씀드려야겠어. 그럼 다음 주에 여기서 결혼식을 올릴 수 있잖아."

오데니그보가 웃었다. 베란다에서 그의 청혼을 받아들인 다음부터 기쁨에 들뜬 그에게는 웬지 소년 같은 천진난만함이 느껴졌다. 그녀도 그와 똑같이 기뻐하고 싶었다.

"그렇게 할 수 없다는 건 당신도 알잖아. 당신네 마을 사람들을 데리고 으문나치까지 가서 제대로 식을 올려야 한다고."

그녀가 말했다.

"그야 당연하지. 그냥 농담한 거야."

올란나는 문으로 걸어갔다. 부모님이 왜 찾아왔는지 궁금했다. 부모님이 찾아온 게 불과 일주일 전이었다. 그때도 신경이 예민한 어머니가 장광설을 늘어놓았다. 우리와 으문나치에 가서 함께 살자, 이 전쟁이 어떻게 될지 알 수 있을 때까지 카이네네는 하코트 항구를 떠나 있어야 한다, 우리가 라고스에 두고 온 요루바족 관리인이 우리 집을 빼앗을 것이다, 자동차를 모두 가져올 대책을 세워야 한다는 등의 얘기들이었다. 어머니의 얘기를 들어 주고 또 아버지가 그 옆에서 고개를 끄덕거리는 걸 보아야 한다는 게 끔찍했다.

랜드로버가 콜라나무 밑에 멈추고 어머니가 밖으로 나왔다. 혼자였다. 올란나는 아버지가 오지 않아서 조금이나마 안심했다. 어머니 한 명만 상대하는 게 훨씬 쉬웠다.

"어서 오세요, 엄마, 은노. 잘 지내셨어요?"

올란나가 어머니를 포옹하며 물었다.

그녀가 그저 그렇다는 표정으로 어깨를 으쓱했다. 그녀는 화려한 빨간색 치마에 분홍색 블라우스 그리고 까맣게 반짝이는 구두를 신었다.

"응, 잘 지내."

어머니가 주변을 둘러보았다. 지난번 올란나 손에 돈 봉투를 밀어 주기 직전에 은밀하게 주변을 둘러보던 바로 그 시선이었다.

"그 사람은 어디 있니?"

"오데니그보? 안에서 식사하고 있어요."

어머니가 올란나를 데리고 베란다로 가서 기둥에 등을 기댔다. 그리고 핸드백을 열더니 올란나에게 안을 보라고 신호했다. 산호와 귀금속 등 화려하게 번쩍이는 보석류가 가득했다.

"아니, 엄마, 그게 다 뭐예요?"

올란나가 묻자 그녀가 속삭였다.

"요새는 이런 것들을 항상 몸에 지니고 다녀. 다이아몬드는 브래지어 속에 있어. 은네, 상황이 어떻게 변할지 아무도 몰라. 연방군이 이미 가까이 와서 으문나치는 금방 함락될 거라는 소문이 돌고 있어."

"침략자들은 이곳에 가까이 오지 않아요. 우리 군대가 은수카 근방에서 몰아내고 있어요."

"그렇다면 그들을 몰아내는 게 이리도 오래 걸리는 이유가 뭐니?"

올란나는 어머니가 토라진 채 입술을 삐쭉 내밀고 오데니그보가 들으면 안 된다는 듯 목소리를 낮추며 말하는 모습이 싫었다. 오데니그보와 결혼하기로 결정했다는 사실을 아직은 말하지 않는 게 좋겠다는 생각이 들었다.

"어쨌든 너희 아빠와 난 최종 계획을 세웠어. 카메룬으로 가서 런던행 비행기를 탈 생각이야. 안내할 사람을 고용했어. 우리는 나이지리아 여권을 쓸 거야. 카메룬 사람들이 우리를 공격하지는 않을 거야. 쉬운 일은 아니지만 다행히 연결이 됐어. 네 사람이 가는 비용을 지불했다."

어머니가 모든 계획은 완벽하다는 자신만만한 표정으로 두건을 툭툭 쳤다.

"너희 아빠는 카이네네한테 이 얘기를 하러 하코트 항구에 갔어."

올란나는 어머니의 두 눈에 담긴 간절함을 보고 동정심을 느꼈다. 자신이 함께 영국으로 도망치지 않으리란 것, 그리고 카이네네도 마찬가지이리란 것을 어머니는 잘 알고 있었다. 그런데도 이런 계획을 세우고 함께 가자고 말하는 것이 너무나 그녀다웠다.

올란나가 손을 내밀어 어머니의 완벽한 피부를 쓰다듬고 싶다고 생각하며 다정하게 대답했다.

"내가 안 갈 거란 사실은 엄마도 아시잖아요. 하지만 엄마랑 아빠는 가셔야 해요. 그러는 편이 안전하다고 생각하신다면 말이에요. 난 오데니그보랑 아기랑 함께 있을 거예요. 우리는 괜찮을 거예요. 오데니그보가 비상 기획국에 나가게 되어서 다음 주에 으무아히아로 이사해요."

올란나가 잠시 입을 다물었다. 으무아히아에서 결혼식을 올릴 거란 말도 하고 싶었지만 입에서는 다른 말이 나왔다.

"은수카를 되찾는 즉시 그곳으로 돌아갈 거예요."

"은수카를 되찾지 못하면? 전쟁이 오랫동안 계속되면?"

"그렇지 않을 거예요."

"내가 내 자식들을 두고 어떻게 나만 살겠다고 도망칠 수 있겠니?"

하지만 그녀라면 충분히 그럴 수 있다는 사실을 올란나는 잘 알고 있었다.

"우리는 괜찮을 거예요, 엄마."

어머니가 손바닥으로 두 눈을 닦았다. 하지만 눈물은 없었다. 그녀는 핸드백에서 항공 엽서 한 장을 꺼냈다.

"모하메드가 보낸 편지야. 어떤 사람이 으문나치로 가져왔어. 은수카 사람들이 도망쳤다는 소식을 듣고 네가 으문나치에 있을 거라고 생각한 게 분명해. 미안해. 뜯어볼 수밖에 없었어. 행여나 위험한 내용이라도 들어 있으면 안 되니까."

"위험한 내용요? 지니? 지금 무슨 말을 하는 거예요, 엄마?"

"누가 아니? 지금은 모하메드도 우리 적이잖니."

올란나는 머리를 흔들었다. 어머니가 해외로 나가 전쟁이 끝날 때까지는 만나지 않아도 된다는 게 다행스러웠다. 그녀는 어머니가 떠난 다음에 편지를 읽고 싶었다. 편지를 읽으면서 짓는 표정을 어머니에게 보이기 싫었다. 하지만 편지 내용이 너무 궁금해서 한 장짜리 편지를 그냥 열어 보았다. 필체가 모하메드다웠다. 우아하고 화려하게 뻗어 나간 귀족적인 글씨였다. 그는 올란나가 잘 지내는지 알고 싶어 했다. 도움이 필요하면 연락하라며 편지에 전화번호까지 적어 놓았다. 그는 명분 없는 전쟁이 빨리 끝나기만을 바라고 있었다. 그는 올란나를 사랑했다.

올란나가 편지 접는 것을 바라보며 어머니가 말했다.

"네가 그 사람이랑 결혼하지 않은 건 하느님의 은총이야. 그랬다면 지금 네 형편이 어떨지 상상도 할 수 없어. 오 디 에그우!"

올란나는 아무 말도 하지 않았다. 어머니는 곧바로 떠났다. 그녀는 집 안으로 들어가 오데니그보를 만나려 하지도 않았다.

"지금이라도 마음을 바꾸도록 해, 은네, 네 사람 자리를 예약했으니까."

어머니가 보석이 가득한 핸드백을 꼭 붙든 채 차에 올라타며 말했다. 올란나는 랜드로버가 정문을 완전히 빠져나갈 때까지 손을 흔들었다.

주민 총회에 참석한 올란나는 늙은 우달라 나무 주변으로 모여든 엄청나게 많은 사람들을 보고 깜짝 놀랐다. 오데니그보는 어린 시절 다른 아이들과 함께 아침에 마을 광장을 청소하는 심부름을 할 때마다 우달라 나무에서 떨어지는 과일을 주우며 거의 모든 시간을 보내곤 했다고 그녀에게 말했다. 올라가서 과일을 따는 게 금기일 정도로 우달라 나무는 신성한 존재라는 말도 했다. 올란나는 장로들이 연설할 때 나무를 올려다보았다. 그녀는 지금 자신이 그러는 것처럼 행여나 신령을 살짝이라도 볼 수 있지 않을까 궁금해하며 나무를 올려다보는 그의 어린 시절을 떠올렸다. 그도 우리아기처럼 활동적이었을까? 더하면 더했지 못하지는 않았을 것 같았다.

"아바, 크웨누!"

디비아 은와포르 아그바다가 말했다. 이 근방에서는 가장 강력한 힘을 발휘한다는 주술사였다.

"네!"

모두가 대답했다.

"아바, 크웨주에누!"

"네!"

"아바는 지금까지 싸움에서 진 적이 없다. 아바는 지금까지 단 한 번도 진 적이 없다는 사실을 분명히 밝힌다."

그의 목소리가 완강했다. 하지만 머리카락은 듬성듬성 엉켜 있었고 손에 든 지팡이는 금방이라도 땅에 떨어뜨릴 것 같았다.

"우리는 먼저 싸움을 걸지 않는다. 하지만 누가 싸움을 걸면 우리는 상대를 박살 낸다. 우리는 으크우루랑 으크포와 싸워서 그들을 끝장냈다. 우리 아버지는 우리가 싸워서 진 전쟁에 대해 말한 적이 한 번도 없으며, 아버지의 아버지도 마찬가지였다. 우리는 우리 고향 땅에서 단 한 발도 물러서지 않는다. 우리 조상님들이 허락하지 않으신다. 우리는 우리 땅에서 단 한 발도 물러서지 않는다!"

군중이 환호성을 올렸다. 올란나도 마찬가지였다. 대학에서 열렸던 집회가 떠올랐다. 수많은 사람이 내지르는 환호성은 언제나 그녀를 흥분시켰다. 찰나의 순간이나마 수많은 사람이 단 하나의 가능성만 바라보며 뭉치기 때문이다.

올란나는 모임이 끝난 후에 마을 광장에서 집으로 가다가 오데니그보에게 모하메드가 편지를 보냈다고 알려 주었다.

"모하메드가 지금 상황을 굉장히 걱정하는 것 같아. 이런 집회 광경을 보면 그가 어떻게 느낄지 모르겠어."

"어떻게 그런 말을 할 수 있어?"

오데니그보가 짜증을 내며 말했다.

올란나는 깜짝 놀라서 걸음을 늦추고 그를 바라보았다.

"뭐가 문젠데?"

"당신 입에서 잔인한 하우사족 이슬람교도 남자가 이 상황을 걱정한다는 말이 나온다는 게 문제야! 그 사람도 우리 부족 사람들을 학살한 공범이라고. 그런데 어떻게 그가 걱정한다는 말을 할 수 있지?"

"지금 농담하는 거야?"

"내가 농담하느냐고? 카노에서 그들이 저지른 만행을 본 사람 입에서 어떻게 그런 말이 나오지? 당신은 아리제가 어떤 일을 겪었는지 상상할 수나 있어? 그들은 임신부를 강간한 다음에 배를 갈랐다고!"

올란나는 뒤로 주춤 물러섰다. 발이 돌멩이에 걸렸다. 오데니그보가 말도 안 되는 논쟁에서 이기려고 아리제에 대한 기억까지 치졸하게 이용하는 걸 도저히 믿을 수 없었다. 속에서 분노가 차갑게 응어리졌다. 올란나는 그를 지나쳐 빠르게 걷기 시작했다. 집에 도착해서는 손님방에 누웠다. 갑자기 밀려드는 짙은 어둠이 전혀 놀랍지 않았다. 올란나는 그녀에게 몰려오는 짙은 어둠을 물리치며 숨을 쉬려고 몸부림치다가 마침내 기진맥진해서 침상으로 갔다. 다음 날에는 그와 얘기도 하지 않았다. 그다음 날도 마찬가지였다. 으문나치에서 어머니의 사촌 오시타 외숙모가 찾아와 할아버지네 공동 주택에서 열리는 모임에 참석해야 한다는 소식을 전했을 때 올란나는 그에게 모임에 간다고 말하지 않았다. 으그우에게 아기를 데리고 나갈 준비를 하라는 말만 하고, 오데니그보가 마을 모임에 참석하러 나간 후 으그우와 아기를 데리고 그의 자동차를 몰고 떠났다.

올란나는 오데니그보가 초조하게 "미안해, 정말 미안해." 하고 사과하던 모습을 떠올렸다. 자신은 당연히 용서받을 권리가 있다고 여기는 표정이었다. 그는 올란나가 아기의 탄생을 둘러싸고 일어난 일을 용서할 수 있다면 그 어떤 일도 용서할 수 있다고 생각하는 게 분명했다. 올란나는 예전에 그를 용서했던 것이 후회스러웠다. 그래서 그에게 으문나치에 간다는 말도 하기 싫었다. 그곳에 불려 가는 이유가 너무나 뚜렷해서 굳이 말하고 싶지 않기도 했다.

올란나는 높이 자란 풀 사이에 난 울퉁불퉁한 흙길로 차를 몰았다. 으문나치가 마을 이름이 아니라 사람 이름이라도 되는 것처럼, 으문나치가 당신을 소환했다고 마을 사람들이 말하면 재미있겠다는 생각이 들었다. 비가 오고 있었다. 길은 진흙탕이었다. 그녀는 어렴풋이 보이는 부모님의 3층짜리 고향 집을 흘깃 쳐다보며 지나갔다. 지금쯤이면 부모님은 카메룬에 있거나 어쩌면 벌써 런던이나 파리에 도착해서 신문에 실린 고향 소식을 읽고 있을 수도 있었다.

올란나는 외할아버지 댁 앞의 초가지붕을 인 담장 옆에다 자동차를 세웠다. 진흙땅에 바퀴가 살짝 미끄러졌다. 으그우와 아기가 밖으로 나간 다음에도 그녀는 한동안 가만히 앉아서 자동차 앞 유리창에 떨어지는 빗방울을 바라보았다. 가슴이 답답해서 천천히 숨을 쉬며 마음을 진정시킬 시간이 필요했다. 모임에 참석한 장로들의 질문에 차분하게 대답할 수 있어야 했다. 나이 많은 외삼촌들과 할아버지들, 그 부인들과 사촌들 모두가 곰팡내 나는 거실에 질서 정연하고 차분하게 모였을 터였다. 물론 등에 업힌 아기도 있을 것이다.

올란나는 또렷한 목소리로 말하려 하면서 바닥 여기저기에 분필로 그린 하얀 선을 내려다보았다. 개중에는 오랜 세월을 거치며 색이 바랜 것도 있고, 쭉 그은 직선도 있으며, 정교한 곡선도 있고, 이름으로 보이는 글씨도 있었다. 어릴 때 올란나는 외할아버지가 분필 조각을 주면 남자들은 그걸 받아서 바닥에 긋고 여자들은 그걸 얼굴에 칠하거나 심지어 조금씩 갉아 먹기도 하던 모습을 호기심 가득한 눈으로 지켜보곤 했다. 한번은 외할아버지가 밖으로 나갔을 때 올란나도 분필 조각을 조금 씹어 보았는데 양잿물 같은 이상한 맛이었다.

외할아버지 은웨케 으데네가 아직도 살아 있다면 그가 이 모임을 이끌겠지만 이제는 그다음 연장자인 작은할아버지 은와포르 이사이아가 모임을 이끌면서 이렇게 말씀하실 터였다.

"다른 가족은 모두 돌아왔고 우리는 우리 아들 음바에지, 우리 며느리 이페카, 우리 딸 아리제, 오지디 출신의 우리 사위가 나타나기만 바라며 계속 길을 바라보고 있다. 그런데 기다리고 또 기다려도 우리 눈엔 그들이 보이지 않는다. 수개월이 지났고 우리는 길만 쳐다보느라 눈이 아프다. 오늘 우리가 널 불렀으니 네가 아는 내용을 우리한테 말해라. 으문나치가 북부에서 돌아오지 않은 가족들 모두에 대해서 물어보고 있다. 그때 넌 북부에 있었다, 우리 딸. 네가 우리한테 말한 내용을 우리가 으문나치한테 말할 거다."

실제로 거의 비슷하게 진행되었다. 단 한 가지 올란나가 예측하지 못한 건 이페카 외숙모의 언니인 도지에 어머니가 흥분하며 소리친 것이었다. 도지에 어머니는 사나운 여자였다. 소문에 의하면 아픈 아이를 놔두고 바람을 피우러 나간 도지에 아버지를 호되게 팬 적도 있었다. 당시에 그녀는 감자를 캐러 들판에 나가 있었고 아이는 거의 죽기 직전이었다. 그녀는 만일 아이가 죽기라도 하면 도지에 아버지의 그것을 잘라 버리겠다고 협박하면서 목을 졸랐다고 한다. 그런 그녀가 소리쳤다.

"거짓말하지 마, 올란나 오조비아. 이 시크와나 아시! 거짓말을 하면 염병에 걸릴 줄 알아. 네가 본 시신이 내 동생이라고 누구한 테 들었어? 우리한테 거짓말하지 마. 염병에 걸려서 죽고 싶지 않으면!"

아들 도지에가 어머니를 다른 데로 데려갔다. 도지에가 지난 2년 동안 많이 큰 것 같았다. 도지에는 어머니를 단단히 움켜잡았으며 그녀는 그를 밀쳐 내려고 몸부림쳤다. 올란나를 맘껏 때리려는 것 같았는데 올란나 역시 마음껏 맞고 싶은 심정이었다. 그래서 그녀의 기분이 풀릴 수만 있다면, 거실에 모인 외가 쪽 친척들에게 한 말이 거짓말로 바뀔 수만 있다면 그녀에게 마음껏 맞고 싶었다. 오딘체조와 에케네도 함께 달려들면서 자기네 어머니와 아버지, 그리고 언니, 매부와 함께 죽지 않고 어떻게 혼자 살아 돌아왔느냐고 따졌으면 했다. 초상을 치르는 사람처럼 말없이 가만히 앉아서 바닥만 내려다보다가 그녀가 그나마 아리제의 시신을 보지 않아서 다행이라고 말하는 대신 (그 괴물들이 임신부에게 무슨 짓을 했는지 모두가 알았다.) 차라리 마구 달려드는 게 나을 것 같았다.

오딘체조가 에데 나무에서 커다란 잎사귀 하나를 따서 우산 대신 사용하라며 올란나에게 건네주었다. 하지만 올란나는 그걸 머리에 쓰지 않고 자동차로 그냥 뛰어갔다. 그리고 자동차 문을 천천히 열었다. 빗물이 땋은 머리카락을 타고 흐르며 눈을 지나서 얼굴로 떨어지도록 가만히 있었다. 모임이 너무나 빨리 끝났고 한 가족의 주검을 확인하는 시간이 너무나 짧았다는 사실이 충격적이었다. 올란나는 뒤에 남은 이들에게 상복을 입고 통곡하며 조문객을 맞아서 "은도 누."라고 말할 권리를 주었다. 장례를 치르고 아리제와 남편과 부모를 망자의 반열에 올릴 권리도 그들에게 주었다. 그들이 시신도 없이 오직 자신의 말만 믿고 네 명의 장례식을 치러야 한다는 사실이 올란나의 마음을 무겁게 짓눌렀다. 만일 자신이 실수한 거라면, 흙바닥에 쓰러진 시신이 너무 많아서 공포에 떨다가 시신을 잘못 본 거라면 어떻게 한단 말인가! 마침내 올란나가 자동차 문을 열자 으그우와 아기가 안으로 들어갔다. 그녀는 한동안 운전석에 가만히 앉아 있었다. 으그우는 그녀를 걱정스러운 표정으로 쳐다보았다. 아기는 졸려서 잠들기 직전이었다.

"마실 물을 드릴까요?"

으그우가 물었다.

올란나는 머리를 흔들었다. 그녀가 물을 마시지 않을 것을 으그우도 알고 있었다. 그가 그렇게 물은 건 그녀가 정신을 차리고 아바로 자동차를 몰아야 한다는 것을 일깨워 주기 위해서였다.

18

아바를 지나는 진흙 길 위로 떼 지어 가는 피난민의 행렬을 제일 먼저 본 사람은 으그우였다. 사람들은 염소를 잡아끌고 머리엔 감자 부대와 상자를 이고 겨드랑이에는 닭과 둥글게 만 돗자리를 끼고 손에는 기름등잔을 들었다. 아이들은 조그만 물동이를 들고 가거나 어린 동생의 손을 잡아끌었다. 으그우는 사람들이 지나가는 모습을 가만히 바라보았다. 개중에는 입을 꾹 다문 사람도 있고 시끄럽게 떠드는 사람도 있었다. 그들 대부분이 목적지도 정하지 않은 채 무작정 걷는다는 걸 으그우는 잘 알았다.

주인어른은 그날 저녁에 모임에서 일찍 돌아왔다.

"내일 으무아히아로 떠나야겠어. 어차피 그곳으로 갈 예정이었잖아. 조금 일찍 떠나는 것뿐이야."

주인어른이 먼 곳을 바라보며 아주 빠르게 말했다. 고향 마을이 함락된다는 사실을 인정하기 싫어서인지 아니면 올란나 마님이 아직도 냉랭하게 대하기 때문인지 궁금했다. 두 사람 사이에서 무슨 일이 일어났는지는 모르겠지만 어쨌든 마을 광장 모임이 끝난 다음에 무슨 일이 있었던 게 분명했다. 마님이 평소와 달리 입을 꾹 다문 채 집으로 돌아왔다. 할 말이 있어도 아주 무뚝뚝하게 말했다. 웃지도 않았다. 음식과 아기에 대한 결정을 모두 으그우에게 미루고 베란다에 있는 기울어진 나무 의자에 앉아서 거의 모든 시간을 보냈다. 한번은 그녀가 물레 나무의 밑동을 매만지는 모습도 보였다. 으그우는 당장 뛰어가 마님을 데려오려고 했다. 동네사람들이 보면 미쳤다고 할 것 같았다. 하지만 그녀는 그곳에 오래 머물지 않았다. 조용히 돌아와서 베란다에 다시 앉았다.

지금도 그녀는 무뚝뚝하게 말했다.

"으그우, 내일 떠나게 옷이랑 식량을 꾸려 놓아."

"네, 마님."

으그우는 필요한 물건을 재빨리 꾸렸다. 하기야 가져갈 물건도 별로 없었다. 은수카에서 짐을 꾸릴 때 물건이 너무 많아서 당황하다가 아주 조금만 가져올 때와는 달랐다. 다음 날 아침 이른 시각에 그는 짐을 자동차에 싣고 집 안을 돌아다니며 빠뜨린 물건은 없는지 확인했다. 사진첩은 마님이 벌써 싸 놓았다. 아기도 그녀가 이미 씻겨 놓았다. 주인어른이 휘발유와 냉각수가 충분한지 확인하는 동안 으그우는 자동차 옆에서 기다렸다. 길을 가득 메운 사람들이 바쁘게 지나갔다.

집 뒤편 진흙 담장에 달린 나무 문이 삐걱거리며 열리고 아니에크웨나가 마당으로 들어왔다. 그는 주인어른의 사촌이었다. 으그우는 입술이 비틀려 교활해 보이는 그가 싫었다. 그는 식사 시간만 되면 찾아와서 마님이 '손을 입에 대기'를 함께 하자고 말할 때마다 "어이쿠! 어이쿠!" 하고 과장하며 놀라는 척했다. 그런데 지금은 잔뜩 찡그린 얼굴이었다. 그 뒤에서 큰마님이 나타났다.

"우리는 떠날 준비가 끝났어, 오데니그보. 그런데 네 어머니는 아직까지 짐을 꾸리고 있어. 함께 떠날 생각을 안 하셔."

아니에크웨나의 말에 주인어른이 자동차 보닛을 닫으며 말했다.

"어머니, 우케에 가시기로 약속했잖아요."

"에크우지크와나누 노푸! 그런 말 하지 마! 너희가 으무아히아로 도망가야 하니까 나도 우케로 도망가라고 말한 건 너야. 난 그런다고 한 적 없어. 내가 '알았다.'고 하는 말을 들었니?"

"그럼 저희와 으무아히아에 가실래요?"

주인어른이 이렇게 묻자 큰마님이 짐으로 가득한 자동차 안을 쳐다보았다.

"도대체 도망가는 이유가 뭐냐? 어디로 도망간단 말이냐? 총소리도 들리지 않는데!"

"사람들이 아바가나와 으그포에서 피난을 오고 있어요. 그건 하우사족 군대가 가까이 다가왔고 얼마 후에 아바로 들어온다는 뜻이에요."

"아바는 정복당한 적이 한 번도 없다고 우리 디비아가 하는 말을 못 들었니? 그런데 내가 왜 내 집에서 도망쳐야 한단 말이냐? 알루 멜루! 저승에서 네 아버지가 우리한테 야단치실 거다!"

"어머니, 이곳에 계시면 안 돼요. 아바에는 아무도 남지 않을 거예요."

큰마님이 눈을 가늘게 뜨고 허공을 바라보았다. 콜라나무에서 잘 익은 열매를 찾는 게 주인어른의 말을 듣는 것보다 중요한 것 같았다.

마님이 자동차 문을 열고 아기에게 뒷자리로 들어가라고 말했다.

"들리는 소식이 안 좋아. 하우사족 군대가 가까이 왔어. 난 우케로 떠날 테니까 으무아히아에 도착하면 연락해."

아니에크웨나가 말하고 등을 돌려 바쁘게 걷기 시작했다.

주인어른이 소리쳤다.

"어머니! 지금 당장 가서 짐을 가져오세요!"

큰마님이 콜라나무를 계속 올려다보며 대답했다.

"난 이곳에 남아서 집을 지킬 거다. 모두가 도망쳐도 언젠간 돌아오겠지. 난 여기서 기다릴 거야. 내가 왜 내 집에서 도망쳐야 한단 말이냐, 그보?"

"당신 어머니께 목소리를 높이지 말고 차분하게 말하는 편이 좋을 거야."

마님이 영어로 아주 빠르고 무뚝뚝하게 말했다. 으그우는 아기가 태어나기 전 몇 개월을 제외하고 마님이 주인어른에게 그렇게 말하는 걸 들은 적이 없었다.

큰마님이 의심쩍은 눈초리로 두 사람을 쳐다보았다. 마님이 영어로 욕설을 퍼부었다고 생각하는 게 분명했다.

"어머니, 저희와 가지 않으실 거예요? 비코. 제발 저희와 함께 가세요."

주인어른이 사정했다.

"너희 집 열쇠를 다오. 필요한 물건이 있을지 모르니까."

"제발 저희와 함께 가요."

"열쇠나 달라고!"

주인어른이 말없이 쳐다보다가 큰마님에게 열쇠 꾸러미를 건네주며 다시 말했다.

"제발 저희와 함께 가요."

하지만 큰마님은 아무 대답도 없이 열쇠 꾸러미를 허리춤에 묶었다.

주인어른이 자동차에 올라탔다. 그리고 운전하는 동안 계속 뒤를 돌아보았다. 큰마님이 마음을 바꿔 아니에크웨나를 쫓아가려고 뛰거나 차를 세우라고 손을 흔들지나 않을까 확인하는 것 같았다. 하지만 그녀는 그러지 않았다. 그 자리에 가만히 서 있었다. 떠나는 아들에게 손도 흔들지 않았다. 큰길에 접어들 때까지 으그우도 그녀를 바라보며 걱정했다. 큰마님은 가족이나 친척이 하나도 없는 곳에서 어떻게 혼자 지낼 수 있을까? 아바 주민이 모두 떠나면 시장도 열리지 않을 텐데 무엇을 먹으며 살아갈까?

마님이 주인어른 어깨를 쓰다듬으며 말했다.

"어머니는 괜찮으실 거야. 연방 군대가 아바에 머물지 않고 그냥 지나친다면."

"그래."

주인어른이 대답했다. 그리고 상체를 기울여 그녀의 입술에 키스했다. 으그우는 두 사람 사이가 다시 좋아진 것 같아서 마음이 놓였다. 몰려드는 피난민의 수가 많이 줄어들고 있었다.

"아차라 교수가 우리가 묵을 집을 으무아히아에 구해 놓았을 거야. 그곳에 가면 친구도 많을 거야. 거기서 그럭저럭 지내다 보면 순식간에 모든 일이 정상으로 돌아올 거야. 모든 게 완벽하게 정상으로 말이야."

주인어른이 아주 크고 명랑하게 말했다.

마님이 침묵해서 으그우가 대신 대답했다.

"네, 주인어른."

집에는 정상적인 게 하나도 없었다. 갈라진 초가지붕과 페인트칠조차 하지 않은 벽이 으그우의 짜증을 돋웠다. 하지만 구덩이를 파 만든 재래식 화장실처럼 짜증스러운 건 없었다. 아기가 화장실을 무서워했다. 아기가 화장실을 처음 사용할 때 으그우는 아기를 꼭 잡고 있고 마님은 옆에서 아기를 달래 주어야 했다. 하지만 아기는 계속 울었다. 다음 날도 걸핏하면 울어 댔다. 아기도 그 집이 주인어른에게 어울리지 않는다는 것, 공동 주택 구석마다 쌓인 시멘트 벽돌과 마당에 길게 자란 잡초가 보기 싫다는 것, 이웃집이 너무 가까워서 요리하는 냄새가 그대로 흘러들고 아기 우는 소리도 그대로 들린다는 걸 아는 것 같았다. 으그우는 아차라 교수님이 주인어른을 속여 이런 집을 계약하게 했다고 생각했다. 도로 아래쪽에 있는 아차라 교수님의 집은 규모도 크고 하얀색 페인트로 눈부시게 칠해져 있었기 때문이다. 하기야 그는 툭 튀어나온 눈이 왠지 교활해 보이는 사람이었다.

"집이 안 좋아요, 마님."

으그우가 말하자 마님이 웃었다.

"그런 말 마. 피난민이 몰려들어서 어쩔 수가 없어. 여기에는 집이 너무 부족해. 그나마 우리 집에는 침실 두 칸에 부엌과 거실 심지어 식당까지 있잖아. 으무아히아 출신 친구가 아니었다면 이

것조차 구할 수 없었을 거야."

으그우는 아무 대답도 하지 않았다. 그저 마님이 이 집에 너무 만족하지 않기를 바랄 뿐이었다.

며칠 뒤에 마님이 으그우에게 말했다.

"다음 달에 결혼식을 올리기로 결정했어. 아주 간소하게 할 거야. 피로연은 이 집에서 열고."

으그우는 기가 막혔다. 지금까지 그는 두 사람이 은수카에 있는 집에서 축제 분위기에 걸맞은 장식을 하고, 산뜻한 하얀 식탁보를 깐 탁자 위에 고급 접시를 올려놓고 완벽한 결혼식을 올릴 거라고 상상했다. 곰팡내 나는 케케묵은 집에서 초라한 결혼식을 올리는 것보다는 전쟁이 끝날 때까지 기다리는 편이 훨씬 좋을 거라고 생각했다.

하지만 주인어른도 이 집을 싫어하지 않는 것 같았다. 저녁마다 인력 동원 기획국에서 돌아오면 바깥에 앉아서 라디오 비아프라와 BBC를 들으며 만족해했다. 진흙 바닥 베란다라도 상관없고 딱딱한 나무 의자라도 은수카에 있던 푹신한 소파처럼 여기는 듯했다. 으무아히아에 온 지 몇 주가 지나면서 주인어른 친구들도 집에 들락거렸다. 주인어른은 친구들과 함께 길 아래쪽 '떠오르는 태양 술집'에 가거나 그냥 베란다에 앉아서 친구들과 대화를 나누었다. 주인어른 친구들이 오면서 으그우는 집에 대한 불만을 조금씩 누그러뜨렸다. 비록 매운 수프나 음료수를 내갈 수는 없지만 시끄럽게 높아지거나 낮아지며 토론하는 목소리나 웃음소리, 노랫소리, 주인어른의 커다란 목소리는 들을 수 있었다. 하루하루가 비아프라 독립 선언 직후의 은수카와 비슷해졌다. 희망이 샘솟았다.

으그우는 스페셜 줄리어스 씨가 마음에 들었다. 군납업자인 그는 무릎까지 내려오는, 단추가 화려한 윗옷을 자주 입었는데, 수입 맥주 상자와 수입 양주 병을 자주 들고 왔으며 가끔은 석유도 갖다주었다. 자동차 위를 야자수 잎사귀로 덮고 전조등 윗부분에 까만 콜타르를 칠해서 자동차가 없는 것처럼 위장하라고 주인어른에게 말해 준 사람도 스페셜 줄리어스 씨였다.

"그래, 비행기 공습을 받을 가능성은 적지만 조심해서 나쁠 건 없으니까!"

주인어른이 붓을 들어 올리며 말했다. 까만 콜타르가 범퍼로 흘러내려 본래의 파란색을 지저분하게 만들었다. 주인어른이 안으로 들어간 다음에 으그우는 범퍼에 흘러든 콜타르를 조심스럽게 닦아 내고 전조등 윗부분에 칠한 것만 남겨 놓았다.

하지만 으그우가 제일 좋아하는 손님은 에크웨누고 교수님이었다. 그는 과학자 모임의 일원이었다. 끝으로 가면서 가늘어지는 아주 긴 검지 손톱이 마치 조그만 단검 같았다. 그는 손톱을 만지며 자신이 동료들과 만들고 있는 다양한 발명품에 대해 설명하곤 했다. 그 가운데에는 '오그부니그웨'라는 고성능 지뢰도 있고 코코넛 기름으로 만드는 브레이크 액도 있고 고철로 만드는 자동차 엔진과 장갑차와 수류탄도 있었다. 그가 발명품에 대한 이야기를 할 때마다 모두가 환호성을 올렸다. 으그우도 부엌 의자에서 함께 환호성을 올렸다. 비아프라 로켓을 최초로 만들었다고 선언할 때는 가장 큰 박수가 터져 나왔다.

에크웨누고 교수님은 긴 손톱을 매만지며 이렇게 말했다.

"오늘 오후에 로켓을 발사했어요. 바로 오늘 오후에 말이죠.

우리 손으로 만든 최초의 로켓이에요. 여러분, 이제 우리도 시작이에요."

"우리 나라엔 천재들이 가득해요! 비아프라는 천재들이 가득한 나라예요!"

스페셜 줄리어스 씨가 소리쳤다.

"천재들의 나라!"

마님도 외쳤다. 얼굴에는 잔잔한 미소보다 환하고 함박웃음보다 점잖은 우아한 미소가 번졌다.

박수 소리는 금방 노랫소리로 이어졌다.

영원히 단결!
영원히 단결!
우리 공화국은 이긴다!

으그우도 함께 노래했다. 시민 방위군이나 군대에 들어가서 덤불로 숨어든 나이지리아 군인을 찾아내고 싶었다. 전쟁 소식을 알려 주는 뉴스에서 나오는 빠른 드럼 소리와 함께 울려 퍼지는 아나운서의 멋진 목소리는 꼭 챙겨 들어야 할 것이 된 지 오래였다.

경계를 늦추지 말고 자유를 지킵시다! 라디오 비아프라 에누구입니다! 오늘의 전쟁 소식을 알려 드리겠습니다!

비아프라 군대가 마지막 남은 침략자 잔당을 몰아내고 있으며, 적군의 사상자가 늘어나고 있으니 이제 적군 소탕 작전도 거의 끝나 간다는 가슴 설레는 소식을 들을 때마다 으그우는 군대에 들어가는 환상에 빠져들곤 했다. 길가에 늘어선 친지와 시민의 환호성을 받으며 훈련소에 들어가는 지원병이 되고 싶었다. 소매에 절반짜리 노란 태양 마크가 반짝거리는 빳빳한 군복을 입고 눈을 빛내며 힘차게 걷는 군인이 되고 싶었다.

으그우도 전쟁에 참여해서 자기 몫을 하고 싶었다. 그래서 비아프라 군대가 이미 중서부 지역을 장악하고 라고스로 행진하는 중이라는 소식이 라디오에서 흘러나올 때는 다행스러움과 동시에 실망감을 느꼈다. 어서 이겨서 가족과 가까운 은수카 오딤 거리 집으로 가서 은네시나치를 만나고 싶은 마음이 간절했다. 그런데도 전쟁이 너무 일찍 끝나서 자신은 아무것도 하지 못할 것 같아 안타까웠다. 스페셜 줄리어스 씨는 양주 병을 가져왔다. 손님들은 술에 취한 채 노래를 불렀고 위대한 비아프라를 찬양하고 멍청한 나이지리아, 그리고 멍청한 BBC 라디오 방송을 소리 높여 비난했다.

"영국의 저 더러운 입을 보세요. '비아프라의 신속한 대응에 넋이 나갔다.'라고 말했어요. 정말 그래요!"

"해럴드 윌슨[36]은 저 더러운 이슬람교도 유목민들한테 건네준 무기로 우리를 죽이지 못해서 놀란 게 분명해요."

"비난받아야 할 나라는 영국이 아니라 러시아예요."

"아니에요, 영국이에요. 우리 군인들이 은수카 지역에서 수거한 나이지리아 포탄 상자를 살펴보았는데, 상자마다 '대영 제국

36　제임스 해럴드 윌슨(1916~1995). 영국의 정치인으로 나이지리아와 비아프라 사이의 전쟁 당시 영국 수상을 지냄.

육군성'이라는 표시가 찍혀 있었어요."

"그리고 저들의 무선 통신에서 영국식 악센트가 자주 잡혀요."

"영국과 러시아, 저들이 맺은 더러운 동맹은 반드시 실패하고 말 거예요."

목소리는 갈수록 높아졌고 으그우는 더 이상 듣지 않았다. 벌떡 일어나서 뒷문으로 나가 한쪽 구석에 쌓아 놓은 시멘트 벽돌 더미에 앉았다. 총 모양 막대기를 든 비아프라 소년단 아이들 몇 명이 길가에서 서로에게 "대장님!" 혹은 "부관!"이라고 큰 소리로 부르며 개구리 뛰기 연습을 하고 있었다.

장사꾼 한 명이 커다란 쟁반을 머리에 인 채로 천천히 걸으며 소리쳤다.

"가리 사세요! 가리 사세요!"

건너편 집에서 나온 젊은 여자가 부르자 장사꾼이 그곳으로 갔다. 잠시 장사꾼과 흥정하다가 젊은 여자가 소리쳤다.

"칼만 안 들었지 도적이 따로 없네! 가리를 이렇게 비싸게 팔려고 하다니!"

장사꾼이 콧방귀를 뀌며 다른 곳으로 갔다.

으그우는 건너편에 사는 젊은 여자를 잘 알았다. 처음에는 걸을 때마다 양옆으로 움직이는 너무나 매혹적인 그녀의 동그란 엉덩이가 눈길을 끌었다. 그녀의 이름은 에베레치인데, 이웃 사람들이 말하는 그녀 이야기를 들은 적이 있었다. 군 장교가 집에 묵었을 때 그녀의 부모가 손님에게 콜라나무 열매라도 내놓는 것처럼 에베레치를 내놓았다는 이야기였다. 밤에 그의 방문을 두드린 후 노크해서 방문을 열고는 그녀를 방에 살짝 밀어 넣은 것이다. 그리고 다음 날 아침에 장교는 부모에게 환한 얼굴로 고마워했으며, 그녀는 그 옆에 가만히 서 있었다는 것이다.

으그우는 에베레치가 집 안으로 들어가는 모습을 지켜보며 처음 보는 남자에게 몸을 맡기는 기분이 어땠을까, 방으로 들어간 다음에 어떤 일이 있었을까, 그리고 과연 누구 잘못이 더 클까, 부모일까 장교일까 가만히 생각해 보았다. 하지만 누구 잘못인지를 너무 골똘히 생각할 마음은 없었다. 그러다 보면 완전히 잊어버리고 싶은, 아기가 태어나기 직전 몇 주 사이에 주인어른과 마님 사이에서 일어난 일이 떠오를 터였다.

주인어른은 결혼식 날에 '비 막는 자'를 불렀다. 예정된 시간보다 이르게 도착한 노인은 집 뒤편에다 얕은 구덩이를 파서 그 안에 모닥불을 피운 다음, 파란 기운이 감도는 짙은 연기 속에 앉아서 마른 잎사귀를 모닥불에 넣었다. 그리고 밥과 고기를 가져온 으그우에게 독한 술 냄새를 풍기며 말했다.

"비는 안 올 거야. 결혼식이 끝날 때까지 아무 일도 일어나지 않을 거야."

으그우는 정성스럽게 다림질한 셔츠에 연기가 스며들지 않도록 재빨리 발길을 돌려 집 안으로 들어갔다. 마님의 사촌 동생 오딘체조와 에케네가 군복 차림으로 베란다에 앉아 있었다. 사진사가 사진기를 들고 바삐 움직였다. 일부 손님은 거실에서 담소를 나누며 마님을 기다렸다. 가끔씩 누군가가 선물 꾸러미가 쌓인 곳으로 가서 그 위에다 냄비나 의자 혹은 선풍기 같은 물건을 올려놓았다.

으그우가 마님의 방문을 두드린 다음에 열었다.

"아차라 교수님이 교회로 모시고 갈 준비를 끝내셨어요, 마님."

올란나가 거울을 보던 시선을 돌리며 말했다.

"알았어. 그런데 아기는 어디에 있어? 설마 밖으로 놀러간 건 아니겠지? 드레스에 더러운 걸 묻히면 안 되잖아."

"아기는 거실에 있어요."

마님이 비뚤어진 거울 앞에 앉았다. 머리카락을 아주 높이 올려서 흠잡을 데 없이 화사하게 빛나는 그녀의 얼굴이 그대로 드러났다. 으그우는 그렇게 아름다운 마님을 본 적이 없었다. 하지만 머리 한쪽에 제대로 고정되어 있는지 확인하려고 하얀색과 분홍색이 어우러진 모자를 손으로 톡톡 치는 그녀의 동작이 왠지 슬퍼 보였다.

"술 운반 예식은 나중에 할 거야. 우리 군대가 으문나치를 되찾고 나서 할 거니까."

마님이 말했다. 으그우도 잘 아는 사실이었다.

"네, 마님."

"하코트 항구에 있는 카이네네한테 전갈을 보냈어. 물론 안 오겠지만 그래도 카이네네가 왔으면 좋겠어."

으그우가 가만히 있다가 말했다.

"사람들이 기다리고 있어요, 마님."

마님이 일어나서 자신을 살폈다. 하얀색과 분홍색이 어우러진 드레스 양쪽을 손으로 훑었다. 허리춤에서 봉긋 부풀어 무릎 바로 아래까지 내려간 드레스였다.

"바느질이 고르지 않아. 아리제라면 이보다 잘했을 거야."

으그우는 아무 말도 하지 않았다. 당장이라도 손을 내밀어서 마님의 입술에 어린 슬픈 미소를 지워 버리고 싶은 마음뿐이었다. 그럴 수만 있으면 정말 좋을 것 같았다.

아차라 교수님이 반쯤 열린 방문을 두드리며 물었다.

"올란나? 준비됐나요? 오데니그보와 스페셜 줄리어스가 교회에 도착했대요."

"준비됐어요. 어서 들어오세요. 부케는 가져오셨나요?"

마님이 묻자, 그가 다양한 색깔의 플라스틱 꽃으로 만든 부케를 건네주었다. 그러자 그녀가 뒤로 주춤 물러나며 물었다.

"이게 뭔가요? 신선한 꽃을 구해 달라고 말씀드렸잖아요, 아차라 교수님."

"하지만 으무아히아에서는 누구도 꽃을 기르지 않아요. 이곳 사람들은 먹을 수 있는 것만 길러요."

그가 웃었다.

"그렇다면 부케를 들지 않겠어요."

잠시 어색한 분위기가 감돌았다. 플라스틱 부케를 어떻게 해야 좋을지 아무도 몰랐다. 마님은 그걸 앞으로 살짝 내밀었고 아차라 교수님은 부케에 손을 대긴 했지만 움켜잡지는 않았다. 하지만 결국에는 플라스틱 부케를 돌려받으며 말했다.

"다른 게 있는지 알아볼게요."

그가 밖으로 나갔다.

결혼식은 간단하게 치러졌다. 마님은 부케를 들지 않았다. 성 세바스찬 가톨릭교회는 너무 좁아서 찾아온 친구들 중 절반만 들어갈 수 있었다. 으그우는 누가 찾아왔는지 자세히 살펴보지 않았다. 마치 자신이 하얀색의 초라한 신부복을 바라보며 결혼식을 올리고 있는 것처럼 상상했기 때문이다. 처음에는 자신의 신부가 마님이었는데 나중에는 은네시나치로 변하고 그다음에는 엉덩이가 완벽하게 동그란 에베레치로 바뀌었다. 모두가 똑같이 하얀색과 분홍색이 어우러진 드레스를 입고, 작은 모자를 쓰고 있었다.

으그우를 상상의 세계에서 벗어나게 한 사람은 집으로 돌아오자마자 나타난 오케오마 선생님이었다. 그는 으그우가 알던 모습과 완전 딴판이었다. 시인 특유의 어수선한 머리 모양과 구겨진 윗옷은 사라지고 없었다. 딱 맞는 군복이 몸을 반듯하고 날씬하게 보이게 했으며 소매에는 절반짜리 노란 태양 마크 옆에 해골과 뼈 모양의 배지가 붙어 있었다. 주인어른과 마님은 오케오마 선생님을 여러 번 껴안았다. 으그우도 그를 껴안고 싶었다. 그가 환하게 웃는 얼굴을 보는 순간, 예전 생활로 다시 돌아간 것 같았다. 노인이 피운 연기로 희뿌연 실내가 은수카 오딤 거리에 있는 집의 거실처럼 느껴졌다.

오케오마 선생님은 호리호리한 몸집의 은와라 의사 선생님을 자신의 사촌이라며 데려왔다.

"이 사람은 알바트로스 종합 병원의 의사야."

오케오마 선생님이 사촌을 소개하며 말했다. 은와라 선생님이 넋이 나간 표정으로 마님만 물끄러미 쳐다보았다. 으그우는 의사든 아니든 그 개구리 같은 눈을 마님에게서 당장 떼라고 말하고 싶었다. 으그우는 자신이 단순한 일꾼 이상이며, 마님의 행복을 책임져야 한다고 느꼈다. 마님과 주인어른이 바깥에서 박수 치는 친구들에게 에워싸여서 춤추고 있을 때 그는 두 사람에 대한 책임감을 느꼈다. 두 사람의 결혼은 그에게 안정적인 생활을 보장하는 일종의 확고부동한 징표였다. 두 사람이 결혼 생활을 계속하는 한 그 역시 안정적인 생활을 할 수 있을 터였다.

두 사람은 한동안 함께 춤추다가 스페셜 줄리어스 씨가 댄스 음악을 재즈 음악으로 바꾸어 렉스 로손의 새로운 노래 「자유의 땅 비아프라 만세」를 틀자 그 가락에 맞춰서 몸을 떨어뜨린 채 손만 붙잡고 서로 얼굴을 쳐다보며 움직였다. 하이힐을 신은 마님은 주인어른보다 커 보였고 환하게 웃는 얼굴에서는 빛이 났다. 오케오마 선생님이 축배를 외칠 때 그녀는 눈을 닦으면서 삼각대 뒤에 선 사진사에게 소리쳤다.

"잠깐만, 잠깐만, 아직 찍지 마세요."

이윽고 거실에서 두 사람이 케이크를 자르려 할 때 으그우는 이상한 소리를 들었다. 하늘에서 나는 부웅부웅 소리가 점차 빠르게 다가오고 있었다. 처음에는 천둥처럼 크게 들리던 그 소리는 순간 줄었다가 다시 훨씬 크고 빠른 소리로 변했다.

근처 어디에선가 닭들이 꼬꼬댁거리며 시끄럽게 울어 대기 시작했다.

누군가가 소리쳤다.

"적기다! 공습이다!"

"바깥으로!"

주인어른이 소리쳤다. 하지만 일부 손님들은 침실로 달려가며 비명을 질렀다.

"하느님! 하느님!"

천둥 같은 소리가 바로 머리 위에서 시끄럽게 났다.

모두가 달렸다. 아기를 껴안은 마님과 주인어른 그리고 으그우와 몇몇 손님은 집 옆에 있는 조그만 카사바 나무 숲으로 뛰어가서 배를 바닥에 깔고 엎드렸다. 으그우는 고개를 들어서 하늘을 올려다보았다. 비행기 두 대가 먹이를 쫓는 독수리 두 마리처럼 파란 하늘에서 낮게 내려오고 있었다. 총알 수백 발을 뿜어 대더니 비행기 아래쪽에서 검은 덩어리가 굴러 나왔다. 마치 비행기가 알을 까는 것 같았다. 첫 번째 폭발은 너무 커서 땅이 흔들리고 몸이 떨리고 귀가 울렸다. 건너편 집에서 나온 여자가 마님의 드레스를 잡아당기며 소리쳤다.

"이걸 벗어요! 하얀 드레스를 숨기란 말이에요! 비행기가 보고 우리한테 포탄을 떨어뜨리기 전에!"

오케오마 선생님이 단추를 뜯어내며 군복 상의를 재빨리 벗어 마님을 감싸 주었다. 아기가 울기 시작했다. 주인어른은 비행사가 울음소리를 듣기라도 할까 봐 아기 입을 한 손으로 살짝 틀어막았다. 두 번째 폭발에 이어 세 번째, 네 번째, 다섯 번째 폭발이 연달아 일어났으며, 으그우는 오줌이 바지를 따뜻하게 적시는 걸 느꼈다. 폭발이 영원히 계속될 것 같았다. 모든 게 파괴되고 모두가 죽을 때까지 계속 퍼부을 것 같았다. 하지만 그게 전부였다. 비행기 두 대가 하늘 멀리 사라지고 있었다. 그래도 오랫동안 아무도 움직이지 않았다. 아무도 입을 열지 않았다. 이윽고 스페셜 줄리어스 씨가 일어나며 말했다.

"이제 완전히 사라졌어요."

"비행기가 아주 낮게 날았어요. 내가 비행사를 봤어요!"

한 아이가 소리치며 좋아했다.

주인어른과 오케오마 선생님이 도로변으로 제일 먼저 나갔다. 바지와 러닝셔츠만 입은 오케오마 선생님이 훨씬 작아 보였다. 마님은 위장용 색깔을 칠한 군복 상의를 결혼식 드레스 위에 계속 걸친 채로 바닥에 앉아서 아기를 껴안았다. 으그우가 일어나서 도로변으로 내려갔다. 은와라 선생님이 마님에게 말하는 소리가 들렸다.

"제가 일으켜 드릴게요. 흙 때문에 드레스가 더러워지겠어요."

방앗간 근처 공동 주택에서 연기가 났다. 집 두 채가 무너진 자리에서 남자 몇 명이 무너진 시멘트를 미친 듯이 들어내며 소리쳤다.

"우는 소리 들었어? 들었어?"

온몸에 하얀 먼지를 뒤집어쓴 그들은 마치 손발 없이 눈만 뜨고 있는 유령들처럼 보였다.

"아이는 살아 있어. 내가 우는 소릴 들었어. 분명히 들었어."

누군가가 대답했다. 남자들과 여자들이 그들을 도와주려고 모여들었다. 일부는 함께 시멘트 덩어리를 들어내고 일부는 가만히 서서 물끄러미 지켜보았으며 일부는 날카롭게 소리치며 탄식했다. 불탄 자동차 옆에는 여자의 시신 하나가 누워 있었다. 옷은 다 타 버리고 분홍색 상처가 새까만 피부 곳곳에 나 있었다. 누군가가 찢어진 천으로 시신을 덮어 주었지만 찰흙처럼 새까맣고 뻣뻣한 두 다리가 그대로 드러났다. 흐린 하늘 아래 비 냄새와 연기 냄새가 뒤섞였다. 오케오마 선생님과 주인어른은 무너진 집에서 시멘트 덩어리를 들어냈다. 누군가가 또 소리쳤다.

"아이 소리를 들었어. 아이 소리를 들었어."

으그우는 그곳을 떠나려 몸을 돌렸다. 그러다가 그는 바닥에 나뒹구는 멋들어진 샌들 한 짝을 발견하고 가죽 끈과 뾰족한 뒷굽을 살핀 다음에 내려놓았다. 멋쟁이 아가씨가 그걸 신고 있다가 급히 도망치려고 벗어 던지는 모습이 떠올랐다.

주인어른이 집으로 돌아왔을 때 으그우는 등을 벽에 기댄 채 거실 바닥에 앉아 있었다. 마님은 접시에 담긴 케이크 조각을 조금씩 먹고 있었다. 아직까지 결혼식 드레스 차림 그대로였다. 오케오마 선생님의 군복 상의는 잘 개서 의자에 올려놓았다. 손님들이 천천히 떠나기 시작했다. 아무도 입을 열지 않았다. 자신들 때문에 공습이 일어나서 결혼식이 엉망으로 변하기라도 한 것처럼 얼굴마다 죄책감이 어렸다.

주인어른이 야자수 술을 잔에다 따르며 마님에게 물었다.

"뉴스 들었어?"

"아니."

"우리 군대가 중서부 영토를 다시 빼앗긴 데다가 라고스 진격도 실패했대. 나이지리아가 이제 국지전이 아닌 전면전을 선포했어. 우리는 사면초가에 빠진 거야."

"케이크 먹을래?"

마님이 물었다. 식탁 한가운데에 케이크가 놓여 있었다. 그녀가 조금 잘라 낸 케이크 그대로였다.

"지금은 싫어."

주인어른이 야자수 술을 마신 다음에 한 잔 더 따랐다.

"공습이 또 있을 경우에 대비해서 대피소를 만들어야겠어."

평소의 차분한 말투였다. 이 정도 공습은 아무것도 아니라고 여기는 것 같았다. 조금 전에 하마터면 죽을 뻔했던 사람 같지 않았다. 주인어른이 으그우에게 시선을 돌렸다.

"대피소가 뭔지는 알지, 우리 일꾼?"

"네, 주인어른. 히틀러가 만들었던 거요."

"그래그래, 맞아."

"하지만 주인어른, 사람들이 대피소는 커다란 무덤이라고 하던데요?"

"말도 안 돼. 대피소는 카사바 나무 숲에 엎드리는 것보다 훨씬 안전해."

바깥에는 이미 어둠이 깔리고 하늘에서는 가끔씩 번개가 번쩍였다. 마님이 갑자기 의자에서 벌떡 일어나 침실로 뛰어가며 비명을 질렀다.

"아기는 어디 있어? 우리 아기?"

"은켐!"

주인어른이 그녀를 뒤따라 들어갔다.

"저 소리가 안 들려? 저들이 우리한테 폭탄을 터뜨리는 저 소리가 안 들려?"

마님이 소리치자 주인어른이 그녀를 뒤에서 꼭 안으며 대답했다.

"저건 천둥소리야. 천둥소리. 노인이 못 오게 막았던 비가 마침내 오는 거야. 저건 천둥소리야."

주인어른은 마님을 꼭 껴안고 오랫동안 가만히 있었다. 마침내 마님은 다시 의자에 앉아서 케이크 조각을 먹었다.

4 책 : 우리가 죽을 때 세상은 침묵했다

그는 독립할 때까지 나이지리아에는 경제다운 경제가 없었다는 주장을 펴 나간다. 식민지를 통치한 당국은 독재 정권이었으며, 영국의 이익에 초점을 맞추기 위해 당근과 채찍을 교묘하게 사용했다. 1960년에 독립하면서 나이지리아에는 독자적인 경제가 형성될 가능성이 보였다. 풍부한 지하자원과 노동력, 고조된 열망, 영국이 전후 경제를 재건하기 위해 빼앗아 가고 남은 물품이 시장에서 거래되면서 생긴 돈이 바로 그런 가능성을 열었다. 게다가 새로 발견한 석유도 있었다. 하지만 나이지리아의 새로운 지도자들은 너무나 미래를 낙관하며 너무나 야심만만한 개발 계획을 세워서 국민들의 신뢰를 얻으려 했고, 너무나 순진하게 해외 차관을 얻어 쓰다가 자원을 약탈당했다. 그리고 그들은 영국인 흉내를 내고, 오랫동안 차지하지 못했던 고위직을 점하고, 더 좋은 병원 치료를 받고, 더 많은 월급을 챙기는 일에 너무 치중했다.

그는 신생 국가가 직면한 복잡한 문제의 하나로 1966년 대학살을 지적한다. '이보족의 쿠데타'에 대한 복수심과 북부 출신을 모든 공직에서 몰아내는 중앙 정부 포고령에 대한 반발이라는 표면적인 이유는 중요하지 않다. 3000명, 1만 명, 5만 명 등 제각기로 나타나는 사망자 숫자도 중요하지 않다. 중요한 건 대학살 때문에 이보족이 두려움을 느끼고 단결했다는 사실이다. 대학살이 예전의 나이지리아 국민을 열렬한 비아프라 국민으로 바꿔 놓은 것이다.

(2권에서 계속)

옮긴이 김옥수

한국외국어대학교 영어과를 졸업하고 '임프리마 코리아' 영미권 부장과 도서출판 '사람과 책'에서 편집부장을 지냈다. 현재 전문 번역가로 활동하고 있다. 옮긴 책으로는 『파운데이션』, 『돼지가 한 마리도 죽지 않던 날』, 『마음이 머무는 곳』, 『내가 처음 만난 셰익스피어』, 『천상의 예언』, 『나를 있게 한 모든 것들』 등이 있다.

절반의 태양 1

1판 1쇄 펴냄	2011년 8월 26일
2판 1쇄 찍음	2023년 4월 20일
2판 1쇄 펴냄	2023년 4월 28일

지은이	치마만다 응고지 아디치에
옮긴이	김옥수
발행인	박근섭·박상준
펴낸곳	(주)민음사

출판등록 1966. 5. 19. 제16-490호
주소 (06027) 서울시 강남구 도산대로 1길 62(신사동)
강남출판문화센터 5층
대표전화 02-515-2000 | 팩시밀리 02-515-2007
홈페이지 www.minumsa.com

ISBN 978-89-374-1718-4 (03840)

* 잘못 만들어진 책은 구입처에서 교환해 드립니다.